Björn Remiszewski

Der Mahr und die Mär

AF222410

Björn Remiszewski

DER MAHR UND DIE MÄR

Roman

Bibliografische Information der Deutschen Nationalbibliothek:
Die Deutsche Nationalbibliothek verzeichnet diese Publikation in
der Deutschen Nationalbibliografie; detaillierte bibliografische
Daten sind im Internet über http://dnb.dnb.de abrufbar.

www.dermahrunddiemaer.de

Covergestaltung: Tatjana Blank, blankpages.net

Verlag: BoD · Books on Demand GmbH, In de Tarpen 42,

22848 Norderstedt, bod@bod.de

Druck: Libri Plureos GmbH, Friedensallee 273, 22763 Hamburg

ISBN: 978-3-7597-6752-3

Für meine Familie

Ein Anfang

Ein jeder sucht sein Abenteuer. Wusstest Du das nicht? Doch es bleibt so wenig Zeit dafür. Ach, so wenig Zeit. Ich sehe eine Welt, die ist voller Abenteuer. Manchmal ist diese Welt so schön, dass es mir fast das Herz zerreißt. So schön, dass ich es kaum ertrage.

Oh, nicht alles in dieser Welt ist schön. Manchmal ist diese Welt auch furchtbar traurig, bisweilen sogar bösartig. Doch auch in all der Traurigkeit, all dem Schmerz, all den trüben Momenten und inmitten des Chaos weckt diese Welt eine überwältigende Sehnsucht in mir, wie das Heimweh nach einem Ort, an dem ich noch nicht war, oder das Vermissen einer Person, der ich noch nicht begegnet bin.

Manchmal sehe ich diese Welt, wenn ich Musik höre. Manchmal, wenn ich einen Duft schnuppere. Manchmal sehe ich sie ganz klar, aber meist nur schemenhaft und verschwommen für die Dauer eines Blinzelns. Ich sehe sie im Aufblitzen einer Erinnerung und im Absinken in den Schlaf. Und jedes Mal ist es mir, als fahre diese Welt durch meinen ganzen Körper. Zurück bleibt nur die Sehnsucht.

Kannst Du sie auch sehen, diese Welt, so schön und stolz und traurig? Die weiten Ebenen und grasigen Hänge? Bis zum Horizont strecken sie sich in sanften Hügeln, Bäche fließen in den Tälern und glitzern in der Abendsonne. Ich sehe immerfeuchte Weiden, glitschig und klamm unter einem grauen Himmel, gewaltige Wälder und blumengetupfte Lichtungen, mächtige Berge über Streifen dichtgedrängter Bäume, die Häupter in schwere Wolken gereckt.

Fragst Du Dich nicht auch, was dort im Verborgenen liegt? Ich frage mich das. Welch Wesen durchstreifen diese schöne, stolze, traurige Welt? Wer versteckt sich in ihren Wäldern? Wer lauert in ihren Labyrinthen? Wer gräbt und scharrt in den Höhlen unter den Bergen? Wer ruft in der Dunkelheit?

Ich kenne viele Geschichten aus dieser Welt. Geschichten über Freundschaft und Tod. Über Trauer und Glück, Stolz und Scham. Es gibt Geschichten über Kämpfe und Küsse, Träume und Nachtgespenster, über Blut und Spucke, Zweifel im Mondlicht und Stiefelspuren im Schnee.

Ich kenne nicht alle Geschichten dieser Welt. Aber manch Geschichte kenne ich doch. Eine davon möchte ich nun erzählen. Sie beginnt mit einem Erwachen.

Erste Elegie

Kapitel 1

Theodor erwachte in der Nacht mit dem Gefühl, zu ersticken. Es war jene Art rastlosen Schlafes gewesen, die Kräfte raubt statt zu geben, und am Ende eines schlechten Traumes, in dem ihm Stimme und Beine versagten, hatte es sich angefühlt, als hätte sich etwas über Mund und Nase gestülpt und ihm den Atem herausgeschlürft. Er fuhr in seinem Bett hoch und schnappte nach Luft.

Während er nun dasaß, die Luft einsog und wieder zu Atem kam, krabbelte ein Jucken über seine Brust. Er fuhr mit einer Hand unter sein Hemd. Zwei Pusteln, wie von einem Insektenbiss, brannten unter seiner Berührung.

Theodor zog die Hand zurück und ließ den Blick durch sein Zimmer wandern. Die Dunkelheit kam ihm blass vor, wie durch Schaum, der über den Augen liegt, und die Stille klang dumpf, wie durch Wachs, der in den Ohren steckt. Die Nacht selbst schien den Atem anzuhalten. Träumte Theodor noch immer?

Unter der Zimmertür hindurch glomm ein bläulich-blasser Schimmer. Theodor schlüpfte aus dem Bett. Der wollene Teppich kitzelte angenehm unter seinen bloßen Sohlen, und er grub für einen Augenblick mit seinen Zehen darin herum. Dann tapste er hinüber zur Tür, öffnete sie und schaute hinaus.

Der Flur lag in Nachtdunkelheit vor ihm. Doch mitten darin stand ein heller Lichtkegel, als quölle Mondschein durch ein Loch in der Decke. Doch da war kein Loch in der Decke – der Lichtschein war einfach da, ohne eine Quelle, der er entspringen konnte. In seinem milchigen Schein glitzerten Funken wie aufgestobener Staub. Der Rest des Flures schimmerte in schwachem Blau, so als blickte Theodor durch gefärbtes Glas.

Ein Flüstern kam auf, ein Säuseln in den dunklen Ecken der Diele. Es wehte aus den Schattenplätzen zu Theodor herüber und umtanzte ihn wie die Funken das quellenlose Mondlicht. Ganz erschöpft drang es in sein Ohr, als hätte es der Weg dorthin seine letzte Kraft gekostet. Dann verklang das dünne Stimmchen, und der Lichtkegel verlor an Kraft. Ein Flimmern erwachte am Ende des Korridors, wo die Treppe ins Erdgeschoss führte. Theodor ließ ab von dem sonderbaren Lichtkegel und folgte dem Flimmern die Stufen hinab.

Auf dem Sofa im Wohnzimmer lag sein Vater. Er war vor dem Fernseher eingeschlafen, das programmlose Bild tauchte das Zimmer in ein gespenstisches, unruhiges Licht. Die Wolldecke, die immer ein bisschen zu kratzig aussah, hatte er bis zur Stirn hochgezogen, und nur sein fahlblonder, fast weißer Schopf schaute hervor. Theodor konnte es zwar nicht sehen, aber er wusste, dass sein Vater im Schlaf lächelte. In letzter Zeit lächelte sein Vater häufig im Schlaf, besonders, wenn er während eines Filmes eingeschlafen war, den er mochte.

Auf dem Tischchen vor dem Sofa lagen in Papier die krümeligen Reste einer Haselnussschokolade. Nun war es an Theodor, zu lächeln. Noch etwas, das sein Vater *mochte*.

Theodors Vater hatte von Anfang an sein Möglichstes getan, um seinen Sohn die Mutter nicht missen zu lassen. Er nahm ihm die Angst vor dem Unbekannten und ermutigte ihn, Risiken einzugehen. Er spielte wild, wenn Theodor danach war, und war sanft, wenn er es brauchte – was weit häufiger der Fall war.

Sobald Theodor alt genug war, um es zu verstehen, hatte sein Vater ihm erklärt, dass seine Mutter bei der Geburt gestorben war. Gemeinsam mit der Ärztin hatte er ihm erklärt, was eine Sepsis im Wochenbett ist, und gemeinsam mit dem Kinderpsychologen hatte er ihm erklärt, warum Theodor daran keinerlei Schuld traf.

Von all den Verdiensten seines Vaters war dies für Theodor der wichtigste: Dass er ihm glaubte.

Theodor konnte mittlerweile erahnen, wie anstrengend die vergangenen vierzehn Jahre für seinen Vater gewesen sein mussten. Doch endlich war sein Vater mit der friedlichen Eintönigkeit belohnt worden, für die er sich so ausdauernd aufgerieben hatte. Aus dem gütigen, aber erschöpften, fast verlorengegangen Mann, den Theodor seine ganze Kindheit hindurch gekannt hatte, war in den letzten Monaten nach und nach wieder ein wirklicher Mensch geworden. Ein Mensch, der sich Bedürfnisse und Sehnsüchte eingestand, anstatt einfach nur den Tag hinter sich bringen zu wollen. Der seinen Kummer zuließ, anstatt ihn zu vergraben oder mit gekrümmtem Rücken und trübem Blick herumzuschleppen. Ein Mensch, der für Theodor nachvollziehbar wurde. Und vor allem ein Mensch, der Dinge mochte. Filme mit Louis de Funès etwa, bei denen er einschlief, Wildwest-Heftromane, die sich auf seinem Nachttisch stapelten, Trödelmärkte, die sie sonntags gemeinsam besuchten – und Haselnussschokolade.

Theodor nahm die Fernbedienung, die neben den Schokoladenkrumen lag, und schaltete den Fernseher aus. Augenblicklich eroberten die Schatten jene Eckchen und Winkel zurück, in die das Winternachtlicht, das durch das Wohnzimmerfenster schimmerte, nicht zu dringen vermochte. Theodor schaute hinaus. Es musste heftig geschneit haben in den vergangenen Stunden; eine dicke weiße Schicht hatte sich über den Vorhof gelegt. Jetzt rieselten nur noch wenige, dünne Flöckchen hinab. Theodor legte die Fernbedienung zurück auf den Tisch.

Und damit begann es.

Zuerst zwickte kalter Rauch in Theodors Nase, wie von alten Zigaretten. Hatte sein Vater geraucht? Er rauchte doch seit Jahren nicht mehr. Dann spürte Theodor, dass noch etwas in diesem Zimmer war. Er spürte es so deutlich wie einen Spuk: etwas, das zuvor nicht dagewesen war, als das Licht des Fernsehers noch die Schatten zurückgedrängt hatte; etwas, das erst mit der Dunkelheit aufgekommen war. Nun blickte es Theodor aus der Dunkelheit an, aus der schwarzen Nische zwischen dem Fernseher und dem Fenster zum Vorhof. Es schaute erwartungsvoll, fast neugierig, als wäre es selbst gespannt, was nun geschehe.

Ein scharfes Brennen flammte in Theodors Brust auf, wo er zuvor den Insektenbiss gefühlt hatte. Für einen Augenblick war er völlig schutzlos, und diesen Moment nutzte das Etwas in der dunklen Ecke aus. Es sprang hervor, drang in Theodor und füllte ihn mit Verzweiflung und Trübsal. Wie ein Gas, das sich in jeden Winkel verteilt, breitete sich eine tiefe Traurigkeit in ihm aus, wuchs und drohte ihn zu verschlingen. Diese Traurigkeit war anders als jede Traurigkeit, die Theodor bisher gekannt hatte. Sie war nicht die Enttäuschung über ein ungewünschtes Weihnachtsgeschenk, nicht die Angst vor einer Matheklausur, nicht die Sorge, am nächsten Morgen für einen neuen Haarschnitt verspottet zu werden, nicht die Scham, in einer Rauferei unterlegen zu sein, war nicht einmal der Kummer, seinen Vater heimlich weinen zu hören. Diese Traurigkeit war ein lähmendes Gefühl von Angst und Einsamkeit, die absolute Gewissheit, dass alles Gute in seinem Leben vergangen war und sich fortan alles zum Schlechten wenden würde – nein, dass alles sich bereits unumkehrbar zum Schlechten gewendet hatte. Es war keine Furcht *vor* etwas, sondern das Wissen, *dass* bereits all jenes eingetreten ist, vor dem er sich am meisten gefürchtet hatte. Diese unbarmherzige Gewissheit ließ ihn schwindeln, zwang ihn nieder und drückte wie ein Ballon, der in ihm aufgeblasen wurde, gegen all seine Mauern. Ein dumpfes Brausen stülpte sich über ihn, als würde er unter Wasser gedrückt.

Theodor drohte, von der furchtbaren Traurigkeit zermalmt zu werden.

Eine Hand legte sich auf seine Schulter. Sie griff ihn sanft, aber unzweifelhaft. Jemand ging neben ihm in die Knie. Jemand sagte seinen Namen. Und alle schlimmen Gefühle wichen vor diesem Jemand zurück. Die Traurigkeit lief aus Theodor heraus wie schmutziges Badewasser, kroch zurück in die dunklen Ecken des Zimmers und verschwand dann ganz, wer könnt' schon sagen, wohin. Zurück ließ sie Theodor, erschöpft auf dem Boden kauernd.

»Theodor, was ist mit dir?«, fragte der Jemand, der neben ihm kniete und noch immer seine Schulter drückte.

Theodor hob den Kopf. Vertraute blaue Augen schauten ihn an. »Malte?«

»Du bist ganz grau«, sagte Malte. Er erhob sich und half Theodor auf die Beine. »Und ganz kalt. Bist du krank?«

Theodor schaute sich im Zimmer um. Er zitterte noch, doch alles Bedrohliche war verschwunden. Um ihn war bloß wieder das winternächtliche Wohnzimmer, in dem sein Vater auf dem Sofa schlief. Malte hatte es wieder gut gemacht.

»Es geht wieder«, sagte Theodor, als das Zittern allmählich verklang. »Was machst du hier?« Jetzt bemerkte er, wie geschunden Maltes Gesicht aussah. Sein linkes Auge war geschwollen, und darunter lag ein violetter Schatten. Eine Schramme lief neben dem Auge hinab. Reste getrockneten Blutes klebten unter Maltes Nase, und ein Riss zog sich senkrecht über die Unterlippe.

»Dein Gesicht«, begann Theodor und fuhr mit der Hand über Maltes Wange.

»Ich möchte dich etwas fragen«, sagte Malte und nahm Theodors Hand in seine. »Geht es dir auch ganz sicher gut?«

»Dir denn?«, fragte Theodor.

Malte wirkte mehr als nur den halben Kopf größer. Seine blauen Augen flackerten rastlos und huschten zwischen Theodors Augen hin und her.

»Wenn ich jetzt sofort fortmüsste für eine Weile«, sagte er, »würdest du mich begleiten?«

Theodor blickte in Maltes gezeichnetes, erwartungsvolles Gesicht. Dann schaute er zu seinem Vater auf dem Sofa. Der hagere Körper deutete sich unter der Wolldecke an. Der grobe Stoff hob und senkte sich kaum merklich, wenn sein Vater ein- und ausatmete. Theodor lächelte. Dann wandte er sich wieder zu Malte. Die Traurigkeit war nur noch eine ausgewaschene Erinnerung. Doch Malte war hier, vor ihm. Und endlich einmal bat er um etwas.

»Augenblicklich«, sagte Theodor.

Theodor und Malte stapften durch die eigentümliche Stille, wie sie nur eine Winternacht hervorbringt. Der Schnee knirschte unter ihren Stiefeln und die vereinzelten Schneeflocken knisterten auf Theodors Anorak wie ein sterbendes Feuer. Steter Wind pustete ihnen in die Ohren, doch es gab auch noch ein anderes, undefinierbares Rauschen, das nicht der Wind war. Darunter mischte sich ab und an ein fernes Auto.

Sie liefen durch ihre schlafende kleine Stadt. Sie sah friedlich aus in Schnee und Laternenlicht. Von der Sackgasse am nördlichen Stadtrand, in der Theodor mit seinem Vater wohnte, bogen sie zuerst in die eine, dann in eine andere und schließlich in eine dritte Straße, die sie auf die Hauptstraße führte. Sie folgten der Hauptstraße durch den Industriepark mit den Discountern und vorbei an Mayers Tankstelle. Dort nahmen sie die Abkürzung durch den Stadtpark und stapften vorbei an dem vergitterten Bolzplatz und dem graffitiverschmierten Holzpavillon. Bei der alten Mahlwassermühle, die im letzten Jahr von zwei jungen Biomüllern restauriert worden war, stießen sie wieder auf die Hauptstraße.

Sie liefen vorbei an dem Spielzeug- und Schreibwarenladen, der schon in der vierten Generation der Familie Pietsch gehörte und damit das älteste Geschäft im Ort war, und vorbei an der Grillstube, an der sich Theodor, Malte und die anderen Jungs aus der Nachbarschaft oft nach dem Schwimmen Pommes holten. Kurz hinter dem Imbiss erreichten sie das Ende ihrer kleinen Stadt.

Malte hatte kein Wort gesagt, seit sie Theodors Haus verlassen hatten. Starr stapfte er zwei, drei Schritte voraus. Seine Hände waren in den Taschen und das Gesicht tief unter der Kapuze seiner Winterjacke verborgen. Maltes Schritte waren ausladend, doch das lag nicht nur an dem knöcheltiefen Schnee. Sein Oberkörper war angespannt, doch nicht nur wegen der Kälte. Der Kopf war geneigt, und das war nicht bloß gegen den Wind und die Flocken. Malte war ganz stummer Zorn.

Kummervoll sah Theodor ihm zu, während er nur mit Mühe Schritt hielt. Was bloß war dieses Mal geschehen in dem letzten Haus auf den Hängen am Ende des Steinkamps, dort, wo ihre kleine Stadt im Süden an den Wald stieß? So schlimm hatte sein Gesicht noch nie ausgesehen.

Maltes Vater hatte eine eigene Vorstellung davon, was es bedeutete, ein alleinerziehender Vater zu sein. Er war ein böser Mensch. Ein einsamer Mensch zweifelsohne, ein trauriger, hilfloser und überforderter Mensch ganz sicher – aber darum nicht weniger böse. Ein wütendes, trotziges Kind, das kein Ventil hatte für seine Emotionen, keine Freunde, die ihm halfen, den Zorn einzuordnen, wenn er sich unverstanden oder nicht wertgeschätzt fühlte. Was oft genug vorkam – und woran, glaubte man der alkoholverwaschenen Stimme in späten Abend- und frühen Morgenstunden, Maltes Mutter keineswegs unschuldig war.

Gab Maltes Vater seinem Sohn die Schuld dafür, dass sie gegangen war? Das mochte sein, er sprach es nie aus. Auch sprach er nicht aus, was ihr Verschwinden mit ihm gemacht hatte. Sie hatte sie verlassen, als Malte noch klein genug war, um sich nicht mehr an sie zu erinnern. Aber, so viel hatte Malte sich zusammengereimt, sein Vater war auch schon davor ein böser Mensch gewesen.

Malte sprach nie darüber, was in den Wänden ihres schäbigen Hauses geschah. Theodor wusste es trotzdem. Viele Menschen in ihrer kleinen Stadt wussten es. Die Leute in den Discountern, die Aushilfen in der Tankstelle, der fette Grillbudenbesitzer, die Nachbarn und vielleicht sogar die Lehrer. Sie wussten, dass die gelegentlichen Schrammen und Blutergüsse in Maltes Gesicht nicht vom Fußballspielen oder von Raufereien mit den Kindern aus der Möhnesiedlung stammten. Vermutlich geschah innerhalb vieler Wände dieser kleinen Stadt Ähnliches, und man hatte wohl allgemein beschlossen, es stillschweigend hinzunehmen.

Als mutterlose Söhne hatten Theodor und Malte sich bereits in frühester Kindheit zusammengefunden, um Spott, Sorge und Mangel gemeinsam zu tragen. Aber über das, was in seinem Haus geschah, beschwerte Malte sich nie. Auch forderte er nie. Er ertrug es einfach.

»Malte, bleib bitte mal stehen«, rief Theodor ihm zu. Malte hielt inne und drehte sich um, noch nicht gänzlich zurückgekehrt aus finsteren Gedanken. Er zog seine Hände aus den Taschen und betrachtete sie. Er hatte sie die ganze Zeit über zu Fäusten geballt, und die Nägel hatten sich in die Handflächen gegraben.

»Wenn du mir erzählen möchtest, was passiert ist«, sagte Theodor, »dann erzählst du es mir einfach. In Ordnung?«

Malte schaute ihn einen Moment an, dann lächelte er ein wenig ungeschickt und nickte. »In Ordnung.«

Theodor lächelte zurück. »Wohin gehen wir also?«

Malte dachte einen Augenblick nach und schaute sich um. Die Hauptstraße streckte sich vor ihnen in das schneebedeckte Umland.

»Ich weiß nicht, wo wir am Ende landen werden«, sagte er. »Aber zuerst einmal muss ich so schnell wie möglich so weit wie möglich kommen. Wenn ich nicht schnell genug weit genug fortkomme, bekomme ich vielleicht Angst und drehe um. Und das darf ich nicht. Verstehst du das?«

Theodor verstand nicht ganz, aber nickte. Malte schaute auf seine Handflächen. Für einen Augenblick tauchte er wieder in jene dunklen Gedanken ab, die seine Fingerspitzen hineingetrieben hatten.

»Der Wald an der Straße nach Sichtighausen«, fuhr er fort, »dort müssen wir hindurch. Weißt du, wieso? Als meine Großeltern noch lebten, wohnten sie auf der anderen Seite des Waldes. Mein Vater und ich sind hin und wieder zu ihnen gefahren, als ich klein war. Ich habe nicht viele Erinnerungen daran; sie sprachen kaum miteinander, und wenn, dann machten sie sich gegenseitig Vorwürfe. Weil mein Vater sich ständig Geld von ihnen lieh und, naja, weil meine Mutter weg war. Ich glaube, mich mochten sie auch nicht. Irgendwann fuhren wir gar nicht mehr hin. Aber an eines erinnere ich mich deutlich: Mit dem Auto konnte man nicht direkt durch den Wald hindurch fahren, sondern musste ganz drum herum, und das dauerte eine Weile. Doch geht man mitten durch den Wald, dort, wo er am schmalsten ist, dann dauert es zu Fuß kaum länger. Ich hatte immer das Gefühl, weit weg von Zuhause zu sein, wenn wir bei meinen Großeltern waren. Und das fand ich schön. Stell dir vor, ein Fußweg von vielleicht zwei Stunden, aber es wird sich anfühlen, als wären wir viele, viele Kilometer weit gereist. Wenn wir so schnell wie möglich so weit wie möglich kommen möchten, dann müssen wir durch diesen Wald gehen. Wie findest du das?«

Theodor wäre gerne umgekehrt, nach Hause gelaufen und in sein Bett gekrochen. Er fror, und der merkwürdige Anfall von Traurigkeit hatte ihn erschöpft. Er dachte an seinen Vater, der friedlich auf dem Sofa lag, und der sich Sorgen machen würde, wenn er am nächsten Morgen aufwachte, mit schmerzendem Nacken, weil das Sofa eigentlich zu hart für ihn war, und Theodor nicht finden konnte, der gegangen war, mitten in der Nacht, und nur eine hastig gekritzelte Nachricht hinterlassen hatte.

Doch endlich einmal bat Malte um etwas. Er schaute Theodor an mit Augen, die so oft traurig blickten, aber die so oft auch vor ehrlicher Freude strahlten, wenn Malte für einen Moment vergaß, was in dem Haus am Ende des Steinkamps auf ihn wartete. Jetzt gerade strahlten diese Augen, sie glühten geradezu vor Aufregung.

»Wie findest du das?«, wiederholte Malte.

»Das klingt nach einer guten Idee«, sagte Theodor.

Malte bemühte sich um ein zweites Lächeln, dann legte er eine Hand auf Theodors Schulter. »Danke. Du bist ein guter Freund.«

Er wandte sich um und ging weiter. Schweigend stapften sie durch die kalte Winternacht, doch fortan nebeneinander.

Sie folgten der Hauptstraße stadtauswärts, vorbei an Kuhweiden auf der einen und Brachland, das irgendwann ein neues Wohngebiet werden sollte, auf der anderen Seite. Nach wenig mehr als einem Kilometer, hinter dem Kreisverkehr, der zur Autobahn führte, bogen sie ab auf einen schmalen Feldweg. Der Pfad war nur zu erahnen, weil linkerhand Böschungen und Bäumchen den Weg begrenzten und rechterhand ein kleiner Graben entlanglief. Ansonsten war er so weiß und wattig wie das übrige Land.

Nach einer dreiviertel Stunde lagen auch die umliegenden Siedlungen und Höfe hinter ihnen. Sie liefen nun zwischen schneebedeckten Ebenen und starrgefrorenen Ackern, vorbei an Grüppchen von kahlen Bäumen, verstreuten Waldflecken und Tupfern einzelner Büsche. Der Winter war ein dicker, weißer Mantel, bestickt mit nackten Sträuchern und Spuren von Wildkaninchen, der Himmel ein schimmerndes, wolkenverhangenes Grau, das sich am fernen Horizont mit dem bleichen Grau des Schneefeldes vermischte. Die kalte Luft kribbelte in Theodors Nasenlöchern und gefror die feinen Härchen darin.

»Da ist er.« Malte war plötzlich stehengeblieben. In einiger Ferne zeichnete sich der Wald vor dem Nachthimmel ab. Seine weißen Häupter nahmen den Horizont ein.

Eine Weile stand Malte stumm da und starrte ihn an, dann stiefelte er querfeldein darauf zu.

Nach wenigen hundert Metern stießen sie unversehens auf die Landstraße nach Sichtighausen, die sich zwischen dem Weiß der Felder verborgen hatte. In der einen Richtung führte sie in weitem Bogen zurück in ihre kleine Stadt, in der anderen Richtung lief sie schnurgerade dem Wald entgegen. Sie lag still und verlassen, gesäumt von Eichen und Strommasten. In Waldesrichtung stapften Theodor und Malte am Straßenrand entlang.

Wie ein Fluss trieb die Straße, über die ein vergangener Malte oft zu seinen Großeltern gefahren war, auf den Wald zu. Und wie ein Fluss, der auf einen Felsen trifft und ihn umspült, teilte sich auch die Straße, als sie den Wald erreichte, um ihn zu beiden Seiten zu umrunden und nach vielen Kilometern auf der anderen Seite wieder zusammenzufinden. Die Straße führte jedoch nicht bis ganz an den Wald heran; ein frostgeküsster Streifen Weide lag noch zwischen Asphalt und Bäumen. An seinem Rand blieben Theodor und Malte stehen. Als Dorfkind hatte Theodor keine Angst vor nächtlichen Wäldern, sie waren für ihn reizvoll wie ein Abenteuer. Doch dieser hier hatte etwas Einschüchterndes, wie er da dicht und dunkel vor ihnen prangte, ein Bollwerk aus dicken Fichten und kahlen Buchen.

Ein kleiner Pfad lief als übriggebliebenes Rinnsal der Straße über die Weide zum Wald. Theodor und Malte folgten ihm durch das hohe, frostige Gras bis zur Baumgrenze. Wie in einen Tunnel führte der Pfad ins Dickicht. Sehr viel später – aber das wusste er jetzt natürlich noch nicht – würde Theodor ein ähnliches Bild vor sich sehen.

»Von einem Weg wusste ich nicht«, sagte Malte und spähte hinein in den Wald. Das Dunkel verschluckte den Pfad nach wenigen Metern. »Vielleicht führt er uns direkt hindurch.« Er schaute Theodor ernst an. »Und es geht dir wirklich gut, ja? Du sahst vorhin aus wie der Tod.«

»Es geht mir gut, wirklich.«

»In zwei, höchstens drei Stunden sind wir hindurch«, sagte Malte. »Und danach sehen wir weiter, in Ordnung?«

»Es geht mir gut, Malte«, sagte Theodor mit Nachdruck. »Lass uns weitergehen.«

Sie taten einen Schritt in den Wald hinein, dann noch einen, und dann gleich ein paar weitere. Theodor blickte noch einmal zurück. Die Welt hinter dem Waldeseingang – die frostige Weide, die stille Landstraße – wirkte schon jetzt merkwürdig fremd und entrückt. Theodor fühlte sich diesem Dortdraußen nicht mehr zugehörig, als würde er auf das Foto eines Ortes schauen, den er vor langer Zeit verlassen hatte. Irgendwo dort hinten schlief die kleine Stadt, schlief sein Vater.

Während sich Heimweh und Vorfreude balgten, fragte Theodor sich, was er zurückließ und was nun vor ihm liegen mochte.

Kapitel 3

Kaum waren Theodor und Malte ein Stück in den Wald hineinge-
gangen, umfing sie, so schien's, völlige Dunkelheit und Stille. Doch
das war nur, weil zuvor im Freien der graue Himmel mit seinem
verborgenen Mond und der Schnee, der das Land unter diesem
Himmel bedeckte, geleuchtet hatten, und der Wind, der ungehindert über die Felder und Wiesen sauste, zu einer steten Melodie
geworden war. Als Theodor und Malte sich erst an die neue Umgebung gewöhnt hatten, zeigte auch der Wald sein ganz eigenes
Licht und seine eigene Musik. Die raureifen Bäume schimmer-
ten auf unheimliche Weise. Eingangs drängten sie dicht an den
Pfad aus gefrorenem Matsch, die Äste ihrer blattlosen Kronen verfingerten sich über Theodors und Maltes Köpfen und kratzten an
ihren Kapuzen. Doch bald wichen die Stämme zurück, und ihre
kahlen Häupter lagen höher. Durch die Lücken im Geäst konnte
Theodor Scherben des Nachthimmels sehen. Wo die dichten Wolken aufbrachen, funkelten einzelne Sterne.

Die Stille unter den Bäumen war selbst ein Geräusch, rauschend
wie der Widerhall des Blutes, wenn man sich das Ohr zuhält. Darunter machten sich die Waldbewohner bemerkbar: hier ein Rascheln in den Büschen, da das Knacken von Zweigen, dort das
Flattern und raue Rufen einer Gruppe wintertrotzender Raben-
krähen, die, aus ihrem Schlummer aufgeschreckt, missmutig da-
vonstoben.

Der Frieden des nächtlichen Winterwaldes sprang auf Theodor
über, und für den Moment waren alle Unwägbarkeiten seines
überraschenden Aufbruchs beiseitegeschoben. Schweigend lief er
neben Malte und erfreute sich an dem Knacken, mit dem er gefro-
rene Pfützen auf dem Pfad zertrat.

»Weißt du, was ein Vernichtungsschmerz ist?«, fragte Malte plötzlich, ohne den Blick von dem Weg zu nehmen.

»Mhmh«, verneinte Theodor.

»Irgendwann letztes Jahr kam ich abends nach Hause, und mein Vater lag auf dem Boden. Erst dachte ich, er wäre nur betrunken, aber dann sah ich, dass er sich vor Schmerzen krümmte. Er wimmerte richtig. Ich dachte, er hätte einen Herzinfarkt oder so. Ich habe den Krankenwagen gerufen, und er wurde ins Krankenhaus gebracht. Zwei Stunden später war er schon wieder zu Hause. ›War nur ein Nierenstein, hab ihn ausgepinkelt‹, sagte er bloß und ging ins Bett. Weißt du, was ein Nierenstein ist?«

»Mhmh«, machte Theodor wieder.

»Ich aber, ich hab's nachgelesen. Ich wollte wissen, was meinen Vater so in die Knie zwingen konnte. Das ist bloß ein winziger Stein, nicht größer als ein Stecknadelkopf, der die Niere verstopft, und die Pisse sammelt sich dann wie bei einem Staudamm. Wenn man den Stein nicht auspinkelt, verursacht das höllische Schmerzen, die man kaum aushalten kann. Solche krassen Schmerzen nennt man Vernichtungsschmerz. Eigentlich ein schönes Wort, findest du nicht? *Vernichtungsschmerz.*« Malte schob den Begriff im Mund herum, als wollte er einen verborgenen Geschmack heraussieben. »So ein winziges Ding hat meinen Vater fertiggemacht. Du sahst vorhin genauso aus wie mein Vater, ganz bleich und zitternd und schweißnass. Vielleicht hattest du einen Vernichtungsschmerz.«

»Das war kein Schmerz«, sagte Theodor. Das lähmende Gefühl der Aussichtslosigkeit war in ihm schon bis zur Ungreifbarkeit verblasst. Theodor wusste, dass er etwas Schlimmes empfunden hatte, aber er konnte nicht mehr nachempfinden, wie schlimm es sich tatsächlich angefühlt hatte – so, wie man sich nach dem Trinken kaum mehr in den wirklich Durstigen hineinversetzen kann.

»Das war einfach eine ... eine unfassbare Traurigkeit. So eine Traurigkeit möchte ich nicht noch einmal erleben. Als wäre alles ganz aussichtslos, als würde ich nie mehr Freude empfinden können. Aber als du kamst, war es wieder vorbei.« *Weil* du kamst, dachte er, sagte es aber nicht.

»Eine Vernichtungstraurigkeit also«, sagte Malte, und wieder kostete er das Wort. »Hast du gepinkelt seitdem?«

»Nee.«

»Mach das lieber. Hierher kommt so schnell kein Krankenwagen.«

Theodor wusste nicht, wo die Niere liegt, aber er bildete sich augenblicklich ein, ein Zwicken in seinen Seiten zu spüren. Er ging an den Wegesrand.

»Und? Kam ein Stein raus?«, fragte Malte, als Theodor kurz darauf zurückkam, mit fröstelnden Fingern am Reißverschluss hantierend.

»Ich glaube nicht.«

»Hm.«

Vernichtungsschmerz. Die Vorstellung eines solchen Schmerzes ließ Theodor schaudern, doch mehr noch tat es die Sorge, die unbarmherzige Traurigkeit könnte noch einmal über ihn hereinbrechen. Welches Ding mochte in ihm sitzen, ihn verstopfen und irgendetwas in ihm stauen? Sie gingen weiter, doch mit der Friedlichkeit war's erst einmal dahin.

Ihre Wanderung wurde mühselig. In dem Dunkelglanz und den Geräuschen des nächtlichen Waldes verlor Theodor jegliches Gefühl dafür, wie lange sie schon liefen. Vielleicht seit einer Stunde, vielleicht auch schon seit zweien. Die Füße in den Stiefeln wurden schwer. Er war hungrig, denn an Proviant hatten weder er noch Malte gedacht. Vor allem aber fraß sich die Winterkälte durch

Schuhe und Jacke, auch wenn es hier am Waldesgrund etwas wärmer und windgeschützter war als außerhalb. Kurzum: Theodor war furchtbar elend zumute.

Auch Malte fiel das Gehen sichtlich schwerer, er wurde langsamer. Und doch stapfte er unbeirrt weiter, setzte trotzig einen Schritt vor den anderen.

Theodor lugte immer wieder nach oben, ob der Himmel, der sich hier und da durch die lichten Baumhäupter zeigte, nicht ein My heller geworden war. Wenn's so war – nun, so war es eben nicht mehr als ein My. Und selbst dies lag wohl eher in der Verzweiflung begründet, mit der Theodor den Tagesanbruch herbeisehnte.

Malte schien nicht zu interessieren, ob's Tag wurde oder Nacht blieb, er hielt den Blick starr auf den Weg vor sich gerichtet. Doch dann blieb er stehen, schaute zurück, wieder nach vorn, zum Himmel und schließlich zu beiden Seiten des Pfades.

»Wir hätten längst hindurch sein müssen«, sagte er. Er klang nicht beunruhigt, sondern verärgert, als trüge jemand absichtlich eine Schuld daran. Die Worte raubten Theodor Kraft, als hätte man ihm beim Bergangehen einen Wanderstock aus der Hand getreten. Bisher hatte Malte ihn mit seiner Zuversicht wie an einem Sicherungsseil hinter sich hergezogen.

»Vielleicht führt der Pfad gar nicht mitten hindurch«, sagte Theodor. »Vielleicht führt er uns ganz woanders hin, nach Niederberg oder Westrich. Sollen wir umkehren?«

»Nein.« Malte zog die Nase hoch. Ob absichtlich oder nicht, er gab dem Wort damit einen Anschein von Entschlossenheit. »Es fühlt sich richtig an.«

Für mich fühlt es sich nicht richtig an, dachte Theodor. Irgendwo fern von hier verschlief sein Zuhause friedlich die Winternacht, schlummerte sein Vater, die Wolldecke bis zur Stirn hochgezogen, stand sein leeres Bett, die dicke, duftende Daunen-bettwäsche halb über den Matratzenrand gewühlt. Doch Theodor behielt es für sich. Malte stiefelte weiter, und Theodor folgte ihm. Nun plagten ihn nicht nur Kälte und Müdigkeit, nun stocherte auch noch die Ungewissheit in ihm herum, ob sie überhaupt auf dem richtigen Weg waren.

Der Pfad zog sich eine Zeit lang schnurgerade vor ihnen hin. Dann beschrieb er so plötzlich wie ein Gesinnungswandel eine Biegung, schlug zwei Haken wie ein fliehendes Kaninchen und führte hin-aus auf eine kreisrunde, mit schneebedecktem Gestrüpp getupfte Lichtung. Der Himmel war an vielen Stellen aufgebrochen. Ein voller Mond beleuchtete bauchige Wolken, und Sterne glitzerten oben im Tiefdunkelblau wie drunten der Frost. Genau in der Mitte der Lichtung stand einsam ein bärtiger, krüppeliger Baum, der seine Hiebsreife um ein Vielfaches überschritten hatte. Zu diesem krummen Baum führte der Weg und gabelte sich dort wie ein Yp-silon, dessen zwei Arme zu beiden Seiten an ihm vorbeiliefen und sich nach einigen Metern in entgegengesetzte Richtungen fort-spreizten.

Theodor und Malte blieben unter dem greisen Baum stehen und blickten erst den einen abzweigenden Weg entlang, dann den an-deren, dann wieder den einen und noch einmal zurück. Die Sträu-cher, die die Pfade flankierten, die gefrorenen Furchen im Matsch, die trüben Eisflächen, sogar die Waldstücke, in die sie hineinliefen – all das sah da wie dort ganz gleich aus. Malte entfuhr ein Seufzer aus tiefstem Bauch. Theodor zog eine Schnute.

»Und nun?«, fragte er.

Malte schaute zum Himmel und betrachtete angestrengt die Sterne, als böten sie ihm Orientierung. Dann zog er die Nase kraus, sah sich auf der Lichtung um und zuckte mit den Schultern. »Es tut mir leid, ich weiß es nicht.«

Der Frust, den Theodor in diesem Augenblick spürte, wurde rasch von einem Fünkchen Hoffnung verdrängt. Wenn Malte den weiteren Weg nicht wusste, bliebe immer noch der Weg zurück. Sicherlich wäre es nicht angenehm, die gleiche Strecke zurückmarschieren zu müssen. Doch dann hätte Theodor immerhin ein Ziel vor Augen, das die Mühsal lohnte: sein Zuhause mit seinem Vater und seinem Bett.

In die Vorstellung hinein tauchte etwas auf dem rechten Weg auf, das auf dem linken fehlte: Ein unruhiger Lichtschein huschte hinter der Biegung hervor und fuhr über Sträucher und den Boden. Dem Licht folgten die Geräusche von Schritten. Zwei Gestalten bogen um die Kurve und kamen auf Theodor und Malte zu. Die eine Gestalt trug eine Taschenlampe. Sie blieb kurz stehen, als sie Theodor und Malte unter dem Baum sah, und leuchtete ihnen grell in die Gesichter. Dann schwenkte das Licht zurück auf den Pfad, und die zwei Gestalten spazierten gemächlich näher.

Als die glühenden Nachflecken in seinen Augen zu tanzen aufgehört hatten, sah Theodor, dass es sich bei den zwei Gestalten um einen älteren Mann und einen Hund handelte. Vor Theodor und Malte blieben sie stehen.

Der ältere Mann trug eine abgewetzte Jeans und einen grünen Parker. Die Kapuze, an deren Rand Frost glitzerte, hatte er weit über den Kopf gezogen, und drunter hervor baumelte ein Zopf aus grauem, filzigem Haar. Die Haut des Mannes war stoppelig und fast gespenstisch bleich im Mondlicht. In dem stoppeligen, bleichen Gesicht saß ein ernstes Auge, eine Augenklappe verbarg das andere. Die Nase des Mannes war groß und gebogen wie ein Falkenschnabel, und darunter lag ein dünnlippiger Mund. Der

Hund war zottelig und schien, in Hundejahren gezählt, kaum jünger als sein Herrchen.

Der alte Mann hob den Kopf und zupfte die Kapuze zurück. »Zum Gruß«, sagte er.

»Guten Abend«, antworteten Theodor und Malte gleichzeitig.

Der Zottelhund beschnüffelte Theodor und Malte. Theodor streichelte ihn. Der Mann schnippte, und der Hund legte sich neben seinem Herrchen in den Schnee. Er hechelte, grinste und schlug die Vorderpfoten übereinander, als wäre er sehr gebildet.

»Hier treffe ich nicht häufig jemanden um diese Zeit«, sagte der alte Mann. Seine Stimme klang überraschend jung und kräftig. »Solltet ihr nicht zu Hause sein?« Er beugte sich ernst vor. »Braucht ihr Hilfe?« Er linste an den beiden vorbei, als würde er schauen, ob sie jemand verfolgte.

»Wir machen bloß eine Nachtwanderung«, sagte Malte.

»Bei dieser Kälte?«, fragte der Mann.

»Eben drum. Es ist schön im Wald, wenn es geschneit hat.«

»Soso. Na dann viel Spaß noch.« Der Mann nickte kameradschaftlich und schickte sich an, weiterzugehen.

»Moment, bitte«, hielt Theodor ihn zurück. »Wissen Sie vielleicht, wo es aus dem Wald herausgeht?«

»Wo wollt ihr denn hin?«

»Einfach hinaus«, sagte Malte, ehe Theodor ihr Ziel ausplaudern konnte. »Wir laufen schon ewig, und es geht immer nur tiefer in den Wald hinein.«

»Ewig kann man wohl kaum in einen Wald hineinlaufen«, gab der Alte zurück. »Höchstens bis zu seiner Mitte – danach läuft man schon wieder hinaus.«

Falls der Mann sie gerade auf den Arm nahm, ließ er es sich nicht anmerken.

»Ihr seid fast hinaus«, fuhr er fort. »Nehmt einfach den Weg dort.« Der Mann deutete auf die gegenüberliegende Abzweigung. Der Hund nieste.

»Und wo geht es dorthin?«, fragte Malte und nickte in jene Richtung, aus der der Mann gerade gekommen war.

»Dort geht es nirgendwohin«, entgegnete der alte Mann, mit keinem Deut unfreundlich. »Dies«, und nun nickte er, Malte vielleicht, vielleicht auch nicht nachahmend, zum linken Zwillingsweg, »ist der einzige Weg, den ich euch empfehlen kann, wenn ihr hinaus möchtet. Folgt ihm oder folgt ihm nicht – dies ist eure Geschichte, nicht meine. Komm, wir gehen nach Hause.« Er schnippte, und der Hund erhob sich schwerfällig.

Nach Hause. Theodor spürte den süßen Schmerz von Wehmut in seinem Bauch.

»Passt auf euch auf.« Der Mann zog sich die Kapuze wieder tiefer ins Gesicht und stapfte jenen Weg davon, den Malte und Theodor gekommen waren. Der zottelige Hund und der Lichtkreis der Taschenlampe gingen mit ihm, und bald waren sie hinter der nächsten Biegung verschwunden.

Theodor und Malte blickten ihnen einen Augenblick hinterher, dann schauten sie zwischen den sich spreizenden Wegen hin und her.

»Was meinst du dazu?«, fragte Malte.

»Ich meine, dass ich müde bin, dass ich friere, dass ich Hunger habe und dass diese Nacht einfach nicht enden will«, klagte Theodor. »Der Mann wird schon wissen, wovon er spricht.«

»Ja, hoffen wir das mal«, sagte Malte.

Also folgten sie der Empfehlung des Alten und nahmen die linke der beiden Abzweigungen. Der Pfad krümmte sich auf die umstehenden Bäume zu.

»Sieh mal«, sagte Malte und zeigte zum Himmel. Das Tiefdunkelblau zwischen den Wolken begann langsam, doch endlich und wahrhaftig zu verblassen.

Theodor fühlte sich wacher, als sie auf der anderen Seite der Lichtung wieder in den Wald tauchten. Der Pfad schlängelte sich eine Weile in sanften, weiten Bögen zwischen schlanken Hainbuchen und hohen Fichten hindurch, dann machte er einen überstürzten Knicks und zog sich einen Wall aus Schotter und faustgroßen Steinen hinauf. Oben auf dem Wall querte eine eingleisige Bahntrasse den Weg. Malte stakte, ohne sie sonderlich zu beachten, drüber hinweg und machte sich daran, auf der anderen Seite den Abhang hinabzusteigen. Theodor aber blieb stehen und schaute die Gleise entlang. Zu beiden Seiten verliefen sie in gerader Linie und verloren sich fern in der Dunkelheit. In dem Dunkeln rechts von ihm glomm ein Licht auf, und Theodor hörte das entfernte Kreischen metallener Räder auf Schienen.

»Was ist?«, rief Malte, der, zur unteren Hälfte vom Abhang verborgen, herüberschaute.

»Ich möchte kurz verschnaufen und den Zug vorbeilassen«, sagte Theodor. Er brauchte keine Verschnaufpause, doch aus irgendeinem Grund wollte er den Zug sehen, wollte ihn ganz aus der Nähe sehen.

»Meinetwegen, ich warte unten«, murmelte Malte und verschwand.

Fast drei Minuten stand Theodor an den Gleisen auf der Anhöhe und wartete, während er gegen die Kälte auf und ab hüpfte. Dann bummelte der Zug an ihm vorbei. Es war eine der kleinen Regionalbahnen, die einige der Gemeinden mit den umliegenden Mittelstädten verbanden.

Theodor beobachtete die Menschen, die hinter den Fenstern an ihm vorbeizogen. Es waren nur wenige Fahrgäste in der Bahn, alle schweigend, mit geschlossenen Augen, den Kopf in den Nacken oder gegen die Scheibe gelehnt. Theodor neidete ihnen – egal, wohin diese Menschen auch fahren mochten, nach Hause, zur Arbeit, sei's zu einem unliebsamen Termin, sie alle würden in Bälde an einem Ziel ankommen, einem Ort, der Normalität bedeutete. Theodor wusste nicht, welcher Ort ihn im Moment erwartete, und er wusste nicht, wann er ihn erreichen würde. Als er die Zugreisenden an sich vorbeigleiten sah, wünschte er sich, er würde selbst in diesem Zug sitzen und schweigend auf irgendein baldiges, vertrautes Ziel zusteuern. Die Passagiere und der Zug waren Teil einer anderen Wirklichkeit, einer Wirklichkeit, die Theodor gerade verließ, und er fühlte, wie dieser Zug etwas von ihm mitnahm.

Dann war die Bahn an ihm vorbei und entfernte sich. Theodor schaute ihr noch eine Weile hinterher.

»Kommst du?«, rief Malte.

Theodor stieg über die Gleise und kletterte auf der anderen Seite den Abhang hinunter, wo Malte auf ihn wartete. Der Zug hatte ihn ausgelaugt.

Sein Wunsch, der Kälte und der Müdigkeit zu entkommen, trieb Theodor mit schwerfälligen Schritten vorwärts. Stumm stapfte er Malte hinterher, den Kopf gebeugt, die Beine schwer. Doch ein Ausgang fand sich auch nach einer weiteren Stunde nicht. Dicht umschloss sie der Wald, wie schon die ganze Zeit, und die Luft war so bitterkalt wie eh und je. Noch ein weiteres Stückchen, zurückgelegt auf müden, schmerzenden Füßen, da schoben sich hohe, unbezwingbare Tannen nah an den Pfad heran. Theodor blickte den schmalen Korridor zwischen den nadeligen Spitzen hinauf zum Himmel, und ihm sank das Herz. Das blasse Dunkel des anbrechenden Morgens war wieder gänzlich zu Schwärze geworden, ohne die Nacht auch nur für einen Wimpernschlag vertrieben zu haben. Was hatte es nur auf sich mit dieser nicht enden wollenden Nacht? Wie lange war es her, dass Theodor aus unruhigen Träumen erwacht und mit Malte aufgebrochen war?

Ob es die Müdigkeit war oder die Kälte, die Enge oder die Dunkelheit, die Wirklichkeit, die der Zug ihm geraubt hatte, die Ungewissheit darüber, wann sie welch Ziel auch immer erreichen mochten, oder eine Mischung aus alledem – Theodor verließ auch das letzte bisschen Mut. Er blieb stehen und beugte sich, die Hände auf die Oberschenkel gestützt, vornüber. »Ich kann nicht mehr weitergehen«, sagte er mit herabbaumelndem Kopf.

»Wir müssen aber weiter«, sagte Malte.

»Es ist gar nicht hell geworden«, jammerte Theodor. Er spürte, dass seine Lippen zitterten, wie immer, wenn er kurz davor war, zu weinen.

Malte blickte zum Himmel, dann fasste er Theodor bei den Riemen seiner Jacke und richtete ihn wieder auf.

»Es ist zu kalt zum Rasten«, sagte er. »Wir müssen in Bewegung bleiben, sonst werden wir noch erfrieren. Verstehst du?«

»Aber wie lange noch?« Theodors Augen wehklagten nicht minder als seine Stimme.

»Vielleicht ein kleines Stück noch«, sagte Malte. Seine Stimme war ruhig, sein Blick blieb auf Theodor gerichtet.

»Das weißt du ja gar nicht«, sagte Theodor. »Und selbst wenn, was machen wir überhaupt, wenn wir aus dem Wald herauskommen?«

»Dann suchen wir uns ein warmes Plätzchen und stopfen uns voll. Du wirst schon seh-«.

Das plötzliche Aufheulen eines Motors unterbrach Maltes Worte. Grelles Scheinwerferlicht flutete ihnen entgegen. Direkt neben ihnen lief eine kieselige Einfahrt wie eine Schneise in die hohen Tannen. Ein Auto rollte auf sie zu, passierte ein offenstehendes Tor und bog so dicht bei Theodor und Malte auf den engen Matschweg ab, dass die Vorderreifen fast ihre Stiefelspitzen streiften. Durch den Wald fuhr es davon.

Am Ende der Einfahrt stand ein Haus. In seinen Fenstern brannte Licht.

»Na siehst du!« Malte legte Theodor den Arm um die Schultern und zog ihn die Zufahrt entlang.

Die kieselige Straße endete in einem großen, ebenso kieseligen Platz. Hinter dem Platz lag dunkel und still ein Sportplatz mit einem flachdachigen Vereinsheim. Direkt vor ihnen stand ein breites, dreistöckiges Haus. Durch die Fenster im Erdgeschoss fiel gelbes Licht auf den Schottergrund. Neben der Eingangstür an der Hauptseite war ein schartiges Schild angebracht. Die Aufschrift darauf war bis zur Unleserlichkeit abgeblättert, doch in einer Ecke war noch das Logo einer Biermarke zu erkennen.

Das Haus war offensichtlich ein Gasthof – und seine Tür nicht verschlossen.

Kapitel 4

Theodor und Malte betraten das Haus, und sofort empfingen sie Wärme und Geruch. In der Tat war's ein Gasthof. Die Wände und Decke waren aus Holz, ebenso die Tische und Stühle und die mit ausgeblichenen Stoffpolstern belegten Bänke. Das Licht war schummrig, es roch nach ehrlichem Essen und jahrealtem Rauch, der beharrlich im Holz wohnte. In einem geziegelten Kamin am Ende der Stube knackten die Reste eines Feuers.

Die Stube war verlassen und die Stühle waren schon unter die Tische geschoben. Nur hinter dem Tresen stand, den Rücken zu ihnen gekehrt, ein untersetzter Mann und sortierte Spirituosenflaschen in die Anrichte über seinem kahlen Haupt. Theodor und Malte traten an den Tresen heran und wünschten einen guten Abend.

»Blut und Spucke!« Der Wirt zuckte erschrocken zusammen und hätte beinahe die Schnapsflasche fallen lassen, die er gerade in den Händen hielt. Er fuhr herum. »Ihr habt mich erschreckt!« Er blickte sie aus kleinen, geröteten Augen unter faltigen Lidern an. Eine Schwermut lag darin, doch vielleicht war's auch nur die Müdigkeit nach einem langen Tag. Er stellte die Flasche vor sich neben das Abtropfgitter.

»Entschuldigung«, murmelte Theodor.

»Wo kommt ihr denn her zu so später Stunde?«, fragte der Wirt. Sein bartloses Gesicht war über und über mit verblassten Narben bedeckt.

»Ich fürchte, wir haben uns verlaufen«, sagte Malte. »Wir möchten aus dem Wald heraus. Wir sind schon ziemlich lange unterwegs. Dürfen wir uns hier einen Moment ausruhen?«

»Ich wollte gerade schließen«, begann der Wirt, kniff dann aber die Augen zusammen und musterte seine späten Gäste. Eine Ahnung von Wachsamkeit flog über seine Augen, doch nur für den Bruchteil eines Herzschlags. Dann verblasste die Wachsamkeit, und der Wirt schaute freundlich drein. Er kratzte sich an seiner knollenförmigen Nase. »Na fein, in Ordnung, ich muss hier ohnehin noch eine Weile aufräumen. Habt ihr Hunger? Ja? Ich kann euch etwas Eintopf aufwärmen. Habe ich selbstgemacht.«

»Macht es auch keine Umstände?«, fragte Theodor.

»Ach, Tinnef«, wehrte der Wirt ab. »Ihr könnt euch ja kaum noch auf euren Beinen halten. Setzt euch hinten neben den Kamin, ich bringe euch gleich etwas. Und legt Holz nach.«

Der Wirt verstaute die Flasche und verschwand durch eine Schwingtür in einen Raum hinter der Theke.

Neben dem Kamin stand ein Korb mit Holzscheiten. Theodor und Malte warfen zwei der größeren Scheite in die schwache Glut und nahmen dann einander gegenüber am Tisch nebenan Platz. Sie schlüpften aus Jacken und Stiefeln, drehten ihre Stühle zum Feuer und streckten die kribbelnden Hände und Füße den wiederauflebenden Flammen entgegen. Die Wärme kroch in ihre klammen Leiber. Theodor genoss, wie die Taubheit aus seinen Gliedern und die Beklommenheit aus seinem Gemüt wich. Malte lächelte rotbäckig zu ihm herüber. »Ich hab's doch gesagt.« Er schloss die Augen und streckte sich auf seinem Stuhl.

Ein aufloderndes Holzscheit später brachte der Wirt zwei große Schüsseln mit dampfender Brühe. »Das ist Kastanieneintopf. Selbstgemacht«, wiederholte er. Er schien mächtig stolz auf sein Werk. »So etwas habt ihr bestimmt noch nicht gegessen, glaubt mir das ruhig.«

Er verschwand noch einmal hinter der Theke und kehrte kurz darauf mit einem Tablett voll Brot und kaltem Braten zurück. Der

Anblick und der würzige Duft machten Theodor bewusst, wie hungrig er war.

»Lasst es euch schmecken«, sagte der Wirt und nahm wieder seinen Platz hinter dem Tresen ein, um weitere Flaschen einzusortieren.

Theodor und Malte machten sich über ihre Mahlzeit her. Wie sich zeigte, war der Wirt zurecht stolz auf seinen Eintopf. Er war sämig und würzig und schlichtweg wunderbar. Theodor linste zu Malte hinüber. Malte kaute selbstversunken und lächelnd. Er kaute immer lächelnd, wenn ihm etwas schmeckte, und dieses Lächeln war ein ungetrübtes. Theodor hatte es oft gesehen, wenn sie sich nach dem Schwimmen in dem Tümpel hinter dem Brachland Pommes geholt hatten oder wenn Malte bei ihm übernachtete und Theodors Vater Pizza mit Nudeln und Sauce Hollandaise machte. Theodor liebte dieses Lächeln, aber gleichzeitig brach es ihm das Herz. Es ließ erahnen, wer Malte eigentlich sein wollte und wer er hätte sein können, wenn's manche nur besser mit ihm meinten: ein zufriedener, genügsamer Junge, noch immer ein Kind. Stattdessen war es Teil von Maltes Leben geworden, geprügelt und traurig zu sein, und das kauende Lächeln lag meistens zwischen Schrammen und Schwellungen.

Maltes Gesicht erinnerte Theodor immer an ein Pferd. Es war ein langes Gesicht, und darin saß eine große Höckernase. Groß war auch Maltes Mund, groß waren seine Zähne. Er hatte einen leichten Überbiss, der die Wirkung seiner schönen Lippen – die obere schmal, die untere dick – schwächte. Die Ebene zwischen seinen Grübchen und den blauen Augen war zu weit. Malte hatte aufrichtige Augen, die ganz lachten, wenn sie lachten, und ganz Schmerz waren, wenn er litt. Doch sie waren zu schmal. Schmal war auch Malte selbst. Er war nicht nur schlank, sondern regelrecht dürr. Theodor sorgte sich oft, ihm könnte ein Stück vom Kör-per brechen, wenn er wieder einmal zu Boden gestoßen wurde. Malte war einen halben Kopf größer als Theodor und trug sein blondes Haar strubbelig. Theodor, der sich selbst zu klein und zu dick fand, hatte Malte immer schön gefunden.

Nachdem sie das Tablett bis zum letzten Krümel und die Schüs-seln bis zur letzten Löffelspitze geleert hatten, fühlte Theodor sich weit froher gestimmt als zuvor in dieser ganzen Nacht. Er gab sich jener herrlichen Trägheit hin, die stets auf ein üppiges Mahl folgt.

»Ich habe eine Vermutung, wohin uns dieser Wald führt«, sagte Malte und schaute Theodor mit flackernden Augen an. Der Zorn, der ihn entschlossen durch die Winternacht getrieben hatte, war einer erwartungsvollen Aufregung gewichen.

»Nicht nach Sichtighausen?«, fragte Theodor.

»Das glaube ich nicht mehr. Wir hätten es sonst längst erreicht. Und überhaupt hast du recht: Was sollten wir schon da?« Malte beugte sich vor, verschwörerisch und unsicher gleichermaßen. »Wenn ich dir etwas erzähle, versprichst du mir, dass du mich nicht auslachst?«

»Ich lache dich nicht aus«, sagte Theodor.

Malte wog sichtlich seine nächsten Worte ab, wobei er den Blick nicht von Theodor ließ. Er kaute auf seiner Lippe herum, als wollte er die passenden Worte mit den Zähnen ausgraben.

»Ich sehe seit einer Weile einen Ort«, begann er schließlich. »Wenn ich träume. Oder vielmehr … es ist mehr als ein Traum. Es ist, als würde ich mich an diesen Ort erinnern. Die Erinnerung ist wunderschön, und sie tut weh. Wie Heimweh nach einem wun-derbaren Ort, an dem ich noch nicht war. Manchmal ist dieses Ge-fühl so schön, dass es im Bauch kitzelt.« Malte schaute Theodor an, und doch wusste Theodor, dass Malte gerade etwas ganz Anderes sah. »Ich sehe diesen Ort ganz plötzlich, wenn ich irgendetwas rieche, zum Beispiel die Weizenfelder am Könnekenhof. Wenn ich ein bestimmtes Wort lese oder ein Lied höre. Wenn ich Sonne auf meiner Haut fühle, oder mich daran erinnere, wie sich die Sonne im Sommer auf meiner Haut anfühlt. Und auch jetzt gerade, wo ich den Eintopf gegessen habe. Manchmal ...«, Malte dachte zwei Augenblicke nach, die Zähne an den Lippen nagend. Dann fuhr er fort, und es war Theodor, als spräche Malte nun ganz zu sich selbst. »Manchmal blitzen Bilder auf, von, ich weiß nicht, Wäldern und so, aber wenn ich versuche, sie klar zu sehen, verschwinden sie, wie Träume nach dem Aufwachen. Als würde ich in Rauch greifen.« Er blinzelte, und nun sah er wieder Theodor. »Dieser Ort ruft nach mir, Theodor, er lockt mich zu sich. Ich weiß, das klingt bescheuert. Aber heute Nacht hat er mich lauter als sonst gerufen. Darum bin ich aufgebrochen, darum bin ich heute Nacht zu dir gekommen. Ich habe das Gefühl, dass ich nie mehr glücklich sein werde, wenn ich diesem Ruf nicht folge. Ich glaube, an diesen Ort bringt uns der Wald.« Malte atmete schwer aus, als wäre er eine wahre Last losgeworden. Er ließ sich auf seinem Stuhl zurücksinken. In seinen Augen hatten sich Tränen gesammelt. »Dahin muss ich gehen.«

Einen Moment schaute Theodor ihn nur an. So hatte er Malte noch nicht erlebt. Abenteuerlustig ja, begeistert zweifellos, doch nie derart entrückt, weggeträumt und entschlossen.

»Dann hoffe ich, dass du diesen Ort findest«, sagte er.

Malte schaute, als hätte Theodor ihn ohne Vorwarnung gekniffen. »Kommst du nicht mit?« Die Entrüstung schwang in seiner Stimme ebenso unverblümt mit wie in seinen Augen. Es klang fast angewidert.

Malte machte es stets wieder gut. Alles machte er stets wieder gut, ganz besonders für Theodor. Woher Malte die Kraft nahm, das Mitgefühl, die Bereitschaft, sich zurückzustellen, wusste Theodor nicht. Malte hätte allen Grund gehabt, ein zynisches Kind zu sein, oder wenigstens eines, das genug damit zu tun hatte, für sich selbst einzustehen. Doch Malte war stark, und er trug Theodor oft durch schwere Zeiten.

Theodors schwerste Zeiten, welche waren das schon? Vermutlich der letzte März, als sich sein Vater am Jahrestag des Todes von Theodors Mutter furchtbar betrunken, das ganze Wohnzimmer vollgekotzt und sich anschließend aus Scham und Selbsthass für drei Tage in seinem Arbeitszimmer eingeschlossen hatte.

Seine schwersten Zeiten, das waren die Sommerferien im letzten Jahr, die er größtenteils im Haus und gänzlich in Furcht verbracht hatte, weil die grässlichen Schulte-Zwillinge aus der Hochhaussiedlung es auf ihn abgesehen hatten. Gleich am ersten Tag der Ferien war Theodor vor dem Freibad mit seinem Klapprad in ihre Mountainbikes geschlittert und hatte sie ordentlich zerschrammt. Als die Schultes ihn schließlich am letzten Ferientag unten an dem Bach hinter dem Schrottplatz erwischt und ordentlich vermöbelt hatten, war es fast eine Erlösung gewesen, wenngleich Theodor sich gewünscht hatte, sie hätten ihn direkt zu Ferienbeginn geschnappt. Dann wären nicht die eigentlich besten sechs Wochen des Jahres derart verschenkt gewesen.

Solche Zeiten waren Theodors schwerste Zeiten. Bei Malte wären sie vermutlich nicht einmal in der Rangliste eines einzelnen Monats sonderlich weit oben platziert. Und doch half er Theodor durch solche Zeiten. Malte holte ihn täglich aus dem Haus, in dem sein Vater sich verbarrikadiert hatte, und schlief abends bei ihm im Zimmer, während nebenan sein Vater bitterlich weinte. Malte blieb bei ihm, bis Theodors Vater sich endlich fasste und mit einem spontanen Ausflug in den Magicka Funtasiepark zu Kreuze

kroch. Danach hatte Theodors Vater keinen Alkohol mehr ange-
rührt.

Malte verbrachte die schönsten Tage der Sommerferien in
Theodors Zimmer und spielte bei heruntergelassener Jalousie mit
ihm Videospiele, während draußen die Schulte-Zwillinge
lauerten. Malte hörte mit einer geschwollenen Wange zu, wie
Theodor seinen Geburtstag plante, lieh ihm von seinem wenigen
Ersparten das Geld für die Wrestlingzeitschrift, als Theodor
wegen einer schlechten Schularbeit einen Monat lang kein
Taschengeld bekam, und stand Theodor bei, als dieser in der
Schule wegen seiner »Mädchenjacke« verspottet wurde, wodurch
Malte selbst zur Zielscheibe geworden war.

Theodor brauchte Maltes Unterstützung und nahm sie mit ver-
hohlener Scham an. Theodor wusste, er hätte Malte nicht ein einziges Mal derart beistehen können, selbst wenn Malte es eingefor-
dert hätte. Und wenn er ehrlich zu sich selbst war, war Theodor
froh, dass Malte nie um Unterstützung bat und seine schwersten
Zeiten schweigend ertrug. Malte bürdete Theodor keine Verantwortung auf und ersparte ihm die Schande, sich seine Selbstbezo-
genheit eingestehen zu müssen. Nicht einmal das Geld für die
Zeitschrift hatte Theodor ihm bisher wiedergegeben.

Endlich einmal bat Malte um etwas? Unfug! Das Bitten war
nichts, worüber Theodor sich gefreut hatte. Das hatte er sich bloß
selbst vorgegaukelt, vorhin in seinem sicheren Zuhause, erleichtert darüber, dass die furchtbare Traurigkeit ihn aus ihren Klauen
gelassen hatte. Eine Nachtwanderung durch den Winterwald, ja,
das konnte Theodor gerade noch leisten. Doch hier, fern von zu
Hause, nach ihrem beschwerlichen Umherirren durch Kälte und
Dunkelheit, einem Umherirren, das noch immer nicht zu Ende

sein sollte, da wusste Theodor, wusste mit schmerzhafter, entblößender Klarheit, dass er selbst dieses eine Mal, wo Malte ihn bat, nichts tun würde.

»Mein Vater wird sich Sorgen machen«, sagte Theodor und konnte Malte dabei kaum ansehen.

»Ja, dein Vater.« Malte kräuselte missbilligend die Nase und schaute ins Feuer.

»Was denn?«, fragte Theodor.

»Nichts.«

»Was denn?«

»Nichts!« Maltes Blick blieb auf dem Kamin. »Es tut mir leid, das war blöd. Es ist nett von dir, dass du mich bis hierhin begleitet hast.«

»Malte.«

Malte schaute wieder zu Theodor. »Theodor, du kannst nichts dafür, wie es bei mir ist. Bitte vergiss es einfach, das war blöd.«

»Das war nicht blöd. Es ist nur … ich möchte nicht kneifen. Aber ich kann nicht einfach so fortgehen. Du weißt ja gar nicht, wie weit dieser Ort entfernt ist.«

Malte sagte nichts, schaute Theodor nur weiterhin an.

»Es kam so plötzlich«, sagte Theodor. »Du hast mich gebeten, dich zu begleiten. Aber bald muss ich erst einmal zurück. Du kannst mich ja jederzeit von unterwegs anrufen, und wenn du dann sagst, dass ich kommen soll, dann komme ich, egal, wo du bist. In Ordnung?« Theodor wusste, dass Malte nicht anrufen und er nicht kommen würde.

Malte schaute ins Feuer. Das rotgelbe Licht warf einen scharfen, unruhigen Schatten auf sein langes Gesicht, wo die Nase hervorstand. Maltes schmale Augen wurden noch schmaler.

»In Ordnung, Malte?«

»In Ordnung«, sagte Malte, doch er blickte weiterhin fort.

In diesem Augenblick trat der Wirt an ihren Tisch. Er hielt drei Krüge in seinen Händen. »Darf ich mich einen Moment zu euch gesellen?«

»Bitte«, antwortete Malte.

Der Wirt setzte sich ans Kopfende und schob Theodor und Malte einen Krug zu. Darin schunkelte schaumgekröntes Bier. »Dürft ihr schon? Ach, es ist mir eigentlich gleich. Zum Wohlsein.« Er prostete ihnen zu und nahm einen tiefen Schluck. Es war nicht Theodors erstes Bier. Malte und er hatten im vergangenen Sommer mit einem rebellischen Jungen namens Meik, der aus der Großstadt in ihre Klasse gekommen war, ein paar Dosen aus Mayers Tankstelle geklaut. Doch dies war das erste Bier, das ein Erwachsener ihm anbot. Es schmeckte genauso bitter wie das Bier aus der Tanke, aber das spielte keine Rolle. Theodor fühlte sich vielleicht nicht so verwegen wie damals, dafür kam er sich mächtig erwachsen vor, geradezu ernstgenommen.

Der Wirt stellte seinen Krug mit einem zufriedenen Seufzer ab und krempelte sich die fettfleckigen Ärmel hoch. Ein feuerrotes Mal kam an seinem rechten Unterarm zum Vorschein. Es hatte die Form einer zierlichen Hand.

»Wie war der Eintopf?«

»Wirklich lecker«, sagte Theodor. Malte sagte nichts, und Theodor spürte das bekannte, verabscheute Schamgefühl seinen Nacken hochklettern und sich unangenehm prickelnd über sein rundes Gesicht ausbreiten.

»Ja, nicht wahr?«, sagte der Wirt unbeirrt. »Die Kastanien habe ich eigenhändig gesammelt. Man muss sie schälen, dann Karotten und Zwiebeln anschwitzen, Rosmarin und Brühe dazugeben, eine Stunde köcheln lassen und mit Sahne aufgießen. Ich hatte leider keine frische Petersilie mehr, aber ich denke, es ging auch so.« Er schaute von Theodor zu Malte, von Malte zu Theodor, und dann wurde sein Blick ernst, als hätte sich eine Wolke vor die Frühlingssonne geschoben. »Hört mal, es geht mich nichts an, aber das Ende des Waldes ist noch ein Stückchen entfernt, wisst ihr? Zu Fuß mit Sicherheit noch zwei Stunden, vielleicht auch drei.«

Maltes Gesicht verzog sich vor Enttäuschung, eine tiefe Furche grub sich zwischen seine Augenbrauen. Theodor war's im Grunde gleichgültig. Er hatte Malte offenbart, dass er nicht viel weiter mitkommen würde. Vielleicht würde Malte nun selbst über eine Umkehr nachdenken, und Theodor stünde nicht ganz allein mit seinem eingezogenen Schwanz da. Und wenn nicht, dann sollte Malte doch weitergehen. Theodor würde sich hier ein Taxi rufen; sein Vater würde ihm mit Sicherheit das Geld dafür zurückgeben.

»Wie wäre es«, fuhr der Wirt allerdings fort, »wenn ihr für die restliche Nacht hierbleibt? Ihr könnt eines der Zimmer oben haben. 's sind ohnehin keine anderen Gäste da. Und morgen früh zieht ihr dann weiter.«

Malte schaute Theodor nicht für einen Augenblick an.

»So viel Geld habe ich nicht«, sagte er.

»Ich will kein Geld von euch. Es wird mir sicher anderswo und anderswann mit Ähnlichem vergolten. Bleibt hier als meine Gäste.«

»Das ist wirklich nett«, sagte Malte. »Ich bleibe gerne für die Nacht. Danke.«

»Und du, Junge?«

Theodor wusste, in dieser Nacht würden seine Füße ihn kein Stückchen mehr tragen. Und sein voller Magen auch nicht. Er war müde, und die Aussicht auf ein Bett war verlockend. Von diesem Gasthof aus konnte er Malte am nächsten Morgen guten Gewissens weiterziehen lassen. Vielleicht würde er Malte sogar noch bis in den nächsten Ort begleiten, die Wogen glätten und sich dann von seinem Vater abholen lassen. Schlimmstenfalls könnte er mit dem Bus nach Hause fahren.

»Ja, gerne«, sagte Theodor.

»Fein. Dann wäre das geklärt.« Der Wirt nahm einen weiteren Schluck Bier und betippelte dann verlegen mit den Fingerspitzen seinen Krug. »Ich muss euch das fragen: Habt ihr was ausgefressen? Ihr seht elendig aus, wisst ihr das? Dein Gesicht ... habt ihr irgendwelchen Ärger?«

Das würde ich auch gerne wissen, dachte Theodor. Hatte Malte Ärger?

Malte schaute den Wirt einen Moment an, blickte kurz zu Theodor und dann wieder zum Wirt. »Wir sind nicht ausgerissen oder so, falls Sie das denken«, sagte er schließlich. »Vielleicht laufen wir weg, aber vor allem laufen wir irgendwohin.« Er linste flüchtig zu Theodor. »Oder zumindest ich. Ich weiß nur nicht, wo genau das ist.«

Der Wirt schaute ihn prüfend an, offensichtlich wenig überzeugt.

»Es tut mir leid, dass ich es nicht besser erklären kann«, sagte Malte. »Aber Sie werden wegen uns keinen Ärger bekommen.«

»Ja, das wäre schön«, sagte der Wirt fast wie zu sich selbst. Er rieb sich das Gesicht. Er schaute nachdenklich drein, dann verscheuchte er die Grübelei mit einem Blinzeln und einem Lächeln. »Also, es ist spät. Ihr könnt das erste Zimmer haben, wenn ihr die Treppe hochkommt.« Er stand auf und schnappte sich die nur halb geleerten Krüge. »Legt euch schlafen, ich werde das auch gleich tun. Auf, auf, macht schon.«

Theodor und Malte erhoben sich etwas überrumpelt von ihren Stühlen, wünschten eine gute Nacht, klaubten ihre Sachen zusammen und schleppten sich die Treppe hinauf in das Zimmer, das der Wirt ihnen zugewiesen hatte. Es war ein sauberes, zweckmäßiges Zimmer mit zwei schmalen Betten, einem schnörkellosen Kleiderschrank und einem kleinen Bad.

Theodor und Malte sprachen nicht, als sie ihre Kleider auszogen, sich oberflächlich wuschen und in ihre Betten legten. Die vergangene Nacht forderte nun, wo die Mägen gefüllt und die Körper gewärmt waren, ihren Tribut. Theodor spürte, wie die Müdigkeit ihn mit festem Griff in den Schlaf zog.

»Gute Nacht«, sagte Malte, knipste die Lampe auf seinem Nachttisch aus und drehte sich zur Wand.

»Gute Nacht«, sagte Theodor und löschte ebenfalls sein Licht.

Schwere Fensterläden aus grünbestrichenem Holz hielten die Nacht draußen, und im Zimmer war es dunkel, abgesehen von einem schwachen Lichtschimmer, der vom Flur her unter der Zimmertür hereindrang. Im Erdgeschoss beendete der Wirt klimpernd und polternd seine Arbeit.

Theodor hob an, Malte anzusprechen. Er atmete ein und öffnete den Mund. Doch weil ihm nichts einfiel, was er hätte sagen sollen, schloss er ihn wieder und gleichzeitig die Augen. Theodor wusste, dass er eine Enttäuschung war. Und er wusste, dass auch Malte es wusste.

Kapitel 5

Zuerst roch er alten Zigarettenrauch. Dann zuckte er zusammen. Eine unbestimmte Angst packte ihn wie ein schlimmer Gedanke, der sich des Nachts anschleicht, während man in den Schlaf dämmert, und der sich dann auf einen stürzt, nach einem schnappt, einen beißt und schüttelt und mit klopfendem Herzen und schmerzenden Beinen aus dem Schlaf schrecken lässt.

Theodor fuhr hoch mit klopfendem Herzen und schmerzenden Beinen. Sein Kopf pochte, und in seinem Magen gor Übelkeit. Die Angst verschwand, doch Schmerzen und Übelkeit ließ sie bei ihm, dazu einen bitteren, moosigen Geschmack im Mund.

Theodor lag nicht in dem Bett, in dem er eingeschlafen war. Er lag in gar keinem Bett; er lag auf einer dünnen Matratze in einem kahlen Zimmer. Er war nackt. Fahles Licht mühte sich durch ein schmutzschmieriges Fenster und fiel schwach auf bloße Wände, von denen sich die Raufasertapete in Wellen löste. Das Zimmer war grotesk verzerrt: hier zu niedrig, dort zu hoch, die Ecken mal zu spitz und mal zu weit. In der Wand gegenüber seiner schäbigen Matratze befand sich eine schmucklose Tür aus Buche oder einem billigen Imitat. Auch sie war krumm und schräg, ihre Balken und Rahmen verbogen, die oberen Winkel nach außen gebeult und die unteren nach innen gezogen, so dass die gesamte Tür die Form eines auf dem Kopf stehenden Trapezes hatte.

Theodor stand auf. Der Boden war kalt und blank, ein blassgetretener Linoleumboden wie in dem antiquierten Gemeindehaus der Stadt.

In Theodors Beinen rumorte ein stumpfes Ziehen, als wären Waden und Oberschenkel mit einem zu kurzen Seil verknüpft. Sein Rücken schmerzte, ein Stechen oberhalb des Steißbeins. Mit einer Hand stützte er sich an der Wand ab und schleppte sich zur Tür.

Er musste gebückt laufen. Mühsam setzte er einen Fuß vor den anderen, die bloßen Sohlen lösten sich schmatzend vom klebrigen Untergrund.

Dort angekommen, hielt er einen Moment inne, um durchzuatmen. Der kurze Weg hatte ihn Kraft gekostet, Schweißperlen bildeten sich auf Rücken und Stirn. Seine Brust juckte und brannte wie von einem Pferdebremsenbiss. Als er danach tastete, fühlte er kleine, nässende Wunden. Er zog die Hand zurück.

Von der anderen Seite der Tür her drang ein Schaben, ein kratziges Scheuern, als würde das Blatt mit einer Stahlbürste geschrubbt. Theodor streckte die Hand zur Klinke. Ein heftiger Schlag ließ die Tür erbeben. Theodor schreckte zurück.

Einen Augenblick blieb alles still – dann donnerte ein weiterer Schlag gegen die Tür, und noch ein dritter, der sie aus den Angeln zu prügeln drohte. Theodor wich zurück, bis seine Fersen an die Matratze stießen. Nun setzte ein Trommeln hinter der Tür ein, zuerst ganz leise, wie von flink tippelnden Fingerspitzen. Dann wurde das Trommeln fester, das Tippeln ungeduldiger, schließlich wurde es dumpf und laut, als klatschten Handflächen dagegen. Die Handflächen wurden zu Fäusten; wild hämmerten sie gegen das Holz, verlangten Einlass, prügelten und polterten, und dann warf sich ein ganzer, schwerer Körper gegen die Tür, nahm Anlauf, sprang dagegen, immer wieder. Das Türblatt beulte sich, Risse bildeten sich wie bei einem morschen Tor, das von einem Rammbock bearbeitet wurde.

Theodor ließ sich auf seine Matratze fallen und kroch rücklinks bis an die Wand. Die Tür zitterte und bebte, die Angeln konnten sie kaum noch halten. Das Herz in Theodors juckender, brennender Brust bebte nicht weniger, sein Körper zitterte nicht minder. Unbarmherzig warf sich der Körper gegen die Tür, noch einmal, und noch einmal. Die Zarge wackelte in der Wand und drohte herauszubrechen. Putz platzte ab, Staub und Schmutz rieselten von der Decke. Theodor zog die Beine an. Er selbst war diese billige, schwache Tür, heimgesucht von einer unbarmherzigen Gewalt. Er fing zu schreien an, schrie die Tür an, schrie das ganze Zimmer an, schrie an, was auch immer hinter der Tür wütete. Ein letztes, bauchiges Aufblähen der Tür, als würde sie tief einatmen, dann brach sie splitternd auseinander – und Theodor fuhr hoch in seinem Bett.

»Aufgewacht!«, hallte es in seinem Kopf.

Kapitel 6

»Aufgewacht!«

Für einen langen Augenblick wusste Theodor nicht, wo er war. Er zitterte, sein Herz schlug wild. Träumte er? War er wach? Er sah ein halbdunkles Zimmer, ertastete ein weiches Bett unter sich. Dann kam die Erinnerung zurück: der Aufbruch, die Winternacht, der Wald und der Gasthof. Mit einer Klarheit, die seinen Bauch krampfen ließ, begriff er, wie weit er von seinem Zuhause entfernt war. Er war zum Weinen müde.

»Heda«, sagte der Wirt mit leiser, fester Stimme. Er saß am Fußende von Theodors Bett und rüttelte ihn am Bein. »Bist du ganz bei mir? Ich brauche euch zwei jetzt aufmerksam.«

Die Bestimmtheit in des Wirtes Stimme vertrieb die Müdigkeit und Wirrnis aus Theodor, als hätte sie seinen Kopf stoßgelüftet. Durch die offenstehende Tür fiel Licht ins Zimmer. Hinter den schweren Fensterläden lag nur Schwärze. Noch immer Nacht. Regen trommelte gegen das Holz; es klang wie das Tippeln flinker Fingerspitzen.

In dem anderen Bett saß Malte und schaute Theodor an. Er war bereits wach und wachsam. »Du hast geschrien«, sagte er mit, ja, mit was? Sorge? Mitleid? Missbilligung?

»Es war nur ein Albtraum«, sagte Theodor.

Der Wirt schaute sie beide lange an, bis er sicher war, dass ihre Aufmerksamkeit ganz bei ihm lag. »Ihr seid nicht zufällig in diesem Wald gelandet, ist dem nicht so? Euch hat etwas hierhergelockt, ist dem nicht so? Ein Ort ruft euch. Ist dem so? Hm? Ist dem nicht so?«

Theodor sah zu Malte. Seine Haut kribbelte vor unheilvoller Vorahnung. Draußen vor dem Fenster klapperten die Fensterläden. Wind war aufgekommen.

Malte nickte.

»Blut und Spucke, dacht ich's mir! Dann ist euer Ziel auch nicht der Waldesausgang. Ihr habt noch ein gewaltiges Stück vor euch, Blut und Spucke, das habt ihr.« Der Wirt rieb mit beiden Händen seinen feisten Hals. »Ich kann euch zu dem Ort führen, der euch ruft. Ich habe nur darauf gewartet.«

Kaum hatte der Wirt seinen Satz beendet, da riss ein Windstoß die Fensterläden auf. Dicke Tropfen klatschten gegen die Scheibe und rannen zäh das Glas hinab. Die Augen des Wirtes verengten sich. »Doch wir müssen gleich aufbrechen. Sofort. Vertraut ihr mir?«

Die Fensterläden schlugen auf und zu. Es klang wie Fausthiebe; ein dumpfes Stampfen gegen das Mauerwerk, wenn sie aufsprangen, ein hohler Schlag gegen das Glas, wenn sie zuflogen. Der Wind hob einen schauderhaften, qualvollen Gesang an. Der Regen verdichtete sich zu einem Schauer.

»Vertraut ihr mir?«, fragte der Wirt mit Ungeduld.

Malte und Theodor sahen ihn unschlüssig, dann schauten sie einander an.

»Ich vertraue Ihnen«, sagte Malte.

Theodor wusste nicht, was er antworten sollte. Er wusste nicht, was er denken sollte. Er wollte nicht weiter fortgehen. Er wollte nach Hause. Er wollte sich die Decke über den Kopf ziehen und die Augen zusammenkneifen, bis dieser Spuk vorbei war.

Die Fensterläden klapperten heftiger, warfen sich wie im Wahn gegen Scheibe und Stein. Polter, klong! Polter, klong!

»Und du, Junge?«

»Ich möchte nach Hause. Ich möchte nicht mitgehen.« Theodors Stimme bröckelte wie halbgetrockneter Mörtel. »Es ist nur Malte, der gerufen wird.«

»Das ist nicht wahr«, sagte der Wirt. »Diese Reise geht euch beide an, so viel steht fest.«

Polter, klong! Polter, klong! Die Fensterläden schlugen immer wilder, geschüttelt von einem wütenden Sturm. Der Wirt blickte zum Fenster, und seine Augen wurden groß. Theodor folgte seinem Blick, und sein Magen verkrampfte. Hinter den Läden war finsterste Schwärze, doch die Finsterschwärze rührte nicht von der Nacht her, sondern von einem dichten, dunklen Qualm, der gegen das Fenster brandete. Rauchwülste wallten gegen das Glas, prallten zurück und machten sich gleich an den nächsten Ansturm. Wo sie gegen die Fensterscheibe stießen, pressten sich wutverzerrte Fratzen am Glas platt wie Kindergesichter an Weihnachtsschaufenstern. Der Qualm und seine schaurigen Gesichter versuchten, in das Zimmer zu dringen. Die ersten dünnen, rauchigen Fäden fanden bereits ihren Weg zwischen den Scharnieren hindurch, wie die Finger eines geisterhaften Einbrechers.

»Es ist egal, was du willst«, sagte der Wirt streng. »Der Albtraumkönig kommt hierher. Er kommt wegen euch, und gleich ist er da!«

»Der Albtraumkönig?« Das Wort ätzte wie Galle in Theodors Mund. Es rief seinen Albtraum zurück und beschwor den Nachgeschmack der Panik herauf, die er empfunden hatte vor dem, was darin zu ihm gewollt hatte.

»Zieht euch an«, sagte der Wirt. »Wir gehen los. Sofort!«

Er erhob sich und verließ das Zimmer. Malte sprang auf und zog hastig Hose und Pullover an. Theodor konnte nicht greifen, was geschah. Nie hatte er größere Angst verspürt in seinem ohnehin nicht furchtfreien Leben. In seiner Angst tat er, was er immer tat: Er hielt sich an Malte. Er kletterte aus dem Bett und zog sich eilig an. Malte hatte bereits seine Stiefel geschnürt und zog den Reißverschluss seiner Jacke zu. »Nun mach schon«, sagte er wie ein tadelnder Vater zum trödelnden Sohn.

Als Theodor soweit war, liefen sie hinaus in den Flur und die Treppe hinunter. Unten wartete der Wirt. Er hatte sich einen leichten Mantel übergeworfen und deutete auf zwei Rucksäcke, die zu seinen Füßen gegen das Treppengeländer lehnten.

»Nehmt euch jeder einen, ich habe sie für euch gepackt.« Es waren abgetragene Trekkingrucksäcke mit allerhand Taschen, Streben und Gurten. Vermutlich nur zwei von vielen, die Wandernde und andere Gäste vergessen hatten. Sie waren vollgestopft, wogen aber nicht allzu schwer.

Die Fensterläden in der Stube klapperten und klirrten. Sie waren größer als die Läden oben, und ihr Toben war wilder und tosender. Der Wind heulte nicht bloß, er kreischte, jaulte, schrie und fauchte in Zorn und Schmerz und Irrsinn. Die Fenster hier waren aus Ornamentglas, dick und wenig durchsichtig, und doch war deutlich zu erkennen, dass auch hier der schwarze Qualm seine rußigen Fratzen gegen die Scheiben presste und Einlass begehrte. Er rüttelte an den Fenstergriffen, schüttelte die Haustür und suchte einen Weg hinein. Dieser Qualm war böse, das spürte Theodor.

Der Wirt schob Theodor und Malte vor sich her und durch die Schwingtür in den Raum hinter dem Tresen. Es war die Küche: In der Mitte stand eine große Kochinsel, an den weißgekachelten Wänden reihten sich Tische, eine Spüle und einige Unterschränke aus Edelstahl. Von Halterungen an Wänden und Decke baumelten allerhand Töpfe, Pfannen und Schöpfkellen. Am gegenüberliegenden Ende befand sich eine Stahltür, deren weißer Lack mehr abgeblättert als noch vorhanden war. Der Wirt schloss sie auf und schaltete ein Licht dahinter an. Eine enge Treppe führte hinab. »Runter da.«

Theodor kannte die Horrorgeschichten von Entführungen und Kindesmorden. Als er die vierte Klasse besucht hatte, war ein gleichaltriger Junge aus einem Nachbarort verschwunden. Die ganze Region war damals in Aufruhr. Drei Tage lang durchkämmten Polizei, Landwirte und Anwohner mit Hunden die Wälder und Felder, drei Tage lang mussten sämtliche Kinder in allen umliegenden Orten zu Hause bleiben, nachdem sie in Fahrgemeinschaften aus den Schulen abgeholt worden waren. Schließlich fand man den Jungen fast vierzig Kilometer entfernt. Er hatte sich in dem riesigen Waldgebiet zwischen Alsberg und Finsterfichte verlaufen. Er war ausgehungert und unterkühlt, aber sonst wohlauf. Doch die Vorstellungen, was damals alles hätte geschehen sein können, Vorstellungen, die die Kinder in der Schule bis aufs Grausigste ausschmückten, hatten Theodor bis heute geprägt. Außerdem war er kein Idiot. Niemals wäre er bei einem fremden Mann in einem abgelegenen Gasthof nachts hinab in einen Keller gegangen. Doch dies hier war etwas Anderes. Grässliche Fratzen in einem bösen Qualm waren hinter ihm her. Und Malte war bei ihm. Der schien keinerlei Furcht zu verspüren.

Der Wirt drängte Theodor und Malte die Stufen hinab, zog die Stahltür hinter sich zu, schloss sie ab und folgte ihnen.

Die Treppe führte in einen weiten Kellerraum, der zugestellt war mit Kartons und Krimskrams. Sie bahnten sich einen Weg durch Kisten mit Konservendosen, rostigen Werkzeugen, defekten Küchengeräten und ineinandergestapelten Stühlen. In der hinteren Ecke ging ein Gang ab. Als sie ihn erreichten, kreischte in der Stube über ihnen ein irres Klirren auf, als zerplatzten alle Fensterscheiben, Gläser und Flaschen gleichzeitig. Dem Klirren folgte ein dumpfes, wütendes Poltern, als würden Tische und Stühle umhergeworfen.

»Weiter«, fauchte der Wirt. Malte marschierte voran. Vor Furcht wie betäubt, wurde Theodor einfach stumpfen Sinnes zwischen Malte und dem Wirt mitgespült.

Der Gang hatte nackte, gekalkte Wände und endete vor einer weiteren Stahltür. Dahinter führte eine weitere Treppe hinab. Unten angekommen, eilten sie durch einen schmalen, verwinkelten Korridor mit mehreren engen und abrupten Knicken, der sie in einen langgezogenen, staubigen Raum mit einer rundlichen Decke lotste. Eine Erinnerung blitzte in Theodor auf an die Zeichnung von einem Mann in einem Walfischbauch, die er im Religionsunterricht gesehen hatte. Nur waren die Wände hier nicht aus Fleisch, das rosa zwischen hohen Rippen glänzte, sondern aus groben Mauern, deren Steine sich unter dem Putz abzeichneten. Schutt lag auf dem Boden herum, und alte Bretter stapelten sich entlang der Wände. In den Ecken standen Baustrahler, und Wandleuchten in Metallschutzkörben hingen an den Mauern. Die rundlichen Decken wurden gestützt von zwei dicken Stahlträgern. Es roch nach Feuchtigkeit und Moder.

Eine Öffnung in der Wand links von ihnen führte wie der Eingang einer Drachenhöhle in eine unheimliche, faszinierende Dunkelheit. Doch der Wirt drängte Theodor und Malte zu einer rostigen Gittertür am anderen Ende des Raumes.

Als der Wirt die Tür aufzog und Theodor und Malte in den Gang dahinter schob, sprangen hohl klackernd einige Leuchtröhren an, die unter einer niedrigen Decke hingen und gelbes, flackerndes Licht spendeten. Rechterseits verliefen aneinandergereiht aus groben Brettern gezimmerte Verschläge.

Der Wirt schob sich gerade an Theodor und Malte vorbei, als über ihnen ein vielfüßiges Trampeln aufpolterte.

»Eilt euch!«, zischte der Wirt und rumpelte hurtig den Gang voraus, vorbei an den Kabuffs. Theodor war übel, ein unangenehmes Ziehen spannte seinen Bauch. Würgend und wie ferngesteuert lief er dem Wirt nach. Malte blieb dicht hinter ihm, eine Hand an seinem Rücken.

Der Gang verlief ein Stück geradeaus, dann bog er scharf nach links und führte an weiteren Kammern vorbei. Theodor lief fast in den Wirt hinein, als dieser unerwartet stehen blieb – der Gang hatte in einer Sackgasse geendet. Der Wirt holte einen Bund grober Schlüssel aus seiner Manteltasche, fingerte einen besonders groben hervor und öffnete das Vorhängeschloss an der Tür des letzten Verschlages. Mit einem widerspenstigen Knatschen schob er die Tür auf.

»Hinein hier.«

Nachdem Malte und Theodor ihm in ein kleines Kämmerchen gefolgt waren, drückte der Wirt die protestierende Tür zurück und verriegelte sie mit dem Vorhängeschloss. An den Wänden standen Regale, in denen Konservendosen und Einmachgläser verstaubten. Der Wirt tastete die Bretter und Stützen ab, bis er schließlich ein bestimmtes Brett packte und das gesamte Regal aufzog wie eine Tür. Dahinter, verborgen von spinnenverwobenen, etikettlosen Dosen, war eine hüfthohe, quadratische Tür in die Wand eingelassen. Ihre Umrisse waren tief in den Stein gekratzt.

Mit seinen großen Händen stemmte sich der Wirt gegen die Tür und schob sie mühsam auf. Sie war so dick und aus gleichem Stein wie die übrige Mauer. Schwerfällig schabte sie über den Boden, Zentimeter für Zentimeter. »Hinein auch dort«, schnaubte der Wirt, als er die Tür einen Spalt weit geöffnet hatte.

Das Trampeln und Wüten hatte den Korridor mit den Verschlägen erreicht. Viele Schritte, schwere und trippelnde, stürzten auf sie zu. »Blut und Spucke«, zischte der Wirt, »so eilt euch doch!«

Malte ließ sich auf alle Viere fallen und quetschte sich durch die schmale Öffnung. Theodor tat es ihm gleich und krabbelte in absolute Finsternis. Die Luft stand stickig. Der Wirt drängelte Theodor nach, seine Hände stießen gegen dessen Schuhsohlen.

Als auch der Wirt sich durch die kleine Öffnung gequetscht hatte, langte er noch einmal hinaus und zog das Regal zurück an seine alte Position. Dann stemmte er sich gegen die dicke Steintür und schloss sie mühsam schnaufend. Der Spalt, nur ein Schimmer in der Schwärze, wurde schmaler und schmaler. Als die Tür schließlich einrastete, herrschten Stille und Dunkelheit allein.

»Keinen Laut jetzt«, flüsterte der Wirt schwer atmend. Theodors Herz schlug wie ein Trommelfeuer und drohte ihm aus der Brust zu hüpfen. Er hörte ein scharfes Schmatzen, und der Wirt zog Luft ein, als hätte ihn etwas geschmerzt. Dann spuckte er kräftig aus und patschte mit seinen Händen mehrfach gegen die Steintür oder die Wand daneben.

Danach kroch er zwischen Theodor und Malte. Dort kauerten sie zu dritt, blind, und das einzige Geräusch war des Wirtes schweres Atmen.

Ein gedämpftes Klimpern ließ Theodor zusammenfahren. Das Vorhängeschloss war zu Boden gefallen. Die Tür zum Kämmerchen wurde knatschend aufgeschoben, und dann drang ein Schnuppern und Schlurfen an seine gespitzten Ohren. Etwas ging die Regale entlang, witternd und geifernd. Theodor hörte – oder spürte vielmehr – ein Schnüffeln und Scharren, ein Riechen und Schnappen. Etwas auf der anderen Seite suchte sie; etwas Bedrohliches, das es nicht gut mit Theodor meinte. Theodors Puls pochte in den Schläfen, sein siedendes Blut rauschte in den Ohren. Theodor konnte die Wut fühlen, mit der dieses Etwas – oder vielleicht waren es auch viele Etwasse – wild in jede Ecke forschte. Er kniff die Augen zusammen, schlang die Arme um seinen Körper und senkte die Stirn auf den Boden. Er machte sich so klein wie möglich. Er nahm seine Schutzhaltung ein.

Ein gellender, zorniger Schrei – und dann jagte das Unheil davon. Es wirbelte aus dem Kämmerchen, fegte die Kellergänge entlang, hetzte durch die Küche und stob aus dem Gasthof hinaus in die dunkle Nacht, die kein Ende nehmen wollte.

Einen Moment blieb alles still. Dann atmete der Wirt hörbar aus und sagte mit ruhiger Stimme: »Weiter geht es für uns.«

Er stand auf und entfernte sich ein paar Schritte. Ein kühles Licht verscheuchte die Finsternis. Theodor öffnete die Augen. Der Wirt stand an der gegenüberliegenden Wand eines niedrigen, quadratischen, wasserfleckigen Raumes. Seine linke Hand hielt er unter die Achsel gepresst. Neben ihm befand sich ein Lichtschalter. In der Mitte des Zimmers baumelte eine bloße Glühbirne an einem losen Kabel von der Decke. Direkt in dem Boden unter ihrem schaukelnden Schein befand sich eine Luke mit einem schweren, gusseisernen Ringgriff. Theodor und Malte kauerten noch immer auf allen Vieren.

»Seid ihr in Ordnung?«, fragte der Wirt, kam zu ihnen herüber und ging in die Hocke. Theodor und Malte setzten sich auf.

»Was war das?«, fragte Theodor, entsetzt und ungläubig. »Wer ist der Albtraumkönig?«

»Er ist ein großes Unheil. Und er sucht euch. Jetzt sucht er euch erst einmal woanders, aber er wird zurückkommen. Bis dahin sollten wir ein ordentliches Stück zurückgelegt haben.«

»Was haben wir denn mit ihm zu schaffen?«

»Das wird euch eine Freundin von mir erzählen. Ich bringe euch zu ihr. Ihr Name ist Eels.«

»Und wo ist sie?«, fragte Theodor.

»An dem Ort, der euch ruft. Der Ort, nach dem ihr euch sehnt.« Theodors Augen wurden feucht, erste Tränen stauten sich darin. »Der Ort, nach dem ich mich sehne, ist mein Zuhause! Mich ruft kein anderer Ort.«

»Da irrst du dich, Junge. Der Ort ruft auch dich, und du solltest seinem Ruf folgen.«

»Und wann kommen wir wieder nach Hause?«

»Ich fürchte, das wird seine Zeit brauchen.«

Nun brachen die Tränen hervor, und für eine jammervolle Minute weinte Theodor. Malte saß still daneben und wartete, dass das Schluchzen nachließ.

»Was ist mit meinem Vater?«, fragte Theodor schließlich. »Ist er in Gefahr?«

»Um eure Väter müsst ihr euch vorerst keine Sorgen machen. Doch allein, damit das so bleibt, solltet ihr mitkommen.« Theodor wischte sich über die Augen und schniefte tief. Der Wirt schaute ihn kummervoll an. »Du hast leider keine Wahl, Theodor.«

Er erhob sich mit knackenden Knien und ging hinüber zu der Luke in der Mitte des Raumes. Er packte den Ring mit einer Hand und wuchtete die Bodenluke auf. Stille und Staub stoben empor.

»Wartet bitte einen Moment«, sagte der Wirt, ließ sich mit den Beinen voran in die Öffnung hinab und verschwand.

Theodor und Malte blieben zurück und saßen auf dem Boden der nackten Kammer. Theodor schaute zu Malte, Malte schaute zu ihm. Malte mühte sich zu einem aufmunternden Lächeln. In dem Quadrat unter der Luke flammte rotes Licht auf. »Kommt herunter!«, rief der Wirt von unten.

Sie krabbelten zum Rand. Eine Leiter führte gut drei Meter hinab.

»Was denkst du über all das?«, fragte Theodor.

»Es fühlt sich richtig an«, sagte Malte mit Bestimmtheit. Seine Augen funkelten vor Aufregung. Dann fügte er etwas hinzu, das Theodor mehr schmerzte als sein Heimweh, mehr sogar als die Angst vor einem unheilvollen Albtraumkönig. Malte sagte: »Sei bitte etwas mutiger.« Dann kletterte er die Leiter hinunter.

Theodor nahm die ersten Sprossen. Sein Kopf lugte noch aus der Luke. Er blickte zu der Tür in der Wand. Vier blutrote Handabdrücke prangten auf dem Stein. Er fühlte sich schrecklich alleine.

Kapitel 7

Die Leiter führte einen schmalen Schacht hinab in einen Raum, der Theodor an die Lesezimmer der Herrenhäuser aus den alten Schwarzweiß-Krimis erinnerte, die er manchmal mit seinem Vater schaute. An den Wänden lehnten wuchtige Bücherregale, die von den Dielen bis zum Stuck der Decke reichten. Auf einem mit Ornamenten versehenen Teppich standen drei Ohrensessel um einen kleinen Tisch mit geschwungenen Beinchen herum. Eine Schirmlampe in einer der Zimmerecken tauchte den Salon in ein rotes, schauriges Licht.

»Was ist das für ein Zimmer?«, fragte Theodor, als er von der Leiter gestiegen war.

Der Wirt ließ sich in einen der Sessel plumpsen. Seine linke Hand blutete. Auf dem Tischchen vor ihm lag ein Streifen Verbandszeug. Der Wirt nahm ihn und wickelte ihn um seine Hand.

Theodor ging die Regale entlang. Sie waren bis auf den letzten Millimeter mit ledernen Büchern gefüllt, kein Fingerbreit Platz war mehr zwischen ihnen. Die Buchtitel auf den Rücken konnte er nicht lesen. Nicht, weil sie in einer anderen Sprache verfasst gewesen wären, sondern weil sie merkwürdig verschwommen waren, ja direkt vor seinen Augen verschwammen.

»Setzt euch bitte für einen Augenblick«, sagte der Wirt.

Malte und Theodor nahmen ihre Rucksäcke ab und setzten sich in die Sessel.

»Das hier ist der Eingang in die Wirrwege«, sagte der Wirt. »Euch erwarten Wunderliches und Phantastereien. Danach habt ihr doch gesucht, nicht wahr?«

Theodor hatte gar nichts gesucht, er hatte nur Malte begleiten wollen. Und doch spürte er bei dem Wort Phantastereien die Ahnung einer Vorfreude in seinem Bauch kribbeln. Maltes Augen glitzerten gespannt, ihr Blau war strahlend, selbst hier in diesem merkwürdigen Licht.

»Schaut in eure Rucksäcke«, sagte der Wirt.

In seinem fand Theodor zuoberst einen ausgebleichten Umhang.

»Eure Jacken könnt ihr hierlassen, sie stören nur«, sagte der Wirt. »Falls es später kalt oder nass wird, schützen die Umhänge euch.«

Malte zog seine Jacke ohne zu zögern aus – eine aufgetragene, fleckige und an mehreren Stellen geflickte Daunenjacke. Theodor mochte seinen Anorak nicht hergeben. Sein Vater hatte ihn im letzten Winter gekauft. Vorausgegangen war einer ihrer wenigen Streite. Theodor hatte an einem Sonntag im Wald gespielt, war gestolpert und hatte dabei die Winterjacke, die er trug, aufgerissen. Es war keine Zeit geblieben, eine andere Jacke zu besorgen, und so musste er am Montagmorgen zur Schule eine unsagbar hässliche, lilafarbene Fleecejacke anziehen – eine richtige Mädchenjacke, die, woher auch immer sie kam, in Theodors Schrank gehangen hatte. Theodor hatte seinen Vater angefleht, ihn nicht in dieser Jacke zur Schule zu schicken, ihm stattdessen zwei oder drei Pullover übereinander zu stülpen oder ihn notfalls für diesen Tag zu Hause bleiben zu lassen. Doch sein Vater hatte auf die Mädchenjacke bestanden, und nach einem lauten, letzten Wort musste Theodor schließlich nachgeben. Es war der erwartet schlimme Schultag geworden; Theodor hatte eine Menge Spott und Knuffereien einstecken müssen. Als er nach Hause kam, gedemütigt und mit hängenden Schultern, wartete sein Vater mit einem nagelneuen Anorak. Er war von kohlegrauer Farbe, ging leicht über die Hüfte und hatte an der Kapuze zwei Bänder aus echtem Leder. Ihr Streit und Theodors Verzweiflung hatten seinem Vater ein derart schlechtes Gewissen gemacht, dass er zwei Stunden früher die Arbeit liegengelassen und die Jacke gekauft hatte.

Der Anorak war wirklich schick, keine Frage, doch für Theodor war er so viel mehr. Für ihn war's, als trüge er das Wohlwollen seines Vaters bei sich, die Gewissheit, geliebt zu werden, wenn er ihn überzog, fast wie eine Rüstung.

»Mach schon, wir können kein unnötiges Gepäck brauchen«, raunzte der Wirt.

Widerwillig schälte Theodor den Anorak von sich und legte ihn neben seinen Sessel.

Unter dem Umhang lagen einige Lebensmittel: eine Handvoll Streifen getrockneten Fleisches, ein Apfel, ein paar Nüsschen, eine Traube schwarzblauer Beeren, außerdem eine gefüllte Feldflasche.

Der Wirt betrachtete seine verarztete Hand. Theodor fragte sich, was es mit ihr und den blutigen Abdrücken auf sich hatte, aber andere Angelegenheiten waren dringlicher, andere Fragen brennender.

»Die Wirrwege verbinden verschiedene Orte miteinander«, sagte der Wirt, »und sie führen auch zu dem Ort, den ihr sucht. Den ihr beide sucht«, fügte er mit strengem Blick auf Theodor hinzu. »Sie sind ein gewaltiges Gewirr aus Gängen, und ich meine wirklich gewaltig. Ich kenne nur einen einzigen Weg durch dieses Gewirr. Es gibt viele andere Wege hindurch, viele andere Ein- und Ausgänge. Doch viel mehr noch gibt es Wege, die in die Irre führen. Die Wirrwege sind so angelegt, dass sich alle, die nichts Gutes im Sinn haben, in ihnen verlaufen. Auf jede richtige Abzweigung kommen Hunderte falsche, die tief in ein Labyrinth führen, aus dem man nicht mehr herausfindet. Gibst du mir ein Stück?«

Malte hatte gerade sein Dörrfleisch ausgegraben. Er reichte dem Wirt einen Streifen, der ihn sich in den Mund schob. Kauend fuhr der Wirt fort: »Die Wirrwege sind gefährlich. Daher ist es wichtig, dass ihr an meiner Seite bleibt und mir auf Schritt und Tritt folgt. Habt ihr das verstanden?«

Was geschah hier bloß, fragte sich Theodor. In was für eine wunderliche Geschichte war er geraten? Er fühlte sich wie an der Spitze eines Freifallturms – einem unvermeidlichen, rauschenden Sturz ausgeliefert.

»Brauchen wir Waffen?«, fragte Malte. Er klang aufgeregt, als würde solche Aussicht ihn reizen. Theodor konnte sich über die forsche Kühnheit nur wundern, während er selbst vor Unbehagen keinen klaren Gedanken fassen konnte.

»Nein, Junge. Ihr braucht keine Waffen. Bleibt ihr an meiner Seite, sind Waffen überflüssig. Weicht ihr von meiner Seite, sind sie unnütz. Weicht einfach nicht von meiner Seite.«

Malte nickte und nahm die Traube aus seinem Rucksack. Er zupfte ein paar Beeren ab, steckte sie in den Mund und kaute bester Laune darauf herum. Dann spülte er alles mit einem Schluck aus seiner Feldflasche hinunter. Theodor war überhaupt nicht nach Essen zumute.

»Der Ort, an den du uns bringst – kannst du uns davon erzählen?«, fragte Malte.

»Er ist wunderschön«, sagte der Wirt. »Das werdet ihr sehen. Ich war viel zu lange fort.«

»Und ist es dort gefährlich?«

Der Wirt dachte einen Augenblick nach. »Ja. Sehr gefährlich, fürchte ich. Aber nicht, solange ich bei euch bin.« Er lächelte ein wenig unbeholfen. Es sollte vermutlich keck wie ein Augenzwinkern sein, war aber eher ein Achselzucken mit dem Mund.

»Und wie weit ist es bis zu dem Ausgang?«, fragte Theodor.

»Eine Weile müssen wir wohl laufen. Zwei, vielleicht drei Tage, je nachdem, ob ihr guten Schrittes seid.« Der Wirt presste sich aus

dem Sessel und klopfte sich Staub von der Hose. »Und darum sollten wir jetzt auch weitergehen.«

»Ich fürchte mich«, platzte es aus Theodor heraus. Es war ihm
egal, wie Malte ihn von seinem Sessel aus musterte.

»Ich weiß, dass du dich fürchtest«, sagte der Wirt. »Aber ich
passe auf dich auf. Hier unten kann dir mit mir nichts geschehen,
und wenn wir erst drüben sind, dann wird alles wieder gut.«

Auf *dich*, hatte der Wirt gesagt, nicht auf *euch*. Theodors Gesicht
wurde unangenehm warm. Vielleicht war es ihm doch nicht so
egal, wie Malte ihn ansah.

Der Wirt schaute weiterhin nur Theodor an. Dann wurde sein
Blick einen Hauch kühler. »Und ohnehin, ich hab's eben schon gesagt: Du hast keine Wahl. Es tut mir leid, aber du musst mit uns
gehen.«

Uns. Der Wirt und Malte waren schon ein *Uns*. Nun gut, für den
Augenblick würde Theodor sich zusammenreißen und aufhören,
der Feigling zu sein. Er würde mutiger sein.

»In Ordnung«, sagte er kleinlaut.

»Dann auf und los«, sagte der Wirt.

Theodor und Malte standen auf, zogen die Umhänge über und
setzten sich ihre Rucksäcke auf. In der gegenüberliegenden Wand
des Zimmers befand sich eine schmucke Holztür mit Zierleisten
aus gesockelten Pyramiden. Der Wirt öffnete sie, und vor ihnen
streckte sich ein langer Flur. Die Wände waren zur unteren Hälfte
mit Holzpaneelen verkleidet, die obere Hälfte deckte eine Stoffta-
pete von mattem Mintgrün. Über den Dielenboden zog sich ein
schmaler, weinroter Teppich. Einzelne Lämpchen hingen an den
Wänden und warfen roten Schein. Ab und an stand ein solches
Lämpchen auch auf einem schmalen Konsolentisch. Die Flurdecke
indes konnte Theodor nicht sehen, sie lag über ihren Köpfen im

Dunkeln. Dieser Flur war von ähnlicher Gestalt wie das Lesezimmer, nur wirkte alles verlebter: Die Holzvertäfelung war an vielen Stellen zerkratzt, die Tapeten verbleicht, der Teppich ausgetreten und staubig. Es war kühl in diesem Flur, ein zarter Wind brachte den Geruch von Muff und Verwahrlosung mit sich.

Sie gingen los, der Wirt voran. »Ihr müsst mich nicht in die Mitte nehmen«, sagte Theodor und bildete die Nachhut.

Der Korridor verlief lange geradeaus, dann bog er rechtwinklig um eine Ecke. Dahinter fanden sich zu beiden Seiten in regelmäßigen Abständen Türen. Sie sahen alle gleich aus, von der dunkelholzigen Maserung und den vier Kassetten des Türblattes bis zur stumpf goldglänzenden Klinke. Zwischen den Türen hingen verschwenderisch verzierte Rahmen, doch die darin eingespannten Leinwände waren zerschlissen oder bis zur Unkenntlichkeit verblasst.

Sie mussten schon mehrere Dutzend dieser Türen und Bilderrahmen passiert haben, als sie an drei Gemälden vorbeikamen, die noch ganz waren. Der Wirt und Malte liefen gleichgültig daran vorbei, doch Theodor blieb stehen und betrachtete die Motive.

Das rechte Gemälde zeigte ein prächtiges Schloss mit spitzen Türmen, das auf einer kleinen Insel inmitten eines Sees stand. Ein schmaler Steg führte über das grüne Wasser. Hinter dem See bog sich ein Kranz aus spitzen, schlanken Bergen.

Das mittlere Gemälde zeigte ein kleines Ruderboot, das auf einem pechschwarzen Meer trieb, unter einem Nachthimmel, der sternenlos war und so finster wie die See.

Das linke Gemälde ließ Theodor erstarren: Es war fast ganz in Schwarz gestrichen, mit wenigen, grauen Schlieren. Doch genau in der Mitte, das Bild beherrschend, war eine Tür gemalt – krumm und schräg und schmucklos und schwach. Im Dunkel neben der Tür blitzte ein Augenpaar. Zwei große, runde Augen stierten ihn an, die Äpfel gelblich-weiß wie Eiter, die Pupillen schwarz und geweitet, die Iris ein blutroter, schmaler Ring gleich einer Sonnenfinsternis. Die Augen schauten Theodor an, bannten ihn, durchdrangen ihn – und als sie ihre Lider schlossen, schrak er zurück und stieß mit dem Rücken gegen die Wand. Die Augen waren verschwunden, das Bild zeigte nur noch die Tür und das schmierige Schwarz drum herum.

Theodor schaute in den Gang hinter sich. Dort war ein Geräusch. Er lauschte. Hinten im Unlicht waren eindeutig Schritte zu hören – nein, keine Schritte, sondern ein Trippeln. Flinke Fingerspitzen trommelten gegen die Wände. Als statt des Trippelns ein heftiger Schlag erschall, rannte Theodor los. Erst jetzt bemerkte er, dass der Wirt und Malte nicht mehr bei ihm waren. Sie hatten ihn zurückgelassen. Theodor wurde schwindelig, als er durch den Flur hetzte. Eine falsche Abzweigung bloß, und er würde für immer hier umherirren – oder zumindest, bis ihn erwischte, was im Dunkeln folgte. Theodor rannte schneller. Der Flur zog sich endlos hin. Er wollte rufen, doch er fand seine Stimme nicht. Er spürte, dass ihm etwas nachjagte.

Der Flur machte einen Knick, Theodor schoss um die Ecke – und dort eilten ihm Malte und der Wirt entgegen.

»Blut und Spucke, wir müssen zusammenbleiben«, schimpfte der Wirt. »Das meine ich ernst!«

»Ich habe etwas gehört, hinter mir«, sagte Theodor. Tränen stiegen ihm in die Augen, doch er rang sie nieder. Er würde nicht mehr vor Malte weinen. »Ist das der Albtraumkönig? Ist er schon hier?«

Der Wirt spähte über Theodor hinweg. »Es schadet jedenfalls nicht, wenn wir uns eilen. Hier hinein.« Er öffnete die Tür gleich neben sich. Sie sah nicht anders aus als all die anderen, an denen sie vorbeigelaufen waren. Lautlos schwang sie auf.

»Woher wissen Sie, welche Tür Sie nehmen müssen?«, fragte Malte.

»Ich weiß es eben«, sagte der Wirt. »Hinein jetzt.«

Während sich der verfallene Korridor weiter fortstreckte, stiegen sie über eine steinerne, geländerlose Wendeltreppe einen engen Schacht hinab. Immer wieder passierten sie schmale Absätze mit spitzbogigen, eisenriemenbeschlagenen Türen. Die Absätze ähnelten einander, wie sich zuvor die Türen im Flur geähnelt hatten: ganz und gar, vom Bodenpodest bis zur Bogenspitze. Die Luft hier war kühler, aber auch klarer. Und still war es. Kein Trippeln und Klopfen, kein Schnüffeln und Scharren folgten ihnen. Nur ihre eigenen Schritte hallten dumpf in der Enge wider.

Der Wirt ging vorne, Malte dahinter, Theodor bildete den Schluss. Ihm schwirrte bald der Kopf von den vielen Schlaufen, die die Treppe beschrieb, und er musste sich beim Gehen mit einer Hand an die Wand stützen.

Wieder blieb der Wirt an einem bestimmten Absatz stehen, ohne dass er sich auch nur mit der kleinsten Scharte im Beschlag von den anderen Absätzen unterschieden hätte. Der Wirt drückte die Klinke, die Tür knarzte nach innen auf, und er trat hindurch.

»Das kann er sich doch unmöglich merken«, murmelte Malte und folgte ihm.

Der folgende Flur war ausnehmend hübsch, wenngleich auch recht eintönig. Ein dicker, blauer Teppich, türkis gestrichene Wände und weiße, glatte Türen. Der Flur wirkte sonnig, auch wenn hier keinerlei Fenster vorhanden waren. Es war angenehm mild. Doch schon der nächste Korridor, auf den sie durch eine der Türen abzweigten, war das Gegenteil, mit aufgeplatzten Wänden und nassen Bodendielen, die morschen Türen müde in rostigen Angeln. Es roch nach faulendem Laub. Für den Wirt schien es keinen Unterschied zu machen; er lief zielgerichtet voran, während der trostlose Gang mehrmals die Richtung wechselte. Dann führte er sie durch eine der Türen in einen Gang, der wieder ganz anders war – hell, geradezu blendend. Schachbrettmuster-Kacheln bedeckten den Boden, und schimmernde, perlmuttfarbene Wände waren von zierlichen Goldlinien wie funkelnde Erzadern durchzogen. Sogar Fenster gab es in diesem Flur. Durch ihr milchiges Glas schimmerte weißes Licht herein, doch man konnte nichts sehen außer dem bleichen Schmier.

»Nur eine Illusion fürs Gemüt«, sagte der Wirt. »Dahinter ist kein Draußen. Wir sind tief unten.«

Die Wirrwege waren in der Tat gewaltig! Wie gewaltig, das konnte Theodor bloß vermuten – und hatte nicht einmal eine entfernte Vorstellung von den wahren Ausmaßen dieser Anlage. Die Wirrwege waren ein weitläufiges, unterirdisches Wunderland, ein gigantisches Labyrinth. Der Wirt führte Theodor und Malte durch alle nur erdenklichen Arten von Korridoren und Kammern, Fluren und Tunneln, Dielen, Arkaden und Katakomben. Auf jeden hoffnungslosen Gang folgte ein schöner, auf jeden freundlichen ein finsterer.

Sie kamen durch einen verliesartigen, gedrungenen Gang mit Steinmauern und einer gewölbten Decke, wie Theodor sie aus den Illustrationen seiner Rollenspielbücher kannte. Hier waren es schwere Gittertüren, die in die Finsternis führten. Modrig waren die Lüfte und unheilvoll die Winde, die darin klagten.

Von dort bogen sie in eine Art Krankenhausflur; ein kühler, steriler Gang mit unpersönlichem, bleichem Licht, das von sich an der Decke entlanghangelnden Leuchtröhren eher ausgeschieden als verströmt wurde. Anstelle von Türen waren hier grobe Löcher in die Wände geschlagen, mit ausgefransten Rändern aus nacktem

Mauerwerk. Dahinter erspähte Theodor stets die gleichen Dachböden mit Holzdielen unter staubigen Dachschrägen, gehalten von Stützen und Gebälk. Einen dieser Speicher betraten sie schließlich, nur um kurz darauf in einen breiten Korridor zu gelangen, der zu beiden Seiten mit Tüchern verhangen war, die sich unheimlich wölbten, als wirkten dahinter Wesen oder Winde.

Da war ein langer, runder Tunnel, kalt und nass und voller Unrat, mit Bunkertüren an den Seiten; da war eine Raumflucht wie in einem barocken Schloss, mit großen, eleganten Zimmern, die durch wuchtige, offenstehende Flügeltüren miteinander verbunden waren. In die seitlichen Wände waren kleinere Türen eingelassen, von denen der Wirt in vertrauter Willkür eine wählte.

Die meiste Zeit liefen sie ebenerdig, doch hin und wieder ging es auch Treppen und Leitern hinauf oder hinunter. Einmal war's eine Wendeltreppe, die sich geschwungen wie ein Schneckenhaus in ausladenden Schleifchen hinabzwirbelte; dann war's eine Winkeltreppe, die eng und kantig eine finstere Grube abwärtsknickte. Über morsche Stufen ging's und über marmorne Stufen, über klapprige Gerüste und spiegelglatte Stiegen mit fein geschnitztem Geländer.

Sie passierten allerlei Türen: märchenhafte, weinrankenumwachsene Rundtürchen, furchteinflößende Tore aus schwarzem Stein, schlichte Türen, verschnörkelte, zierliche und wuchtige. An den meisten Türen liefen sie vorbei, und manch eine durchschritten sie.

Der Weg, den sie zurücklegten, war so verzwickt und verwinkelt, dass Theodor sich nur allzu gut vorstellen konnte, wie jemand, der einmal vom rechten Weg abkam, dazu verdammt war, auf immer in den Wirrwegen herumzugeistern.

Und tatsächlich glaubte Theodor, überall um sich herum Geräusche zu hören; dass in den Schatten dunkler Ecken, hinter den Türen, die sie nicht öffneten, und in den Abzweigungen, die sie nicht nahmen, Wesen waren, die sie neugierig beobachteten oder belauschten. Auch wurde er das Gefühl nicht los, dass ihnen etwas folgte. Mal war es ein unbestimmbares Flüstern, mal ein Kratzen und Rascheln, und einmal drang ein markerschütternder Schrei aus einem fernen Gang zu ihnen, der Theodor zusammenfahren ließ. Immer wieder spähte er über seine Schulter, konnte aber kein verirrtes, verzweifeltes oder bösartiges Wesen sehen.

Malte und der Wirt schienen derweil überhaupt nicht beunruhigt. Der Wirt lief raschen Schrittes, und an keinem abzweigenden Gang, an keiner Tür, an keiner Stelle, wo Flure sich kreuzten, musste er über den richtigen Weg grübeln. Er schien geradezu glücklich, auch wenn er kaum mehr sagte als ein gelegentliches »Dort hinein«, »Da hinunter« oder »Ihr könntet kaum langsamer sein, selbst wenn ihr still stündet«.

Malte wirkte nicht weniger zufrieden. Seine Körperhaltung hatte eigentlich immer etwas Schluffiges an sich, der Rücken leicht zum Buckel gekrümmt, der Kopf geneigt – gewöhnt daran, zusammenzuzucken. *Goofy* hatte ihn die Sportlehrerin Frau Dehe beim Brennball einmal genannt. Doch jetzt lief er aufrecht, der Rücken durchgestreckt, der Kopf geradeaus, der Blick nach vorne. Während Theodor ein verängstigter Flüchtender war, war Malte ein staunender Gast. Malte und der Wirt wirkten wie zwei, die gemeinsam reisten, während Theodor das Anhängsel war, das kleine Geschwisterchen, auf das die älteren Brüder aufpassen müssen.

Umso erleichterter war Theodor, als der Wirt irgendwann stehen blieb und sagte: »Für heute haben wir es geschafft.« Sie standen in einem öden Flur, grau die Wände, grau die Decke, grau der Boden. Grau war auch die Tür, die der Wirt aufschob.

Sie kamen in eine Halle mit glatten, sandfarbenen Wänden. Theodor genoss, wie sich der Raum um ihn weitete, als hätte er einen engen Schal gelockert. Mehrere Ausgänge liefen von hier fort, manche offen wie Mäuselöcher, manche verschlossen hinter Türen. In der Mitte der Halle stand eine kreisrunde, fensterlose Lehmhütte, gewölbt wie der Rücken eines Marienkäfers.

»Hier werden wir rasten«, sagte der Wirt.

Theodor war die ganze Zeit über zu abgelenkt gewesen von diesem merkwürdigen Labyrinth, von seinen trübseligen Gedanken und seiner elenden Furcht, als dass er hätte Erschöpfung spüren können. Nun aber merkte er, dass seine Beine überreizt waren und seine Füße schmerzten. Sie waren eine sehr lange Zeit gelaufen.

Vor der Hütte stand eine alte Sitzbank, und vor der Bank eine mit Holzscheiten gefüllte Feuerschale. In der geschliffen-glatten Wand befand sich eine hölzerne Tür, kaum mehr als ein Gatter aus ungleichen Latten. Der Wirt klopfte in einem bestimmten Rhythmus an die Tür, und sie klappte sich ihnen entgegen.

Innen war die Hütte kahl. In ihre Wände waren drei Nischen eingelassen, die man von außen nicht erahnen konnte. Jede Nische war ausgelegt mit einem Haufen Kissen und Decken, und vor jeder Nische stand ein Beutel aus Tuch.

Der Wirt schnappte sich einen Beutel, schaute hinein, lächelte zufrieden und holte einen Laib Brot heraus. »Abendessen. Euch gehört auch ein Beutel.«

Der Wirt verließ die Hütte. Theodor und Malte nahmen ihre Beutel und folgten ihm.

Draußen kniete der Wirt vor der Feuerschale, kramte ein Feuerzeug aus seiner Jacke und entzündete ein Bündel Späne, das unter die Holzscheite gebettet war. Dann ließ er sich mit einem grundehrlichen Seufzer auf die Bank nieder. Theodor und Malte setzten sich zu seinen Füßen vor das aufzüngelnde Feuer.

»Was ist das für ein Ort?«, fragte Malte.

»Ein Ruheort«, sagte der Wirt. »Die Wirrwege sind riesig, wie euch wohl kaum entgangen ist. Egal, welches Ziel man hat, man ist lange unterwegs. Daher finden sich überall – zumindest für Wanderer, die ihren Weg kennen – solche Hütten, in denen man einen Schlafplatz und Proviant bekommt.«

Er zog den Mantel aus und rollte seine Ärmel hoch. Das rote Mal trat deutlich hervor, als hätte ein Kind mit der flachen Hand auf seinen Arm geklatscht.

»Und wer bestückt sie?«, fragte Malte.

»Das weiß ich nicht. Vielleicht sind's gute Geister. Aber sie sind großzügig. Schaut, das ist Wein.« Der Wirt holte eine bauchige Flasche aus dem Beutel. Er biss in den herauslugenden Korken, zog ihn mit dem Mund aus dem Flaschenhals, spuckte ihn ins Feuer und genehmigte sich einen tiefen Schluck. »Na los, schaut nach, ihr habt mit Sicherheit auch eine Flasche. Den haben wir uns verdient, meint ihr nicht auch? Doch trinkt vorsichtig, dieser Wein ist nicht ohne.«

Theodor und Malte durchforsteten ihre Beutel. Neben Wein und Brot befanden sich darin eine mit Wasser gefüllte Trinkblase, mit der sie ihre Feldflaschen auffüllen konnten, sowie einige Früchte, die Theodor unbekannt waren. Sie sahen aus wie Himbeeren, waren aber gelb, pflaumengroß und mit feinem Haar wie Pfirsichflaum bedeckt. Mittlerweile war Theodor hungrig. Er probierte die gelben Beeren. Sie waren süß und saftig. Das Brot war frisch und warm. Den Wein fand Theodor etwas derb, doch da er nie zuvor welchen getrunken hatte, konnte er keinen Vergleich ziehen. Warm breitete sich die dickliche Flüssigkeit in seinem Bauch aus.

Einen Moment saßen sie so da, kauend, das Verschnaufen und Verdauen genießend. Eine angenehme Trägheit überkam Theodor. Dieser Tag – war's eigentlich ein Tag, oder war's immer noch die nicht endende Nacht? – war aufreibend und einschüchternd gewesen, doch der Wein bezirzte ihn und machte ihm das Herz leichter. Er wickelte sich in seinen Mantel und starrte in die tanzenden Flammen. Er wurde schläfrig.

»Warum werden wir verfolgt?«, fragte Malte in die Ruhe hinein und holte die gerade verblassenden Schrecken zurück. »Warum werden wir gerufen?«

»Das muss euch die Wachende Eels erklären«, sagte der Wirt, »denn ich kann's nicht. Ich habe keine Antworten. Und hätte ich welche, wäre es vermutlich gefährlich, wenn ihr sie bekommen würdet, bevor wir am Ziel sind. Ihr müsst euch noch ein wenig gedulden. Aber bald sind wir bei der Wachenden Eels, und sie wird alles aufklären.«

»Die Wachende Eels? Ist das ein Titel?«, fragte Malte.

»Eels ist der Name, und sie ist eine Wachende. Ihr Titel ist die Wut und die Waise.«

Theodor verstand nicht, wovon der Wirt sprach, aber er war zu müde, um nachzuhaken. Sie schwiegen weiter und blickten ins Feuer. Allmählich fielen Theodor die Augen zu.

»Lasst uns schlafen gehen«, sagte der Wirt, dem es ähnlich gehen mochte.

»Wie lange können wir schlafen?«, fragte Malte, nachdem sie in die Nischen gekrabbelt waren.

»Solange, bis ihr völlig ausgeruht seid. Die Ruheorte sind gemacht, damit man wieder zu Kräften kommt. Die meisten Reisenden hier unten haben irgendeine Bürde zu tragen. Die Ruheräume gewähren ihnen einen erholsamen Schlaf, so schwer diese Bürde auch sein mag. Wenn ihr aufwacht, werdet ihr euch fühlen wie nach dem besten Schlaf eures Lebens.«

Und so geschah es tatsächlich. Die Schlafnische, obwohl schmal und niedrig, war bequemer als jedes Bett, in dem Theodor bisher gelegen hatte. Die Decken und Kissen rochen frisch und genauso wie seine Bettwäsche zu Hause. Sein Vater stopfte die Bezüge immer in den Trockner, zusammen mit einem Tüchlein, das nach Hyazinthen und Rosen duftete. So hatte Theodors Kinderbettchen gerochen, und der Duft hatte ihn als Baby beruhigt. Sie hatten dieses Ritual bis heute beibehalten, auch wenn sein Vater stets halbernst anmerkte, ein Trocknergang sei Stromverschwendung und er sollte ihm die Kosten vom Taschengeld abziehen.

Als Theodor unter die Decke kroch, stülpte sich mit dem schweren Stoff eine völlige Ruhe über ihn. Seine Gedanken quälten ihn nicht, als er sie sortierte. Die zurückliegenden Stunden waren voller Angst, Heimweh und Scham gewesen, ihr Weg mühselig. Theodor hatte seinen Vater zurückgelassen für eine unbestimmte Zeit. Was vor ihm lag, war unbekannt. Es gab Gefahren, die lauerten, es gab Böses, das ihnen folgte. Es gab einen Albtraumkönig, du liebe Güte. Und Malte trug noch eine ganz eigene Last, was auch immer es war, das ihn in der Nacht zu Theodor geführt hatte.

Ja, Grund zur Sorge gab es wahrlich genug in seiner kleinen Nische tief in den Wirrwegen. Und doch fühlte Theodor nur eine allumfassende, wohlwollende Müdigkeit und die beruhigende Gewissheit, sich ihr ganz hingeben zu können. Seine Augen wurden schwer und sein Kopf leicht, als wäre er ein Lied, das langsam verklingt. Er spürte ein plötzliches Gewicht auf seinen Beinen; etwas legte sich auf ihn und rollte sich zusammen. Doch es machte ihm keine Angst. Theodor schlummerte ein und schlief tief und traumlos.

Wenn Kummer plagt, plagt er in den Nächten am tollsten. Hilflos liegt man wach, und alle Sorgen toben unüberwindbar groß durch den Kopf, weil man im Augenblick ja doch nichts ändern kann. Nach dem Aufwachen erscheint vieles vielleicht nicht einfach, aber doch einfacher, denn nun kann man die Dinge angehen. Oder immerhin irgendetwas angehen. Doch in der Nacht, ja, da plagt der Kummer am tollsten.

Der Ruheort hatte Theodors Ängste und Sorgen verstummen lassen und ihm einen friedlichen Schlaf geschenkt. Als er am nächsten Morgen erwachte – was immer hier in den Wirrwegen ein Morgen bedeutete –, fühlte er sich vollkommen ausgeruht. Und wie es oft ist mit guten Nächten, entließen sie Theodor in bester Stimmung. Was tags zuvor bedrohlich erschien, einschüchternd und furchteinflößend, kam ihm nun reizvoll vor; was vor ihm liegen mochte, weckte Neugier. Welchergestalt würden die Wirrwege sich heute zeigen? Was erwartete sie an dem Ort, der sie rief? Theodor hatte dieses Abenteuer angenommen.

Malte krabbelte mit strubbeligem Haar aus seiner Schlafnische und strahlte Theodor an. Die Enttäuschung, mit der er ihn am Vortag angesehen hatte, war fort. Seine blauen Augen funkelten abenteuerlustig.

Vor ihren Schlafnischen standen neue Beutel, gefüllt mit frischem Proviant. Sie nahmen sie und gingen hinaus. Der Wirt saß auf der Bank vor der kalten Feuerschale und pellte ein Ei.

»Wie fühlt ihr euch?« Auch er wirkte gelöst. Seine Augen schauten spitzbübisch, seine Hand war frisch verbunden.

»Bestens«, sagte Malte.

»Bestens«, bestätigte Theodor.

»Schön, wirklich sehr schön. Die Ruheorte sind ein wahrer Segen, nicht wahr? Esst, dann gehen wir weiter.«

Nachdem sie Käse, Brot, Äpfel und einen merkwürdig würzigen Saft gefrühstückt hatten, verstauten sie die übriggebliebene Verpflegung, schlüpften in ihre Schuhe, warfen sich die Umhänge über, schnallten ihre Rucksäcke auf und verließen die Halle durch einen der vielen mauselochartigen Ausgänge.

Die Gänge, durch die sie heute liefen, waren wieder so zahlreich, wie sie abwechslungsreich waren, und die schmuddeligen unter ihnen kamen Theodor alles in allem weniger trostlos und verfallen vor als im gestrigen Abschnitt. Zudem folgten sie nicht mehr nur Fluren und Korridoren, sondern kamen auch durch vereinzelte Zimmer. Manche waren trüb wie Kohlekeller, andere einladend wie eine gute Stube. Einmal kletterten sie durch eine ganze Reihe von Zimmern, die wie die Fächer eines Setzkastens aufeinandergestapelt und durch eine einzige, klapprige Leiter verbunden waren. Das waren allesamt behagliche Zimmerchen, wenn auch eng und vollgestellt; eine blauweiß gekachelte Küche mit einem kleinen gusseisernen Kaminofen und einem schartigen Holztisch, auf dem ein ungepuderter Rührkuchen stand; eine Stube mit schweren ledernen Sesseln, einem feinen Beistelltisch und einer Vitrine, in der buntbemalte Porzellanteller drapiert waren; ein Schlafzimmer mit einem seidentuchbehangenen Himmelbett und einem schlanken Schminktischchen. In den besonders wohnlichen Zimmern auf ihrem Marsch verschnauften sie für kurze Weilen und stärkten sich mit ihrem Proviant.

Theodors neugewonnener Mut wuchs weiter, als er sich sicher war, dass nichts Böses folgte – kein unheilvolles Klopfen, kein drohendes Wispern mehr. Offensichtlich teilte der Wirt seine Meinung: Wenngleich immer noch wachsam, marschierte er merklich gelassener als am ersten Tag ihrer Reise. Nur ein wenig kleiner erschien er. Nicht gebeugter oder wie auf der Hut gekrümmt, das ganz und gar nicht. Einfach geschrumpft, als wäre er über Nacht eingelaufen.

Malte lief meist neben dem Wirt und plauderte über die Dinge, die er entdeckte. Dabei schaute er immer wieder mit staunenden Augen zu Theodor zurück. In seinem Gesicht lag das ungetrübte Lächeln. Malte, dieser herzensgute, fröhliche Junge – was auch immer ihn aufgewühlt hatte in der Nacht ihres Aufbruchs, für den Moment hatte er es tief vergraben.

Schuldbewusst dachte Theodor an seinen Vater. Wie es ihm wohl ging? Sorgen würde er sich mittlerweile auf jeden Fall. Bestimmt hatte er sich schon bei den Nachbarn umgehört, vermutlich sogar die Polizei gerufen. Und wahrscheinlich hatte er schon mit Maltes Vater gesprochen, der sich nun ausmalte, wie er seinen Sohn bestrafen würde, diesen ausgerissenen Nichtsnutz, der ihm nie Gutes bescherte. Zum ersten Mal begriff Theodor wirklich, dass Malte nicht zurückkonnte. Und er verstand, dass er Malte begleiten musste. Ob ihn diese merkwürdige Reise nun betraf oder nicht, er würde mit ihm gehen, bis sie Malte an ein gutes Ende bringen würde. Ja, Theodor hatte dieses Abenteuer wahrhaftig angenommen.

Nach Stunden des Umherwanderns kamen sie in einen schmalen Raum, der so hoch war, dass sie die Decke nicht sehen konnten. Eine Treppe schraubte sich eng an die Wände gedrückt hinauf. Sie hatte kein Geländer, so dass sich in ihrer Mitte ein ungeschützter Schacht bildete.

»Haltet euch an der Wand«, mahnte der Wirt, und das taten sie. Die Treppe, ähnlich jener, die sie tags zuvor hinabgestiegen waren, führte immer wieder an Absätzen vorbei, von denen abwechselnd rostbefleckte Stahltüren und lichtlose Gänge wegführten. Der Wirt ignorierte sie alle. Er hielt den Blick starr auf die Stufen und ging voran. Malte lief hinter ihm, war aber schon ein Stück zurückgefallen.

Der Treppenlauf zog und zog sich, und der Grund des Schachtes war nicht mehr zu sehen. Theodors Oberschenkel brannten, und schließlich hielt auch er den Blick starr auf die Tritte vor sich gesenkt. Mechanisch setzte er einen Fuß über den anderen, und bei jedem Nachziehen zwickte die Wade.

Er stieß gegen Malte, der plötzlich an einem Absatz stehen geblieben war. »Was ist?«, fragte Theodor.

Malte spähte vornübergebeugt in den Gang, der von dem Absatz abzweigte, mit der Nase schon in der Flucht.

»Malte?« Theodor stupste ihn an. Er folgte seinem Blick. Ein schmaler, in Holz verkleideter Flur verlor sich nach wenigen Metern im Dunkeln. Theodor engte seine Augen, konnte aber nichts erkennen. Der Wirt hatte ihr Stehenbleiben nicht bemerkt und stiefelte weiter treppauf.

»Hörst du das?«, fragte Malte.

Theodor lauschte in den Korridor hinein. Er hörte nichts, nur Stille, die so vollkommen war, dass sie den Klang ihres Atmens und das Patschen der Schritte, das der Wirt hinuntersandte, aufzusaugen schien. Theodor hielt die Luft an.

Jetzt konnte er es hören, schwach zwar, doch unleugbar. Zuerst hielt er es für das Pfeifen des Windes, der aus der Tiefe des Ganges zu ihnen huschte. Aber dann merkte er, dass es etwas Anderes war.

»Ist das eine Stimme?«, fragte er.

»Ja«, sagte Malte, »und sie flüstert uns etwas zu. Kannst du hören, was sie sagt?«

Einzelne Worte konnte Theodor nicht ausmachen, aber das Flüstern hatte etwas Leidendes an sich. Malte tat einen Schritt in den Gang.

»Was machst du denn?« Theodor packte ihn an einer Schlaufe seines Rucksacks. »Wir müssen auf dem Weg bleiben.«

Malte versuchte, tiefer in den Gang zu gehen, doch noch ließ er sich ohne viel Widerstand zurückhalten. Theodor schaute die Treppe hinauf. Wo steckte der Wirt? Er wollte ihn rufen, doch da mischte sich unter das Flüstern ein weiteres Geräusch: Schritte näherten sich in der Dunkelheit. Das Flüstern wurde zur Stimme einer Frau. Ein Wort konnte Theodor deutlich heraushören.

»Sie flüstert meinen Namen«, sagte Malte wie gebannt. Er zerrte nun bestimmter.

»Malte … Malte …«, wisperte die Stimme und kam langsam auf sie zu. »Malte … so lange her …«.

Malte drehte sich zu Theodor. »Lass mich zu ihr.« Sein Blick war klar. Entschlossen versuchte er, sich aus Theodors Griff zu lösen.

»Ich kann dich da nicht hineinlassen«, sagte Theodor.

Malte wand sich hin und her. Theodor fasste ihn mit beiden Händen. »Wirt!«, rief er die Treppe hinauf.

Die Schritte und die Stimme aus dem Dunklen waren ganz nah. Malte packte Theodor bei den Handgelenken und versuchte, sich loszureißen. Sein Griff war fest wie ein Tauknoten. Er ruckte hierhin und dorthin, drehte sich zu beiden Seiten. Dann hielt er inne. Sein Körper entspannte sich. Er war völlig ruhig und blickte in den Gang.

Aus dem Dunkel kam eine Gestalt. Eine Frau, jung und dürr, mit bleichem Haar, das bis zu den bloßen Füßen reichte, hinkte auf sie zu. Sie trug ein schlichtes Kleid, und ihr Schoß war über und über mit Blut besudelt. Blutig waren auch die zarten Hände, die sie Malte entgegenstreckte. Klar wie springendes Glas sagte sie seinen Namen. »Malte … Malte …«.

Zwei kräftige Hände packten Theodor und Malte, zogen sie fort von dem Gang und zerrten sie zwei Stufen hinauf. »Blut und Spucke«, fuhr der Wirt sie an, »ihr müsst bei mir bleiben! Habe ich euch das nicht wieder und wieder gesagt?«

»Da war eine Frau«, sagte Malte. »Sie kannte meinen Namen.« Er klang noch immer entrückt.

Die Augen des Wirtes verengten sich, wobei seine Lider sich knautschten wie der Saum einer zu langen Gardine. Etwas huschte über sein Gesicht, ein Zucken in seinen Grübchen und ein kurzes Zittern in seinen Pausbacken. Er packte Malte mit beiden Händen am Kopf und schüttelte ihn. Malte blinzelte, als kehrte er zurück aus einem Tagtraum.

»Eine Frau, sagst du?«, fragte der Wirt.

»Sie kannte meinen Namen«, wiederholte Malte.

Theodor schaute zum Absatz hinunter. Er konnte den Korridor von seiner Position nicht einsehen, aber keine Gestalt trat heraus, keine Stimme war zu hören. »Ich habe sie auch gesehen«, sagte er. »Sie trug ein Kleid, und überall war Blut. Was hat das zu bedeuten?«

Der Wirt ging zu dem Gang hinunter und schaute hinein. »Es bedeutet, dass ich besser auf euch achtgeben muss«, sagte er und kam zurück. »Die Wirrwege sind tückisch, und manchmal versuchen sie, euch von eurem Weg abzubringen. Was hier umhergeht, hat selten Gutes im Sinn. Und nun weiter, wir haben die heutige Etappe beinahe geschafft.«

Er gab Theodor und Malte einen Schubs die Stufen hoch. Dann blickte er noch einmal zum Korridor hinunter. Sein Gesicht war voller Traurigkeit. Er wollte etwas sagen, doch ließ es bleiben. Eiligen Schrittes folgte er Theodor und Malte die Treppe hinauf.

Mit der Leichtigkeit des bisherigen Tages war's vorbei. Malte war seit der Begegnung mit der blutigen Gestalt in eine grüblerische Stille abgetaucht. Auch der Wirt hatte sich in seine eigenen Gedanken verzogen und lief mürrisch voraus. Theodor wunderte sich zwar über das Geschehene, doch an seinem Frohmut hatte es nichts geändert. Und so bildeten Malte und Wirt wieder eine Einheit, eine entrückte nun, während Theodor mit seiner Unbeschwertheit ausgeschlossen war, als sie den nächsten Ruheort erreichten.

Er sah genauso aus wie jener zuvor: eine Halle mit einer runden Lehmhütte, eine Bank samt Feuerstelle und viele Ausgänge.

»Ich hoffe, dies wird unsere letzte Rast hier unten sein«, sagte der Wirt, als er mit einem Klopfzeichen die Tür der Lehmhütte zum Aufschwingen brachte.

Theodor erschien die Aussicht, die Wirrwege zu verlassen, verlockend. Er war gespannt, was am anderen Ende wartete, auch wenn es dort gefährlich wäre. Allmählich war er des Umherwanderns in diffusem Licht und den sich mittlerweile wiederholenden Gängen überdrüssig. Und auch wenn es heute keinerlei Anzeichen dafür gegeben hatte, ganz ausgeschlossen war nicht, dass der Albtraumkönig ihnen hier unten schon folgte.

Sie holten ihre Beutel aus der Hütte. Der Wirt entzündete die Feuerschale und setzte sich mittig auf die Bank. Theodor und Malte ließen sich zu seinen Füßen nieder. Sie aßen Brot, naschten ein paar Beeren und Nüsse, tranken frisches Wasser und nippten am schweren Wein.

Theodor döste bereits vor sich hin, als er den Wirt fragen hörte: »Was hast du da?«

Theodor öffnete die Augen. Malte schob seinen Umhang zurück und holte einen kleinen Gegenstand heraus, der hinter seinem Gürtel steckte. Es war ein Dolch, unscheinbar mit einem Griff aus

Holz und einer Spitze aus mattem Stahl, in der das Feuer widerschien.

»Ich habe ihn gefunden«, sagte Malte. Er hielt den Dolch vor die Augen und schaute ihn an, wie man einen Pilz anschauen mochte, von dem man nicht weiß, ob er giftig ist.

»Sei vorsichtig damit«, sagte der Wirt. Dann horchte er auf. Er shhhte zur Ruhe mahnend. Malte wurde spitzohrig. Theodor wusste, dass sie beide an ihre Begegnung mit der blutigen Frau zurückdachten. Er spürte ein leichtes Vibrieren in seiner Brust, als wäre in ihm eine Saite gezupft worden. Ein brummender Chor hallte aus einem der umliegenden Ausgänge herüber. Der Wirt entspannte sich und lächelte.

»Wir treffen gleich ein paar andere Reisende«, sagte er.

Der brummende Chor näherte sich, fremde Wörter, gegrollt im Verbund weniger, tiefer Stimmen. Dann verstummte der Gesang.

»Wer da?«, rief's knurrig aus dem Gang gegenüber ihrer Feuerstelle.

»Selber wer da«, rief der Wirt fröhlich zurück.

Vier gedrungene Gestalten traten in die Halle. Eine der Gestalten hob eine Hand zum Gruße, und der Wirt erwiderte die Geste. Dann watschelten die vier Ankömmlinge auf die Feuerschale zu.

Waren das merkwürdige Wesen! Sie waren klein, reichten Theodor und Malte vielleicht bis zur Hüfte. Aber sie waren breit und kräftig, hatten sehnige, wenngleich knubbelige Arme und Beine. Ihre Hände und Füße waren dreigliedrige Klauen mit dickhornigen, braunen Nägeln. Ihre klobigen Köpfe waren haarlos und ihre Gesichter von gelbsüchtiger Farbe. Sie sahen aus wie Kartoffeln mit wulstigen Lippen, die Augen schwarze Murmeln. Sie trugen grobe Gewänder aus sackartigem Stoff, die von ledernen Gürteln gehalten wurden. An den Gürteln baumelten schmucklose Schwerter und schartige Äxte, und jede Gestalt hatte eine Umhängetasche übergestülpt.

»Ich grüße die Grubenmänner«, sagte der Wirt und rutschte zur Seite.

»Wir grüßen dich auch«, sagte einer der Grubenmänner. Sie stapften um das Feuer herum und ließen sich auf dem Boden nieder. Der Wirt ruckelte zurück in die Mitte der Bank.

»Wie du aussiehst«, sagte der Grubenmann über die Flammen hinweg. »Ich hätte dich fast nicht erkannt. Aber deine Narben, die verraten dich dann doch.«

Die Grubenmänner nahmen ihre Taschen ab und kramten bauchige Flaschen daraus hervor.

»In der Hütte stehen bestimmt auch für euch Beutel«, sagte der Wirt.

»Wir mögen das Zeug nicht, das hier ausgeschenkt wird«, sagte der Grubenmann. Sie entkorkten ihre Flaschen und tranken gierig. Ein dickflüssiges, braunes Öl rann ihre Mundwinkel hinab.

»Es ist gut für euch, sonst würde man es euch nicht geben.«

»Unfug. Wir wissen selbst, was gut für uns ist.« Die Grubenmänner setzten die Flaschen ab und holten knollenartige Wurzeln aus ihren Taschen. Mit wenigen, aber kräftigen Zähnen knabberten sie die dicke Schale auf. Nachdem sie die Wurzeln verzehrt hatten, rutschten sie näher an das Feuer und streckten ihre fleischigen Arme und Beine aus.

»Bleibt ihr für die Nacht hier?«, fragte der Wirt.

»Nein, wir ziehen gleich weiter«, sagte der Grubenmann, der anscheinend als einziger sprach. »Es ist nicht unbemerkt geblieben, dass du die Wirrwege betreten hast. Ebenso wenig«, und dabei schaute er Theodor und Malte an, »dass du nicht alleine reist.« Er streckte seinen kaum vorhandenen Nacken und wackelte mit seinen sechs Zehen. »Es herrscht einiger Aufruhr«, fuhr er fort. »Die Wut und die Waise hat uns um Beistand gebeten.«

»Und wie werdet ihr euch entscheiden?«, fragte der Wirt.

»Wir sind gerade auf dem Weg, um uns zu beratschlagen. Gibt es etwas, das du uns mitgeben möchtest?«

Der Wirt blickte zu Malte und Theodor und schaute dann zum Grubenmann zurück. »Du siehst ja, wen ich mitbringe. Hoffentlich morgen werden wir die Wirrwege verlassen und zu Eels gehen. Dann wird sich zeigen, was geschieht. Aber seid zuversichtlich und habt Vertrauen.«

»Und ihr: Seid wachsam«, sagte der Grubenmann. »Es ist *niemandem* verborgen geblieben, dass ihr unterwegs seid. Habt noch eine sichere Reise, vielleicht sehen wir uns wieder.«

»Ja, vielleicht«, sagte der Wirt.

Die Grubenmänner rappelten sich auf, klaubten ihre Habseligkeiten zusammen und watschelten ohne ein weiteres Wort davon. Mit zusammengezogenen Augenbrauen und der Stirn in tiefen Falten sah der Wirt ihnen hinterher, bis sie in einem der Ausgänge verschwanden, wo sie ihren tiefstimmigen Gesang wiederaufnahmen.

Er schaute zu Malte und Theodor. »Legt euch hin. Ich habe Vorbereitungen zu treffen und möchte meine Ruhe haben.«

»Sie halten uns im Unklaren, das wissen Sie, oder?«, sagte Malte.

»Ist dem so, ja?«, gab der Wirt zurück. Nicht nur Theodor hatte das Herausfordernde in Maltes Stimme gehört.

»Wir vertrauen Ihnen«, fuhr Malte unbeirrt fort. »Sonst wären wir nicht einfach mit Ihnen mitgegangen. Oder würden Ihnen seit Tagen durch dieses Labyrinth folgen.«

»Und weiter?«

»Wir vertrauen Ihnen, und vielleicht sollten Sie uns auch ein wenig ins Vertrauen ziehen.«

»Vertraue ich euch denn weniger? Ihr zwei taucht mitten in der Nacht in meinem Gasthof auf, dein Gesicht sieht aus wie nach einem Boxkampf. Ich erkläre mich bereit, euch zu einem Ort zu bringen, der euch ruft. Und sage euch, dass etwas Böses hinter euch her ist. Was willst du denn noch wissen?«

»Warum uns dieser Ort ruft. Warum uns der Albtraumkönig verfolgt. Ich denke, Sie haben sehr wohl die Antworten. Und ehe wir morgen an einem fremden, gefährlichen Ort ankommen, sollten Sie sie uns vielleicht verraten.«

»Blut und Spucke, hör auf mit dem Gesieze!« Der Wirt schrubbte mit den Händen mehrfach sein Gesicht. Als er sie wieder runternahm, war seine Haut rot und glänzte im Feuerschein wie ein polierter Apfel. Seine Augen sahen unendlich müde aus. »Ich sage euch so viel, wie ich für klug und richtig halte. Aber meinetwegen: Der Albtraumkönig ist hinter euch her, weil er euch fürchtet. An dem Ort, zu dem ich euch bringe, ist einiges im Argen, das könnt ihr mir glauben. Und wenn ich mich nicht täusche, könnt ihr die Geschehnisse dort beeinflussen – in die eine Richtung oder in die andere. Und damit lasst es gut sein. Die Wachende Eels, die Wut und die Waise, wird euch alles Weitere erzählen. Geht jetzt schlafen.«

Malte schaute den Wirt sturköpfig an.

»Los jetzt!«, befahl der Wirt.

Unzufrieden sprang Malte auf und stiefelte in die Hütte.

»Du auch«, sagte der Wirt zu Theodor.

Als Theodor die Hütte betrat, lag Malte bereits in einer Nische und hatte das Gesicht zur Wand gedreht. Theodor kroch in eine der übrigen Schlafstätten. »Malte?« Keine Antwort. Theodor bettete seinen Kopf auf das Kissen und zog die Decke bis zum Kinn hoch. Eigentlich wollte er noch nachdenken, über Malte, über die Grubenmänner, über die Frau im blutigen Kleid. Und eigentlich wollte er sich noch ein wenig erfreuen an dem Hochgefühl, das er heute gespürt hatte, oder vielmehr an der Furcht und Feigheit, die er nicht gespürt hatte. Doch kaum legte sich die Decke über ihn, brachte sie auch schon sorglosen Schlaf.

Kapitel 9

Theodor erwachte erholt, doch die Unbekümmertheit, die das erste Erwachen an den Ruheorten mit sich gebracht hatte, wollte sich dieses Mal nicht einstellen. Rastlosigkeit flatterte umher, spürbar wie das Knistern vor einem Sommergewitter.

Der Wirt saß an der kalten Feuerschale, wie Theodor ihn verlassen hatte. Er blickte grantig drein und grüßte bloß mit einem Brummen. Der Verband um seine Hand war von Blut durchtränkt. Fraglich, ob er überhaupt geschlafen hatte. Während des Frühstücks sprach er nicht, schlang hastig seine Mahlzeit runter und schien unruhigen Gedanken nachzuhängen.

Beim Essen und Aufbruch trieb er Theodor und Malte zur Eile an und legte auch beim folgenden Marsch ein enormes Tempo vor. Er marschierte mit großen, ausladenden Schritten voraus und spähte immer wieder über seine Schulter, um sich zu vergewissern, dass Theodor und Malte ihm folgten. Seine Blicke tadelten die beiden wegen ihrer Langsamkeit. Nur selten hielten sie, um zu trinken oder Früchte aus ihren Rucksäcken zu holen, die sie im Gehen aßen.

Und er *war* kleiner geworden. Er reichte Theodor nur noch bis zur Stirn; Malte überragte ihn bereits einige Zentimeter.

Der Wirt spähte in jeden Gang, den sie passierten, lauschte an jeder Tür, bevor er sie öffnete, und durchmaß jeden Raum mit seinen Augen, ehe sie ihn betraten. Er musste es nicht aussprechen, Theodor wusste es auch so: Der Albtraumkönig hatte die Wirrwege betreten und trieb sie nun vor sich her wie ein Waldbrand das Wild.

Malte schien die Hetze nichts auszumachen. Die Angespanntheit ihres Führers sprang nicht auf ihn über. Er bildete die Nachhut, und Theodor war froh, ihn hinter sich zu wissen. Immer, wenn Theodor sich nach ihm umschaute, sah Malte ruhig und entschlossen aus, mit einer Hand an dem Dolch in seinem Gürtel. Theodor hätte es nicht zugegeben, doch hinten zu laufen, hätte ihn geängstigt. Ein einziges Mal war er heute als Letzter gegangen, und es hatte sich angefühlt, wie wenn er nachts zu nahe am Bettrand lag – immer war da das Gefühl, etwas könnte aus dem Dunkel hervorschnellen und ihn packen. Zwar drangen keine Stimmen, kein Klagen und auch keine anderen unseligen Geräusche zu ihm, aber Theodors Nackenhaare sträubten sich, als wäre eine unheilvolle Präsenz dicht hinter ihnen.

Auch die Wege selbst wirkten zusammengekauert, als erwarteten sie ein Unheil. Alle Korridore, Treppen und Kammern waren angsteinflößend eng. Der Wirt, der immer noch der breiteste von ihnen war, kratzte ständig mit seinen Schultern an Wänden und Mauerwerk entlang. Während bisher auf jeden trostlosen Ort ein freundlicher gefolgt war, war's heute überall nur Schmutz und Verfall. Das war kein staunenswertes Wandern mehr, sondern ein trübseliges Gehetze, und Theodor war froh, dass dies die letzte Etappe der Wirrwege sein sollte.

Einer der wenigen Orte, an denen sich der Raum etwas weitete, war eine Kreuzung, an der zwei Gänge auseinanderliefen; der eine nach links unter einen metallenen Spitzbogen hindurch, der andere nach rechts durch einen Rundbogen aus Ziegeln. Erstmals zögerte der Wirt, blieb stehen und blickte unentschlossen von einem Gang zum anderen.

»Sie wissen den Weg nicht, oder?« Der plötzliche Halt hatte Malte aus der Eintönigkeit von Marsch und Grübelei geweckt.

»Es ist bloß eine Weile her«, pflaumte der Wirt. »Lass mir einen Moment zum Nachdenken. Und bitte, bitte, bitte, Schluss mit dem

Gesieze!« Er schaute noch ein paar Mal hin und her, sagte dann: »Hier entlang« und stiefelte unter dem Rundbogen hindurch.

Wie lange sie liefen, konnte Theodor nicht sagen, ohne Tageslicht und ohne Uhr hastig durch die Enge hetzend. Viele Stunden waren's mit Sicherheit. In seinen Oberschenkeln pochte ein Schmerz und die Fußsohlen zogen unangenehm. Er war erschöpft, doch er war auch genervt von dem Auf und Ab und Geradeaus, von der Beengtheit, der Lichtlosigkeit und den fauligen Gerüchen. Außerdem war er betrübt von ihrem Schweigen, auch wenn er selbst keine Lust zu plaudern hatte.

Je länger sie liefen, umso mehr schlauchte ihn zudem das ständige Enttäuschtwerden; denn hinter jeder Biegung, vor jeder Tür hoffte Theodor, der Wirt würde endlich verkünden, dass sie den Ausgang erreicht hätten. Doch er sagte nichts dergleichen. Stattdessen führte er sie nun in einen verwachsenen Raum, in dem sich eine schräge, achtlos zusammengezimmerte Treppe in die Höhe zickzackte.

»Ich weiß, dass ihr müde seid«, sagte der Wirt, als er am Fuß der Treppe stehenblieb und hinaufblickte. »Ich bin es auch. Aber wir müssen ganz hinauf.«

Theodor ließ die Schultern hängen. Der Wirt ignorierte es und nahm missmutig die ersten Stufen. Malte stapfte ihm gleichgültig nach, und schließlich folgte auch Theodor. Sie schleppten sich die krummen, quietschenden Stufen hinauf, immer weiter und dann noch höher. Jeder Schritt schmerzte Theodor, gegen jede einzelne Stufe protestierten Waden, Schenkel, Füße und Knie. Er hielt den Kopf gesenkt und übersah, dass das Treppenhaus sich veränderte. Anfangs waren die Wände grau und öde wie Kartonage, dann trugen sie eine Kindertapete mit verblassten Motiven von Holzschaukelpferden und Dampfkarussells. Noch weiter oben wurde die Tapete rissig, und schließlich klebten nur noch vereinzelte Tapetenfetzen auf nacktem Mauerwerk, die sich rollten wie alterswelke Fotografien.

Je weiter sie nach oben gelangten, desto mehr verjüngte sich das Treppenhaus. Es wurde enger und immer enger, bis sie schließlich gezwungen waren, seitlich zu gehen. Ihre Köpfe mussten sie eindrehen, ihre Bäuche und Rücken schabten an den Wänden entlang, als sie sich langsam vorwärtsschoben. Schließlich liefen die Wände so spitz zusammen, dass es nicht mehr weiterging.

Theodor fühlte sich unwohl, eingepfercht zwischen den Wänden, die Wange gegen den rohen Stein gepresst. Malte stand dicht vor ihm, seine hintere rechte Schulter berührte Theodors vordere linke. Einen unangenehmen Augenblick geschah nichts, und Theodor überlegte, sich rückwärts wieder die Treppe hinabzudrängeln. Da ruckte Malte ein Stück nach vorn und ging langsam in die Knie, wobei er wie in einem grotesken Tanz die Schultern hoch- und niederzog und langsam zwischen den Wänden abwärtssank. Erst verstand Theodor nicht, wie es Malte gelang, sich in dieser Enge kleinzumachen, doch als Maltes Hinterkopf auf Höhe von Theodors Hüfte war, sah er, dass Malte sich mit den Füßen voran in eine kleine, quadratische Öffnung in der Ecke vor ihnen quetschte, in der die Wände in spitzem Winkel aufeinanderstießen. Malte robbte sich in diese Öffnung hinein wie ein Schlangenaal, der sich schwanzspitzwärts in den Meeressand gräbt. Schließlich zwängte er seine Schultern hinein, und dann war auch sein blonder Strubbelkopf durchgeschlüpft. Es war still. Theodor atmete schwer.

»Komm schon«, rief der Wirt ihm aus der Öffnung zu.

»Wie denn?«, krächzte Theodor durch gepresste Backen.

»Die Füße zuerst, dann zieht Malte dich.«

Theodor tastete mit seiner linken Stiefelspitze nach vorn. Erst trat er nur gegen die Mauer, dann fand er die Öffnung. Sie war kaum höher als sein Schienbein und kaum breiter als seine Hüften. Wie der Wirt hindurchgepasst hatte, konnte er sich nicht erklären. Eine Hand berührte seine Fußspitze und umfasste dann seinen Knöchel. Sie zog ihn behutsam zu sich. Theodor schloss die Augen. Er konnte sich kaum rühren. Er drehte das rechte, hintere Knie nach außen und beugte es leicht. Langsam schabte er abwärts. Er fing an zu schwitzen.

Sein linkes Bein war bis über die Wade in das Loch eingedrungen. Die Hand packte sein rechtes Fußgelenk und zog es nach. Theodor erschrak, als er kurz den Halt verlor, aber es war zu eng, um weniger als ein paar Zentimeter abzusacken. Er bewegte die Schultern auf und ab, wie er es bei Malte gesehen hatte. Sein ganzer Körper war gespannt. Er zitterte. Zentimeter für Zentimeter rutschte er hinab.

Plötzlich spürte er etwas hinter sich. Es berührte ihn nicht, und Theodor konnte den Kopf nicht wenden, um es zu sehen. Aber es war deutlich da, Theodor fühlte es, wie man manchmal fühlt, dass man im Keller nicht alleine ist. Das Monster unter dem Bett hatte ihn gepackt. Theodor bekam Panik.

Hektisch presste er sich die Wände hinunter, und die Wände kratzten ihn. Seine Wange war wund, sein Pullover rollte nach oben. Sein weicher Bauch wurde heiß, als die Mauer ihn wie Schmirgelpapier schliff.

»Mach langsam, Theodor«, fluchte Malte, doch Theodor zuckte nur umso wilder, zappelte wie ein Waschbär im Griff eines Pelzjägers.

»Helft mir!«, schrie er, und die Hand an seinem Fußgelenk zog fester. Theodor quetschte seine Arme neben seinem Körper hoch, damit er sich mit den Händen zusätzlich ein wenig hinabdrücken konnte.

»Helft mir doch!«, schrie er greller. Er war dem Bösen hinter sich ausgeliefert, jeden Augenblick würde es ihn packen und ihm entsetzlich wehtun, würde ihn kratzen und beißen, schlagen und stechen. Er zuckte und zappelte, presste und quetschte, wand sich und wibbelte, stöhnte und schrie – dann zog Malte ihn mit einem letzten festen Ruck von Brust bis Kopf durch die Öffnung.

Theodor fiel ein Stück und landete unsanft auf hartem Stein. Er atmete schwer, sein Haar war klatschnass, seine Kleidung aufgescheuert, der Bauch wund. Der Wirt hob ihn grob auf die Beine.

Die Panik verflog. Theodor war erleichtert, der Enge entkommen zu sein. Doch die Erleichterung hielt bloß, bis er sah, wogegen er sie getauscht hatte.

»Wir wurden eingeholt«, sagte der Wirt.

Sie standen mit dem Rücken zu einer Wand aus grobem Stein. Auf Schulterhöhe führte der Schacht schräg hinauf, durch den sie sich eben hinabgequetscht hatten. Der Raum vor ihnen war über und über mit dem Qualm gefüllt, den sie vor den Fenstern des Gasthofes gesehen hatten. Er waberte drohend wie ein Gewitter und pulsierte schwach wie ein sterbender Herzschlag. Die grässlichen Fratzen schwammen darin herum wie in einem dunklen Aquarium.

Ein Korridor vor ihnen war frei geblieben, ein schmaler Streifen von vielleicht einhundert Metern Länge. Er endete an einer Wand mit einer Tür.

»Wir werden langsam zu der Tür hinübergehen«, sagte der Wirt. »Vielleicht halten die Wirrwege die Schatten zurück.«

»Vielleicht?« Malte klang nicht ängstlich, sondern erzürnt. »Und wenn das der falsche Weg ist? Wenn du dich vorhin geirrt hast?«

»Ich irre mich nicht«, fuhr der Wirt ihn an. Dann wurde seine Stimme beherrschter: »Habt ein wenig Vertrauen. Die Wirrwege werden uns auch wohlgesinnt sein, wenn es zum Äußersten kommt. Und nun vorwärts. Wir haben keine Zeit zum Zanken.«

Der Wirt nahm Theodor am Ärmel, zog ihn nach vorn und stupste ihn in die Schneise zwischen den Schatten. Er sandte Malte hinterher und folgte zum Schluss.

Der Qualm war dicht neben ihnen; Theodors Nasenspitze hätte ihn berührt, wenn er den Kopf zur Seite gedreht und bloß ein Stückchen vorgestreckt hätte. Die Fratzen tauchten ganz nah heran, belauerten sie wie Raubtiere kurz vor dem letzten Sprint. Ihre gierigen Blicke folgten ihnen, während sie langsam durch die stumpfschwarze Schlucht gingen.

Die Tür auf der anderen Seite kam quälend langsam näher. Theodor hatte das Gefühl, der Qualm schlösse sich allmählich wie zusammenfahrende Felswände aus Onyxgestein. Er hörte die Fratzen scharren und flüstern, lechzen und krächzen. Doch sie hielten sich zurück, ließen sie passieren. Schließlich hatte Theodor die Tür erreicht; eine Holztür mit einem silbernen Knauf.

»Ganz ruhig nun«, flüsterte der Wirt hinter ihm.

Theodor streckte die Hand aus und umgriff den Knauf. Er ließ sich mühelos drehen. Die Tür glitt geräuschlos nach innen auf. Dahinter lag Dunkelheit.

»Hinein«, sagte der Wirt.

Theodor trat durch die Tür. »Soll er doch kommen«, hörte er Malte hinter sich sagen.

Theodor fuhr herum um. Malte hatte sich dem Qualm zugewandt.

»Was sagst du da?«, fragte der Wirt.

»Der Albtraumkönig. Soll er kommen.« Malte zog den Dolch aus seinem Gürtel. »Ich laufe nicht davon.«

»Malte«, sagte Theodor und legte ihm eine Hand auf die Schulter, doch Malte schüttelte sie ab.

»Sei nicht wahnsinnig.« Malte verdeckte den Wirt, doch Theodor konnte dessen fassungsloses Gesicht aus seiner Stimme malen. »Durch die Tür mit dir.«

Malte rührte sich nicht.

»Durch die Tür, los!«, brüllte der Wirt.

Irres Kreischen grellte in dem Raum auf. Ein stürmendes Tosen brach los und wirbelte Rauch und Fratzen wild umher. Aus dem tobenden Finstern schälte sich eine riesige, schattenschwarze Gestalt.

»Du sturer Held«, knurrte der Wirt. Er gab Malte einen heftigen Stoß gegen die Brust. Malte flog rücklings durch die Tür. Theodor fing ihn auf und hielt ihn fest.

»Lass mich los«, schrie Malte. Theodor verkrallte sich in ihm.

Die schattenschwarze Gestalt packte den Wirt mit langen, dürren Klauen und riss ihn zu sich. Die Tür flog zu. Gestürm und Geschrei verstummten, als hätte ein Beil sie abgehackt.

Theodor und Malte standen in Finsternis und Stille.

Malte befreite sich grob aus Theodors Griff und wich zurück. Für einen Moment stand Theodor verloren da, umgeben von nichts als Schwärze. Von dem Treiben in der Kammer drang kein Laut zu ihm; er hörte nur sein eigenes schnappendes Atmen. Er streckte die Hand aus, fühlte aber weder Tür noch Wand. »Malte?«

»Ich bin hier.« Malte klang nicht zornig. Seine Hand ergriff Theodors.

»Was sollen wir jetzt tun?«, fragte Theodor.

Vor ihnen im Nichts sprang eine Lichtfläche an, ein unruhig flackerndes Rechteck in einem sternenlosen Weltenraum.

»Den Ausgang suchen«, sagte Malte. Er zog Theodor mit sich.

Das Lichtrechteck war eine türgroße Öffnung, ausgestanzt aus dem umgebenden Schwarz. Hindurch sahen sie einen Wohnhausflur mit weißen Wänden und blauem Teppich. Das unstete Licht kam aus einer offenstehenden Tür am Ende des Flures. Malte, den Dolch gezückt, ließ Theodor los. Sie betraten den Flur.

Hinter der offenstehenden Tür befand sich ein kahles Zimmer, in dem ein alter Röhrenfernseher mit gerippter Holzverkleidung weißes Rauschen an die Wände warf. Auf der anderen Seite des Zimmers führte eine Treppe abwärts. Theodor spürte den Drang, hinabzusteigen, etwas zog ihn regelrecht zu den Stufen.

Auch Malte schien es zu spüren. »Ich glaube, wir müssen dort hinunter«, sagte er.

Unten lag ein kleiner Kellerraum aus rauem Beton, spärlich vom Treppenaufgang her beleuchtet. In einer Wand saß eine splitterige Brettertür mit rostigen Langbändern und einem zernagten Türring. Malte zog die Tür auf; knatschend schwang sie ihm entgegen. Mit dem Dolch voran trat er hindurch, Theodor folgte ihm.

Sie betraten eine Kammer, und alles an dieser Kammer war seltsam. Sie war eng und hoch, und in ihrer Mitte saß über ein riesiges Schreibpult gebeugt ein langer, dürrer Herr. Er musste an die vier Meter messen oder gar fünf, und er sah aus wie ein vergessener König. Sein ausgemergelter Körper steckte in einem weiten, ausgebleichten Gewand, und auf seinem eingefallenen Kopf mit spinnwebenen Haarresten ruhte eine verbogene Krone. Der König saß gekrümmt, denn die Kammer war ihm zu eng wie ein schlecht sitzender Schuh und zu schmal für das Mobiliar. Die Decke, wenngleich Theodor sie nicht erreicht hätte, selbst wenn er auf Maltes Schultern geklettert wäre, war für den König so niedrig, dass sie seinen Kopf hinabdrückte. Seine Stuhllehne kratzte an der einen Wand, das Schreibpult drückte an die gegenüberliegende, wobei es seine vordere Kante in des Königs dürren Bauch bohrte.

Der König, eingezwängt zwischen Pult und Stuhl, bekritzelte in fiebrigem Eifer mit einer Feder einen Bogen Papier. Die Hand, die die Feder führte, zitterte vor Aufregung und war übersäht mit aufgeplatzten Blasen. Die Augen des Königs jagten wild über die Zeilen. Abwechselnd leckte er sich die rissigen Lippen und flüsterte angeregt vor sich hin, sein Flüstern so kratzig wie die Feder auf dem Papier. Seine ausgemergelten Kiefer mahlten, seine Schläfen blähten sich, und seine Augen drohten aus den Höhlen zu ploppen. Kaum war die Feder am Ende des Blattes angelangt, fegte der König das Papier vom Tisch. Der Boden war bereits übersäht mit vollgeschriebenen Blättern. Der König tunkte seine Feder in ein Tintenfässchen und fiel über das nächste Blatt her.

Er drehte den Kopf seinen beiden Besuchern zu, während seine Hand mechanisch weiterschrieb. Theodor überlief ein Schaudern, als er den irrsinnigen Ausdruck in dessen Augen sah. Er musste sehr alt sein, und das schon seit einer langen Zeit. Dann schraubte der König den Kopf zurück zu seinem Papier.

Am gegenüberliegenden Ende der Kammer, zwischen den Tischbeinen hindurch, sah Theodor eine weitere Brettertür.

»Ich fürchte, uns bleibt nur dieser Weg«, sagte Malte.

Theodor nickte stumm. Er wollte so schnell wie möglich fort von dieser Kammer, umdrehen, fort von diesem König. Doch zur gegenüberliegenden Tür zog's ihn wieder wie von unsichtbarer Hand.

Sie wateten los.

Mühselig war der Weg unter dem Pult hindurch. Die bekritzelten, am Boden verstreuten Bögen waren für sie so groß wie Bettdecken und lagen geschichtet bis über die Knie. Immer wieder rutschten sie aus und stürzten. Theodor konnte die wirre Schrift auf den Bögen nicht entziffern, doch er sah, dass sich die Tinte mit Blut gemischt hatte, wo des Königs Finger das Papier berührt hatten. Dunkelrote Abdrücke klebten überall und verschmierten die Zeilen.

Unter dem Pult, wo die Beine des Königs dürr und nackt unter der Robe hervorlugten, ehe sie von den Knöcheln abwärts im Papier verschwanden, stank es wie eine eiternde Wunde.

Theodor versuchte, sich von dem Ekel abzulenken, der ihn unter dem Tisch befiel. Was wohl die Geschichte dieses Königs war? Wem mochten seine Briefe gelten, und was hatte er verbrochen, dass die Wirrwege ihn in diese Kammer pferchten? Theodor dachte an die Panik zurück, die er erst vor wenigen Minuten in dem engen Treppenhaus durchlebt hatte. Wäre er selbst zu einem Leben in dieser Gedrungenheit verdammt, es käme ihm einer Erlösung gleich, dem Wahnsinn zu verfallen.

War der Wirt nun zu Ähnlichem verdammt? Lebte er überhaupt noch? Theodor fuhr ein Stechen durch seinen Bauch, als ihm bewusst wurde, dass sie allein und führerlos waren in einem Labyrinth, das mit Schicksalen wie diesem aufwartete. Der Tod wäre mit Sicherheit das gnädigere Übel.

Vorausgesetzt, dass sie es aus den Wirrwegen hinausschafften, war das einzige, was zu tun blieb, diese Eels zu finden. Wie sie wohl sein mochte? Bisher hatte er sich, warum auch immer, eine ältere, nette Dame vorgestellt. Doch nachdem er die Grubenmänner und diesen siechenden König gesehen hatte, war er sich dessen nicht mehr sicher.

Wie auch immer sie sich zeigen mochte – irgendwo in dieser bizarren Welt gab es jemanden, der ihnen helfen würde. Dieser Gedanke tröstete Theodor ein wenig, während er unter dem Schreibpult hinwegkletterte, wo es nach Wunde und Eiter stank und Blut und Tinte sich mischten.

Schließlich kamen sie auf der anderen Seite des Pultes heraus und erreichten die Tür am Ende der Kammer. Hinter ihnen ertönte ein kehliges Knarzen, als würde ein schweres Tor aufgeschoben. Sie schauten zurück und sahen, dass der König sie anstarrte. Langsam öffnete er seinen Mund, was seit einer langen Zeit nicht mehr geschehen sein mochte; gelbe, klebrige Spuckefäden zogen sich auseinander und platzten. Der König stieß einen Schrei aus, so laut und schrill, als erbräche er puren Wahnsinn. Er ruckte und rüttelte und versuchte, sich aus seiner Klemme zu lösen, doch Pult, Stuhl und Decke hielten ihn fest wie eine Schraubzwinge. Da nahm er seine Feder und kratzte sie über sein Gesicht. Ihre Spitze zerriss ihm die Haut, Blut trat hervor, und der alte König zerschrieb sich sein ausgemergeltes, jammervolles Gesicht.

Schnell eilten Theodor und Malte durch die splittrige Brettertür und schlugen sie von der anderen Seite zu. Sie wandten sich um. Sie erstarrten.

Sie befanden sich in einem Raum wie eben jenem, in dem sie vom Wirt getrennt worden waren. Vermutlich war's sogar derselbe, denn auch hier tummelte sich der dunkle, rußige Qualm. Nur hatte er sich in die Winkel zurückgezogen. Die Flucht zur anderen Seite war frei. In der dortigen Wand erkannte Theodor als einzigen Ausgang einen engen Spalt.

Für einen Augenblick war alles ruhig. Der Qualm waberte in den Ecken, und alle Blicke darin waren auf Theodor und Malte gerichtet. Dann zerbrach ein irrer Schrei aus der Königskammer hinter ihnen die Stille, und die Dunkelhölle brach los. Donnerschläge brandeten auf, und mit irrem Fauchen stürzte der Qualm auf Theodor und Malte zu wie ein giftiger Wirbelsturm.

»Lauf!«, brüllte Malte und stürmte los. Theodor jagte ihm hinterher. Gewaltige Wolken aus tiefschwarzem Rauch brodelten hervor und rollten auf sie zu. Die Fratzen kreischten und johlten, zischten und keiften. Theodor rannte schneller, als er je zuvor in seinem Leben gerannt war, angetrieben von blanker, brennender Panik. Der Qualm wuchs und schloss sich um sie, nur ein schmaler Streifen war noch frei, durch den sie ans Ende des Raumes hetzten. Er wurde immer schmaler.

Malte hackte blind mit seinem Dolch, und wo die Klinge den Rauch traf, zischte es. Doch die Schatten wichen nicht zurück, sie drängten weiter auf Theodor und Malte ein.

Nur noch wenige Meter trennten sie von der Öffnung, die gezackt und funkelnd wie eine Scherbe aus geschliffenem Obsidian in der Mauer saß. Theodor fühlte giftigen Atem gegen seine Wangen prusten, sah, wie sich die Fratzen über Maltes Kopf hinabreckten und nach ihm schnappten. Der freie Korridor schmolz dahin, nur noch ein winziger Pfad war frei, kaum breiter als der Bruch in der Wand vor ihnen. Der Qualm drohte sie zu verschlucken.

Alle Sehnen in Theodors Beinen waren zum Bersten gespannt, die Muskeln verhärtet und verkeilt, Herz und Lunge drohten zu platzen. Sie hatten den Ausgang fast erreicht! Da schnellte neben Maltes Kopf eine Fratze hervor. Sie schoss aus dem Qualm wie das Maul einer Schnappschildkröte und biss ihm in die Wange. Malte schrie und stolperte. Theodor warf sich nach vorne. Er packte Malte und stürzte sich mit ihm in den schwarzen, glänzenden Spalt.

Kapitel 11

Theodor fiel, er fiel eine ganze Weile, und um ihn herum wurden Formen und Konturen sichtbar. Er stürzte einen Schacht hinab, steinerne Mauern rasten an ihm vorbei. Doch nein, das war kein Stürzen, war kein Schacht. Theodor flog durch einen Gang, wie ein Kiesel von einer Zwille geschleudert. Seine Füße berührten nicht den Boden, seine Hände nicht die Wände. Er schoss unerbittlich vorwärts. Er flog durch das tunnelartige Gemäuer, wie von einem mächtigen Sturm gepustet. Eine Wand mit einer Holztür schoss ihm entgegen. Gleich würde er daran zerplatzen wie ein Käfer an einer Windschutzscheibe. Er hob schützend die Arme, doch kurz, bevor er zerschellte, sprang die Tür auf und Theodor flog hinein in ein düsteres Gewölbe. Eine Kreatur fuhr überrascht zu ihm herum. Theodor fasste nur wenige Details, während er auf sie zu sauste, doch er sah zwei Risse statt Augen in einem grauen, grässlichen Schädel. Theodor jagte der Kreatur durch einen dieser Schlitze mitten in den Kopf.

Ihn umfing gleißendes Licht – und Theodor fiel ins Freie.

Zweite Elegie

Kapitel 1

Die Taghelle war so blendend, dass Theodor seine lichtentwöhnten Augen zusammenkneifen musste. Er stolperte, strauchelte, fiel blindlings vornüber und landete in weichem, warmem Gras. Seine Finger gruben sich in die hohen Halme. Er sog ihren Duft ein und atmete frische Luft, so willkommen nach dem stickschweren Muff der letzten Tage. Ein warmer Hauch strich über sein Gesicht, so lebendig nach all dem Zerfall.

Vorsichtig hob Theodor die Lider. Verschwommene, grüne Farbflicken blitzten auf. Er rieb sich die Augen und blinzelte das stechende Flirren fort. Als er sich an das Licht gewöhnt hatte, sah er, dass er sich auf einer sonnigen Lichtung befand, umgeben von dichtem Wald.

Malte stürzte neben ihm bäuchlings ins Gras. Er ächzte, schüttelte sich und stemmte sich auf die Knie. Verdutzt schaute er zu Theodor. Er wollte etwas sagen, als hinter ihnen ein Knarren und Knarzen einsetzte. Sie drehten die Köpfe. Ein gewaltiger Baum ragte über ihnen empor. Seine leuchtendgrüne Krone nahm den ganzen Himmel ein, sein Stamm war so breit, dass Theodor und Malte ihn gemeinsam nicht zur Hälfte hätten umfassen können. In seinem dichten Wurzelstock klaffte ein Spalt. Der Baum erwachte.

Er räkelte sich wie nach langem Schlaf und beugte und streckte seine Äste. Sein blättriges Haupt hob und neigte, seine ineinander verfingerten Wurzelarme lösten sich. Der Baum begann, seinen mächtigen Stamm in sich selbst zu verdrehen. Es quietschte wie alte Dielen, die unter einer großen Last protestierten, als das knorrige Holz sich verknotete. Äste brachen, Borke zerbarst, Bast jaulte und Späne splitterten. Gleich einer Schlange, die ihre Beute zerdrückt, wanden sich die armdicken Wurzelstränge um die Öff-

nung in ihrer Mitte. Der Spalt bog und dehnte sich im Schraub-
griff, schrumpfte im Drehen und Quetschen zusammen und war
schließlich vollkommen umschlossen. Der Ausgang aus den Wirrwegen war versiegelt. Der gewaltige Baum mit seinem gewrunge-
nen Leib und seiner mächtigen Blätterkrone schüttelte sich noch
einmal, dann stand er wieder still und stolz.

»Bist du in Ordnung?«, fragte Theodor.

»Ich glaube schon«, sagte Malte.

Theodor betastete seinen Kopf, seine Arme und Beine, klopfte
sich auf Brust und Bauch. Bis auf ein paar Kratzer und die Schürf-
stellen, die er sich in dem engen Treppenhaus zugezogen hatte,
schien er unversehrt. Malte fuhr mit seiner Hand über die linke
Wange. Er zuckte zusammen und zog scharf die frühsommerliche
Luft ein.

»Lass mich mal sehen«, sagte Theodor. Ein hässlicher Striemen
zog sich von Maltes Schläfe zum Mundwinkel. Er hatte schwarze
Pusteln gebildet, die leicht blubberten wie die Sudkrone einer kö-
chelnden Suppe. Immerhin hatte er die vorherige Schramme mit-
gefressen.

»Und?«, fragte Malte mit zugekniffenen Augen.

»Du hast einen ordentlichen Kratzer. Er ist nicht tief, aber gut
sieht er nicht aus. Warte kurz.«

Theodor holte seine Feldflasche aus dem Rucksack; sie war nur
noch leidlich gefüllt.

Theodor spülte Wasser auf den Kratzer. Es zischte fies, und ein
zarter Rauchfaden kräuselte empor. Malte stöhnte. »Lass gut
sein«, sagte er und zog den Kopf weg. Er zupfte sich ein Stück
Rinde aus dem Haar, stand auf, reichte Theodor eine Hand und
zog ihn auf die Füße.

Sie standen auf einer Wiese unter einem wolkenlosen blauen Himmel, umringt von Laubwald. Hinter ihnen prangte der wuchtige Baum wie ein schlafender Wächter. Es roch nach jungen Blättern und süßen Wildblumen. Alles war tonlos – kein Vogel zwitscherte, keine Hummel brummte, kein Wind brachte das Laub zum Rascheln.

»Was machen wir nun?«, fragte Malte. Theodor wusste, dass Malte ihm den Anschein der Initiative ließ, um ihm die Furcht zu nehmen. Furcht war nichts, was Theodor sich aussuchte oder gerne fühlte. Er verachtete seine Furcht, dennoch war sie sein treuer Begleiter. Er fürchtete sich vor den Rabauken ihrer kleinen Stadt und vor den meisten Lehrern, er fürchtete Schmerzen, Kriege, die Zukunft und das Alleinsein. Die letzten Tage hatte er sich arg gefürchtet, im Gasthof, in den Wirrwegen, in dem schlimmen Treppenhaus, das immer enger geworden war, in seinem Traum. Im Augenblick aber fürchtete er sich nicht. Er war froh, den Wirrwegen entkommen zu sein. Und fortan würde er sich nicht mehr so leicht ängstigen lassen. *Sei bitte etwas mutiger.* Malte tat Recht daran, Tapferkeit von ihm einzufordern – umso mehr, da sie nun alleine waren.

»Wir sollten schauen, wo wir überhaupt sind. Und ob uns jemand weiterhelfen kann«, sagte Theodor. »Und deine Wunde anschauen.«

»Es tut mir leid, dass du jetzt hier bist, Theodor«, sagte Malte. Er sagte es hastig wie ein Geständnis, als trüge er Sorge, dass einige Wörter unausgesprochen zurückbleiben könnten, wenn er sie nicht schnell genug aus dem Mund stieß. »Das war so nicht gedacht, als ich dich gebeten habe, mitzukommen.«

Theodor lächelte. »Dennoch sind wir hier«, sagte er. »Wir kennen den weiteren Weg nicht. Wir wissen nicht, was uns verfolgt hat. Und vielleicht werden wir auch hier draußen verfolgt. Aber wir haben einen kleinen Vorsprung, und wir haben uns beide. Außerdem haben wir diesen Namen, Eels. Suchen wir also Eels.«

Auch Malte lächelte. »In Ordnung, suchen wir Eels.«

Er schaute sich auf der sonnengeküssten Blöße um, dann entschied er sich für eine Richtung und stiefelte auf den Wald zu. Theodor folgte ihm. Malte durfte nur zu gerne wieder der Bestimmende sein.

Kaum hatten sie ein paar Schritte auf den Waldesrand zu getan, durchschoss Theodor ein heftiger Krampf. Er sackte zu Boden. Ein heißer Blitz tobte durch seinen Kopf, als würden ihm die Augen hinausgedrückt. Er krümmte sich. *Vernichtungsschmerz*, echote es in seinen Gedanken. Er verkrallte sich im Gras, drückte seinen Rücken durch wie eine wollwürgende Katze und erbrach schwarzen, klebrigen Brei. Der Krampf löste sich, der Schmerz verschwand. Theodor rollte sich auf den Rücken. Er schloss die Augen und konzentrierte sich auf seine Atmung, wie er es im Sportunterricht gelernt hatte: ein durch die Nase, aus durch den Mund; ein durch die Nase, aus durch den Mund. Und noch einmal. Er fand wieder zu sich.

»Was war das?«, keuchte er.

Keine Antwort. Theodor öffnete die Augen. Neben ihm lag Malte, zusammengekauert wie ein gefährdeter Igel.

»Malte!« Theodor kroch zu ihm und wälzte ihn herum. Seine Augen waren geöffnet, die Pupillen jagten hin und her wie Pingpongbälle. Er brabbelte unverständlich und sabberte.

»Hey!« Theodor schüttelte ihn. Malte blinzelte erschrocken, dann schaute er Theodor verwirrt an. Sie setzten sich aufrecht hin. Theodor nahm seinen Rucksack ab, holte seine Feldflasche hervor und schraubte den Deckel ab. »Nimm einen Schluck.«

Malte trank mit wenigen, gierigen Zügen und gab die Flasche zurück. Sie war leer. Theodor stopfte sie zurück, schulterte den Rucksack und stand auf. Er half Malte auf die Beine.

»Wir müssen achtgeben«, sagte er. »Der Wirt hat gesagt, dass es hier gefährlich ist, und wir wissen nicht, in welcher Form die Gefahr kommt.«

Malte nickte und wischte sich mit einem Ärmel über den Mund.

Theodor spuckte Reste des klebrigen Breis ins Gras.

Vorsichtig gingen sie auf den Waldrand zu.

Sie betraten den Wald, und dies war ein freundlicher Wald! Er stand in voller Pracht und leuchtete in der schrägstehenden Sonne. Theodor hatte eine waldreiche Kindheit genossen und kannte viele der Bäume und Pflanzen, die er hier sah. Es gab glattstämmige Buchen und stolze Rosskastanien, die ihre spitzen Blätter einander zustreckten, stämmige Eichen mit nussigen Früchten, Birken in tuschelnden Grüppchen, allerlei anderes Gewächs wie Erlen und Linden, Weiden und Eschen, Sträucher von Schlehdorn, Holunder, Wachholder und Weißdorn, Efeuranken und Beete von Klee, Brennnessel und Waldmeister. Daneben gab es eine Vielzahl an wild wucherndem Gebüsch, Geflecht und Gestrüpp. Etliche Bäume, Blumen und Sträucher waren Theodor jedoch gänzlich unbekannt – vielleicht gab es sie gar nicht in den Wäldern seiner Heimat.

Ohne kundigen Führer war Theodor anfangs aller Pracht zum Trotze unbehaglich zumute. Wer konnte schon sagen, was hinter den Stämmen, in den Büschen oder im Unterholz lauerte, und waren sie noch so hübsch inszeniert? Er hielt die Augen wachsam und die Ohren gespitzt. Doch als die Bäume nach einer Weile weiter auseinander standen und die laubbedeckten Flächen wegsamer wurden, legte sich Ruhe über ihn. Die warme Luft, der Duft nach Blüten und Moos und das Gefiepe und Geraschel in Kraut und Laub hoben seine Stimmung ungemein nach der Düsternis, Enge und Hetze in den Wirrwegen. Die Strapazen der letzten Tage, die stete Angst vor dem Bösen, der eben erlittene Krampf – alles verlor seinen Schrecken unter dem lichtgefleckten Blätterdach, das von prächtigen Stämmen wie Säulen in einem Saal aus Edelholz getragen wurde. Sogar der Biss in Maltes Wange hatte

zu brodeln aufgehört. Würden sie noch eine lange Zeit so umherwandern müssen, es hätte Theodor nichts ausgemacht.

Als sie eine Stunde oder zwei marschiert waren, stieg der Wald
bergan. Das Wandern wurde mühseliger, und Theodor schwitzte.
Sie nahmen die Umhänge ab, stopften sie in ihre Rucksäcke und
rollten die Ärmel ihrer Pullover hoch. Sie kamen auf eine Anhöhe,
von der sie das Land überblicken konnten: Rundherum dehnte
sich der Wald in Hügelketten bis zum Horizont. In einer Richtung,
blass zwar in der Ferne, aber unübersehbar gewaltig, begrenzte
ein Wall aus Bergen das Land. Ihre Spitzen lagen in bauchigen
Wolken verborgen, die am Himmel hingen wie schwebende,
schurbereite Schafe.

Was sie nicht sahen waren Städte oder einzelne Häuser, keine
Höfe oder Türmchen, keine Straßen. Nicht einmal eine dünne
Rauchspur kräuselte aus dem Grün hoch und deutete ein Lager-
feuer oder einen Schornstein an.

Theodor verengte die Augen, sodass der Wald vor ihm ver-
schwamm und die blassen Berge sich im Blau des Himmels auf-
lösten. Er stellte sich vor, er wäre zu Hause und blickte auf die
hügeligen Wälder südlich ihrer kleinen Stadt. Eine Welle wehmü-
tigen Schmerzes durchzuckte ihn.

»Sollen wir einfach in Richtung der Berge gehen?«, fragte Malte.
»Ich wüsste nicht, wohin wir uns sonst wenden sollten. Wenn wir
ihnen folgen, kommen wir vielleicht irgendwann in eine Stadt.«

Theodor mochte die Idee. Es war die einzige Richtung, die ein
klares Ziel bot in diesem Meer aus Bäumen. Und solange sie darauf zusteuerten, liefen sie nicht Gefahr, im Kreis zu irren. Also
kletterten sie die Anhöhe auf der anderen Seite hinunter und hielten sich fortan dem Gebirge zu. An einem kalten Bach wuschen
sie sich, stillten ihren Durst und füllten ihre Flaschen. An seinem
Ufer standen Büsche mit gelben Beeren, ähnlich jener, die sie in

den Beuteln an den Ruheorten gefunden hatten, nur kleiner. Malte probierte vorsichtig. Die Früchte schmeckten etwas bitterer, waren aber genießbar. Sie aßen sich an ihnen satt und stopften mehrere Handvoll in ihre Rucksäcke. In Theodors Tasche purzelte sonst nur ein letztes Stück Brot herum; alles andere hatte er in den Wirrwegen gegessen.

Sie liefen weiter, bis die Sonne direkt über ihnen stand. Theodor schaute zum Himmel. Wenn's mit dem Lauf der Sonne an diesem Ort nicht anders zuging als zu Hause, dann musste es nun um die Mittagszeit sein. Drückend heiß genug dafür war es in jedem Fall. Sie setzten sich in den Schatten einer besonders üppigen Eiche, naschten Beeren und tranken von dem Bachwasser in ihren Flaschen. Theodor aß die Reste seines Proviants aus den Wirrwegen und war froh, mit dem letzten Kanten Brot auch ein Stück Erinnerung hinunterzuschlucken.

Sie wickelten ihre Umhänge um die Rucksäcke und polsterten damit die Wurzeln des Baumes. Dann betteten sie ihre Köpfe auf die improvisierten Kissen und streckten sich im schattigen Laub aus. Durch Lücken im Blätterdach sandte die Sonne goldene Strahlen wie Lichtspeere zu ihnen hinab. Ein leichter Wind kam auf, und in den Blättern über ihnen klang es wie ein Tuscheln. Vielleicht tuschelte die Eiche wirklich – ausgeschlossen war's in dieser Welt bestimmt nicht. Was auch immer sie erzählte, erzählte sie mit besänftigendem Flüstern. Nur wenige Herzschläge dauerte es, da waren Theodor und Malte eingeschlafen.

Theodor erwachte fröstelnd. Die Sonne war weitergewandert, und der Wald lag im Schatten. Malte schlief noch. Theodor setzte sich auf – ein wenig ausgewrungen, wie es sich nach einem Tagesschläfchen oft ausnimmt – und rieb sich die Augen. Als er die

Hände wieder fortnahm, blickten ihn von einem nahen Baumstamm zwei Wesen neugierig an. Sie waren von eigentümlicher Hässlichkeit, bestanden nur aus Kopf und Füßen und waren überwachsen mit borstigem Haar. Oder war's schon borstiger Bart? Die dicken Haare wuchsen wild und rahmten zwei runzelige Gesichter mit spitzen Nasen und glühroten Knopfaugen. Unten lugten dürre, lange Zehen hervor. Theodor überlegte, Malte zu wecken, doch er war unschlüssig, ob er sich rühren sollte, während die Wesen ihn so unverhohlen anglotzten.

»Nun, wer ist's?«, fragte das eine Wesen, dessen Mundwinkel sich nach unten bogen wie in der Karikatur eines traurigen Gesichtes, während sie sich bei dem anderen nach oben zogen, als würde es grinsen. Nebeneinander wirkten die beiden Wesen wie die Masken, die Theodor einmal im Theater gesehen hatte, als er mit seinem Vater die Weihnachtsgeschichte besuchte. Sein Vater hatte ihm erklärt, dass die Masken als Sinnbild für Komödie und Tragödie stehen. Komödien kannte Theodor aus dem Fernsehen, aber was eine Tragödie war, hatte er bis heute nicht verstanden.

»Wer ist's selber?«, gab Theodor zurück.

»Ich bin der Gram«, sagte das Wesen und zeigte dabei eine Reihe spitzer Zähnchen, »und er ist die Güte.«

»So ist's«, sagte das grinsende Wesen. »Nur bin ich nicht gänzlich wohlgesinnt, und er ist nicht gänzlich kummervoll.«

»Also, wer ist's?«, fragte wieder der Gram.

»Ich heiße Theodor, und das ist mein bester Freund.« Theodor wollte, dass die Wesen wussten, er war nicht alleine. Die beiden Hässlichkeiten reckten sich Malte zu.

»Nun, wohin geht's?«, fragte die Güte.

»Ich weiß nicht, ob ich euch das verraten soll«, sagte Theodor. »Ich kenne euch nicht und kann euch nicht trauen.« Er sprach's eine Spur lauter, weil er hoffte, Malte würde aufwachen.

»Nun, so machten wir uns doch schon bekannt: Ich bin die Güte, und das dort ist der Gram.«

»So ist's«, bestätigte der Gram. »Nur bin ich nicht ganz so hoffnungslos, und er ist nicht ganz so warmherzig.«

»So ist's«, sagte die Güte.

»Uns wurde geraten, vorsichtig zu sein«, sagte Theodor. Die Wesen waren ihm unheimlich, doch allzu gefährlich schienen sie nicht.

»Immerhin habt ihr ein Ziel. Wisst ihr denn den Weg?«, fragte der Gram.

»Nein«, gab Theodor zu.

»Nun, vielleicht wissen wir ja den Weg«, sagte die Güte.

»Es wäre unvorsichtig«, ergänzte der Gram, »uns nicht nach dem Weg zu fragen. Wir kennen alle Wege hier in diesem Wald. Alle Wege hinein, alle Wege hinaus. Nun, wohin soll's gehen?«

Malte regte sich noch immer nicht. Theodor überlegte, ihm einen Tritt zu geben oder ihn ganz ungeniert zu wecken. »Sei's drum«, sagte er dann. »Wir suchen die Wachende Eels.«

»Dieses dummdreiste Ding?«, fragte Güte. »Warum denn das?« Da wurden mit einem Male ihre Augen groß. »Moment einmal!«

»Du liebe Güte«, sagte der Gram.

»Du guter Gram«, sagte die Güte.

»Ihr kennt sie?«, fragte Theodor.

»Seid ihr das etwa?«, fragte Güte.

In diesem Augenblick erwachte Malte. Schlaftrunken setzte er sich auf. Er blickte die zwei Wesen überrascht an. »Wer sind denn die?«

Gram und Güte entdeckten die Wunde auf Maltes Wange; das Erstaunen in ihren faltigen Gesichtern wandelte sich zu blankem Entsetzen. Die Borsten auf ihren Köpfen sträubten sich zu Kämmen wie bei zwei gestressten Hunden.

»Nun, so sind sie's«, hauchte Gram.

Sie wackelten mit ihren Zehen, rückten ganz dicht aneinander und streckten sich wie aufgeschreckte Habichtskauze.

»Theodor, was ist hier los?«, fragte Malte.

»Fort«, sagte die Güte wie ein Spucken. »Fort, fort, fort!«

»Was soll das? Wer sind die?«, fragte Malte, völlig irritiert.

»Wir sind die, die euch fluchen und fortjagen!«, schrie Gram mit schriller Stimme. »Wir wissen, wer euch folgt. Bringt sie her in unseren Wald. Fort mit euch! Fort, fort, fort!«

»Wen bringen wir her?«, fragte Malte.

»Albträume und dunkle Prinzen! Schlimme Väter!«

»Schlimme Väter?« Die Wirrnis auf Maltes Gesicht verschwand und ließ etwas Anderes einziehen, vielleicht zornige Erinnerung.

»Ja, schlimme Väter habt ihr da! Fort! Fort, hört ihr! Fort und doppelt und dreifach fort!«

»Schau nur, der Schatten hat ihn geküsst. Bäh!« Güte spuckte wahrhaftig aus. »Fort, fort, fort!«

»Lass uns gehen«, bat Theodor und raffte sich auf.

»Fort, fort, fort«, riefen Gram und Güte in grellem Chor. »Fort, fort, fort!«

»Seid still!«, brüllte Malte. Sein Kopf war hochrot, seine Augen sprangen fast heraus. Er bebte. So zornig hatte Theodor ihn noch nie gesehen.

»Fort, fort, fort«, kreischten Gram und Güte. »Fort, fort, fort!«

Malte blickte hektisch um sich, fand einen faustgroßen Stein an seiner Seite und warf ihn mit aller Kraft den Wesen entgegen. Es gab ein hässliches Knacken, als der Stein Gram mitten ins Gesicht traf. Das haarige Wesen quiekte auf und wurde rücklings in die Büsche geschleudert.

»Malte!«, rief Theodor.

»Fort, fort, fort!«, fluchte Güte und prustete bei jedem »F« einen Schauer Sabber aus. »Fort mit euch!«

Malte griff einen weiteren Stein. Die Güte sprang seinem Zwilling nach und verschwand in den Büschen hinter dem Baumstamm.

Theodor sah Malte erschrocken an.

»Sie haben uns verspottet«, sagte Malte und schleuderte den Stein hinterher.

»Und wenn schon! Was wissen wir denn, welchen Grund sie haben? Vielleicht hast du ihn umgebracht.«

»Und wenn schon.« Malte blickte ihn grimmig an. Dann sprang er auf. Er klopfte sich Laub und Äste von der Hose, warf den Umhang um, schnappte sich seinen Rucksack und stapfte davon.

Theodor lief hinüber zum Baumstamm und schaute in die Büsche, entdeckte aber weder Gram noch Güte. Dann nahm auch er sich Umhang und Rucksack und eilte Malte hinterher.

Die weitere Strecke gingen sie schweigend. Die Begegnung mit den zwei Wesen hatte dem Tag seine Leichtigkeit geraubt. Als die Sonne sich zum Untergehen neigte, wurde es kühler, und alle Farben verblichen ins Bläuliche. Um sie herum wurde der Wald laut. Es raschelte in den Büschen, gackerte in den Wipfeln, von irgendwoher kam ein kurzer, klagender Schrei.

»Ich befürchte, wir müssen uns auf eine Nacht im Wald einstellen«, sagte Malte. Sein Zorn schien verklungen. »Wir wissen nicht, was vor uns liegt. Doch der Wald kommt mir recht friedlich vor, und der Abend ist noch mild.«

Theodor hatte schon einige Male im Wald übernachtet, dann allerdings mit Zelt und Schlafsack. Hier hatten sie weder das eine noch das andere, doch ebenso mangelte es an anderen Möglichkeiten. Sie schauten hinter jeden Baum und jede Böschung, ob sich ein geschütztes Plätzchen finden ließ. Schließlich entdeckten sie einen kleinen Abhang, über dessen Senke sich eine Esche beugte. Ihre verästelten Wurzeln traten vielarmig aus der Kante des Abhangs hervor, schlängelten sich im Freien hinab und gruben sich am Fuß wieder in den Waldboden. Hinter diesem Geflecht bereiteten Theodor und Malte ihr Lager für die Nacht. Sie sammelten umliegendes Laub, legten es in einer federnden Schicht auf dem Boden aus und nutzten ihre Rucksäcke als Kopfkissen. Sein Umhang schien sonderbar länger zu werden, als Theodor sich darin einrollte. Reichte er sonst nur von den Schultern bis zu den Kniekehlen, hüllte er ihn nun vom Kinn bis über die Füße ein.

Ihre Schlafstätte war vielleicht nicht zu vergleichen mit den Ruheorten, aber es war doch weitaus heimeliger, als Theodor es erwartet hätte. Die Kuhle bot Schutz vor dem Wind, der Umhang hielt wunderbar warm, und keine Mücken oder Ameisen neckten sie.

Um sie herum begann ein Konzert aus Zirpen, Knistern, Scharren und Schuschuen, und mit der Nacht kam der Mond. Sie sahen ihn durch das Blätterdach am Nachthimmel.

»Ob das der gleiche Mond ist wie bei uns?«, fragte Malte. Er legte seinen Kopf an Theodors Schulter und schloss die Augen. Bald hörte Theodor ihn gleichmäßig atmen.

»Theodor, wach auf.« Malte legte einen Finger an seine Lippen, als Theodor ihn verdutzt anblinzelte. »Hörst du das?«

Erst hörte Theodor in seiner Verschlafenheit nichts außer den Nachtwaldgeräuschen. Dann vernahm er ein schnelles, wildes Trommeln, irgendwo in der Nähe.

»Lass uns nachsehen, was das ist.« Malte kletterte aus der Schlafkuhle und kraxelte die laubbedeckte Anhöhe hinauf. Theodor folgte ihm hoch zur Hangkuppe. Von dort aus gingen sie vorsichtig der Musik entgegen. Das Trommeln wurde lauter, und warmer Lichtschein schimmerte zwischen den Bäumen vor ihnen. Sich hinter Stämmen im Verborgenen haltend, huschten sie darauf zu.

Das Licht kam von einem offenen Flecken Land, in dem ein kahlköpfiger, kuppelförmiger Hügel stand. Über seiner Kuppe flammte oranger Schein wie von einem großen Feuer. Von dort oben kam auch das Trommeln.

Nahe dem Baum, hinter dem Theodor und Malte hervorspähten, führte ein Pfad aus dem Wald auf das offene Land. Darauf zog eine kleine Schar eingefallener Gestalten in Richtung des Hügels. Theodor konnte sie deutlich sehen: ein Grüppchen schauriger Spielmänner. Sie waren in schwarzweiß-karierte Kostüme gekleidet, auf ihren Köpfen saßen spitze Hütchen. In ihren Händen trugen sie schweigende Rasseln und Querflöten, in ihren bleichen Gesichtern nur Freudlosigkeit. Wie ein Trauerzug schlurften sie mit hängenden Schultern in einer Reihe auf die Musik zu.

»Lass uns vorsichtig hinterher gehen«, sagte Malte, nachdem das traurige Trüppchen an ihnen vorübergezogen war. Sie warteten, bis die Spielmänner sich etwas weiter zum Hügel hin entfernt hatten, dann traten sie aus dem Schutz der Bäume und schlichen der unheimlichen Prozession hinterher.

Am Hügel angelangt, zog sich der Pfad steil die Flanke zur Kuppe hinauf. Ohne einen einzigen, auch nur versehentlichen Ton zu musizieren, schleppte sich der Spielmannszug dem Getrommel und Feuerschein entgegen.

Der Aufstieg bot wenig Schutz vor Blicken, weder Bäume noch größere Felsen, und so warteten Theodor und Malte am Fuße des Hügels, bis der Letzte der Prozession über den Kamm verschwunden war. Dann liefen sie vorsichtig den Pfad hinauf. Das Trommelspiel wurde lauter, die Luft wärmer. Als sie fast den Gipfel erreicht hatten, mischten sich die Rasseln und Flöten in das wilde Schlagen.

Theodor und Malte verließen den Pfad und kletterten das letzte Stück zur Kuppe direkt an der Flanke des Hügels hinauf, wobei ihnen Büschel von Gras und Kraut Halt boten. Vorsichtig lugten sie über den Rand – was sahen sie da für ein tolles Treiben!

Auf dem platten Kopf des Hügels loderte ein gewaltiges Feuer; hohe, spitze Flammen schlugen zum nächtlichen Himmel und spien Funken und glühende Kohlen aus. In ihrem Schein tobte und tanzte, tollte und trampelte, toste und taumelte alles nur erdenkliche Bösvolk. Angetrieben von infernaler Musik wirbelte ihr Reigen in Raserei. Da waren Kolosse mit stämmigen Beinen und viel zu großen Köpfen, die ihr zottiges Haar in Ekstase umherwirbelten. Da waren kleine Kobolde mit spitzen Nasen und langen Fingern, die einander schubsten und bissen. Alte Weiber mit grässlichen Fratzen schüttelten gackernd ihre zerlumpten Röcke. Es gab Bestien mit spitzen Hörnern, hutzelige, keulenschwingende Gnome und geifernde Groteskheiten mit krummen Rücken und verkümmerten Flügeln. Selbst die Spielmänner waren in das

Tollen eingestiegen und schlackerten mit ihren Beinen, schüttelten ihre Köpfe und spielten irre ihre Instrumente.

Im Hintergrund, unheilvoll beleuchtet, stand ein schiefer Turm, der vom Getöse fast niedergerissen wurde. Er wackelte und wankte, und von seinem Haupte wallte wilder Glockenschlag hinab. Vor dem Turm waren fellbespannte Trommeln aufgebaut, auf die ein Teufel wie von Sinnen einprügelte, der Schlagzeuger eines höllischen Konzertes.

Theodor war unwohl. Etwas Feindseliges ging von dem Reigen aus, eine Bösartigkeit, die er nicht benennen konnte, die aber so greifbar war wie die Asche und Glut, die mit ihr herübergeweht wurden.

Malte schaute dem schaurigen Spiel gebannt zu.

»Lass uns gehen«, sagte Theodor.

»Noch nicht«, sagte Malte, ohne den Blick von dem Tanz zu nehmen. Er sah entzückt aus.

Unruhe stieg in Theodor auf, der Drang, sofort fortzulaufen. Das Gefühl war so deutlich wie in den Wirrwegen. Doch nun lockte es nicht, sondern mahnte, schleunigst das Weite zu suchen.

»Malte, lass uns bitte verschwinden.«

Malte schien ihn nicht zu hören. Theodor fasste ihn sanft am Arm. Malte riss seinen Arm fort und schrie: »Noch nicht!« Seine Augen blitzten Theodor zornig an.

Glocken- und Trommelspiel verstummten, der Tanz stoppte, und alles Bösvolk schaute sie an.

»Malte, ich …« Theodor blickte zwischen Malte und den Gestalten hin und her. Wie er den Satz beenden sollte, wusste er nicht. Die Reihen der Unholde blieben stumm. Neugierig starrten sie herüber.

In diesem Moment verflog der Zorn in Maltes Blick. »Theodor, es tut mir leid«, sagte er. »Ich weiß nicht, was mit mir war.«

»Das ist nicht wichtig«, sagte Theodor. »Lass uns verschwinden.«

Sie schoben sich mit den Füßen voran den Abhang hinab, bis sie auf den Pfad stießen, und eilten den Hügel hinunter. Theodor spürte die Blicke unzähliger Augen in seinem Nacken. Er stolperte, stürzte, rollte ein Stück, rappelte sich wieder auf und lief weiter. Erst als sie die Bäume erreichten, schaute er zurück. Niemand und nichts war ihnen gefolgt. Sie tauchten in den Wald.

»Sollen wir auf dem Pfad bleiben?«, fragte Malte.

»Von dort kamen diese gruseligen Spielmänner«, gab Theodor zu bedenken. »Und vielleicht auch all die anderen Wesen.«

»Nun«, sagte Malte, »wenn sie von dort kamen, sind sie da immerhin nicht mehr. Anders als vielleicht andernorts, wo wir sonst landen könnten. Lass uns auf dem Weg bleiben. Sobald es hell wird, gucken wir, wo die Berge sind.«

So folgten sie dem Pfad. Ihre Rucksäcke ließen sie zurück, da sie nicht mehr wussten, wo sie ihr Lager aufgeschlagen hatten, und sich nicht aufs Geratewohl in das nächtliche Unterholz trauten. In sanften Bögen schlängelte sich der Weg durch den Wald. Die Finsternis zwischen den Bäumen ließ sie gruseln, und doch hatte diese Nacht etwas Zauberhaftes an sich. Hoch über den Baumkronen stand der Mond und sandte sein silbriges Licht hinunter, überall war's ein Glitzern und Funkeln wie von Raureif, fast, als wären sie noch immer in dem Winterwald, durch den sie vor langer Zeit so rasch wie möglich so weit fort wie möglich kommen wollten.

Als der Morgen sich ankündigte, endete der Wald. Die Bäume wichen beiseite und gaben den Blick frei auf ein schroffes Land. Weit in der Ferne sahen sie, blassrosa in der aufgehenden Sonne, die Berge. Der Pfad führte hinab in eine karge Ebene, verschwand hinter einer Biegung, tauchte wieder auf, wurde noch einmal verschluckt und tiefer im Land wieder ausgespuckt. Vor allem aber führte er direkt auf die Berge zu. Kein Vogel begrüßte den Tag, kein Nagetier wühlte im Unterholz – und kein bös' Ding war ihnen auf den Fersen.

Ihr nächtlicher Marsch war anstrengend gewesen, doch Theodor und Malte beschlossen, noch ein Stück zwischen sich und den Wald zu bringen, ehe sie sich eine Pause erlauben wollten. Dies Stück gingen sie aber gemäßigten Schrittes. Zum einen, weil ihnen die Kraft fehlte für größere Anstrengungen, zum anderen, weil sie übereingekommen waren, dass keine unmittelbare Gefahr drohte. Das Bösvolk war nicht gefolgt, und Theodor spürte auch keine andersgeartete Bedrohung vor, hinter oder neben ihnen.

Der Wald lag schon weit hinter ihnen, als sich der Pfad zu einer Schotterstraße weitete. Sie war gesäumt von Gesteinsbrocken und bog wenige hundert Meter vor ihnen um eine geröllige Anhöhe, die höher ragte als die umliegenden Hänge.

Theodor überlegte, ob dies ein guter Platz für eine Rast sei. Sie könnten sich im Schatten hinter einem der größeren Steine verbergen. Allerdings war er durstig. Sie hatten kein Wasser bei sich, und der Tag war jetzt schon warm. Vielleicht wäre es klüger, wenigstens noch bis zur Anhöhe zu laufen und zu schauen, ob sich dorthinter nicht ein Bach oder Tümpel fand.

In diesem Augenblick fuhr ein flüchtiges Zittern durch den Boden. Vom kieseligen Grund sprang es in Theodors Sohlen. Er konnte sich gerade noch darüber wundern, als die Erde schon ein weiteres Mal bibberte. Dieses Mal aber deutlicher – die Kiesel auf der Straße sprangen hoch.

»Was ist das nun wieder?«, klagte Malte.

Das Zittern kam in Abständen von wenigen Sekunden und wurde von Mal zu Mal kräftiger. Begleitet wurde es von einem dumpfen Stampfen, unter das sich metallisches Scheppern mischte. Jenseits der Biegung brandete es auf, walzte ihnen über die Schotterstraße entgegen und schüttelte das Land. Die Steine auf dem Weg purzelten umher, die Brocken am Wegesrand wackelten.

Ein turmhoher Koloss stapfte um die Anhöhe. Von Kopf bis Fuß steckte er in einer glänzenden Rüstung, in der sich die Morgensonne blitzend spiegelte. Auf der Schulter trug er ein Schwert, dessen Klinge so lang sein mochte wie ein Bus. Er kam geradewegs auf Theodor und Malte zu, und bei jedem seiner Schritte bebte der Boden.

»Scheiße«, flüsterte Malte.

Theodor schaute sich um. »Komm mit«, sagte er und zog Malte hinter einen der Felsen am Wegesrand. Er war gerade breit und hoch genug, dass sie beide Schutz hinter ihm fanden, solange sie sich hinhockten. Um den Gesteinsbrocken wuchsen Büschel hohen Grases. Theodor und Malte robbten zum Rand des Felsens und spähten vorsichtig zwischen den Halmen hindurch.

Der Riese war nah. Sein Helm sah aus wie ein langgezogener Tropfen Quecksilber, um den Kopf kugelig und nach oben hin in einer langen Spitze auslaufend. Mit der einen Hand hielt er das Schwert, in der anderen trug er einen gewaltigen Schild, in dessen Schauseite ein schreiendes, in Schmerz erstarrtes Schreckgesicht eingearbeitet war. Die Scharniere, Schienen und Schnallen, die die Rüstung zusammenhielten, klapperten bei jedem Schritt, der Theodor und Malte auf und ab hüpfen ließ.

Theodor und Malte zogen sich hinter den Felsen zurück, kauerten aneinander und machten keinen Mucks. Theodor kniff die Augen zusammen und hielt die Luft an. Malte umgriff Theodors Arm. Der Riese war direkt neben ihnen. Sie wurden einen halben Meter in die Höhe geworfen, als die Schritte dröhnend an ihrem Versteck vorbeistampften, und plumpsten schmerzhaft nieder.

Dann entfernte sich das Stampfen und Scheppern allmählich, und das Beben ebbte ab. Bald waren die Schritte verklungen.

»Das ist ein sonderliches Land«, sagte Malte.

Sie rieben sich ihre tauben Hinterteile und kamen hinter dem Felsen hervor.

Auf der Straße gleich vor ihnen stand ein Holzkarren, vor den ein pferdegroßer, zotteliger Hund gespannt war. Der Hund lag auf dem Boden, den Kopf auf seinen bauschigen Pfoten, und döste. Auf der Bank vorne am Karren saß ein älterer Mann und schaute zu ihnen herüber.

»Zum Gruß«, rief er mit verblüffend junger, kräftiger Stimme. »Habt ihr euch schon wieder verlaufen?« Er trug einen weiten grünen Mantel, der ihm bis zu den Füßen reichte. In seinem Gesicht saß eine Hakennase, und eine Augenklappe war über sein eines Auge gespannt. Sein langes, ausgegrautes, knotiges Haar war zu einem dicken Zopf gebunden. Der Mann erinnerte Theodor an jemanden, aber er kam beim besten Willen nicht darauf, an wen.

»Kommt ruhig her«, sagte der Mann. »Ich habe nichts Böses im Sinn.«

Diesen Eindruck machte er in der Tat nicht. Theodor und Malte traten näher. Der Hund hob den Kopf und schnüffelte an ihnen, dann schnaufte er heißen, feuchten Atem in ihr Gesicht. Er schien zufrieden mit dem, was er erschnüffelt hatte, und ließ seinen Kopf zurück auf die Pfoten fallen.

Der Mann beäugte Maltes Wange und verzog sein stoppeliges Gesicht zu einer unfeinen Grimasse. »So ein hässliches Ding kann böse enden, das sollte sich jemand ansehen. Kann ich euch ein Stück mitnehmen? Guckt nicht so, ich gehöre nicht zu dem fragwürdigen Gesindel, das überall umherzieht. Wohin wollt ihr?«

»Nun«, begann Malte zögerlich, »wir suchen jemanden mit dem Namen Eels.«

»Die Wut und die Waise? Soso.«

»Sie kennen sie?«

»Ja, ich kenne die Wachende Eels. Ein Sturkopf ist sie. Hält sich ziemlich im Verborgenen.« Der alte Mann zog die Nase kraus und den Mund schräg. Der Hund nieste. »Aber ich denke, ich darf euch den Weg zu ihr verraten. Es ist allerdings noch weit.« Sein unbedecktes Auge sprang zwischen Theodor und Malte hin und her. »Wie es der Zufall will, führt mein Weg in dieselbe Richtung. Was meinst du, alter Freund, nehmen wir die beiden mit?« Der Hund meinte gar nichts und döste weiter. »Na dann, hopp in den Wagen. Macht schon, oder wollt ihr laufen?«

Theodor und Malte bedankten sich und kletterten auf die Ladefläche. Sie war vollgepackt mit Gemüsekisten, Fläschchen und staubigen Decken.

»Nehmt euch von dem Gemüse und dem Saft und macht es euch bequem, wir werden eine Weile fahren.«

Der Mann schnalzte mit der Zunge, der Hund erhob sich schwerfällig, und der Karren holperte los. Theodor und Malte bedienten sich an erdbespränkelten Gurken und Karotten, setzten sich auf die Decken und schraubten zwei langhalsige Flaschen auf. Der Mann pfiff eine fröhliche Melodie, während der Wagen über die Straße schunkelte.

Gleich hinter der Biege wurde das Land grüner. Zu beiden Seiten des Weges streckten sich hohe Wiesen mit bunten Blumen und Baumflecken von Ahorn und Wildbirne. Sie fuhren über eine backsteinerne Brücke, die einen glucksenden Bach überspannte, an dessen Ufern Stachelbeerbüsche wucherten. Sie tuckerten an Getreidefeldern vorüber, die von niedrigen Lattenzäunen umsäumt waren, und Theodor fragte sich, wer sie bestellen mochte. Höfe oder Häuser sahen sie nicht, und sie begegneten auch keinen anderen Reisenden.

Malte krabbelte vorne zur Bank. »Wohnen Sie in der Nähe?«, fragte er den Mann.

»Von Zeit zu Zeit«, antwortete der Mann.

»Wo sind all die anderen?«

»Welche anderen?«

»Die Bewohner dieser Welt. Menschen, Grubenmänner, was weiß ich.«

Der Mann auf der Bank zögerte. Dann sagte er: »Im Moment sind sie woanders. Was sollten sie denn hier?«

Malte wusste mit der Frage nichts anzufangen, kletterte zurück an seinen Platz und knabberte an einer Möhre. Der Tag war warm, der Himmel blau, die Luft erfüllt von Insektensurren und dem würzigen Duft wilder Kräuter. Theodor und Malte gaben sich einer unbeschwerten Dösigkeit hin, während der Karren sie durch das entzückende Land trug.

Wenige Stunden später kam der Wagen mit einem unsanften Ruck neben einer Wiese zum Halt. »Wir sind da«, sagte der Mann. »Mein Weg ist nun ein anderer als eurer.«

Ein Trampelpfad lief von ihrem Karren über das Gras zu einem düsteren Wald, der sich so gar nicht in das übrige, blühende, freundliche Land fügen wollte. Seine Bäume waren knorrig und knorpelig, und der Himmel darüber war trüb, als würde der Wald ihn ausdünsten. Ein richtiger Hexenwald war das, und sein Eingang ein unheilvoller Schlund. Die umliegenden leuchtenden Wiesen und sanft geschwungenen Hügel waren geradezu absurd lauschig im Vergleich zu dem finsteren Gehölz – eine verschrumpelte Traube an einer prächtigen Rebe.

»Und dieser Weg bringt uns zu der Wachenden Eels?«, fragte Theodor.

»Es ist der einzige Weg, den ich euch raten kann«, sagte der Mann.

»Und wohin fahren Sie weiter?«

»Dort wollt ihr nicht hin, glaubt mir das gerne. Ohnehin ist's nicht Teil eurer Geschichte. Dies«, und der Mann deutete auf den Pfad zum Hexenwald, »ist der einzige Weg, den ich euch empfehlen kann. Folgt ihm oder folgt ihm nicht.«

»Dieser Weg sieht recht abenteuerlich aus«, sagte Malte.

»Das ein oder andere Abenteuer gehört zu einer solchen Reise dazu«, gab der Mann zurück.

»Das ein oder andere Abenteuer haben wir bereits erlebt.«

»Doch nicht genug, wie's scheint.« Der Mann lächelte mit weit auseinanderstehenden Zähnen und aller Herzlichkeit, die einem Lächeln nur innewohnen kann. »Wollt ihr mir etwa weismachen, von zwei Wegen würdet ihr nicht stets den schaurigeren wählen?« Er zwinkerte. »Sei's drum, hier trennen sich unsere Wege. Ich treffe jemanden.«

Theodor und Malte kletterten wenig überzeugt vom Wagen.

»Durch den Wald hindurch und weiter in Richtung der Berge«, sagte der Mann, zupfte den Hut und schnalzte mit der Zunge. Der Hund trottete los und zog den Karren hinter sich her.

»Wir hätten etwas von dem Gemüse mitnehmen sollen«, sagte Malte, als der Wagen hinter einer Schleife verschwand.

Kapitel 5

Sie betraten den Wald, und dies war ein böser Wald! Nach wenigen Schritten verschluckte er sie ganz und gar, mit Haut, mit Haar. Des Waldes Bäume waren alt und griesgrämig und beugten drohend ihre bärtigen Häupter über Theodor und Malte. Blattlose Eichen mit rissiger, fleckiger Rinde lehnten gegen von Pilzbefall klebrige Krüppelbuchen, die Tannen und Fichten trugen kaum noch Nadeln, und trugen sie welche, so waren sie braun verfärbt. Manche Bäume waren lang und hoch und nadelgerade; andere waren klein und dick und buckelig. Da waren Bäume mit ineinander verdrehten Stämmen und stark gekrümmten Ästen, als wären sie im vor Schmerzen Winden erstarrt, und Bäume, deren glitschige Wurzeln sich aus dem Boden gegraben hatten wie hungrige Bodenwanzen und übersäht waren mit widerlicher Wurzelbrut. Die Bäume drängten sich dicht aneinander, als wollten sie sich gegenseitig aus dem Weg schieben.

Zwischen den fauligen Stämmen lag Zwielicht, und von überall aus dem umliegenden Dickicht drang – kaum wahrnehmbar, wenn man drauf lauschte, aber deutlich, wenn man sich abwandte – ein unheilvolles Klagen. Auch andere seltsame Geräusche kamen auf. Mal ein Kratzen, dann ein hohles Gluckern, und zwischendurch ein schadenfrohes Kichern, wie's schien. Da! Was schrie und zischte in den grausigen Wipfeln? Was quiekte hinter dem dornigen Gestrüpp? Waren's nur Äste, die sich im Wind aneinander rieben, oder saß dort etwas Fieses, das ihnen spottete? Wirklich, ein Hexenwald war das, und er wollte die beiden Wanderer nicht in sich haben.

Theodor war niedergeschlagen. Immer wieder war's, als ob sie nach langem Umherirren auf den richtigen Weg stießen, nur um sich gleich darauf wieder zu verlaufen. Nach ihrer Odyssee durch den winterlichen Wald fanden sie Zuflucht in einem Gasthaus – und mussten vor schrecklichen Schatten in die Wirrwege flüchten. Aus den Wirrwege entkamen sie in einen freundlichen Wald, der nachts aber doch nur böses Volk barg. Nachdem sie der tanzenden Meute entflohen waren, fanden sie einen Wohlgesinnten, der sie durch blühende Wiesen und Felder kutschierte – und jetzt an einen Ort schickte, am dem es noch furchterregender zuging als an all den Schauerstätten zuvor. »Wir können bloß hoffen, dass der alte Mann es gut mit uns meint«, sagte Theodor.

Der zerfurchte Pfad, begraben unter einer fauligen Laubdecke und übersäht mit dürren Ästchen wie ausgezupfte Schnakenbeine, schlängelte sich so unentschlossen durch den Wald, als hätte er sich verlaufen und suche nun einen Ausgang. Ständig wechselte er die Richtung und schlug Haken wie ein gehetztes Kaninchen. Teils schien er gar zurück zu führen, ehe er sich's doch anders überlegte und eine ganz neue Richtung einschlug. Zweimal kreuzte er sich gar selbst.

Der Himmel, den sie durch die gezackten, ineinander verknoteten Baumkronen sahen, war bewölkt und von einem dösigen Grau, dessen schwaches Licht kaum bis zum Waldboden drang, wo die Bäume sich dicht an dicht in die Erde gruben, Büsche wild wucherten und dorniges Gestrüpp flankierte.

Theodor und Malte gingen dicht beieinander, den Blick wachsam auf die trüben Räume zwischen den Bäumen gerichtet. Und weil ihr Blick dem seitwärts Gelegenen galt, sahen sie erst spät, dass ihnen jemand auf dem Weg entgegenkam. Genau genommen waren es drei Jemande; drei klotzförmige, kleingestalte Geschöpfe.

Theodor überlegte, sich abseits des Weges zu verstecken, denn Reisende in diesem Hexenwald konnten kaum Gutes im Schilde führen. Doch auch im Verborgenen um sie herum konnte kaum

Gutes lauern. Und auf das Kaumgute vor ihnen waren sie nun immerhin vorbereitet. Sie blieben stehen. Malte holte seinen Dolch aus dem Gürtel, Theodor klaubte einen morschen Ast auf.

Bald erkannte Theodor, welcherart die Jemande waren. Die gedrungenen Leiber, der watschelnde Gang: Es waren Grubenmänner wie jene, die sie in den Wirrwegen getroffen hatten.

Auch die Grubenmänner hatten bemerkt, dass sie nicht alleine waren. Sie hielten inne, spähten hinüber und besprachen sich. Dann kamen sie näher. Einer der Grubenmänner trat vor.

»Euch kenne ich doch«, sagte er mit grollender Stimme. »Wo ist euer Begleiter?«

So waren's also die Grubenmänner aus der Tiefe. Sie sahen müde und ängstlich aus.

»Wir wurden getrennt«, sagte Theodor.

»Das ist bedauerlich.«

»Ist es. Nun suchen wir die Person, nach der er uns gesandt hat.«

»Dann viel Erfolg«, sagte der Grubenmann und hob an, weiterzuziehen.

»Warte bitte einen Augenblick«, sagte Theodor. »Wohin geht ihr?«

»Bloß raus aus diesem Wald. Es gibt nur Unheil hier. Geister und Kobolde allenthalben, sie treiben ihren Spuk und Schabernack. Aber schlimmer noch ist das Ungetüm!«

Theodor schnürte sich der Magen zusammen, und er umschloss fester den Knüppel in seiner Hand. »Was für ein Ungetüm?«

»Es irrt zwischen den Bäumen umher und jagt uns, seit wir diesen verfluchten Wald betreten haben. Zwei von uns hat sich die Bestie schon geholt, den Letzten erst heute in der Nacht. Ich bin mir sicher, gerade jetzt wittert sie uns, wenn sie uns nicht sogar beobachtet. Jetzt wisst ihr's! Und wir gehen nun fort.«

Theodor blickte sich um. Das Kratzen und Rascheln und Kichern und Quieken um ihn herum schien näher als zuvor.

»Aber wohin?«, fragte Malte.

»Das wissen wir nicht. Bloß fort. Ganz entfliehen können wir diesem Albtraum wohl nicht, drum wollen wir wenigstens so rasch wie möglich so weit wie möglich kommen. Und ihr zwei solltet euch auch schleunigst fortmachen.«

»Wir kommen von dort«, sagte Theodor und deutete auf den Weg hinter sich. »Das Land dort ist freundlich.«

»Nichts in diesem Land ist freundlich«, sagte der Grubenmann und deutete ein verabschiedendes Nicken an. Sein Blick fiel auf die Wunde in Maltes Gesicht. Er schaute noch finsterer drein, dann ging der kleine Trupp an Theodor und Malte vorbei. Der Grubenmann drehte sich noch einmal um. »Sagt der wütenden Waise, dass die Grubenmänner nicht kommen werden. Falls ihr sie findet. Die ganze Welt ist böse.«

Ohne ein weiteres Wort watschelten sie davon und waren bald in der Düsternis verschwunden.

Die Angst in seinem Bauch schmerzte Theodor, und das sagte er Malte. An diesem Ort, mit einem Ungetüm im Verborgenen, erlaubte er sich seine Furcht.

»Ich habe auch Angst«, sagte Malte. »Doch der Mann sagte, dies wäre unser Weg.«

»Wissen wir denn, ob wir ihm trauen können?«

Malte steckte den Dolch zurück. »Das wissen wir nicht. Aber ich glaube ihm. Das eine oder andere Abenteuer gehört schließlich dazu, nicht wahr?«

»Das eine oder andere Abenteuer haben wir bereits erlebt«, sagte Theodor und warf seinen nichtsnutzigen Ast fort.

Der Wald verbreitete die Laune eines nassen Herbsttages. Das fahle Tageslicht quetschte sich mühsam durch ein Dach aus toten Blättern und krallenartigen Kronen, und wenn es Theodor und Malte erreichte, war es ausgekühlt und erschöpft. Das farblose Gras am Wegesrand ließ die Köpfe hängen, die Büsche waren bloß nackte Gerippe. Wenn sie einmal Beeren trugen, waren sie schrumpelig und schwarz. Der Wald gruselte Theodor. Malte hingegen, auch wenn er etwas Anderes behauptet hatte, wirkte unerschrocken. Er erinnerte Theodor an den Malte aus den Wirrwegen: der Rücken gerade, der Blick kühn nach vorn.

Später am Tag – Theodor schätzte, es musste später Vor- oder früher Nachmittag sein – lichtete sich der Wald ein wenig. Die Bäume zogen sich vom Pfad zurück und wichen auseinander. Wohlwollender wurde er aber nicht, denn Nebel stieg aus dem fauligen Boden und füllte die offenen Räume zwischen den glitschigen Stämmen, so dicht und rasch wie Bühnenrauch aus einer Maschine. Er schluckte alle Geräusche, klebte an den Gesichtern und kitzelte in ihren Nasen.

In diesem dunstschleiernen Zwielicht gelangten sie an eine Kreuzung. Vier Wege, die einander völlig gleich sahen, trafen sich hier: Schnurgerade führten sie in den Nebel wie in Schluchten, zu beiden Seiten gesäumt von dünnen, nadelnden Bäumen, deren Häupter in tiefen, trüben Wölkchen steckten. Wo die Pfade sich kreuzten, stand ein Wegweiser, doch er war verfault und verheimlichte, auf welch Ziele er seine Finger richtete.

Theodor spähte jeden der Wege entlang, aber nichts verriet, welchen zu nehmen sie am besten beraten wären.

»Nun, irgendeinen müssen wir wählen«, sagte Malte. Er holte den Dolch heraus und legte ihn in die Mitte der Kreuzung. Dann gab er ihm Schwung. Die Klinge drehte sich einige Male im Kreis, und als sie stoppte, wies ihre Spitze auf den Weg zur Linken. »Dieser soll es also sein.«

Sie folgten dem Weg für wenige hundert Meter. Der Nebel wurde so dicht, dass Theodor kaum seine Hand sehen konnten, wenn er sie ausstreckte. Er hielt sich an der Schlaufe von Maltes Rucksack fest.

Mit einem Male öffnete sich der Schleier wie ein Bühnenvorhang, und sie traten hinaus auf eine struppige Blöße.

Malte packte Theodor am Arm. Er stand steif vor Schreck und zitterte, zitterte wie ein verängstigtes Hündchen im Angesicht von Schlägen und Schelte. In der Mitte der Blöße stand ein einsames Haus.

»Was hast du?«, fragte Theodor.

»Erkennst du es denn nicht?«

Theodor warf einen genaueren Blick auf das Haus. Er erkannte es. Es war noch verwahrloster als sonst. Die Fassade rissig, der Sockel von Feuchtigkeit zerfressen, der mit Grünbelag überzogene Klinker an vielen Stellen abgeplatzt. Die Scheiben der drei Fenster an der Front – zwei im Erdgeschoss, eines mittig darüber – waren gesplittert. Die Stufen, die an der linken Seite zu einem schmalen Vorbau hinaufführten, waren durchgebrochen, das Geländer verbogen. Die Kunststofftür in dem Vorbau hing lose in ihren Angeln. Theodor entdeckte sogar das tellergroße Loch im Dach, wo die Schindeln herausgebrochen waren. Hier, mitten auf der Lichtung, stand das Haus vom Ende des Steinkamps, das letzte Haus auf den Hängen, wo ihre kleine Stadt im Süden an den Wald stieß. Das Haus, in dem Malte so viel Schlimmes geschah.

»Das kann nicht euer Haus sein«, sagte Theodor. »Wir sind weit weg von zuhause.«

»Ich gehe dort nicht hinein.« Aller Mut war von Malte gewichen. Er stand am Rande der Lichtung, zerbrechlich und eingefallen, die Schultern hochgezogen und das Kinn hinabgedrückt; bereit, sich zum Schutze kleinzumachen.

»Das musst du nicht. Gehen wir einfach.« Theodor fasste ihn bei den Schultern und führte ihn behutsam fort.

Sie kamen zur Kreuzung zurück. Der Wegweiser war verschwunden. Malte, noch immer bleich, blickte unschlüssig die zwei übrigen Wege entlang. »Dann halt aufs Geratewohl«, sagte er und lief in den gegenüberliegenden Pfad.

Wieder wurde der Nebel dichter, wieder hüllte er sie ein – wieder entließ er sie auf die Lichtung mit dem schlechten Haus. Malte wischte sich trotzig mit dem Ärmel über die Nase. Er ballte die Fäuste und funkelte das Haus herausfordernd an. Das Haus starrte böse zurück.

»Ein Weg bleibt noch«, sagte Theodor und zog Malte zurück. Malte zitterte nicht mehr.

Wieder an der Kreuzung, brach Theodor drei Äste von einem Busch und steckte je einen neben die Wege, die sie bereits versucht hatten. Dann folgten sie dem vierten Weg – und gelangten wieder zu dem verfallenen Haus.

»Dann gehen wir eben ganz zurück, hinaus aus diesem Wald«, sagte Theodor. »Vielleicht meinte der Mann es nicht gut mit uns.« Er musste Malte geradezu fortzerren.

Doch welcher Weg war's, den sie anfangs gekommen waren? Neben allen vier Wegen steckten unzählige Äste wie ein Heer aus kleinen Lanzen.

Um sie herum war es ganz still geworden. Kein Blätterknistern, kein Fiepsen, nicht einmal ein leises Wehen der umherschwirrenden Schwaden – die Kreuzung lag in vollkommener Geräuschlosigkeit.

Malte packte Theodor am Ärmel. Im gleichen Augenblick spürte auch Theodor: Etwas strich zwischen den nahen Bäumen umher. Ein schleppendes, schleifendes Geräusch kam auf, begleitet von keuchenden Lauten, als würde ein schwerer Gegenstand unter Mühen über den Laubboden gezogen.

Malte zog seinen Dolch und kniff die Augen zusammen. Ein grässlicher Schrei durchschnitt den Nebel und ließ ihn und Theodor zusammenfahren, ein von Grauen durchdrungenes Kreischen, wie es manchmal in Geisterbahnen gespielt wird, um die Fahrgäste zu schocken. Doch dieser Schrei war echt, und er schmerzte mehr als nur in den Ohren.

»Schnell fort von hier!«, rief Malte.

Sie rannten wahllos in den nächstgelegenen Weg, bis der Nebel sie verschluckte, und weiter, bis er sie wieder ausspuckte. Und's geschah, was nur geschehen konnten: Sie kamen an das böse Haus.

»Dann eben hinein«, sagte Malte.

»Vielleicht ist es wie mit den Wirrwegen«, sagte Theodor, »und der Wald führt uns auf den richtigen Weg.«

»Wenn uns der Wald irgendwohin führt, dann in die Irre. Nichts Gutes hat er im Sinn.« Maltes Stimme klang wie ein Biss. Das Schleifen und Keuchen folgte ihnen im Dunst. »Doch sei's drum. Wenn das mein Haus ist, dann können wir durch den Keller entkommen.«

Sie nahmen die Stufen zum Vorbau und schoben die Eingangstür auf. Der Boden der Diele war mit Unrat übersät, die Wände waren welk und fleckig. Der Geruch von Staub und Stickigkeit hing drückend in der Luft.

Gegenüber der Eingangstür lief eine Treppe in das obere Stockwerk. Theodor wusste, dass Malte und sein Vater dort ihre Zimmer hatten. Links der Treppe führte ein Durchgang ins Wohnzimmer. Dort blieb Malte stehen und schaute hinein. Seine Augen verengten und sein Körper verspannte sich. Theodor folgte seinem Blick. Ein fleckiges Sofa stand schräg vor einem leblosen Fernseher. Der Beistelltisch war gebrochen, eine Vitrine umgeworfen. Auf dem Boden lag ein Modellschiff, die Masten abgeknickt. Überall war Schmutz, als hätte man das Zimmer der Vergessenheit überlassen. Theodor kannte dies Wohnzimmer nicht anders als schweigend und ungastlich. Er kam nur zu Besuch, wenn Maltes Vater außer Haus war, und dann spielten sie in Maltes Zimmer.

Etwas Schweres schleppte sich draußen die Stufen zur Eingangstür hinauf.

»Komm«, sagte Theodor und schob Malte fort.

In der Holzverkleidung unter der Treppe befand sich eine Tür, die in den Keller führte. Malte stahl sich häufig durch den Keller aus dem Haus, wenn das Ungetüm kam – so, wie jetzt. Doch die Treppe hinunter war anders, als Theodor sie kannte. Statt einer geraden Stahltreppe zickzackten morsche Holzstufen ein enges Treppenhaus hinab. Malte stutzte.

Die Eingangstür im Vorbau wurde aufgestoßen. Sie zogen rasch die Kellertür hinter sich zu und zehenspitzten die Treppe hinab. Auch der Keller war anders: Wo sonst ein schmaler, mit Kartons gestopfter Flur lag, fand sich nun eine Reihe durch offene Durchgänge verbundener leerer Räume. Die weißen Kalksteinwände waren rissig, ein diffuses, bläuliches Licht waberte umher und ließ ihre Gesichter leuchten wie bepinselte Vollmonde. Oben im Flur hörten sie's schreiten, eine Last schleifte über den dünnen Linoleumboden. Dann wurde die Tür zur Kellertreppe aufgezogen.

Sie liefen los. Wahllos irrten sie durch eine verschachtelte Ansammlung von Räumen und Fluren mit rohen Kalkwänden und niedrigen Decken. Gänge und Raumfluchten kreuzten sich und liefen ins Nichts. Theodor und Malte nahmen jenen und diesen Gang, bogen hier ab und dort.

Schließlich gelangten sie in einen offenen Waschkeller. In seinem Betonboden war ein Abfluss eingelassen, dem sich der Grund von allen Seiten hin zusenkte. Mittig in jeder Wand hing eine brennende Fackel und warf aufgescheuchtes Licht; die Zimmerecken aber ließen die Flammen in tiefschwarzem Schatten. An der Wand gegenüber des Eingangs stand ein Tisch, rechts daneben befand sich eine weiße Kunststofftür. An der Wand linkerhand des Eingangs hing ein schmutziges Waschbecken, daneben lehnten Kartons und ein rostiger Fahrradrahmen. An der Wand rechts standen zwei kleine Bettchen.

Theodor lief den Keller ab und besah sich alles genauer. Der Tisch war aus grobem Holz, mit Narben übersät und von schweren Nägeln zusammengehalten. Auf seiner schartigen, dunkelrot befleckten Oberfläche lagen allerlei Messer und Beile. Neben dem Tisch lehnte ein rostzerfressenes Schwert.

Die Bettchen hingegen sahen geradezu fein aus, waren aus zierlichen Streben gemacht, mit geschwungenem Kopf- und Fußteil und aufgeplustert mit bunten Steppdeckchen und rüschengerahmten Zierkissen. Die Bettchen gebührten Königskindern – der Tisch einem Schlachter.

Malte lief zur Tür neben dem Tisch, doch es fehlten Knauf und Klinke; sie ließ sich nicht öffnen.

Theodor bemerkte, dass die Steppdecke in einem der Betten gewölbt war. Mit Schrecken sah er, dass sie mit roter Flüssigkeit beschmiert war. Theodor dachte an die geisterhafte Gestalt in den Wirrwegen zurück. Die rote Farbe glänzte nass.

Er nahm das Schwert, das neben dem Tisch stand, und fast gegen seinen Willen hob er mit der Klinge die Decke fort.

Er sprang entsetzt zurück. »Oh nein«, entfuhr's ihm japsend. Malte schaute zu ihm, und auch ihm jagte es eisig durch alle Glieder.

Auf dem Bettchen lag, überzogen von zahllosen Schnitten und Blutergüssen, ein Grubenmann. Er war mit Blut besudelt, und seine Beine waren unterhalb der Knie abgehackt. Von seinem Scheitel bis zu den Stümpfen passte das geschundene Wesen genau zwischen Kopf- und Fußteil.

Durch das Entsetzen hindurch hörte Theodor das Schleifen und Stapfen, das rasselnde Atmen und kranke Schnaufen. Es kam aus einem der nahen Gänge.

Theodors Augen huschten panisch durch den Kellerraum. Viele Verstecke bot diese entsetzliche Kammer nicht – da waren nur der Tisch, die zwei Bettchen und das Waschbecken.

Schritte, Schleppen und Keuchen hallten von dicht hinter dem Eingang hinein.

»Komm mit«, flüsterte Malte. Er zog Theodor an seinem Umhang zu dem dunklen Winkel zwischen Tür und Bettchen, in den das Fackellicht nicht reichte. Er drückte Theodor in die Ecke, dann drängte er sich rücklings vor ihn in den Schattenplatz, den Blick dem Raum zugewandt. »Ganz still jetzt«, mahnte er.

Theodor atmete mit kurzen, schnellen Stößen und schnaubte Malte unangenehme Wölkchen in den Nacken. Er bemerkte, dass er noch immer das Schwert hielt. Malte umklammerte seinen Dolch. Dann trat ein, was die Grubenmänner so verängstigt und

Theodor und Malte durch das Zwielicht des Waldes hierher in den grauenvollen Keller dieses bösen Hauses verfolgt hatte.

Das Wesen war dürr und hatte weiße Haut. Sein Kopf erinnerte an eine missgestaltete Ziege, mit krüppeligen Hörnern, die überall aus der Stirn wuchsen. Nur sahen die Hörner aus wie pilzbefallene Äste an einem kranken Baum.

Mit ruckenden Schritten, gebeugt wie ein Bittsteller, trat es ein und schleifte einen schweren Jutesack hinter sich her. Das Wesen, schwer schnaubend, zog den Sack hinüber zum Schlachtertisch. Es verdeckte seine Beute mit einem krummen Rücken, bei dem die Wirbel so deutlich hervortraten wie Drachenschuppen. Es stülpte die Ränder des Sackes um und wühlte ungeschickt hervor, was auch immer sich darin befand.

Mit stumpfem Platschen wuchtete es den Inhalt auf den Tisch. Nun sahen Theodor und Malte, was es war: ein weiterer Grubenmann, gequält und leblos. Die Bestie arrangierte den zerschundenen Körper ausgestreckt auf der Tischplatte.

Theodor hielt den Atem an. Das Wesen nahm eines der Beile, die auf der Tischplatte herumlagen, holte aus und ließ es auf ein Bein des Grubenmannes niedersausen.

Als die Klinge ins Fleisch hackte, fuhr der Grubenmann auf. Er brüllte vor Schmerz, wie Theodor nie zuvor jemanden oder etwas hatte brüllen hören. Das Brüllen war voller Schmerz und Wahnsinn, war pure Qual.

Theodor presste sich seine Fäuste an die Ohren, um den unerträglichen Schrei in seinem Kopf zu dämpfen. Die Bestie schlug dem Grubenmann mit dem Beilstiel immer und immer wieder auf den Kopf. Es knackte entsetzlich, wie eine Walnuss in der Zange. Dann war der Grubenmann still und fiel zurück auf den Tisch. Gemächlich hackte die Bestie ihm die Beinchen ab, direkt unterhalb der knubbeligen Knie.

Theodors Augen füllten sich mit Tränen, seine Nasenflügel blähten sich wie ein Blasebalg. Übelkeit stieg in ihm auf. Malte rührte sich nicht, noch tat er einen Laut.

Als die Bestie ihr schauriges Werk beendet hatte, hob sie den Grubenmann auf die Arme und trug ihn hinüber zu dem leeren Bett. Wie sein bemitleidenswerter Genosse passte der Grubenmann mit seinen Stumpen genau hinein.

Die Bestie bettete den Grubenmann vorsichtig, geradezu liebevoll. Sie zog das Kissen unter seinem Kopf gerade und die Decke bis zum Kinn. Dann streichelte sie ihm zärtlich über die Stirn. Und – konnte es sein? Ja, kein Zweifel: Die Bestie summte dem verstümmelten Grubenmann eine Melodie vor.

Theodor würgte, und die Bestie verstummte. Sie hob den Kopf, witterte und schnupperte. Sie blickte hinüber zu dem anderen Bett und entdeckte, dass die Decke fortgezogen war. Sie sprang auf und stieß ihren grellen, irremachenden Schrei aus. Wild und wütend jagte ihr Blick durch den Raum.

»Bitte, bitte nicht. Oh bitte nicht«, flehte Theodor leise. Der Blick der Bestie verharrte auf ihrem Versteck. Sie starrte in die dunkle Ecke und knurrte bedrohlich. Maltes Körper verspannte sich. Er zwängte sich tiefer in die Ecke und quetschte Theodor gegen die kalte Wand.

Doch die Bestie hatte sie entdeckt. Sie verengte ihre Augen und stapfte krumm und ruckend auf sie zu.

Malte trat aus dem Schatten.

Theodor war zu verblüfft, um ihn zurückzuhalten, zu verblüfft, um etwas zu sagen oder überhaupt zu denken. Wie aus Ferne sah er ihn zwei feste Schritte auf die Bestie zutun. In seiner Hand hielt er den Dolch, so fest, dass die Knöchel sich weiß abzeichneten. Die Bestie blieb stehen und fixierte ihn knurrend. Malte bewegte sich langsam in einem Bogen seitwärts. Er umrundete die Bestie. Wie ein Raubtier, dachte Theodor.

Die Bestie hielt den Blick auf Malte gerichtet. Dann kreischte sie und stürzte los. Theodor erstarb ein Schrei auf den Lippen.

Die Bestie schlug mit einer Klaue nach Malte, doch in einer Flinkheit, die Theodor nie bei ihm gesehen hatte, weder auf dem Bolzplatz noch in den Raufereien auf dem Schulhof, duckte er sich unter dem Schlag hinweg, wirbelte um die eigene Achse und stieß dem Monstrum die Klinge in die Rippen. Die Bestie kreischte und hieb mit der anderen Hand, doch Malte sprang zurück. Theodor fühlte sich gelähmt und konnte bloß zusehen, wie Malte und die Bestie einander umkreisten. Er sah Maltes Gesicht: entschlossen und unbarmherzig, die Augen klein und funkelnd, die Zähne gefletscht.

Das Ungetüm öffnete die Arme und stürmte ungelenk auf Malte zu. Malte riss seinen Dolch hoch, rammte ihn dem Ungetüm durch den Unterkiefer und schlitzte sein Maul auf. Die Bestie gurgelte grässlich, taumelte zurück und stolperte rücklings in die Betten. Eines der Betten brach, und der Grubenmann klatschte zu Boden. Die Bestie rappelte sich auf. Blut und Fett trieften aus ihrem gespaltenen Unterkiefer.

Malte sah zu dem Grubenmann, der wie wertlose Fleischerreste auf dem Boden lag, und seine Unterzähne schoben sich über die Oberzähne. Er baute sich zu seiner ganzen Größe auf. »Ich werde dein Blut trinken!«, brüllte er.

Dieser Moment löste Theodors Starre. Maltes Entschlossenheit und die sichtliche Verunsicherung des Biestes weckten in ihm den Wunsch, zu handeln. Das rostige Schwert, das er umklammert hielt, zitterte, als er aus dem Schatten trat.

Die Bestie schaute wütend zu dem neuen Feind, dann flog ihr Blick geifernd zwischen Theodor und Malte hin und her.

»Komm schon!«, brüllte Malte.

Das Biest fauchte ihn an. Dann ließ es ihren grellen Schrei los, wirbelte herum und floh aus dem Waschkeller in die Gänge dahinter.

»Komm zurück!«, brüllte Malte. Er stürmte hinterher, doch Theodor ließ sein Schwert fallen und warf sich ihm entgegen. Er rang ihn zu Boden und hielt ihn fest, umklammerte ihn mit Armen und Beinen, während Malte versuchte, sich loszureißen.

»Malte! Er ist fort.«

Malte blickte wütend zu ihm hoch. Noch immer funkelten seine Augen im Zorn, noch immer fletschte er seine Zähne. Spucke war überall um seinen Mund. Malte wand sich in Theodors Griff, Theodor fühlte das Adrenalin durch seine Adern jagen. Doch schließlich wurde Malte ruhiger, bis seine Anspannung und sein Zorn in einem letzten Zusammensacken ganz versiegten. Theodor lockerte die Umklammerung. Maltes Dolch glitt zu Boden.

»Du hast es verjagt«, sagte Theodor und drückte Malte sanft.

»Ich hätte es getötet«, sagte Malte.

»Ich weiß nicht, ob das mutig oder dumm von dir war, Malte.«

»Nein, du verstehst nicht, was ich sage. Ich wusste, dass ich das Biest töten würde. So wie ich weiß, wie man schwimmt oder atmet oder liest. Und ich *wollte* es töten. Ich wollte es leiden lassen. Ich war stark, Theodor, ich war stark und schnell und unbesiegbar. Hast du mich gesehen? Am liebsten würde ich dieses Scheusal hetzen, bis es vor Erschöpfung zusammenbricht, und dann würde ich es stechen, während es genauso schreit und zappelt wie dieser Grubenmann.«

Malte atmete schwer vor Aufregung. Dann zitterten seine Lippen, die Augen füllten sich mit Tränen, und schließlich sackte er bitterlich weinend zusammen. Er vergrub sein Gesicht in Theodors Schulter und weinte eine lange Zeit.

Theodor legte seine Wange an Maltes Kopf und einen Arm um seine Schulter, streichelte ihm das blonde, wuschelige Haar. So saßen sie da, bis das heftige Weinen zu einem heiseren Schluchzen wurde.

»Ich habe meinen Papa getötet«, sagte Malte. Er kroch aus Theodors Schulter und schaute ihn aus aufgequollenen Augen an. »In der Nacht, als ich zu dir gekommen bin. Da habe ich meinen Papa getötet.«

Maltes Blick ließ Theodor keine Sekunde zweifeln, dass es stimmte. Oder zumindest, dass Malte es wirklich glaubte. »Was ist in dieser Nacht passiert?«

Malte zog geräuschvoll die Nase hoch, wodurch sich sein Gesicht zu einem grotesken Grinsen verzog. »Diese Wut, die ich ständig fühle ... ich bin schon seit einer ganzen Weile wütend, Theodor. Aber in letzter Zeit bin ich auch noch stark. Ich weiß nicht, warum. Ich bin stark und schnell und unbesiegbar. Ich habe meinen Vater gewarnt. Ich habe ihn nicht wie sonst angefleht, ich bin nicht vor ihm weggerannt. Ich habe ihm gesagt, dass ich mich dieses Mal wehren würde. Er hat es als Drohung aufgefasst und ist auf mich losgegangen. Er hat mich zu Boden geworfen und auf mich eingetreten, immer und immer wieder, gegen meinen Kopf und meinen Rücken. Er trat immer fester, und ich wusste, dieses Mal bringt er mich um. Da habe ich mich gewehrt. Ich hatte ihn gewarnt, Theodor, und jetzt ist er tot.«

Maltes Kopf sackte zurück an Theodors Schulter, und Theodor kraulte ihm die Haare. Er wusste nicht, was er denken sollte. Er war erschrocken, mit Sicherheit, und für einen Augenblick machte Malte ihm Angst – ach, was redete er sich da ein! Er hatte sich gewünscht, dass Malte sich eines Tages, wenn er weniger zerbrechlich wäre, wehren würde. Er hatte erwartet, dass es irgendwann geschehen würde. Nur nicht so bald und nicht so heftig. Wenn er

Malte nach einem der schlimmen Abende traf, mit frischen Ergüssen und Kratzern, scheu und zusammengezogen, malte er sich häufig aus, wie sie als erwachsene Männer in ihre kleine Stadt zurückkehren und Maltes Vater alles heimzahlen würden. Aber das waren nur Kinderphantasien, die sich Theodor in seiner Hilflosigkeit zusammenspann, während Malte wie üblich über das schwieg, was geschehen war. Wenn Maltes Vater wirklich tot war, dann hatte er es verdient. Und Theodor musste nicht mehr um Malte bangen. Theodor war nicht erschrocken, er fürchtete Malte nicht – er war erleichtert.

»Du hast dich nur verteidigt«, sagte er schließlich.

»Natürlich habe ich das«, fauchte Malte und fuhr hoch. »Ich bereue es auch nicht. Ich möchte nur, dass du weißt, da geht irgendetwas in mir vor.« Malte schob Theodors Arm von seinen Schultern und rieb sich das Gesicht. Als er die Hände wieder herunternahm, rief er: »Sieh nur!«

Die Kunststofftür stand einen Spalt weit offen, und warmes Licht schimmerte in den Keller.

Sie standen auf. Malte packte seinen Dolch. Theodor nahm das Schwert. Ein Kribbeln huschte über seine Handfläche, als er den Griff umschloss.

Malte sah sich noch einmal in dem grässlichen Raum um. Schweigend ging er zu dem eingestürzten Bett und zog die Decke über den Grubenmann, der mit dem Gesicht nach unten auf dem Boden lag. Er flüsterte Worte, die Theodor nicht verstand. Dann kam er zurück und schob Theodor sanft aus dem Keller.

Kapitel 7

Hinter dem Keller lag ein schmales Rasenstück, das von struppigen, hohen Büschen eingerahmt war. Hier war kein Nebel mehr, hier war's mild und sonnig. Im Gebüsch vor ihnen befand sich eine Lücke mit einem Gittertor. Dorniges Gestrüpp wucherte über den Durchgang, und Theodor hieb mit seinem Schwert Ranken und Äste beiseite, damit sie hindurchschlüpfen konnten.

Nun fanden sie sich am Rande einer morgensonnengeküssten Gartenlandschaft: Blühende Blumenbeete und leuchtende Wiesen streckten sich vor ihnen aus, betupft mit gestutzten Sträuchern, früchtetragenden Bäumen und marmornen Brunnen, die Wasserfontänen in die Höhe prusteten und als feinen Regen niederrieseln ließen – wenn's jemals einen Feengarten gegeben hat, dann war's dieser.

Ein Weg aus rotem Kies schlängelte sich durch den Garten. Die Last des eben Geschehenen fiel merklich von Theodor ab, als leuchtete die Sonne die schattigen Eckchen in ihm aus. Auch Malte, dessen Last wieder einmal die weit größere war, wirkte gelöster. Tat er die ersten Schritte noch mit hängenden Schultern und gelegentlichem Schniefen, lief er bald aufrecht und staunte über die Pracht dieses Parks. Sie spazierten vorbei an aus Buchsbaum geschnittenen Phantasiegestalten und über schnörkelig geschnitzte Brücken. Derbe und süße Düfte schwirrten umher, im Blattwerk raschelte es, in den Augenwinkeln war alles in heiterer Bewegung und überall war's ein Summen und Surren.

Unter die Geräusche des Gartens mischte sich eine unbestimmte, ferne Musik. Der rote Kiespfad ließ das Schlängeln und lief in gerader Linie auf einen Torbogen in einer glattgeschorenen Hecke zu. Er führte hinaus auf eine weite, sanft gewellte baumlose

Wiese, die sich wie eine unruhige, grüne See in alle Richtungen dehnte.

Die Sonne stand hoch am Himmel und schien ungehindert auf eine akkurat getrimmte Hecke, die sich in einiger Entfernung als einziges von dem Rasen abhob. Über die Hecke lugten Turmspitzen, und von dort her kam die Musik.

»Vielleicht das Haus von Eels«, sagte Malte, und sie querten das Grün.

Die Musik wurde klarer, sie war federleicht, eine Art Klavierspiel, nur perlender. An den Turmspitzen wehten festliche Wimpel. Bloß: Einen Eingang fanden Theodor und Malte nicht. Sie folgten dem Lauf der Hecke, doch wie es schien, umwuchs sie das Anwesen wie eine Mauer ohne Durchlass.

Sie liefen einmal um die gesamte Hecke und noch ein zweites Mal. Als sie zum dritten Mal um die Ecke bogen, stießen sie beinahe mit jemandem zusammen. Ein Ritter spähte die grüne Wand hinauf.

»Wenn ihr versucht, hinter die Hecken zu gelangen, so ist's vergeblich«, sagte der Ritter, ohne Theodor und Malte anzuschauen. »Es gibt keinen Eingang. Ich habe ihn gesucht. Wahrlich, das habe ich.«

Der Ritter trug keinen Helm. Er schien, so viel sah Theodor durch die Öffnungen im Metall, von schmächtiger Statur zu sein. Sein Harnisch hatte vielleicht einmal gepasst, doch nun war er zu groß und zu schwer. Beide – sowohl die Rüstung als auch ihr Träger – wirkten, als hätten sie eine mühselige Zeit hinter sich. Des Ritters Gesicht war fahl und müde, die Rüstung zernarbt und schmutzig. An einem Gurt über seiner Brust baumelte eine abgetrennte, runzelige Hand. Ein prächtiger Ring zierte einen ihrer gespreizten Finger.

Der Ritter wandte sich den beiden zu. »Von woher kommt ihr?«

»Von einem finsteren Ort«, sagte Malte.

»Einem richtigen Hexenwald«, ergänzte Theodor.

Die trüben Augen des Ritters wurden klar wie eine Schüssel voll Brühe, die man mit Wasser mengt; sein müdes Gesicht wurde wachsam. »Ein Hexenwald, sagst du? Habt ihr denn eine Hexe gesehen?«

»Eine Hexe nicht, aber eine grässliche Bestie.«

Der Ritter verkniff sein Gesicht zu einer ausgedörrten Rosine. »Eine Bestie? Wie sah sie aus? Erzählt!«

Theodor und Malte erzählten.

»Er ist's«, sagte der Ritter am Schluss.

»Wer ist's?«, fragten Theodor und Malte wie aus einem Munde.

»Der Teufel, der meinen Knappen hat. Ihn suche ich, darum bin ich hier. Ich wusste, er ist in der Nähe. Wahrlich, das wusste ich. Sagt mir den Weg.«

»Ihr müsst bloß über die Wiese laufen, bis ihr an einen Garten kommt«, sagte Malte. »Dort ist ein Pfad aus rotem Kies, der euch zu einem Haus bringt. Dort hat uns die Bestie angegriffen.«

»Sie hat euch angegriffen? Wie ist das ausgegangen?«

»Ich habe sie verjagt«, sagte Malte. Stolz schwang ungeniert in seiner Stimme mit. »Doch ich habe sie leider nicht getötet. Sie ist geflüchtet.«

Der Ritter schaute ihn prüfend an. »Nun, danke«, sagte er dann und deutete eine Verbeugung an. »Dort werde ich meinen Knappen suchen. Wahrlich, das werde ich. Ihm soll kein Leid geschehen.«

Der Ritter bemerkte Maltes Wunde. Er rümpfte die Nase, dann sagte er: »Gebt Acht auf euch. Da sind noch andere böse Zauberwesen in der Welt.«

Damit stiefelte er davon.

Theodor und Malte schauten ihm eine Weile nach, dann wandten sie sich der Hecke zu. Die Musik tönte lauter. Direkt vor ihnen hatte sich eine Öffnung aufgetan. Sie traten hindurch und fanden sich in einem Korridor aus dichten Hecken, in denen spitze, lange Dornen saßen.

Sie folgten dem Gang und kamen zu einem weiteren Durchgang, der sich in Richtung des Hauses öffnete. Sie konnten die Turmspitzen über dem Strauchwerk sehen. Auch diesem Gang folgten sie zu einer weiteren Öffnung, und so ging es noch einige Male weiter. Doch obwohl sich die Durchgänge stets in Richtung des Hauses und der Musik zu öffnen schienen, entfernten sich Theodor und Malte immer weiter davon. Die Türmchen wurden kleiner, die leichten Klänge leiser. Malte versuchte, auf eine der Hecken zu klettern, doch das spitze Gestrüpp kratzte ihm nur die Hände auf.

Es wurde diesig wie bei einer bewölkten Abenddämmerung, blassblau statt rotgold. Die Hecken welkten, die Blätter braunten und schrumpelten. Bald bestanden die Wände nur noch aus kahlem, verknotetem Geäst. Mit jeder Biegung und jedem Durchgang entfernten sich Theodor und Malte von den Türmchen, bis sie schließlich gar nicht mehr zu sehen waren. Auch die Musik war verstummt.

Ein letzter Durchgang öffnete sich und führte aus dem Irrgarten hinaus an den Rand einer steilen Anhöhe. Vor ihnen fiel ein trüber Nadelwald ab. Dürre, lange Fichten und Tannen streckten sich wie Pfähle unter einem ausgrauenden Himmel. In der Ferne sahen sie zu ihrer Erleichterung die Berge. Sie waren zwar keinen Meter näher gerückt, doch offenbar liefen Theodor und Malte noch immer in die richtige Richtung.

»Lass uns die Nacht doch hier verbringen«, sagte Malte. Er klang schläfrig.

Sie setzten sich mit dem Rücken an die Hecke und wickelten sich in ihre Umhänge. Theodor war hungrig und durstig, doch viel mehr noch war er erschöpft. Malte lehnte sich an seine Schulter, und Theodor legte den Arm um ihn. So schauten sie zu, wie es Nacht wurde über dem Nadelwald.

»Ich verstehe, dass meine Mama fortwollte«, murmelte Malte, undeutlich wie im Schlafe. »Aber wie konnte sie mich alleine lassen? Man darf doch sein Kind nicht alleine lassen. Das darf man nicht.«

Dann war Malte still und blieb es auch. Theodor saß noch eine Weile wach. Ihm war die Last genommen, irgendetwas gegen Maltes Vater unternehmen zu müssen. Was auch immer nun geschehen mochte, Maltes Leben würde sich fortan zum Besseren wenden. Vielleicht könnte Malte bei ihm und seinem Vater leben, wenn sie wieder zu Hause waren. Vielleicht könnte Theodor ihm helfen, seine Mutter zu finden.

An seine eigene Mutter hatte Theodor keine Erinnerung. Sie war nie ein Thema gewesen. Sein Vater hatte ihm ein paar Mal angeboten, von ihr zu erzählen, doch Theodor hatte stets abgelehnt, weil er gemerkt hatte, wie schwer es seinem Vater fiel, an sie zu denken. Und welchen Zweck hätte es gehabt? Soweit Theodor das beurteilen konnte, fehlte ihm keine Mutter. Warum also sollte er seinen Vater quälen?

Theodor hielt Malte im Arm, und Malte träumte unruhig. Der Wald machte seltsame Geräusche, er flüsterte und summte, und den Augen spielte er Streiche von Gespenstern, die in seinem Dunkel umherhuschten, von Kobolden, die Unfug trieben, und Feen, die irrlichterten. Fürchten machte es Theodor nicht. Er war sich nicht einmal sicher, ob er nicht schon träumte. Jedes Astloch in dieser Welt konnte zu einem Baumschlupf führen, jede Wurzel den Eingang zu einem Feenhügel verbergen, unter jedem Gestrüpp ein Wichtelhäuschen stehen. Ein behagliches Wichtelhäuschen wie in den Märchenbüchern, das wäre etwas Feines. Ein Wichtelhäuschen, um einen Baum herum gebaut, mit einem Feuer, über dem ein Eintopf blubberte, und einem Bettchen, aufgeplustert mit bunten Steppdecken und rüschengerahmten Zierkissen.

Zwischenspiel

Ein Hüne saß auf einem Baumstamm und schaute gedankenverloren in das bescheidene Feuer, das er aus Ästen und trockenem Laub gemacht hatte. Etwas Bedeutendes war geschehen, doch er konnte nicht sagen, was. Rastlosigkeit hatte ihn ergriffen. Zum ersten Mal seit einer langen Zeit hatte er das Gefühl, etwas tun zu können. Bloß wusste er nicht, wo und wie er es beginnen sollte.

Das Knacken von Zweigen ließ ihn hochfahren. Er zog sein mächtiges Schwert, das vor ihm kopfüber im Boden steckte, und richtete es auf die Dunkelheit zwischen den Bäumen.

»Du brauchst kein Schwert, ich bin ein Freund.« Ein alter Mann trat ins Licht. Er trug einen grünen Mantel und eine Augenklappe. »Und wo wir schon von Freunden sprechen: Du solltest den Zwerg suchen.«

»Den Zwerg?« Der Hüne ließ das Schwert sinken.

»Er ist wieder da. Ich sage dir, wo du ihn findest. Es geht ihm nicht besonders gut, und er könnte ein wenig Hilfe gebrauchen. Etwas Bedeutendes ist geschehen.«

Kapitel 8

Der trübe Nadelwald verlief stetig bergab. Die hohen, dünnen Stämme standen mal enger, mal weiter, und dazwischen streckten sich kleine Tannen nach ein wenig Licht. Diesig war es am Grund, und die Baumspitzen waren kaum zu sehen im trüben Höhengrau. Der Boden aber war angenehm weich und federnd von Nadeln und Moos.

Malte und Theodor liefen drei Tage durch den Wald. Beschriebe man ihre Wanderung nur mit diesen wenigen Worten, würde es den Entbehrungen und Anstrengungen dieser Etappe nicht gerecht. Drei Tage bedeuteten Umherwandern mit schmerzenden Füßen in abgetragenen Schuhen; es bedeutete kalte, feuchte Nächte, die sie dicht aneinandergeschmiegt in Wurzelbecken oder Felsnischen verbrachten; es bedeutete Schrammen, Schnitte und Pusteln vom Stolpern und Stürzen, von Dornengestrüpp und scharfkantigen Steinen. Sie aßen spärlich von den gelben Beeren, die sie an vereinzelten Sträuchern fanden, und tranken eisiges Bachwasser, von dem sie Magenschmerzen bekamen. Ob die Berge näherkamen, sahen sie nicht, denn um sie herum war nur Wald.

Am Ende dieser drei Tage waren sie erschöpft und ausgemergelt. Ihre Kleider flatterten an ihren ausgezehrten Körpern. Maltes Wunde schmerzte. Er sagte es nicht, aber Theodor merkte es. Malte schwitzte, auch wenn es kühl war, schaute gereizt drein und schwieg beharrlich.

Theodor sorgte sich. Außerdem hatte er schreckliches Heimweh. Ob Malte ihre kleine Stadt vermisste? Sein Grimm schien eher von einem anderen Schmerz herzurühren. Was gab es für ihn auch schon zu vermissen?

Theodor versuchte, Malte – und sich selbst gleich mit – aufzuheitern, indem er über Belangloses quatschte: das Feuerwerk, das in der Silvesternacht am Ordensschloss gezündet würde, die Kanutour, die sie im nächsten Frühjahr geplant hatten, und die Mädchen, die sie mit scheuer Vorsicht zu faszinieren begannen. Doch Malte sprang nicht darauf an. Zuerst nuschelte er nur Unverständliches zur Antwort, dann ignorierte er ihn vollständig, bis Theodor aufgab und ebenso still und mürrisch durch den Wald stapfte.

Zu allem Übel zog am Abend des dritten Tages ein Unwetter auf. Erst wurde es kalt und windig, dann regnete es heftig. Sie suchten Zuflucht unter einem umgeknickten Baum, über dessen Stamm sie einen ihrer Umhänge spannten. Unter den anderen kauerten sie sich zusammen. Er war groß genug, um sie beide einzuhüllen.

Am Morgen nach einer scheußlichen Nacht sah Malte schlimm aus. Er war blass, und der Riss in seiner Wange brodelte wie köchelndes Teer.

»Wir müssen jemanden finden, der das behandeln kann«, sagte Theodor.

»Es geht mir gut«, wehrte Malte ab.

Theodor wusste, dass es nicht stimmte, und kam sich hilflos vor. Was, wenn Malte Fieber bekam? Wenn er nicht mehr weitergehen konnte? Er fiel jetzt schon ständig zurück, immer musste Theodor stehenbleiben und warten, bis Malte zu ihm aufschloss. Theodor könnte einen halbwegs geschützten Platz suchen, Malte in seinen Umhang wickeln und Beeren und Wasser zusammensuchen, die eine Weile ausreichten. Aber dann? Alleine weiterlaufen, um Hilfe zu suchen? An diesem fremden Ort, in diesem freudlosen Wald? Theodor wusste, den Mut würde er allerhöchstens aufbringen, wenn es gar nicht anders ginge. Und selbst dann nicht mit Gewissheit.

»Wenn du nicht mehr kannst, sag Bescheid. Dann rasten wir eine Weile. In Ordnung, Malte? Malte?«

Theodor blickte zurück. Malte war einige Meter hinter ihm stehen geblieben. Er hatte den Kopf geneigt, doch unter den nassen Haarsträhnen starrte er Theodor an. Er atmete heftig, seine Schultern hoben und senkten sich ausladend. Die Arme hingen schlaff hinunter. Er hielt seinen Dolch.

»Jetzt willst du mir helfen, ja?« Es war mehr ein Knurren als ein Sprechen. »Warum hast du mir neulich nicht geholfen?«

Theodor war zu überrumpelt, um etwas zu sagen. Er schaute ihn mit gerunzelter Stirn an.

»Warum hast du mir nicht geholfen?«, wiederholte Malte. »In dem Haus. Mit dem Monster.«

»Das habe ich doch«, stammelte Theodor.

»Du hast dich erst rausgewagt, als der Kampf schon längst gewonnen war«, fauchte Malte.

Er hob den Kopf. Die Wunde auf seiner Wange war aufgesprungen, und eine schwarze Flüssigkeit glibberte hinaus, rann das Kinn hinab und tropfte zu Boden. Das Blau in Maltes Augen war düster, als wäre dahinter das Licht ausgeknipst.

»Deine Wunde ...«, setzte Theodor an, doch Malte fuhr dazwischen: »Du hast mich alleine gelassen! Du hast mich wieder einmal alleine gelassen!«

»Ich war bloß überrascht.«

»Überrascht warst du, ja? Warst du auch immer überrascht, wenn mein Vater mich verprügelt hat? Wenn ich in der Schule verprügelt wurde? Warst du da zu überrascht, um mir zu helfen? Oder als ich dich gefragt habe, ob du mich ein Stück begleitest?

Ein kleines Stück nur? Warst du zu überrascht für wenigstens ein kleines Stück?«

Theodor wusste nicht, was er sagen sollte. Sein Gesicht wurde unangenehm heiß. Malte tadelte ihn. Und tief in sich, noch zu schmerzlich, um es sich einzugestehen, fühlte er sich ertappt.

Malte verkniff die Augen zu dünnen Schlitzen. Er machte einen Schritt nach vorn und richtete sich auf. Er wirkte keineswegs mehr zerbrechlich – er wirkte zerbrechend. Er tat noch einen Schritt. Theodor wich den gleichen Schritt zurück.

»Du hast bloß zugesehen, als die Bestie auf mich losgegangen ist. Du siehst immer bloß zu, wenn die Bestien auf mich losgehen. Ist es nicht so?«

Theodor schwieg, seine Lippen zu einem Strich aufeinandergepresst.

»Antworte mir!«, brüllte Malte und ließ Theodor zusammenzucken.

»Es tut mir leid«, brachte Theodor tonlos heraus.

»Dein Mitleid schützt mich nicht vor Schlägen und Tritten. Es schützt bloß dich. Es schützt dich davor, einsehen zu müssen, was für ein feiger, erbärmlicher Freund du bist.«

Malte machte einen Schritt vor, Theodor einen nach hinten.

»Ich wollte dich gar nicht mitnehmen, wusstest du das? Ich kam an eurem Haus vorbei, und eure Tür stand sperrangelweit offen. Schnee war in den Flur geweht. Ich wollte bloß nachsehen, ob alles in Ordnung ist. Ich wusste, du würdest eine Last sein. Eine quengelnde, unnütze Last! Als du gesagt hast, dass du kehrtmachen willst, war ich nicht enttäuscht, dass du gehst. Ich hatte dir bloß mehr zugetraut. Nur das hat mich enttäuscht. Gleichzeitig war ich erleichtert. Du hast ja nur gejammert da im Wald. Du jammerst immerzu. Ich sagte ja, es tut mir leid, dass du hier bist. Für mich, nicht für dich. Du bist ein Plagegeist.«

Theodor war, als hätte Malte ihm in den Magen geboxt. Er wich zurück – und stieß mit dem Rücken gegen ein Hindernis. Er blickte hinter sich. Dann wanderte sein Blick nach oben. Auch Malte hob den Kopf. Hinter Theodor stand ein gewaltiger Mann, ein Hüne, der Theodor um mehr als das Anderthalbfache überragte. Er legte ihm eine Hand, groß wie ein Schaufelblatt, auf die Schulter. »Das geht nicht gegen dich, was er da spricht«, sagte der Hüne mit tiefer Stimme und schob Theodor hinter sich.

Malte war kurz irritiert, dann sagte er müde: »Und wieder ist da jemand, hinter dem du dich verstecken kannst.«

Der Hüne blickte Malte nur an. Verborgen hinter einem Bein, doch fest im Griff, hielt er ein riesiges Schwert.

Malte richtete die Dolchspitze gegen den Hünen.

»Verdammt, Malte!«, rief Theodor. Er wollte hinter dem Hünen hervorlaufen, doch der hielt ihn mit seiner Pranke an Ort und Stelle.

Malte funkelte den Hünen bösen an, schob seine Unterzähne über die Oberzähne. Der Hüne schaute zurück. Da wandelte sich Maltes Zorn in Zweifel. Sein Mund stand offen. Seine Augen fielen zu und er klappte zusammen wie ein Windtänzer bei Luftstille.

Der Hüne nahm seine Hand von Theodors Schulter und lockerte den Griff um sein Schwert.

Kapitel 9

Als Malte erwachte, lag er in seinen Umhang gewickelt vor einem Feuer. Es war Nacht. Die Flammen warfen flackerndes Licht auf die umstehenden Bäume und ließen ihre Schatten tanzen. Malte mühte sich auf die Ellbogen. Sein Kopf schmerzte, seine Wange brannte. Er hob eine Hand an die Wunde und spürte, dass irgendetwas Pelziges darauf klebte, als habe sie einen Schimmelteppich gebildet.

Neben ihm schlief Theodor. Malte gegenüber, auf der anderen Seite des Feuers, saßen zwei Gestalten. Sie waren nur undeutlich zu erkennen hinter den Flammen; die eine war klein, die andere sehr groß. Die Gestalten erhoben sich und kamen um das Feuer herum, und nun sah Malte sie deutlich, ausgeleuchtet vom Glimm des Feuers: Es waren ein Hüne und ein Zwerg.

Der Hüne war von mächtiger Statur, er war nicht bloß ein großer Mensch, er war ein gewaltiger Mensch, gewaltig durch und durch. Er musste weit über zwei Meter missen von seinem Kopf, der von langem schwarzen Haar eingerahmt war, bis zu den Stiefelspitzen. Sein Kreuz war breit wie ein antiker Esstisch, und die Muskeln zeichneten sich unter seiner Kleidung so gespannt ab wie nach frisch getaner Reizung. Der Zwerg reichte dem Hünen gerade bis zur Hüfte.

»Guten Abend«, sagte der Hüne, und die beiden setzten sich zu ihm.

»Wie fühlst du dich?«, fragte der Zwerg. Malte fand ihn ausgesprochen scheußlich. Er hatte krumme Beine, einen Buckel und ein narbenzerfressenes Gesicht mit einer knollenförmigen Nase über wulstigen Lippen. Sein Kopf war über und über mit Schnitten und Wunden versehen, die gerade erst verheilten.

Auch der Hüne war keine Schönheit. Er hatte eine große Nase, größer noch als Maltes, und seine Augen standen unter buschigen Brauen viel zu nah beieinander, was ihm einen Ausdruck von Dummheit verlieh. Sein Blick aber war wachsam.

Auf Maltes anderer Seite erwachte Theodor und setzte sich müde auf. »Du bist wach«, sagte er und kratzte sich verschlafen am Kopf.

»Wie fühlst du dich?«, wiederholte der Zwerg.

»Wer seid ihr?«, fragte Malte.

»Das ist der Hüne, und ich bin der Zwerg. Nun sag, wie fühlst du dich?«

»Mein Kopf schmerzt. Was ist geschehen?«

»Es ist deine elende Wunde«, sagte der Zwerg. »Da hat dich der Schatten geküsst. Sie wird schlimmer, je länger du sie mit dir herumträgst. Ich konnte sie ein bisschen lindern, aber du brauchst dringend Hilfe. Ihr müsst zur Wut und Waise Eels.«

»Ihr kennt sie?«, fragte Malte. »Hör nur, Theodor, sie kennen Eels.«

»Natürlich kennen wir sie. Blut und Spucke, ich habe euch zu ihr geschickt.« Er hob seine linke Hand und wackelte mit den stummeligen Fingern. Die Handfläche war verbunden.

Maltes Augen wurden groß. »Du bist das?«

»Ich bin das.« Der Zwerg lächelte. Theodor lächelte auch. Ihm hatten sie bereits alles erzählt, nachdem der Hüne Malte aufgehoben und zu der nahen Lichtung gebracht hatte, wo der Zwerg gerade dabei gewesen war, ein Lagerfeuer aufzuschichten.

»So sehe ich eigentlich aus. Nun, nicht ganz so zerschunden vielleicht.«

»Was ist mit dir geschehen da unten?«, fragte Malte.

»Ich habe gegen die Schatten gekämpft und bin ihnen entkommen, das ist geschehen. Nicht unbeschadet, wie du siehst, sie haben mich übel zugerichtet. Aber ich habe einen Ausgang gefunden. Und ihr auch, wie's scheint.«

»Wie konnten wir entkommen, ohne uns zu verirren?«

»Die Wirrwege haben euch hinausgeführt. Ich war nicht ganz ehrlich zu euch. Ich kannte den Weg gar nicht. Könnte ihn auch nicht wissen, denn die Wirrwege verändern sich ständig, schaffen neue Wege und neue Sackgassen. Die Wirrwege selbst haben mich geführt und mir an den richtigen Stellen einen Stups gegeben. Ich wusste, sie würden euch auch leiten.«

»Warum hast du uns das nicht gesagt?«, fragte Malte.

»Ich wollte euch nicht beunruhigen, es war auch so schon unheimlich genug. Später dann blieb keine Zeit mehr. Aber die Wirrwege liegen hinter uns, und nun bringe ich euch zur Wachenden Eels, wie ich es vorhatte. Dies hier ist ein Freund, der uns begleitet.«

Der Hüne versuchte sich an einem Lächeln. Es passte nicht zu seinem großen, tumben Kopf.

»Was hat es mit dem Schattenkuss auf sich, Zwerg?«, fragte Malte.

»Es ist ein Mal. Du wurdest gezeichnet, damit die Schatten des Albtraumkönigs dich finden können. Sie folgen deiner Spur wie Hetzhunde dem Wild. Noch haben wir einen kleinen Vorsprung, aber wir müssen uns eilen.«

Über das Feuer war aus Ästen ein Gestell errichtet, an dem ein Topf baumelte. Der Zwerg nahm den Topf mit bloßen Händen von den Flammen und goss eine dampfende Brühe in eine Tasse, die er aus einem Beutel an seinem Gürtel geholt hatte.

Er reichte sie dem Hünen, der ohne zu pusten einen tiefen Schluck nahm. Der Hüne gab die Tasse an Malte weiter.

»Das ist Kaffee aus Eicheln. Er wird euch wachmachen. Die Nacht ist gleich vorbei und wir müssen weiterziehen.«

Malte nahm einen Schluck und verzog das Gesicht. Dann nahm er noch einen Schluck.

»Das ist ein verfluchtes Land, in das du uns gebracht hast«, sagte Theodor. Er bekam die Tasse gereicht. Der Kaffee war trüb und dünn, duftete aber kräftig. Er schmeckte bitter.

»Das ist es, nicht wahr?« sagte der Zwerg. »Und eben darum seid ihr hier.«

»Zwerg!«, mahnte der Hüne.

Die Tasse wanderte reihum zurück.

»Der Albtraumkönig ist erwacht«, sagte der Zwerg und schlürfte den letzten Rest aus der Tasse. Dann schaute er grimmig ins Feuer. »Er ist das Immerböse, ist Wahnsinn, Raserei und Bosheit, ein dunkler Poet, der seine Feder in Blut tunkt.«

»Zwerg!«, mahnte der Hüne eindringlicher. »Überlass das der Wut und der Waise, sie wird nicht glücklich sein, wenn du vorgreifst.«

»Viel tiefer kann ich in ihrer Gunst wohl kaum sinken«, sagte der Zwerg und spuckte ins Feuer. Er kratzte sich seine Knollennase. Dann sprang er überraschend geschickt auf seine Beine. »Lasst uns aufbrechen. Es ist ein Stückchen, und wir müssen auf der Hut sein. Aber sorgt euch nicht. Mit einem Hünen und einem Zwerg an eurer Seite kann euch nichts geschehen.«

Viere zogen durch ein wildes, weites Land; für zwei war dies Land vertraut, für zwei war es fremd. Für den Hünen und den Zwerg war es ein Ort voll maternder Erinnerungen. Für Theodor und Malte war es ein gefährlicher Ort, der Schreckliches offenbart hatte. Doch bei allem Schrecken war er doch der Wunder voll. Mit dem Hünen und dem Zwerg fühlten sie sich furchtloser und nahmen das Land erstmals nicht als Gehetzte, sondern als Betrachter wahr. Seit sie zwei Tage zuvor im Morgengrauen den Nadelwald verlassen hatten, liefen sie durch ein Hügelland, in dem sich satte Wälder und hohe, blumige Wiesen abwechselten. Schön war dieses wilde, weite Land für alle vier.

Wenn es nach langem Marsch zu dunkeln begann, suchten sie sich ein geschütztes Fleckchen am windstillen Fuße einer Senke oder auf einem baumbestandenen Plateau. Der Hüne verschwand und suchte die Umgebung nach Gefahren ab. Theodor und Malte klaubten Äste, Zweige und Tannenzapfen zusammen, während der Zwerg einfach dasaß und vor sich hin grübelte. Theodor überkam jedes Mal eine Unruhe, solange der Hüne fort war. Einige Gefahren hatte er schon erlebt, und die waren furchteinflößend genug. Welche mochten noch lauern in diesem Land?

War genug Holz zusammengetragen, entfachte der Zwerg ein Feuer, indem er einen glänzenden Keil und einen braunen, quarzigen Stein aus einem der Beutel an seinem Gürtel holte und funkenschlagend zusammenstieß. »Mein Feuerzeug habe ich in den Wirrwegen verloren, verdammmich«, hatte er am ersten Abend geflucht.

Wenn der Hüne nach einer Weile zurückkam, sagte er zu Theodors Erleichterung meist nichts und setzte sich ans Feuer. Sie rösteten Äpfel und altes Brot. Und während Theodor und Malte in ihre Mäntel gehüllt im Gras schliefen, wachten der Zwerg und der Hüne abwechselnd über sie. Einmal wurde Theodor in der Nacht wach und hörte die beiden angeregt tuscheln, konnte aber kein Wort verstehen, das gewechselt wurde. Dann sang der Hüne ein Lied in fremder Sprache, und die Melodie war schmerzhaft schön.

Malte schlief die Nächte durch und sah dabei friedlich aus. Jeden Abend bedeckte der Zwerg seine Wunde mit zerstampften Kräutern. Die Pusteln waren verschwunden, und es trat auch kein Sekret mehr aus. Dafür war das Leuchten in seinen Augen zurück. Sein Blick aber wirkte oftmals nach innen gekehrt, als schaute er in Tiefen oder Fernen, die nur er sehen konnte. In solchen Momenten ließ er sich gedankenverloren zurückfallen oder saß schweigend abseits der anderen.

Theodor schleppte mit sich herum, was Malte ihm vorgeworfen hatte. Er wusste, es war die Wahrheit. Theodor stand ihm nicht so bei, wie Malte es brauchte, schon gar nicht, wie er's verdiente und wie Theodor es ihm schuldig war. Und wenn Malte wortlos hinter ihnen her trottete oder mit dem Rücken zu ihnen gekehrt am Rande des Lagers saß, die Beine eng angezogen, den Kopf auf den Knien, dann wusste Theodor, dass es auch Maltes Wahrheit war. Der Schattenkuss hatte es vielleicht hinaufgespült, doch da gewesen war's schon immer. Theodor fühlte sich in diesem fremden Land noch nutzloser als zu Hause.

Am dritten Tag ihrer Wanderung wurde das Land rauer, und felsige Stellen zeigten sich unter dem Grün, als hätte das Gras sich die Knie aufgescheuert. Am Nachmittag kamen sie zu einem Zug zerklüfteter Hügel, und sie liefen bergan. Es wurde Abend, als sie verschwitzt und müde den Kamm erreichten.

»Lasst uns für heute hierbleiben«, sagte der Zwerg. »Wir können das Land überschauen, und die Felsen schützen uns vor Wind und ungewollten Blicken.«

Im Schatten eines höhergelegenen Grats richteten sie in ihrer eingespielten Zuteilung das Lager her. Die Sonne neigte sich zum Untergehen, und sie saßen dösig um das Feuer herum. Wie er es häufiger tat, stand Malte auf, um alleine zu sein. Er setzte sich an den Rand der Kuppe und schaute in die Ferne.

Theodor sah ihm beschämt nach. Dann schaute er zu dem Hünen und dessen gewaltigem Schwert, das kopfüber im Boden steckte. »Bestimmt bist du geschickt mit deiner Waffe«, sagte er.

»'s ist kein Segen«, brummte der Hüne.

»Und doch mit Sicherheit von Nutzen, wenn man sich verteidigen muss«, stocherte Theodor nach. »Dieses Land ist gefährlich, und verteidigen mussten wir uns schon mehrere Male. Ich habe dabei bloß zum Zuschauer getaugt.«

Der Hüne blickte hilfesuchend zum Zwerg hinüber.

»Theodor«, sagte der Zwerg, »wenn es wirklich darauf ankommt, wirst du dich zu verteidigen wissen, da bin ich mir sicher.«

»Es ist ein erbärmliches Gefühl, nutzlos danebenzustehen, wenn deine Freunde kämpfen«, sagte Theodor. Er sagte es absichtlich laut und linste zu Malte herüber, doch Malte schien gar nicht zuzuhören, sondern schaute starr über das Land. »Kannst du mir nicht ein wenig beibringen?«

Der Hüne blickte Theodor ernst an. »Die Bereitschaft zum unbedingten Kampf verlangt immer einen gewissen Zorn, und je zorniger du bist, umso unbarmherziger kämpfst du. Fordere diesen Zorn nicht herauf, Theodor, er wird sich noch früh genug einstellen. Sei froh über jeden Augenblick, den du ihn nicht ertragen musst.«

Theodor war es, als huschten die Augen des Hünen kurz zu Malte. Er zog eine Schnute und warf einen Zweig ins Feuer.

Der Zwerg lächelte den Hünen an. Der Hüne schnaubte auf. »Sei's drum. Den einen oder anderen Kniff kann ich dir vielleicht zeigen.« Er erhob sich und zog sein Schwert aus dem Boden.

Theodor sprang auf und schnappte sich seine rostige Klinge. Sie sah jämmerlich aus im Vergleich zu der glänzend geschliffenen Waffe des Hünen.

»Du wirst noch herausfinden müssen, welches deine Waffe ist, denn jede Waffe bittet zu ihrem eigenen Tanz. Aber für den Augenblick wird es dein dusseliges Schwert schon tun. Wo hast du es überhaupt her?«

»Ich hab's an einem schlimmen Ort gefunden.«

»Soso. In Ordnung. Stell dich schulterbreit hin, geh ein wenig in die Knie. Das linke Bein nach vorne. Oberkörper aufrecht, die Schultern entspannt. Achte darauf, dass du gerade stehst und deinen Schwerpunkt in der Mitte hast.«

Der Hüne stieß Theodor mit einer Hand von vorne, dann von hinten. Theodor hielt sein Gleichgewicht.

»Gut. Und nun pack den Griff mit beiden Händen. Sind sie nah beieinander, hast du mehr Kraft. Sind sie weit auseinander, umfasst du den Knauf mit der linken Hand und kannst schneller reagieren.«

Theodor tat, wie's der Hüne ihm erklärte, und gleich fühlte sich das Schwert wuchtiger, stabiler an.

»Du haust nicht nur«, fuhr der Hüne fort, »du schneidest gleichzeitig. Leg das Schwert über die Schulter. Nun ziehst du die rechte Hand kraftvoll nach vorne, in einem Viertelkreis auf das Ziel. Die linke Hand nutzt du als Hebel und schwingst so die Klinge nach vorne. Die Kraft kommt aus der Bewegung, nicht aus den Armen.«

Theodors Schwert sauste in einem kraftvollen Bogen vornüber.

»Jetzt einen Schritt nach vorne, Hüfte drehen, und das Schwert nach links unten führen. Beim Auftreffen ziehst du das Schwert zurück, dadurch schneidest du dein Ziel. Und bei allem, was du tust: Lass deine Augen auf den Gegner gerichtet. Egal, was passiert, halte den Blick, selbst wenn er auf dich einhiebt. So siehst du stets, was auf dich zukommt.«

Der Hüne ließ Theodor den Streich mehrmals ausführen. »Gut. Und nun schlag mich.«

Theodor versuchte es einige Male. Der Hüne tat stets einen Schritt zur Seite und wich aus. Dann führte Theodor den nächsten Streich. Bevor die Klinge ihn erreichte, zog der Hüne sein Schwert hoch, lenkte Theodors Klinge zur Seite ab, dreht sich auf dem linken und fegte Theodor mit seinem rechten Bein vom Boden. Gleichzeitig verpasste er ihm einen Stoß mit dem Knauf vor die Brust. Es ging schrecklich schnell, und ehe Theodor überhaupt wusste, wie ihm geschah, lag er rücklings im Staub. Seine Brust schmerzte, wo der Knauf ihn getroffen, und seine Waden schmerzten, wo des Hünen Bein sie getroffen hatte. Entgeistert schaute er zu dem Hünen hoch, der über ihm aufragte wie ein Berg.

»Und das ist das Wichtigste: Es gibt keinen fairen Kampf. Es geht ums Überleben. Tue, was nötig ist – treten, beißen, kratzen, das Schwert werfen. Stich in jede Blöße, die sich dir bietet. Ein Kampf ist keine Kunst, ist kein Ballett. Ich habe einhundert Kämpfe gefochten, und sie sind nie schön, nie elegant. Sie sind schmutzig, erbarmungslos und erbärmlich anzusehen. Ist es nicht so, Zwerg? Du weißt, wie es zugeht.« Der Zwerg grunzte zustimmend. »Es war nicht bös' gemeint«, fuhr der Hüne fort, »aber es ist besser, du lernst es von mir. Jetzt steh auf.«

Theodor drückte sich empor, atmete schwer, doch hielt den Blick auf den Hünen. Der Hüne deutete einen Hieb an, Theodor sprang zurück.

»Sehr gut«, sagte der Hüne.

Er ließ sein Schwert sinken und gab Theodor einen Klaps auf die Schulter. Theodor ließ sich schnaufend vor das Feuer plumpsen.

»Vergiss nicht, was ich dir eben sagte: Du brauchst Zorn, um zu kämpfen. Wenn's der rechte Moment ist, wirst du es spüren.«

Der Hüne wollte sich auf seine Decke setzen, als Malte rief: »Lass mich es probieren.« Er stand auf, kam ans Feuer und zog den Dolch. Der Hüne blickte zum Zwerg, und der Zwerg schaute unsicher zurück.

»Sei's drum«, sagte der Hüne und ging zurück an den Platz, an dem er mit Theodor gefochten hatte.

Malte bezog Theodors alte Position. Dann stürmte er unvermittelt auf den Hünen zu, der, völlig überrascht, gerade noch beiseitetreten konnte. Als Malte an ihm vorbei war, verpasste ihm der Hüne mit der flachen Seite seiner Klinge einen Hieb auf den Rücken, sodass Malte ins Stolpern geriet und unsanft hinfiel. Der Hüne blickte ihm ernst nach, und ebenso ernst blickte der Zwerg. Malte lächelte, als er sich aufrappelte.

Er stürmte erneut auf den Hünen zu und war keineswegs unbeholfen. Mit raschen Hieben, Stichen und Schwingen attackierte er den Hünen, der sich sichtlich konzentrieren musste, um den Angriffen auszuweichen oder sie zu parieren. Theodor sah, dass Malte so entschlossen kämpfte wie in dem Keller mit der Bestie, und der Hüne war derart mit seiner Verteidigung beschäftigt, dass er nicht dazu kam, selbst einen Angriff zu starten.

Der Zwerg besah sorgenvoll die Intensität, mit der die beiden fochten. Ihre Mienen waren verbissen. Die Muskeln des Hünen spannten sich und traten hervor. Maltes Kopf nahm einen rötlichen Ton an.

Der Hüne entdeckte ein Muster in Maltes Angriffen, und zwischen zwei Stichen riss er sein Schwert empor, schlug den Dolch beiseite und füllte die so entstandene Lücke mit seinem Fuß. Er verpasste Malte einen heftigen Tritt gegen die Brust, der ihm den Atem raubte und zurücktaumeln ließ. Er schaute den Hünen verdutzt an und rieb sich die getroffene Stelle. Der Hüne blickte kühl zurück.

»Verausgabt euch nicht«, mahnte der Zwerg und stand auf. Theodor schwante Übles.

Malte rannte ein weiteres Mal gegen den Hünen an, und sein Dolch wirbelte schneller als zuvor. Der Hüne hielt mit seinem Schwert dagegen. Sie waren Zwillinge wie Wut und Wahnsinn, von ungleichem Wuchs zwar, aber ebenbürtig in Fähigkeit und Verbissenheit.

Malte gewann allmählich die Oberhand. Der Hüne wich Schritt für Schritt zurück, und seine Augen nahmen einen wilden Ausdruck an. Malte überkam eine ungeahnte Euphorie, als er begriff, dass er im Vorteil war, eine Form von Bestätigung, die er nie zuvor gekostet hatte. Er beherrschte diesen tobenden, unbändigen Riesen, der ihn weit überragte und mit zwei Fingern eigentlich hätte zerquetschen können.

Malte variierte seine Angriffsmuster. Mal schwang er den Dolch seitlich, dann riss er ihn von unten nach oben, wie er's bei der Bestie getan hatte. Diese feige Bestie war entwischt, doch der Hüne würde nicht fortlaufen, auch wenn er sichtlich ins Taumeln kam. Triumph machte sich auf Maltes Gesicht breit.

»Es reicht!«, rief der Zwerg, aber Malte ignorierte ihn. Er schnitt und hackte und stach und stocherte – und dann erwischte er den Hünen. Das Messer schlitzte den Oberarm auf, Blut quoll hervor.

Malte, selbst überrascht von dem Treffer, ließ einen Moment seinen Angriff ruhen. Diese Unachtsamkeit nutzte der Hüne und rammte seine Faust in Maltes Gesicht. Malte schrie auf, als die Nase brach. Er flog zurück und stürzte hart zu Boden.

Theodor sprang auf.

»Verflucht!«, schrie der Zwerg und lief zu Malte, der wimmernd am Boden lag. Der Hüne stand schweratmend da und blickte böse drein. Der Zwerg fasste vorsichtig Maltes Gesicht, doch Malte schubste ihn beiseite, sprang auf und ging mit schnellen Schritten auf den Hünen zu. Seine Augen waren klein und funkelnd, die Zähne gefletscht. Der Hüne hob sein Schwert, doch Malte warf seinen Dolch beiseite und streckte dem Hünen eine flache Hand entgegen. Ein dumpfer Knall ertönte, und wie von unsichtbarer Hand gestoßen riss es den Hünen von den Füßen. Er wurde meterweit rückwärts geschleudert und prallte gegen einen Felsen. Eine scharfe Kante riss ihm die Seite auf.

Einen Moment war es vollkommen still. Malte schaute bösartig drein. Theodor konnte nur fassungslos dastehen, und auch dem Zwerg verschlug's die Sprache. Dann sprang der Hüne auf die Beine, und seine Augen rollten nach innen. Die Adern nicht nur an Hals und Schläfen, sondern am ganzen Körper traten pochend hervor. Maltes böses Dreinschauen verwandelte sich in Sorge. Aus tiefster Kehle entließ der Hüne ein gewaltiges Brüllen zum Himmel, dann stürmte er schnaubend, schwitzend und wie von Sinnen schwertwirbelnd auf Malte zu. Malte stand wie angewurzelt da und sah mit offenem Mund und großen Augen zu, wie ein Wirbelsturm aus Stahl und Zorn auf ihn zutobte.

Der Zwerg rannte los. Mit kurzen, flinken Beinen preschte er in den Lauf des Hünen und warf sich ihm entgegen. Er umklammerte seine Hüften und – woher auch immer er die Kraft nahm – riss diese unbändige Naturgewalt, die doppelt so groß war wie er, zu Boden. Der Hüne schlug nach dem Zwerg, erwischte ihn sogar, doch der Zwerg umklammerte ihn nur fester, verbiss sich in ihn wie ein Kampfhund in sein Opfer. Er umschlang seine Arme und sprach beruhigend auf ihn ein. Schaum trat dem Hünen aus dem Mund, er wand sich im Griff des Zwergs, doch befreien konnte er sich nicht. Der Zwerg flüsterte ihm unermüdlich ins Ohr, und dann endlich wurde der Hüne ruhiger.

Der Zwerg atmete erleichtert auf und lockerte seinen Griff. Er nahm den Kopf des Hünen und streichelte sein langes, strähniges Haar. Der Hüne war eingeschlafen.

Nachdem er ihn noch eine Weile so gehalten hatte, ließ er ihn vorsichtig aus seinen Armen zu Boden gleiten. Der Zwerg stapfte aufgebracht zu Malte herüber, der mit blutender, schiefer Nase dastand.

»Was hast du dir dabei gedacht?«, fuhr er in an. »Wolltest du ihn umbringen?«

Malte blickte noch immer zum Hünen. Er wirkte eher überrascht denn reuig.

»Zeig mir deine Nase«, sagte der Zwerg, und Malte ließ sich vor ihm auf die Knie. »Das tut jetzt weh, aber das hast du wohlverdient«, sagte der Zwerg und fixierte Maltes Kopf mit einer Hand. Mit der anderen packte er die Nase und quetschte sie einmal fest. Malte schrie auf, Tränen schossen ihm in die Augen. Er stieß den Zwerg fort und krabbelte einige Meter zurück.

»Was sollte das?«, brüllte Malte.

»Ich musste deine Nase richten, ehe sie anschwillt.«

Malte blickte ihn wutentbrannt an, aber dann merkte er, dass seine Nase schon weit weniger pochte. Auch die Blutung hörte auf. Der Zwerg holte ein Bündel Kräuter aus einem Beutel und warf sie Malte zu.

»Steck dir ein paar davon heute Nacht in die Nase.«

Malte sagte nichts, als er die Kräuter fing. Er blickte den Zwerg zornig an, hob seinen Dolch auf und setzte sich zurück an den Kuppenrand. Er schlang die Arme um seine Beine. Er drehte den Kopf und suchte Theodors Blick. Die Schmerztränen hatten Streifen auf seine schmutzigen Wangen gezeichnet. Theodor erschauderte, als er sah, wie ein Lächeln über sein Gesicht huschte.

Viere zogen weiter durch das Land. Drei von ihnen waren betrübt, nur einer war merkwürdig hochgestimmt. Er hielt sich abseits der anderen. Seine geschwollene Nase machte ihm nichts aus; er wirkte sehr zufrieden mit sich.

Der Hüne, sonst weit vor den anderen wach, hatte bis in den späten Morgen geschlafen. Als sie nach einem schnellen Frühstück aufgebrochen waren, schleppte er sich vornübergebeugt mit hängenden Schultern, die Augen nur halb geöffnet. Der Zwerg gab ihm von Zeit zu Zeit einen Stups in die richtige Bahn, wenn er zu weit zur Seite schwankte. Auf Theodor wirkte er dabei wie ein Dompteur, der einen winterschlaftrunkenen Bären führt.

Auf Malte konnte sich Theodor keinen Reim machen. Er wusste nicht, woher diese unbändige Wut kam, von der er ihm erzählt und deren schockierendes Ausmaß er so offen zur Schau gestellt hatte. Malte hatte *gelächelt*, nachdem er den Hünen mit einer bloßen Handbewegung zu Fall gebracht hatte. Seitdem hielt sich Theodor nahe beim Zwerg und gab Acht, nicht zu dicht zu Malte zurückzufallen. Er hoffte, dass sie Eels bald treffen würden. Obwohl er nicht wusste, was er sich von ihr versprechen durfte, hatte er die große Hoffnung, sie würde die Dinge zum Guten wenden. Allerdings hielten sich Zwerg und Hüne bedeckt darüber, wann und wo sie sie finden würden. »Ein Stückchen ist's noch«, sagte der Zwerg bloß, wenn Theodor danach frug.

Alle Viere sprachen nicht mehr über die Ereignisse des Vorabends. Der Tag sah sie wandernd über wilde Wiesen und durch herrliche Täler, entlang fröhlich glucksender Bäche und spärlich bewaldete Hügel hinauf und hinab. Der sonnige Tag war so ganz anders als ihre Gemüter.

Am späten Nachmittag schwang das Wetter um. Trächtige Wolken zogen auf und brachten kalten Wind mit sich. Der Himmel färbte sich in ein unheilvolles gelbliches Grau.

Der Zwerg schaute besorgt zum Himmel hinauf. »Es wird zu rasch dunkel.« Missmutig stiefelte er voraus und bog auf einen schmalen Pfad ab, der vor ihnen in dichtes Gestrüpp führte. Der Hüne stellte sich aufrecht, als erwache er aus einem Traum. Er blickte sich kurz um, dann eilte er dem Zwerg hinterher. Theodor folgte ihnen hastig. Dieses Lächeln ... ihn gruselte der Gedanke, mit Malte alleingelassen zu werden.

Der Pfad war bedeckt mit faulendem Laub und führte durch dichtes Unterholz aus blätterlosen Bäumen und kahlem Gestrüpp. Der Zwerg und der Hüne diskutierten leise, aber sichtlich aufgeregt, fast wie im Streit.

Der Pfad stieg seicht an und führte auf eine Anhöhe. Dort warteten der Zwerg und der Hüne, noch immer in ihrem Disput verflochten. Sie stoppten das Zanken, als Theodor sie erreichte.

Hier oben endete das Waldstück, und der Pfad hörte einfach auf, ein Pfad zu sein. Vor ihnen senkte sich ein struppiges Heideland voll gelber Gräser, rotem Gestrüpp und kahlen Bäumen und lief in zur Ferne hin verblassenden Schichten aus. In der vor ihnen liegenden Talsenke duckte sich unter eine Gruppe von Birken schüchtern ein Häuschen, bauchig wie der Stiel eines Champignons. Der Himmel über ihnen dunkelte der Nacht entgegen, obwohl sie an diesem Tag erst wenige Stunden gewandert waren.

»Dort wohnt eine alte Freundin von mir«, sagte der Zwerg, als auch Malte sie eingeholt hatte.

»Eels?«, fragte Theodor hoffnungsvoll.

»Nein, nicht Eels. Zur Wachenden Eels muss ich vorauseilen. Ihr könnt die Nacht hier verbringen. Der Hüne bleibt bei euch.«

Der Hüne schaute grimmig drein. Der Zwerg lächelte, als würde er ein in seiner Empörtheit knuffiges Kind anlächeln. »Es wird zu rasch dunkel, mein Freund«, sagte er. »Das siehst du doch auch. Hier seid ihr am sichersten.«

Dann wandte er sich zu Theodor und Malte: »Ihr seid seit Tagen unterwegs. Ein richtiges Bett und eine warme Mahlzeit werden euch wohltun. Schlaft noch einmal gut und sicher. Morgen treffen wir uns bei Eels wieder.« Der Zwerg klopfte dem Hünen auf den Rücken. »Um mich musst du dich nicht sorgen. Auch nicht um euch. Bleib nur ein wenig wachsam heute Nacht.«

Damit lief der Zwerg davon, erstaunlich geschwind mit seinen kleinen, krummen Beinen. Er eilte den Pfad zurück und verschwand im Dickicht. Der Hüne grunzte missmutig, dann führte er Theodor und Malte die Senke hinab.

Das Haus hatte ein Dach aus schwarzen Ästen und feuchtem Stroh; es sah aus wie fettiges Haar auf einem bleichen, aufgequollenen Gesicht. Eine niedrige Mauer aus groben Granitbrocken umgab das Haus, und darin eingelassen war ein morsches Tor. Ein Weg aus runden, flachen Steinen führte zur Vordertür.

Der Hüne klopfte in einem Rhythmus an, hinter dem sich offensichtlich eine bestimmte Zeichenfolge verbarg.

Ein Moment der Stille folgte, dann das beschwerliche Schlurfen patschender Schritte von der anderen Seite. Die Tür öffnete sich mit einem altersmüden Knarzen. Vor ihnen stand ein kleines, wabbeliges Wesen, gekleidet in schmutziges Tuch. Der feiste Kopf ging direkt in den Körper über, und wo ein Kinn verborgen sein mochte, hingen speckige Fäden wie die Fischbarteln eines Katzenwelses herab. Mit ihrem strähnigen Haar und dem breiten, bleichen Gesicht sah die Kreatur selbst aus wie das Haus, das sie bewohnte. Sie blinzelte mit Augen, die fast gänzlich unter wulstigen

Lidern verschwanden und sich erst an das letzte Licht des versiegenden Tages gewöhnen mussten. Sie war kaum größer als der Zwerg und brauchte einen Moment, um ihre Besucher zu erkennen. Beim Hünen blieb ihr Blick haften und zerrte sich zu einer Fratze der Abscheu.

»Blut und Spucke, was führt dich denn her?«, zischte sie, und dann blitzte es nicht nur in ihrem Gesicht, sondern auch am Himmel. Donner folgte gleichauf.

Der Hüne ließ sich auf ein Knie nieder, so dass sein Haupt auf Höhe mit ihrem Kopf war. »Du hast allen Grund, überrascht zu sein«, sagte er.

»Ich wäre nicht überraschter, hätte der Zinkerprinz höchstselbst an diese Tür geklopft«, gab die Kreatur zurück.

»Vielleicht tut er es bald«, sagte der Hüne.

Die Wolken erbrachen dicke Regentropfen. Sie prasselten nieder wie Trommelschläge und machten Theodor, Malte und den Hünen rasch nass.

»Gewährst du uns Obdach für die Nacht, Alte?«, fragte der Hüne.

Die Alte blickte ihn zornig an und kratzte sich an der nasenlosen Stelle unter ihren Augen. Dann wandte sie sich Theodor und Malte zu. Malte besah sie einen Moment länger. Dann schaute sie zurück zum Hünen, ihr Zorn wich, und ihre Augen wurden traurig. »Sicher tue ich das. Hinein mit euch.«

Die Alte trat beiseite und ließ ihre Gäste ins Trockene. Sie warf einen schwermütigen Blick hinaus in das umliegende Heideland, schaute zu dem Wald, an den es grenzte, und den entfernten, lebendigeren Hügelkuppen, als wollte sie sich jede einzelne von ihnen einprägen. Sie atmete lang und tief aus. Dann schloss sie von innen die Tür und schob einen Riegel vor.

Sie standen in einer kleinen fensterlosen Kammer, die von einem Kaminfeuer erhellt wurde. Die Alte schob sich an ihren Gästen vorbei und ging zu einem Tisch, auf dem ein Topf stand. Sie nahm den Topf, ging zum Kamin und goss den Inhalt über das Feuer, das sofort erlosch. Für einen Augenblick herrschte völlige Dunkelheit. Das Wasser, das ihnen von Kleidung und Haar rann, tropfte stetig zu Boden. Sie hörten die Alte hantieren, kurz darauf erwachte erst eine Kerze zum Leben, dann flammte eine ganze Schar auf und warf zitterndes Licht auf die Umgebung.

Sie befanden sich nicht mehr in der fensterlosen kleinen Kammer, sondern in einer weiten, behaglichen Stube. Mit Blumen bestickte Vorhänge verkleideten die Fenster, und verschnörkelt geschnitzte Stühle waren um einen schweren Holztisch gruppiert. Eine Treppe führte in ein oberes Stockwerk. Nur der Kamin war noch genauso da wie zuvor. Ein Feuer lebte darin auf und leckte an einem großen Topf, der über ihm hing. Kräuter und totes Getier baumelten an Garn geknüpft von der Decke. Es duftete nach Gewürzen. Die Wände waren übersät mit blutigen Handabdrücken wie jene Tür, die damals in die Wirrwege geführt hatte. Diese hier waren unförmig und vierfingrig wie die Hände der Alten.

»Hast du was vom Zwerg gehört?«, fragte sie.

»Er reiste bis eben noch mit uns. Er ist zu Eels vorausgegangen.«

»Nun, er wird seine Gründe haben, warum er sich mit ihr und dir abgibt.« Sie musterte ihre Besucher von oben bis unten. »Ihr seht müde aus, und ihr stinkt furchtbar. Legt eure Umhänge ab, ihr macht mir den Boden nass. Und dann setzt euch.«

Sie streiften sich ihre nassen Umhänge ab und legten sie in eine Ecke, dann nahmen sie an dem Tisch Platz.

»Wann habt ihr das letzte Mal warm gegessen?«, fragte die Alte.

»'s ist eine Weile her«, sagte der Hüne.

»Ich bin mir sicher, das ist es. Ich werde euch etwas kochen.«
Die Alte ging zurück zum Kamin und warf allerlei Kräuter und
eingelegte Zutaten, die sie aus Gläsern in einem Regal fingerte, in
den Topf. Bald begann die Melange zu blubbern, und ihr Geruch
war sonderbar, aber verheißungsvoll.

Die Alte verließ die Kammer in einen Nebenraum und kam mit
einer Karaffe und vier Bechern zurück. Sie ließ den Eintopf köcheln und setzte sich zu ihren Gästen.

»Wie ist es dir ergangen, Alte?«, fragte der Hüne.

»Bis gerade eben war's in Ordnung, aber nun werde ich wohl
fortgehen müssen«, antwortete die Alte mit einem Blick auf Theodor und Malte.

»Ich wünschte, wir alle könnten fortgehen«, sagte der Hüne.
»Doch wo könnten wir hin? Wir haben eine Aufgabe.«

»Tadele mich nicht, weil ich mich euch nicht anschließe«, sagte
die Alte voller Bitterkeit. »Ich habe genug verloren, und ich habe
Abbitte geleistet. Blut und Spucke, habe ich das etwa nicht?«

»Es war nicht meine Absicht, schlecht über dich zu urteilen. Du
hast deinen Frieden verdient.«

»Frieden kann man es wohl schwerlich nennen«, sagte die Alte.

Theodor verstand nicht, worüber dieses merkwürdige Paar
sprach, aber er konnte den Verdruss, mit dem die Alte sprach, unangenehm in seinen Ohren spüren wie kratzige Stäbchen. Und
doch klang eine tiefe, traurige Zuneigung darin mit. Sie zeigte sich
auch in den Blicken, mit der die Alte den Hünen bedachte.

»Wohin wirst du gehen?«, fragte der Hüne.

»Das spielt für eure Geschichte keine Rolle. Obendrein weiß ich
es selbst noch nicht. Ganz entfliehen kann man euch ja nicht. Ihr
könnt hier in meinem Haus bleiben, solange ihr möchtet. Ich aber
werde noch heute Nacht verschwinden.«

Der Hüne nickte ihr zu. Die Alte stierte einen Moment gedankenverloren vor sich hin, dann stand sie auf und servierte das Essen, einen grünlichen Brei von eigentümlichen Geschmack, wie mit Pfeffer versetzter türkischer Honig.

Nachdem sie ihre Teller geleert hatten, füllte die Alte die Becher, ließ ihren aber leer.

»Oben findet ihr Zimmer mit Betten, sauberen Tüchern und einem Zuber. Das Wasser ist kalt, aber das wird euch wohl nichts ausmachen.« Ihre Augen bekamen einen eigenartigen Glanz. »Es sind zu viele Erinnerungen, Hüne. Sie machen mir das Herz schwer. Verzeih mir.«

Mühselig erhob sie sich von ihrem Stuhl. Der Hüne wollte es ihr gleichtun, doch mit einer Handbewegung gebot sie ihm, sitzen zu bleiben. »Ich werde in meine Kammer gehen und noch ein wenig ausruhen. Morgen früh werde ich nicht mehr hier sein. Leb wohl, Hüne.« Sie ging zu ihm und gab ihm einen Kuss auf die Stirn, wobei sie sich auf die Zehenspitzen stellen musste, obgleich der Hüne saß und seinen Kopf neigte. »Ich bin dir nicht mehr böse.«

»Leb wohl, Alte«, sagte der Hüne, nahm ihre Hände und drückte sie sanft. Schüchterne Tränen glitzerten in seinen engliegenden Augen.

»Ihr anderen passt gut auf euch auf«, sagte sie zu Theodor und Malte, die bloß schwiegen, weil sie nicht wussten, was sie sagen sollten. »Und herzt mir den Zwerg. Er ist ein Guter.«

Sie wackelte in den Nebenraum und schloss die Tür hinter sich. Sie hörten das Knarzen eines weiteren Riegels.

Einen Moment blickten Theodor, Malte und der Hüne ihr nach.

»Wer war dieses Wabbelwesen?«, fragte Malte.

»Hab ein bisschen Anstand, bitte«, sagte der Hüne. »Sie ist eine Freundin. Das soll genügen.«

Malte ergriff seinen Becher und hob ihn dem Hünen entgegen. »Wir tragen uns nichts nach, oder?«, fragte er.

»Natürlich nicht«, antwortete der Hüne ohne eine Emotion und stieß an. Theodor und Malte tranken schweren, süßen Wein, doch der Hüne setzte seinen Becher ohne einen Schluck genommen zu haben wieder auf den Tisch. Malte füllte seinen Becher nach und leerte ihn gierig. Dann erhob er sich, wünschte eine gute Nacht und verschwand nach oben.

Da von dem Hünen nicht mehr viel kam, ging auch Theodor bald auf sein Zimmer. Er fand ein kleines gemütliches Kämmerlein vor mit einem Bett, einem Stuhl und einem Zuber, der mit kaltem, duftenden Wasser gefüllt war. Ein Wichtelhäuschen, dachte er bei sich und zog die Kleider aus. Er hockte sich in den Zuber, schrubbte sich fröstelnd und ging dann zu Bett. Er konnte nur noch wenig über Malte, den Hünen und die merkwürdige Alte grübeln, ehe ihn der Schlaf überfiel.

Es war wie beim ersten Mal: Der kalte Gestank von alten Zigaretten, die Schmerzen im Kopf und in den Beinen, der üble Geschmack im Mund. Das kahle, verzerrte Zimmer mit den wellenden Tapeten und dem öden Boden. Seine Nacktheit auf der schäbigen Matratze. Und in der Wand gegenüber die krumme Tür.

Er hörte das leise Schaben und Kratzen. Doch dieses Mal kam es nicht von der anderen Seite der Tür, sondern aus diesem Zimmer.

Theodor blieb auf der Matratze sitzen und zog die Knie an. Er blickte umher, schaute in die mal zu spitzen, mal zu weiten Zimmerecken. Ein Winkel neben der Tür lag im Dunkeln. Von dort kamen die Geräusche. Aber war da nicht auch ein Atmen? Ein schweres, rasselndes Atmen?

Theodor kniff die Augen zusammen, um in der Düsternis etwas zu erkennen, obgleich er fürchtete, was sich zeigen mochte. Die Dunkelheit in dieser Ecke war vollkommen. Sie war nicht bloß das Fehlen von Licht, so wie der Tod nicht nur das Fehlen von Leben ist; diese Dunkelheit war die Verneinung von Licht, seine Ablehnung und Verhöhnung. Etwas regte sich in der Dunkelheit, etwas Böses, Grausames, nein, das Übel regte sich nicht in der Dunkelheit, es war selbst die Dunkelheit, war Finsternis und Bosheit zugleich, und es witterte Theodor, verlangte nach ihm.

Theodor konnte es nicht sehen, aber er spürte, wie das Übel ihn anstarrte, er roch und schmeckte es im Zigarettenrauch und dem Bitteren, fühlte es auf seiner Haut wie ein schmieriges Hemd. Theodor wusste, er hätte bloß seine Hand ausstrecken brauchen, um es zu berühren. Das Böse in der Dunkelheit, das wusste Theodor, leckte sich die Lippen und spitzen Zähne und ballte lange Finger.

Das Dunkelböse schälte sich aus der Ecke hervor und kroch auf Theodor zu, quoll ihm entgegen wie Salbe, die man aus einer Tube presst. Mal sah es aus wie Qualm, mal wie eine zähe, klebrige Masse, dann flüssig wie Wasser und darauf fest wie alte Knete. Aber immer war es undurchdringlich schwarz. Ein Augenpaar glomm darin. Diese Augen hatten Theodor schon einmal angeschaut. Groß und rund, die Äpfel wie gelblich-weißer Eiter, mit schwarzen Pupillen und blutroten Ringen – die Augen von dem Gemälde in den Wirrwegen.

Theodor wollte fortlaufen, wohin auch immer er von hier entfliehen konnte, doch eine tiefe Niedergeschlagenheit bemächtigte sich seiner, eine unabwendbare Aussichtslosigkeit, die jedes andere Gefühl in ihm abtötete wie eine schlimme Krankheit. Nirgendshin konnte er fliehen, denn das Böse und das Traurige war überall um ihn herum, war in der Dunkelheit zu seinen Seiten und über seinem Kopf. Wie ein Schwall schwarzer Tinte in einem Glas klaren Wassers trübte es jedes Fitzelchen Glück, das Theodor einmal gespürt hatte, und überfärbte es mit Angst und Einsamkeit.

Theodor presste den Kopf zwischen seine Beine. Es gab keinen Ausweg aus diesem Trübsal, nicht einmal eine Ahnung von Trost, an die er sich hätte klammern können.

Theodor schrie, schrie vor Einsamkeit und Vernichtungstraurigkeit. Die eitergelben Augen starrten ihn an, und dann stürzte sich die dunkle Bestie auf ihn. Sie verschlang ihn. Dunkelheit legte sich über all seine Sinne, kroch ihm in die Ohren, verklebte seine Augen und stopfte ihm den Mund. Sie kroch in ihn hinein, füllte ihn ganz aus, kroch in seine hintersten, verborgensten Winkel und Eckchen.

Schläge brachten die Tür zum Beben. Die Traurigkeit drückte Theodor unter Wasser. Sie raubte ihm den Atem. Den Kopf zwischen den Knien, versuchte Theodor, Luft einzusaugen, doch nichts kam ihm in die Lungen, als wäre ein Kissen auf sein Gesicht gedrückt. Theodor wurde panisch. Er erstickte.

In diesem Augenblick riss er die Augen auf. Eine grässliche Fratze war dicht über seinem Gesicht und hatte ein stinkendes Maul über seinen Mund und seine Nase gestülpt. Es saugte ihm die Luft aus.

Kapitel 13

Theodor konnte sich nicht rühren. Seine Arme und Beine waren wie betäubt. Eine pechschwarze Gestalt hockte auf seiner Brust und hatte ihr Maul an seinen Mund gepresst. Sie sog ihm schlürfend und schmatzend die Luft aus. Krallen steckten ihm wie Nadeln in der Brust. Er spürte spitze Zähnchen auf seinen Zähnen, schmeckte galleartige Spucke und Atem, so derb und modrig wie Friedhofsmoos. Er fiepte bloß, als er zu schreien, und japste bloß, als er zu atmen versuchte.

Ein gleißendes Licht ließ das Zimmer wie im Blitze aufflammen, und das Biest flog von seiner Brust. Theodor fuhr hoch und füllte mit gierigen Zügen seine Lunge. Malte, sein dürrer Körper bloß in Unterhose gekleidet, kam an sein Bett. Von seinen Fingerspitzen kräuselten dünne Rauchfäden auf. Theodor schaute an sich hinunter; sein Hemd war zerrissen, und blutige kleine Löcher klafften in seiner Brust. Es roch nach verkohlter Haut. Neben dem Bett lag das nackte Wesen. Es dampfte. Seine Krallen zuckten ein letztes Mal.

Die Zimmertür wurde aufgestoßen und der Hüne stürmte mit dem Schwert in der Hand hinein. Er verschaffte sich einen raschen Überblick, dann packte er Theodor grob am Arm und zog ihn auf die Beine.

»Zieht euch an«, befahl er. »Der Albtraumkönig kommt.«

Der eine Schreck war noch nicht überwunden, da suchte schon der nächste Theodor heim. Malte rannte aus dem Zimmer. Theodor zog hastig seine Kleidung über und griff sein rostiges Schwert. Da erbebten die Fensterläden von heftigem Schlage, flogen auf, und schwarzer Rauch wallte gegen die Fenster. Die Fratzen darin sahen allesamt aus wie jene, die ihm eben den Mund versiegelt hatte. Nur blickten sie fast flehend, während sie versuchten, Einlass zu finden.

Im Flur wartete Malte, der sich angezogen und seinen Dolch gezückt hatte. Der Hüne packte sie an den Armen und zerrte sie zur Treppe. Malte löste sich mit einem heftigen Ruck. »Fass mich nicht an!«, zischte er.

»Wie du meinst«, sagte der Hüne und eilte die Stufen hinab.

Das Untergeschoss lag im Stillen, doch obwohl es ruhig war, war es nicht leer. Auf dem Tisch, in den Regalen und auf den Stuhllehnen hockten die grässlichen Gestalten, reglos wie Buchstützen, nackt und schwarz und klebrig und schrumpelig. Mittig im Zimmer stand die Alte, erstarrt wie zur Statue, mit schreckgeweiteten Augen. Auf ihrem Rücken hing einer dieser Teufel. Er hatte seine Klauen in ihre speckigen Schultern gejagt, ihr in den Nacken gebissen und nuckelte nun wie ein ausgehungerter Säugling.

Der Hüne zerteilte das Wesen mit einem Hieb. Die Alte sackte zusammen und blieb reglos liegen. Der Hüne schloss einen Moment die Augen. »Los, fort«, zischte er dann und zerrte Theodor und Malte zur Tür. Dort blieb er stehen und drehte sich zu ihnen um.

»Sobald wir das Haus verlassen, müssen wir rennen, so schnell wir nur können. Zögert nicht und bleibt nicht stehen. Rennt mir hinterher. Habt ihr das verstanden?«

Theodor und Malte nickten. Theodors Herz schlug wild.

»Dann los jetzt.«

Der Hüne stieß die Tür auf, und die drei rannten hinaus. Ihnen offenbarte sich ein wahrlich gespenstisches Bild: Die Heide lag unter einem wolkengetupften Nachthimmel, und obwohl der weiße Mond voll und groß prangte, war das Land in bläuliches Licht getaucht. Überall standen bleiche Figuren in blassen Gewändern, standen im Vorgarten, auf der Heide und in den nahen Hügeln. Sie starrten herüber zu Theodor, Malte und dem Hünen und zeigten mit dürren Fingern auf sie. Auf jedem Rücken hing ein pechschwarzer Teufel und biss seinem Träger in den Nacken.

»Weiter!«, schrie der Hüne und rannte über die flache Ebene, entgegensetzt jener Richtung, aus der sie tags zuvor hinabgekommen waren.

Die Schauergestalten folgten ihnen bloß mit Blicken. Doch der bitterböse Qualm folgte ihnen wahrhaftig. Er stülpte sich über das Haus der Alten und rollte hinter ihnen her wie ein Sandsturm aus gemahlener Kohle.

Sie rannten und rannten. Theodor brannten die Beine vor Anstrengung und der Kopf vor Angst. Das Haus der Alten und seine schauerlichen nächtlichen Besucher lagen schon ein gutes Stück zurück; der Qualm waberte weiter hinter ihnen.

»Ich kann nicht mehr«, keuchte Theodor.

»Doch du musst«, brüllte der Hüne. Er packte Theodor mit einer Hand am Kragen und schleifte ihn mit sich.

Sie hielten auf ein kleines Waldstück zu, das sich vor ihnen aus der Nacht schälte. Sie hatten die erste Baumreihe fast erreicht, da blieb der Hüne plötzlich stehen. Er schob Theodor und Malte hinter sich und richtete sein Schwert auf den Wald.

Aus den Bäumen trat eine hochgewachsene, hagere Gestalt. Sie war in einen schwarzen Umhang gehüllt, ihr Gesicht lag unter der Kapuze verborgen.

Der Hüne hielt der dunklen Gestalt seine Waffe entgegen. Er blickte kurz über seine Schulter; der Qualm war nah.

Die Gestalt in der schwarzen Kleidung drehte das Dunkel, in dem sich ein Gesicht verbergen mochte, erst Theodor zu, dann Malte. Bei Malte blieb ihr versteckter Blick hängen.

»Wer ist das?«, stammelte Malte.

»Lass uns vorbei, Zinkerprinz!«, brüllte der Hüne. Er baute sich drohgebärdend zu seiner ganzen Größe auf und spannte sich an, bereit zum Kampf. Der Zinkerprinz schien ihn gar nicht wahrzunehmen.

Der Qualm hatte sie fast erreicht, war hinter ihnen nicht weiter entfernt als die Gestalt vor ihnen. Zu beiden Seiten hatte er sie schon eingeholt. Sie waren eingekesselt. Theodor hielt sein Schwert umklammert, obwohl er wusste, dass es ihm nicht helfen würde.

Der Blick des Zinkerprinzen, irgendwo in der Finsternis, haftete auf Malte.

»Wer ist das?«, schrie Malte noch einmal. Seine Wunde nässte wieder, die dickliche Flüssigkeit quoll unter der aufgetragenen Kräuterschicht hervor.

In diesem Moment brandeten wildes Hufgetrappel und irres Wiehern hinter ihnen auf. Durch den Qualm brach eine Kutsche, gezogen von zwei riesigen Rössern. Mit langem Haar, dampfenden Nüstern und glühenden Augen kamen sie neben ihnen zum Stehen. Diese Höllenrösser überragten selbst den Hünen. Sie bäumten sich auf, drohten dem Zinkerprinzen mit grollendem Wiehern und ließen ihre gewaltigen Hufen auf den Boden donnern.

Eine Seitentür der Kutsche öffnete sich, und eine Hand kam heraus. »Steigt ein«, sagte eine Stimme, kratzig und rau wie Sackleinen.

Malte ergriff zuerst die Hand und wurde in die Kutsche gezogen. Dann nahm die Hand Theodor. Zuletzt schwang sich der Hüne hinein. Die Tür sprang zu, und die Kutsche preschte los. Die Pferde wirbelten Erde und Gras auf und schossen direkt auf den Zinkerprinzen zu.

Er blieb, wo er stand. Erst im letzten Augenblick tat er einen kleinen Schritt zur Seite, und Pferde und Kutsche jagten an ihm vorbei, berührten fast die Spitze seiner Kapuze. Der Zinkerprinz schaute der wilden Hatz nach, und er schaute noch lange, selbst als die Kutsche schon längst in dem Wald verschwunden und das Dröhnen der Hufen verklungen war. Der Qualm wartete hinter ihm wie ein Heer.

Die Kutsche flog durch die Nacht. Theodor und Malte saßen auf der einen Seite, ihnen gegenüber saß der Hüne, mit dem Kopf an die Decke stoßend. Neben dem Hünen saß eine Frau, und für Theodor war sie so schön wie ein Wunder. Ihre Schönheit schmerzte Theodor geradezu in ihrer Unerreichbarkeit. Sie war blass, ihr Haar war dunkel, ihre Augen hatten die Farbe und die Form von Mandeln. Feiner Flaum zog sich von ihren Schläfen zu den Wangen hinab. So sah sie zumindest für Theodor aus. Für Malte sah sie gewiss anders aus, und für den Hünen noch einmal, denn sie war die Schöne, und ihre Schönheit zeigte sich einem jeden in ganz eigener Gestalt.

Die Schöne lächelte Malte und Theodor zu, dann tätschelte sie die Hand des Hünen.

»Es ist schön, dich zu sehen, Hüne«, sagte sie.

»Sie haben die Alte erwischt«, sagte der Hüne.

Die Schöne drückte seine Hand fester.

»Danke, dass du uns gefunden hast«, sagte der Hüne.

»Das war nicht schwierig, kaum jemand spricht nicht über eure kleinen Reisegruppe. Außerdem«, und damit zwinkerte sie Malte und Theodor zu, »hat es der Zwerg uns verraten.«

»Ist er heil bei euch angekommen?«, fragte der Hüne.

»Ja, er hat nicht einen Augenblick Rast gemacht auf dem Weg zu uns. Und als er berichtet hat, was er eben zu berichten hatte, hat Herrin Eels mich losgeschickt, um euch zu holen. Sie ist schon ganz gespannt auf euch zwei.«

»Und wie steht sie zu dem Zwerg?«, fragte der Hüne mit Besorgnis.

»Sie ist mächtig wütend. Sie hat sich noch nicht entschieden, was sie mit ihm anfangen wird. Aber er wird seine Strafe bekommen.«

»Wofür wird der Zwerg bestraft?«, fragte Malte.

»Das kann euch die Wachende Eels selbst erzählen, mein vorwitziger Vagabund.« Malte errötete. »Und nun verkürze ich euch den restlichen Weg. Auch dir, Hüne.«

Der Hüne öffnete seinen Mund zum Protest, doch da fielen allen dreien schon die Augen zu und ihre Köpfe sanken mit dem Kinn auf die Brust. Die Schöne lächelte und schaute aus dem Fenster, an dem hüpfend und polternd die Nacht vorbeistob.

Kapitel 14

»Wir sind da«, sagte die Schöne.

Theodor fühlte sich augenblicklich klar, als wäre er nie fortge-schlummert. Er war überraschend erholt, wie nach einem Mittags-schläfchen von genau der richtigen Dauer. Seine Angst war einer verheißungsvollen Unruhe gewichen. Er schaute aus dem Fenster. Die Kutsche hatte auf einer matschigen Waldstraße gehalten.

»Warte drinnen mit den beiden auf mich«, sagte die Schöne zum Hünen. Der Hüne nickte, öffnete die Kutschentür und stieg aus. Theodor und Malte kletterten hinterher. Die Schöne schnalzte mit der Zunge, und die beiden riesigen Pferde trabten davon.

Die Bäume in diesem Waldstück standen gebückt wie alte Feld-arbeiter, der Himmel war bedrückend und so trüb wie die Schlammpfützen auf der Straße. Am gegenüberliegenden Weges-rand verlief eine verwitterte Mauer mit schmiedeeiserner Zaunkrone, die den ganzen Forst dahinter umzog. In die Mauer eingelassen war ein altes Gittertor, an dessen Zierstreben sich glit-schige Ranken emporschlängelten. Ein suhliger Pfad führte hin-durch und verschwand gleich dahinter zwischen nassen Büschen und Sträuchern.

»Kommt mit«, sagte der Hüne, zog das Tor auf und stapfte mit schmatzenden Schritten voraus. Theodor und Malte folgten ihm; Schlick und Schlamm gingen ihnen bis über die Knöchel. Über den lichten Wipfeln entfernter Bäume sahen sie das spitze Dach eines Türmchens emporlugen. Es erinnerte Theodor an die Türme, die sie einige Tage zuvor über der Hecke hinter dem Mär-chengarten gesehen hatten; nur wehte hier kein Wimpel und spielte keine Musik. Hier war's still und roch nach Sumpf und feuchter Erde.

Durch den Morast zwischen Gestrüpp und Bäumen gelangten sie zu einer kleinen Burg. Eine steinerne Brücke spannte sich über eine von Unkraut und Algen überwucherte Schlucht, die einmal ein Wassergraben gewesen sein mochte. Über die Brücke und unter einem Torbogen hinweg erreichten sie den Vorhof.

Die Burg war von vielen Jahren der Vernachlässigung gezeichnet, überall zeigten sich Verwahrlosung und Verwitterung. In den moosbedeckten Dachschindeln klafften Löcher, die Steine der dicken Mauern und Türme waren rissig und von grünem Schlick überzogen. Manch Block hatte sich ein Stück aus der Mauer geschoben, als hätte er versucht, dem Verfall zu entfliehen. Der Hof war erobert von stacheligen Sträuchern, und wildes Weinlaub wuchs die Wände empor – nicht stolz und strahlend in Rot und Gold, sondern fleckig, welk und krank; seine Blätter waren pockig und löchrig, die Wurzeln braun und matschig.

Die Vorderseite lag im Dunkeln, nur in einem Türmchen auf der rechten Seite schimmerte Licht hinter zwei benachbarten spitzbogigen Fenstern. Ein doppelflügeliges Eingangstor, dessen Kupferbeschläge grün von Alter und Nässe waren, hing schief aus der Fassade, als wäre es vornübergefallen und hätte sich in den Scharnieren verfangen.

Durch die Pforte betraten sie die Eingangshalle. Die Verlebtheit setzte sich fort. Die Wände waren aus schmutzigem Stein, die Böden bedeckt mit faulen Blättern, die der Wind wie ein unhöflicher Gast hineingetragen hatte. Staub und Spinnweben hatten sich auf Leuchtern, Tischchen und Schränken niedergelassen. Eine Prunktreppe, nunmehr nicht ganz so stolz und imposant, führte zu einer Galerie hinauf, die sich um das obere Stockwerk zog. Links und rechts vom Treppenfuße führten zwei Gänge fort.

»Lebt hier Eels?«, fragte Theodor. Auch wenn er sich keinerlei Vorstellung gemacht hatte, es enttäuschte ihn, dass dies der Ort sein sollte, an dem die Wachende sie erwartete.

»Was stimmt daran nicht?«, fragte der Hüne zurück.

Aus dem linken Gang kam leichtfüßig die Schöne. In dieser Trübnis leuchtete sie wie eine phosphoreszierende Koralle in einer Tiefseegrotte.

»Die Zimmer sind bereit«, sagte sie lächelnd und schwebte in den anderseitigen Gang davon.

Der Hüne schob Theodor und Malte die Treppe hinauf. Er kam Theodor verändert vor – eine Veränderung, die nicht in seinem Kampf mit Malte oder der Flucht aus dem Haus der Alten begründet lag. Deren Schrecken hatte der Zauber fortgespült, den die Schöne in der Kutsche über sie gelegt hatte. Der Hüne wirkte nervös und unsicher, ja geradezu verlegen – und es war offensichtlich, wie sehr er die Schöne nicht ansah.

Ein stickiger Flur führte von der Galerie in eine Sackgasse, an deren Ende sich zwei Türen gegenüberlagen.

»Eure Zimmer. Macht euch frisch und wechselt endlich eure Kleider. Sie sind zerschlissen und riechen. Ich hole euch später ab.«

Theodors Zimmer war heimeliger und weniger heruntergekommen als die übrige Burg. An einer Wand stand ein großes Bett, sauber und einladend, daneben ein schwerer Kleiderschrank. In eine andere Wand war ein Kamin eingelassen, in dem ein Feuer prasselte. In der Mitte des Raumes stand ein hölzerner Badetrog mit dampfendem, schaumigem Wasser. In dieser Kammer hatten sich weder Staub noch Spinnweben niedergelassen, und die Luft, die durch eine offene Fensterscharte hineindrang, war kühl und frisch.

Theodor pellte sich aus seiner schmutzstarren Kleidung. Die kleinen Wunden auf seiner Brust waren bereits verkrustet. Er stieg in die Bütte, und das warme Wasser empfing ihn wie eine ernstgemeinte Umarmung. Er genoss das erste heiße Bad, seit er in dieses Land gekommen war, und schrubbte sich gründlich sauber. Anschließend setzte er sich nackt vor den Kamin und wartete, bis die Flammen ihn getrocknet hatten.

Dann schaute er in den Kleiderschrank. Darin hing ein einziger Satz Kleider: eine samtene Hose und ein samtenes Hemd, beide von kohlegrauer Farbe. Dazu gab es glänzende Stiefel, einen Mantel mit hohem Kragen und ein Paar Handschuhe, alles in derselben Farbe. Er zog die Kleider an, auch die Handschuhe. Sie saßen perfekt.

In der hinteren Ecke des Schrankes funkelte etwas; Theodor zog einen Gürtel mit goldener Schnalle hervor, an dem eine leere Schwertscheide baumelte. Theodor band ihn um und steckte sein rostiges Schwert in die Scheide. Es versank bis zum Knauf und saß locker; die Hülle war ein gutes Stück zu groß. Trotzdem ließ Theodor das Schwert stecken. Er ging zurück zum Badetrog, in dem sich der Schaum aufgelöst hatte. Er betrachtete sein Spiegelbild im schmutzigen Wasser. Was er sah, gefiel ihm außerordentlich. Die Kleidung schmeichelte ihm. Weil sie viel gelaufen waren und oft gehungert hatten, hatte er sichtlich abgenommen. Sein Hals war schmaler, und dort, wo sich sonst seine Pausbäckchen rundeten, warfen die Wangenknochen einen feinen Schatten. Zum ersten Mal in seinem Leben fand Theodor, dass er gut aussah.

Es klopfte an die Tür. »Bist du soweit?«, fragte der Hüne. Theodor öffnete die Tür und trat hinaus. Der Hüne musterte ihn von Kopf bis Fuß, und in seinem Gesicht rangen Bitterkeit und Stolz. Dann wandte er sich ab und ging den Flur zurück. Er hatte Malte hinter sich verborgen. Malte war frisch gebadet, sein Haar hing ihm plüschig über die Stirn. Auch er trug neue Kleider: Ein dunkelblaues Gewand reichte ihm bis zu den Knöcheln, darüber trug er einen Kapuzenmantel von gleicher Farbe. Um die Taille war ein brauner Gürtel gebunden, in dem der Dolch steckte. Malte sah geradezu stattlich aus, sein Kopf und Rücken gerade, als wäre der Mantel ein Korsett, das ihn in eine aufrechte Haltung zwang. Malte drehte sich einmal um sich selbst, führte Theodor seine Kleider vor und lächelte. Es war sein erstes ehrliches, ungetrübtes Lächeln seit einer langen Zeit. Mit Schaudern dachte Theodor daran zurück, wie fremd und unheimlich Malte ihm zuletzt vorgekommen war.

»Und, was sagst du?«, fragte Malte.

»Du siehst gut aus.«

»*Du* siehst gut aus«, lachte Malte und legte Theodor den Arm um die Schulter. So gingen sie dem Hünen hinterher, folgten ihm die Prunktreppe hinab und in den rechten der beiden Gänge der Eingangshalle. Die Schwertscheide an Theodors Gürtel baumelte gegen den Schenkel, und das lose Schwert klimperte darin.

Der Hüne führte sie durch einen Korridor und über eine schmale, steile Schneckentreppe einen Turm hinauf. Oben kamen sie zu einer schmächtigen Holztür. Der Hüne zog sie auf und ließ Theodor und Malte den Vortritt in einen kreisrunden Saal. In seiner Mitte standen sechs Stühle im Kreis angeordnet. Der Boden war mit Teppichen ausgelegt. Die kahlen, massiven Wände waren über und über mit zierlichen, blutigen Handabdrücken bedeckt.

Der Hüne schloss die Tür hinter sich und nahm auf dem ihm nächststehenden Stuhl Platz. Theodor, der nicht wusste, was er sonst hätte tun sollen, setzte sich auf den Stuhl links von ihm. Malte setzte sich links neben Theodor.

Zwei weitere Türen befanden sich in diesem Raum; eine davon Malte gegenüber. Sie öffnete sich, und herein trat der Zwerg. Sein

Gesicht war verhärmt. Theodor freute sich, ihn zu sehen, und hätte ihn gerne begrüßt, doch irgendetwas in diesem Saal hieß ihn schweigen. Der Zwerg setzte sich auf den Stuhl rechts des Hünen. Seine Füße baumelten über dem Boden. Zwerg und Hüne sagten nichts und schauten einander nicht an.

Dem Zwerg folgte die Schöne. Sie lächelte allen Anwesenden zu, und Theodor wurde warm. Dieses Lächeln machte ihm Mut. Die Schöne setzte sich rechts vom Zwerg.

Nun war noch ein Stuhl freigeblieben, zwischen Malte und der Schönen, gegenüber dem Hünen. Hinter diesem Stuhl befand sich die dritte Tür.

Sie alle saßen einen Moment in Stille. Theodor legte die Hände ineinander. Die Schöne nickte ihm zu, aber er hielt ihrem Blick nicht stand und inspizierte konzentriert seine Stiefelspitzen. Malte blickte von einem zum anderen. Der Zwerg und der Hüne senkten ihre Blicke wie Theodor.

Mit einem leisen Knarzen öffnete sich die dritte Tür. Theodor hob den Kopf. Nun also.

Herein kam ein Kind, ein Mädchen. Zwischen dem leeren Stuhl und der Schönen blieb sie stehen und blickte in die Runde. Zumindest drehte sie ihren Kopf den Anwesenden zu, denn ihre Augen waren verborgen. Ihr Kopf war bis über die Nase von einer eisernen Haube überstülpt. Darunter lag ein spröder Mädchenmund. Die Haut um Kinn und Grübchen war weich wie Milch und bläulich wie verblasste Tinte. Das Mädchen trug eine nachtschattenfarbene Robe, unter der sich ihr schmächtiger Körper abzeichnete. Als sie zu ihrem Stuhl ging, trug dieser schmächtige Körper eine Schwermut wie einen viel zu großen Rucksack. Mühselig, aber stolz wie eine altersschwache Monarchin nahm sie Platz. Mit kleinen runden Zähnen kaute sie auf ihrer Lippe, die auf der linken Seite von einer Scharte geziert war.

Ihr haubenbedeckter Kopf wandte sich dem Zwerg zu. Er hob seinen Blick, dann flimmerten seine Augen, sein Mund zuckte, und er senkte beschämt den Kopf.

Nun drehte sie sich zu Theodor und Malte. Die Haube saß böse in ihrem Gesicht, ihr unterer Rand hatte sich in die Haut gefressen wie geschmolzener Stoff in einen versengten Leib. Doch der Mädchenmund lächelte. Theodor verspürte mit einem Male das unbedingte Verlangen, dieses Mädchen zu beschützen.

»Ich bin Eels«, sprach sie mit sanfter, fester Stimme. »Ich bin sehr froh, dass ihr hier seid, Theodor und Malte.« Sie beugte sich vor. »Lass mich einmal den Schattenkuss sehen. Ach, das bekommen wir hin. Hier kann er nicht wieder schlimm werden. Ich werde mich nachher darum kümmern.« Malte lächelte schräg. Ihr Kopf neigte sich tiefer, als betrachte sie seinen Dolch. Dann lehnte sie sich wieder zurück. »Zuerst gibt es Dinge zu besprechen.« Sie knabberte an ihrer Oberlippe. Die Scharte tanzte. »Ich habe mir oft ausgemalt, wie es sein würde, wenn ihr zwei endlich hier seid. Und nun, wo es soweit ist, drängt die Zeit und lässt kaum Raum für den Prunk, der diesem Moment gebührt. Die großen Worte müssen sich hinter den großen Taten anstellen, die wir hoffentlich bald erwarten können. Vielleicht ist es das Klügste, wenn ich euch alles frei heraus erzähle und ein wenig Klarheit in die Dinge bringe. Ihr werdet euch fühlen wie Stopfgänse, doch dann ist einmal alles gesagt. Ist das für euch in Ordnung?«

Theodor und Malte schauten sich unsicher an, dann nickten sie. Theodor konnte seine Anspannung und Neugierde kaum bändigen.

»Schrumpfling Schankwart hier«, und damit drehte sich Eels zu dem Zwerg, der seinen hochroten Kopf gesenkt hielt, »hat ja schon sehr vorgegriffen. Nun also das Übrige.«

Und Eels erzählte von Wachenden und Verrat.

»Diese Welt, in die es euch zwei verschlagen hat, wird von uns Wachenden beschützt. Ich bin die Wachende Eels, die Wut und die Waise.« Sie verneigte sich, als wäre dies erst ihre eigentliche Vorstellung. »Wir Wachenden besitzen besondere Gaben, mächtige Fähigkeiten, die uns helfen, unsere Aufgabe zu erfüllen. Doch etwas unsagbar Böses ist über diese Welt gekommen, und seitdem ist alles anders. Ich weiß nicht, woher und warum es kam, es war einfach da. Das Böse, das nun euch nachjagt – der Albtraumkönig.«

Der Name plumpste Theodor tief und zappelnd in die Eingeweide, als hätte er einen Sack voll lebender Ratten verschluckt.

»Er brachte Chaos«, fuhr Eels fort. »Einer der Wachenden ist seinen Schmeicheleien verfallen und hat sich ihm angeschlossen. Ich hörte, ihr seid ihm bereits begegnet.«

»Der Zinkerprinz«, sagte Malte.

Der Zwerg grunzte missbilligend. Eels drehte ihren Kopf zu ihm, ihr Mund eine Mahnung. Der Hüne legte ihm eine Hand auf den Arm. Eels wandte sich wieder Theodor und Malte zu.

»Der Zinkerprinz«, bestätigte sie. »Er hinterging uns, und bis auf mich fielen alle Wachenden durch seinen Verrat. Dann griff der Albtraumkönig mich und die wenigen mir noch gebliebenen Verbündeten an. Es war ein grässlicher Kampf.«

Der Hüne, der Zwerg und die Schöne schauten zu Boden. Der Hüne verkrallte seine Finger in die Lehne seines Stuhls.

»Ob er uns unterschätzt hatte oder wir stärker waren, als uns selbst bewusst war – es gelang uns, ihn abzuwehren, auch wenn wir's teuer bezahlten. Nach dieser Schmach kroch der Alte Mahr zurück in sein Albtraumreich, wo er nun seine Wunden leckt und auf einen neuen Vorstoß lauert.

Der Zinkerprinz zieht derweil durch das Land und trommelt alle Unseligen, Bösen und Vertriebenen zusammen. Er findet sie in Labyrinthen unter Bergen, in finsteren Wäldern und trostlosen Einöden. Er schickt sie in das Land des Albtraumkönigs, wo sein Herr eine Armee aufstellt.

Unsere Freunde sind, fürchte ich, nicht so zahlreich. Und ich allein könnte nicht bestehen gegen den Albtraumkönig und seinen räudigen Prinzen.« Eels' Finger wanderten zur Hand der Schönen und umgriffen ihren Daumen wie ein Säugling. Sie knabberte einige Sekunden an ihrer Lippe, ehe sie weitersprach. »Alles schien aussichtslos. Doch dann habe ich plötzlich gespürt, dass es noch Hoffnung gibt. Wachende geben ihre Gaben an ihre Söhne und Töchter weiter, wisst ihr?«

Die Ratten in Theodors Bauch wuselten heftiger. Sie tollten übereinander und suchten einen Weg aus ihrem Gefängnis. Malte spielte nervös mit seinen Händen, ballte sie zu Fäusten und öffnete sie wieder.

»Was soll das bedeuten?«, fragte Theodor. Er musste die Worte gewaltsam herauspressen, sie klammerten sich an seine Zunge und wehrten sich, über die Lippen zu kommen.

»Dein Freund ahnt es schon«, sagte Eels mit Blick auf Malte.

Maltes Stimme war scharf wie eine Papierblattkante: »Unsere Mütter waren Wachende aus dieser Welt. Darum sind wir hier.«

»Eure Mütter?«, sagte Eels. »Nein, Malte. Eure Väter – eure wahren Väter.«

»Was?« Malte wurde bleich wie Leinentuch.

Die Ratten in Theodor brachen aus dem Sack, flitzten durch seinen Körper und rissen Wunden mit Krallen und Zähnen. Jeder klare Gedanke stob aus ihm heraus wie Luft aus einem geplatzten Ballon. Er sank tief in seinen Stuhl.

»Eure Väter haben ihre Gaben an euch weitergegeben. Ihr tragt ihre Kleider. Dein Vater, Theodor, war Zornhau, das Schwert und der Schild. Dein Vater, Malte, war Tollbub, der Stab und die Stimme. Du hast deine Stimme bereits erhoben drüben, nicht wahr? Und ein zweites Mal erst vor Kurzem. Ich habe es gespürt. Auch der Albtraumkönig und der Zinkerprinz. So kamen sie euch auf die Schliche, darum sandten sie ihre Schatten.«

Malte hatte aufgehört, mit seinen Händen zu spielen. Er ließ sie in Fäusten, so fest geballt, dass sie ganz rot- und weißfleckig wurden.

»Wir brauchen euch im Kampf gegen den Albtraumkönig«, sagte Eels und ließ ihre Worte wirken. Es herrschte betretenes Schweigen. Malte starrte sie an. Theodor schaute im Saal umher, als suche er etwas, an das er sich klammern konnte. Der Zwerg blickte weiter zu Boden, der Hüne sah Theodor ohne eine Emotion an. Die Schöne beobachtete Malte sorgenfaltig.

»Doch wo kommt ihr zwei plötzlich her?«, fuhr Eels fort. »Nun, wie's scheint, habt ihr dank der Feigheit unseres Freundes hier« – sie deutete auf den Zwerg – »überlebt. Als der Feind in unserer Mitte tobte und die Wachenden schlachtete, ist er durch die Wirrwege geflohen, um seine Rüstung gegen eine Schankschürze zu tauschen. Aber er hat euch mitgenommen und fremden Vätern wie Wechselbälger untergejubelt, damit der Albtraumkönig euch nicht finden konnte. Das macht seine Flucht, so beschämend sie auch ist, äußerst nützlich. Nun hat Schrumpfling Schankwart euch zurückgebracht. Und somit einen Teil seiner Schuld abgegolten.«

Der Zwerg schaute das kleine Mädchen mit nassen Augen an. »Vielen Dank«, flüsterte er. Dann senkte er rasch wieder seinen Kopf.

»Der Albtraumkönig«, fuhr Eels fort, »fürchtet euch, und er wird nicht warten wollen, bis jene Kraft, die in euch schlummert, vollständig erwacht ist. Ich vermute, dass er bald hervorbrechen wird. Ich habe schon nach unseren Verbündeten gerufen, um sie hier zu sammeln. Mit euch an unserer Seite gibt es Hoffnung auf Erfolg.«

Eels schob die Lippen nach vorne und presste sie zusammen. Die Scharte zuckte wie eine resignierende Schulter. »So ist's also ausgesprochen. Ich weiß, welch große und schwere Neuigkeiten das für euch sind. Und trotzdem muss ich zu Eile mahnen. Helft ihr uns also?«

»Nein, nein, nein«, brachte Theodor nur heraus, und dann: »Wir sind doch bloß Kinder.«

»Kinder ohne eine wirkliche Wahl, außer gleich aufzugeben. Der Albtraumkönig wird euch finden. Und alle, die ihr liebhabt.«

»Hast du gewusst, wie er ist?« Malte blickte den Zwerg mit Tränen in den Augen an.

»Wie wer ist?«, fragte der Zwerg.

»Der Mann, bei dem du mich gelassen hast. Hast du das gewusst?«

»Nein, das habe ich nicht. Ich wollte nicht wissen, bei wem ich euch lasse. Ich habe euch völlig Fremden untergejubelt, die noch nicht wussten, dass ihre Kinder bei der Geburt gestorben waren. Und dann habe ich mich fortgemacht und nicht mehr zurückgeblickt. Hätte ich gewusst, wo ihr lebt, hätte man es aus mir herausfoltern können. Dieser Gefahr wollte ich euch nicht aussetzen.«

»Und hast stattdessen in Kauf genommen, dass ich halbtot geschlagen werde!«

Theodor legte ihm eine Hand auf die Schulter, doch Malte schlug sie fort. »Für dich war es einfach«, bellte Malte ihn an.

»Dein Vater ist ein lieber Kerl. Ich habe jeden Tag Schläge und Tritte kassiert.«

»Es tut mir leid, Malte«, sagte der Zwerg.

»Spar dir dein Mitleid!«, brüllte Malte, sprang auf und spuckte dem Zwerg vor die Füße. Er umgriff mit einer Hand den Dolch in seinem Gürtel, die andere umspielte ein leichtes Flimmern. Das Blau in seinen Augen war fahl wie Februardunst.

Der Hüne erhob sich und schaute Malte ruhig an. Malte straffte sich und blickte zornig zurück. So standen sie einander für einen Moment gegenüber. Dann setzte sich Malte wieder, vergrub das Gesicht in seinen Händen und weinte. Auch der Hüne setzte sich. Eels und die anderen beobachteten die Situation mit sorgenvollen Mienen. Theodor legte Malte noch einmal die Hand auf die Schulter, und dieses Mal ließ er sie dort.

Eine Weile saßen sie schweigend auf ihren Stühlen, nur Maltes leises Schluchzen war zu hören. Dann fragte er, das Gesicht noch immer in den Händen: »Wie war mein wirklicher Vater?«

»Er hat dich geliebt«, sagte Eels.

Malte nahm die Hände runter. »Und meine Mutter? Ihr habt mich in dem Glauben gelassen, meine Mutter wäre vor mir davongelaufen!«

»Das hat dein falscher Vater dich glauben lassen. Deine Mutter hat dich geliebt. Du wurdest geliebt, Malte, verstehst du das? Ihr beide, du und Theodor, wurdet sehr geliebt von euren Vätern und euren Müttern. Sie starben durch den Verrat des Zinkerprinzen.«

Malte schaute Eels lange an. »Ich helfe euch«, sagte er dann.

»Theodor?«, fragte Eels.

Theodor wollte etwas fühlen, doch da war nichts. Dies hier war zu groß für ihn, zu groß für einen klaren Gedanken. Sein Kopf war vernebelt. Theodor wollte an seinen Vater denken, den Vater zu Hause, wollte aufgewühlt sein, dass dieser aufopferungsvolle

Mann nicht sein leiblicher Vater sein sollte. Theodor wollte sich fragen, wer seine wahren Eltern waren. Er wollte sich wenigstens fürchten. Nur konnte er nichts dergleichen fühlen oder denken. Er konnte rein gar nichts fühlen oder denken. Er war eine leere Leinwand in einem wackeligen Rahmen.

»Ich helfe euch auch«, war das Einzige, das er sagte – noch ehe er sich bewusst war, dass er sprach.

»Ich danke euch«, sagte Eels. Ihre Stimme klang erleichtert, aber unendlich müde. »Wir alle hier danken euch. Allerdings bleibt noch eine Schwierigkeit. Etwas, das vor dem Kampf erledigt werden muss. Eure Entschlossenheit, uns zu helfen, ist wichtig, aber sie allein wird nicht ausreichen.« Eels holte eine silberne Sichel aus ihrem Gewand.

»Das ist meine Waffe. Ohne sie bin ich nur halb so stark. Jeder Wachende hat seine Waffe. Nicht viele Waffen können einen Albtraum schneiden, unsere schon. Ihr habt die Gaben eurer Väter. Ihr könnt auch ihre Waffen führen. Ihr müsst sie holen, ehe ihr dem Albtraumkönig entgegentreten könnt.

Du, Malte, musst in den Nebel im Norden gehen. Dein Vater war die Stimme und der Stab. Die Stimme besitzt du offensichtlich bereits – es ist der Stab, der dir noch fehlt. Tollbub hat ihn im Nebel versteckt, bevor er starb.«

»Was erwartet mich dort?«, fragte Malte.

»Das kann ich dir nicht sagen. Vielleicht findest du ein Paradies, aus dem du nicht zurück möchtest. Vielleicht eine Hölle, die dich zu verschlingen sucht. Der Nebel offenbart sich einem jeden anders.

Theodor, dein Vater war das Schwert und der Schild, und das waren auch seine Waffen. Sie liegen noch immer im Schloss deines Vaters, im Land hinter den Bergen, die man in der Ferne sehen kann. Nur gehören das Schloss und das Land nun den Dienern des Albtraumkönigs. Du wirst den Ungetümen, die dort wachen, die Waffen entreißen müssen.«

Theodor wurde bleich. In ihm kribbelte es heiß. Er schwitzte. »Wie soll mir das gelingen?«

»Das wird es schon, wenn es soweit ist. Außerdem geht ihr nicht alleine.« Eels erhob sich und lief um den Stuhlkreis herum. »Ein jeder Wachende hat einen Vertrauten. Und ich verpflichte die Vertrauten eurer Väter, die Söhne zu begleiten.« Sie blieb hinter dem Hünen stehen, der sie noch im Sitzen überragte. »Du begleitest Theodor, der ein Schwert und einen Schild sucht.«

Der Hüne nickte ergeben. »Ist der Felswächter noch an seinem Platz?«, fragte er.

»Mag sein oder nicht, Hüne. Wenn er es ist, weiß ich nicht, was die Albträume mit ihm gemacht haben.«

Eels ging zum Zwerg. »Und du, Schrumpfling Schankwart, wirst Malte begleiten. Bring ihn und den Stab seines Vaters zu uns zurück, und deine feige Flucht sei dir in Gänze verziehen.«

»Es ist mir eine Ehre, Eels«, sagte der Zwerg.

»Sprich erst von Ehre, wenn du deine Aufgabe erfüllt hast«, sagte Eels scharf.

Malte rümpfte die Nase.

Eels schritt weiter zur Schönen und legte ihr die Hände auf die Schultern. »Dies ist meine Vertraute. Sie wird mir derweil helfen, ein Heer zusammenzutrommeln. Und dann ziehen wir gemeinsam zum Land des Albtraumkönigs.« Die hässliche Haube schaute sich in der Gruppe um. Der Mädchenmund war ein schmaler Strich. »Eine Queste für jeden von euch. Morgen früh brecht ihr auf.«

Theodor saß im Schneidersitz auf seinem Bett und starrte unschlüssig ins Kaminfeuer. Nach ihrer Besprechung hatte es ein üppiges Mahl gegeben, und alle hatte mit großem Appetit gegessen. Bloß Theodor bekam nichts hinunter. Anschließend schickte Eels Theodor und Malte wie eine strenge Mutter auf ihre Zimmer. »Lasst sinken, was ihr gegessen und gehört habt. Ich sehe später noch einmal nach euch.«

Die Aufgabe, die Eels ihm übertragen hatte, hätte Theodor eigentlich vor Furcht lähmen müssen, doch in ihm war weiterhin nur ein blankes Nichts. Er sehnte sich fast nach Furcht, denn Furcht war ihm ein vertrautes Terrain. Sie wäre ihm lieber gewesen als diese Resigniertheit, dieses Gefühl, einfach hilflos mitgerissen zu werden wie Treibgut, nicht wie ein Beteiligter, der seine Geschicke beeinflussen konnte. Er hatte des Albtraumkönigs furchterregende Diener gesehen, und er war davongelaufen. Er hatte das Böse in seinen Träumen gespürt, und es hatte ihn betäubt. Eine Gabe, die sein leiblicher Vater ihm vererbt haben sollte, hatte er bisher nicht entdeckt. Wenn es diese Gabe wirklich gab, wie konnte er sie wecken? Geschweige denn meistern, um diesem gewaltig Bösen entgegenzutreten? Malte mochte seine Kraft schon gefunden und einzusetzen gelernt haben. Aber für Theodor war diese Geschichte von Albtraumkönigen und Wachenden wahrlich kein vertrautes Terrain.

Er versuchte, sich seinen Vater ins Gedächtnis zu rufen – den Mann, bei dem er aufgewachsen war, nicht die mythische Gestalt dieser fremden Welt. Theodor zerrte ihn mit aller Macht aus der Erinnerung, bis sein Kopf schmerzte. Er konnte ihn nicht greifen.

Ein Klopfen an die Tür holte ihn aus seinen Gedanken. Malte schob den Kopf ins Zimmer. »Darf ich reinkommen?«

Er setzte sich zu Theodor aufs Bett und spielte einen Moment unruhig mit einem Zipfel von Theodors Mantel, der neben ihm lag.

»Du warst ziemlich aufgebracht vorhin«, sagte Theodor.

»Das war ich wohl«, gab Malte zu. »Darüber wollte ich mit dir sprechen. Dieser Zorn in mir, ich habe dir ja davon erzählt. Was ich dir alles vorgeworfen habe ... Theodor, das ist nicht, was ich denke. Überhaupt nicht.«

»Vielleicht hast du aber Recht damit.«

»Nein, Unsinn!« Malte blickte Theodor ernst an. »Ich würde jetzt nicht zurückrudern, wenn's so wäre. Aber so ist es nicht. Natürlich habe ich dich um deinen Vater beneidet. Aber ich gönne ihn dir von ganzem Herzen. Hätte ich jemals die Möglichkeit gehabt, unser beider Leben zu tauschen, ich hätte es nicht getan. Ich würde alles Schlimme auf mich nehmen, um dich zu beschützen. Du bist mein bester Freund, Theodor, der wichtigste Mensch in meinem Leben. Vielleicht habe ich dir das zu selten gesagt. Aber ich möchte, dass du versprichst, mir das zu glauben, ehe wir morgen aufbrechen. Versprich es mir. Schwöre es mir auf das Leben deines Vaters. Des Vaters, der dich aufgezogen hat, meine ich.«

Theodor schaute ihn einen Moment unsicher an. »Wolltest du mich wirklich nicht mitnehmen?«, fragte er.

»Nein, erst nicht.« Malte sah Theodor tief in die Augen. »Aber das hatte nichts mit dir zu tun. Ich dachte einfach, das wäre allein meine Angelegenheit. Erst, als ich dich gesehen habe, habe ich gemerkt, dass ich dich dabei brauche.«

»Ich wusste immer, was in eurem Haus vor sich ging«, sagte Theodor, und nun spielte er mit dem Mantel. »Ich hätte dir helfen müssen.«

Malte nahm Theodors Hände in seine. »Nein, ich hätt's gar nicht zugelassen. Alles, was ich je von dir erwartet habe, hast du getan.

Mehr als das. Schwörst du mir jetzt, dass du mir das glauben wirst? Dass du nicht anders denken wirst in der kommenden Zeit, in der wir getrennt unterwegs sein werden?«

»In Ordnung. Ich glaube es dir.«

»Danke.«

Einige Augenblicke saßen sie schweigend nebeneinander, dann fragte Theodor: »Hast du Angst?«

Malte dachte einen Augenblick nach. »Nein«, sagte er dann. »Es ist merkwürdig, aber ich habe überhaupt keine Angst. Ich habe meine Kraft schon eingesetzt, und nun weiß ich, woher ich sie habe. Die Bestie, leider auch der Hüne – sie haben einen Vorgeschmack bekommen. Und da war meine Kraft noch nicht einmal voll erwacht. Da war ich nur die Stimme. Wovor sollte ich Angst haben, wenn ich erst den Stab habe?« Maltes Augen flackerten wild, und sie leuchteten heller als je zuvor. Dann kamen sie wieder zur Ruhe. »Und du? Hast du Angst?«

»Ich weiß es nicht«, sagte Theodor. »Ich denke, es wird schon alles gut gehen. Ich habe den Hünen bei mir.«

»Und ich den Zwerg«, sagte Malte. Er wollte es im gleichen Tonfall der Zuversicht sagen, doch etwas Widerwilliges huschte ihm über Gesicht und Stimme. Enttäuschung vielleicht?

Es pochte an die Tür. Herein trat Eels, gefolgt von dem Zwerg. Der Zwerg blieb im Hintergrund, Eels setzte sich zwischen Theodor und Malte aufs Bett.

»Theodor, Vorsicht ist geboten auf deinem Weg. Das Schloss deines Vaters liegt in einem Land, das blühend und prächtig war. Wer kann schon sagen, wie es nun aussieht, nachdem die Schergen des Albtraumkönigs dort toben. Ganz sicher wird es gefährlich sein und anders, als ich es in Erinnerung habe. Doch bald bist du Schwert und Schild, Theodor. Du bist stark, das wirst du feststellen. Und dein Vertrauter, der Hüne, ist es ebenfalls. Ich möchte nicht mit denen tauschen, die sich euch entgegenstellen.« Sie lächelte. So nah war sie Theodor bisher nicht gekommen. Er sah das wunde, narbige Fleisch, wo Metall und Haut sich trafen. Eels trug ihre Haube nicht auf dem Kopf, sie steckte ihr im Kopf.

»Es ist ein weiter Weg zu den Bergen«, fuhr sie fort. »Der Hüne kennt ihn. Zieht früh los. Ich werde Proviant für euch herauslegen. Der Hüne wird dich wecken.«

Sie wandte sich zu Malte.

»Malte, dein Mut wird uns neben deiner Stärke der größte Gewinn sein. Doch sei auf der Hut. Auch mit dem Stab deines Vaters bist du nicht unverwundbar, und ohne ihn erst Recht nicht. Du bist außergewöhnlich schnell und stark und hast die Stimme, aber du bleibst sterblich wie alle Wesen.«

»Sterblich wie der Albtraumkönig?«, fragte Malte.

»Wie alle Wesen.« Eels beugte sich vor, als schaute sie Malte forschend in die Augen, als suchte sie etwas dahinter. Malte hielt ihrem verborgenen Blick stand. »Der Zwerg kennt den Weg zum Nebel, er wird dich führen.«

Malte warf dem Zwerg einen missbilligenden Blick zu. Der Zwerg schabte mit einem Fuß auf dem Boden herum. Er fühlte sich sichtlich unbehaglich in der Gegenwart zweier Wachenden, die aus unterschiedlichen Gründe eine Enttäuschung über ihn teilten.

Eels bemerkte Maltes Blick und sagte: »Der Zwerg mag nicht alles richtig gemacht haben, doch er war deinem Vater Tollbub ein treuer und zuverlässiger Freund. Und was dich angeht, da handelte er nach bestem Wissen. Vergib ihm und freue dich über einen so loyalen Begleiter. Willst du das tun?«

Wieder war's, als schaute sie Malte tief in die Augen. Malte sah noch einmal zum Zwerg, der beschämt, aber erwartungsvoll hinüberblickte.

»Verzeih mir, Zwerg«, sagte Malte. »Ich bin wütend auf den Mann, bei dem du mich gelassen hast, nicht auf dich. Ich werde nicht mehr an dir zweifeln.«

Der Zwerg strahlte. »Ich danke dir, Malte«, platzte es aus ihm heraus. »Du bist jetzt Stimme und Stab, und ich werde dich beschützen, selbst wenn es meinen Tod bedeutet.« Erschrocken über seine eigene Kühnheit verstummte er wieder und zog sich einen Schritt zur Tür zurück.

Eels lächelte zufrieden. »Zeig mir deinen Schattenkuss.« Malte neigte den Kopf. Eels beugte sich vor und küsste den Biss. Es kribbelte. »Das sollte für eine Weile genügen«, sagte sie.

Sie nahm Theodors eine und Maltes andere Hand und sprach nun zu beiden. »Wir brauchen euch, und ihr braucht einander. Ihr müsst nur diesen Abschnitt des Weges alleine gehen. Danach kämpft ihr wieder Seite an Seite. Und dann sind wir im Vorteil, und dann wird es gut enden. Du, Malte, brichst noch heute Nacht mit dem Zwerg auf. Ich wünsche euch viel Erfolg.«

Theodor fiel etwas ein. »Die Grubenmänner werden nicht kommen, sollen wir ausrichten. Wir trafen sie auf unserer Reise.«

»Das ist bedauerlich«, sagte Eels bloß, stand auf und entschwand hinaus in den Flur. Der Zwerg folgte ihr.

»Du hast sie gehört«, sagte Malte. »Wir werden vor euch weg sein.« Er kletterte aus dem Bett. »Pass auf dich auf.«

Theodor stand auf. »Ich wünsche dir alles Gute, Malte. Wir sehen uns bald wieder.«

Sie umarmten sich, drückten einander fest, und dann verließ Malte ohne ein weiteres Wort das Zimmer.

Die Tür stand einen Spalt offen, und nach einer kurzen Weile schlüpfte der Zwerg hinein.

»Ein Wort noch. Dein Vertrauter, der Hüne, ist ein Freund, doch nicht fehlerlos. Du hast es gesehen. Er trägt eine unbändige Wut in sich. Wenn ihn diese Wut übermannt, gerät er in einen Blutrausch, in dem er sich nicht mehr kontrollieren kann. Dann sind weder Feind noch Freund vor ihm sicher. Auf dem Schlachtfeld macht ihn dies zu einem wertvollen Krieger; für dich macht es ihn zu einem unberechenbaren Verbündeten. Wenn der Hüne in seine Raserei verfällt, suche das Weite. Sein Zorn könnte dich sonst mitfressen.«

»Danke«, sagte Theodor. Er dachte einen Moment nach und schaute zur Tür. »Gleiches gilt wohl für Malte. Hilf ihm durch seine Wut.«

»Das werde ich«, sagte der Zwerg. »Viel Erfolg auf deiner Reise.« Damit verschwand er.

Theodor legte sich auf das Bett, verschränkte die Arme hinter seinem Kopf und schaute hinauf zur Decke. Noch immer spürte er nichts. In wenigen Stunden würde er zu einer Reise aufbrechen, von der er nicht mehr zurücktreten konnte. Zu einer Reise, die gefährlich war. Nun, Theodor nahm sie an. Musste sie annehmen.

Die Luft, die aus dem Dunkel hinter seinem kleinen Fenster kam, war kalt, und das Feuer im Kamin wurde schwächer.

Sein Vater war nicht sein richtiger Vater. Spielte das eine Rolle? Er war und würde trotzdem sein Vater bleiben. Theodor liebte ihn. Dieser Zornhau war bloß ein Fremder, den er nicht brauchte. Auch seine Mutter, ob nun drüben oder hier, war eine Fremde. Er brauchte sie nicht und hatte sie bisher nicht gebraucht. Zumindest glaubte er das.

Zwischenspiel

Eels, die Wut und die Waise, und ihre Vertraute, die Schöne, standen auf dem höchsten Turm und schauten über die nächtliche Ebene hinter der Burg. Wildes Gras wog in Winden. Hinter der Flur streckte sich der Wald bis zu den Bergen, die sich in weiter Ferne wie Scherenschnitte vor dem dunklen Himmel abzeichneten.

»Du hast nicht so frei gesprochen, wie du vorgegeben hast«, sagte die Schöne.

Eels dachte einen Moment nach, bevor sie antwortete. »Hast du gesehen, wie zornig er war? Hätte ich mehr verraten, er wäre unweigerlich für uns verloren.«

»Und wenn er doch alles erfährt?«

»Nun, ich fürchte, auch dann ist er für uns verloren. Hoffen wir also, dass er es nicht so bald erfährt.«

»Vielleicht erschaffst du uns einen mächtigen Feind.«

»Nicht mächtiger als der Albtraumkönig. Und den zu besiegen ist mein einziges Bestreben.« Eels wandte sich zur Schönen und strich über ihre runzeligen, altersfleckigen Wangen. Silbernes Haar leuchtete im Mondschein, fast wie der Mondschein selbst. Müde Augen schauten sie unter faltigen Lidern an.

»Lass den Heerpfeil umgehen«, sagte Eels. »Unsere Verbündeten sollen sich für die große Schlacht sammeln. Hoffen wir, dass diese Ebene bald von Zelten und Bannern wimmelt.«

Dritte Elegie

Kapitel 1

Ihre Aufgaben lagen klar vor ihnen: Malte sollte mit dem Zwerg in den Nebel ziehen, um die Waffe seines Vaters Tollbub zu suchen und die Stimme und der Stab zu werden.

Theodor sollte mit dem Hünen zum Schloss hinter den Bergen reisen, um die Waffen seines Vaters Zornhau zu holen und zu Schwert und Schild zu werden.

Mit den Waffen ihrer Väter würden die Söhne zur Wachenden Eels und ihrem Heer stoßen, um dem Immerbösen, dem Alten Mahr, dem Albtraumkönig den Kampf zu bringen.

Malte und der Zwerg brachen als Erste auf, lange vor dem Morgengrauen. Es gab keine Verabschiedung, keine Zeremonie, keinen Segen und keine guten Wünsche. Eels, die Wut und die Waise, hatte ihnen alles Wichtige am Vorabend gesagt. Nur zwei Rucksäcke mit Proviant hatte sie noch vor ihre Türen gestellt.

Malte trug seine dunkelblauen Gewänder, der Zwerg hatte sich eine glänzende Forstaxt umgürtet.

Müde liefen sie durch die schlummernde Burg. Ihre Schritte hallten von den kargen Wänden wieder. Sie kamen hinaus in den öden Vorhof, querten den überwucherten Burggraben und folgten dem matschigen Pfad durch Büsche und Strüpp zurück zu der Straße, an der sie tags zuvor die Kutsche abgesetzt hatte. Dieser Straße folgten sie durch den morastigen Wald.

Als sich das erste Sonnenlicht am Himmel zeigte, lag die Burg der Wachenden Eels schon weit hinter ihnen, und sie kamen ans diesseitige Ende des Waldes. Der offene Raum und der weite Himmel über ihnen vertrieb die letzte Schläfrigkeit. Die Straße stieg an, verjüngte sich zu einem trockenen Erdband und schlängelte sich eine langgezogene Anhöhe hinauf. Eine Weile folgten sie ihrem felsigen Kamm. Zu beiden Seiten fiel das Geländer in grüne Täler ab. Die seichten Wasser und taubesetzten Gräser glitzerten im Morgenlicht. In eines dieser Täler bog der Zwerg querfeldein hinab.

Der Zwerg machte auf Malte einen abgemühten, melancholischen Eindruck, und oftmals verzog er sein Gesicht, als schmerzten ihm die Gelenke. Jeder seiner Schritte wirkte wie unter Mühen getan. Dies also soll mein Gefährte sein, fragte sich Malte. Allzu viel hatte er wohl nicht von ihm zu erwarten.

Zum Mittag hin kreuzte eine Straße ihren Weg.

»Dies ist die Straße nach Norden«, sagte der Zwerg. »Sie bringt uns an den Rand eines großen Waldes. Hinter dem Wald liegt der Nebel.« Er schnallte seinen Rucksack ab. »Ich muss einen Augenblick rasten«, sagte er, setzte sich auf den staubigen Boden und rieb seine krummen Beine. Dann kramte er eine Flasche mit Wasser aus seinem Rucksack. Auch Malte nahm seinen Rucksack ab, ließ ihn zu Boden fallen und sich selbst gleich mit.

Der Zwerg trank, holte einen Apfel hervor und biss hinein. Während er schmatzend kaute, bemerkte er, dass Malte ihn beobachtete.

»Was ist?«, fragte der Zwerg mit vollem Mund.

»Dieser Name«, sagte Malte, »den die Wachende Eels dir gegeben hat, was hat es damit auf sich?«

»Welchen Namen meinst du?«

»Wie lautete er noch gleich? Schankwart Schrumpfling?«

»Schrumpfling Schankwart!«, sagte der Zwerg, als spuckte er aus. »Was glaubst du wohl, was es damit auf sich hat? Es ist ein Spottname. Zumindest zur Hälfte. Die andere Hälfte ist eine Beleidigung. Warum sie mich Schrumpfling nennt, solltest du dir denken können.« Er wackelte mit seinen kurzen Beinen. »Und

Schankwart schimpft sie mich, weil ich meine Rolle als Vertrauter hierzulande gegen die eines Wirtes drüben getauscht habe.«

»Ein ehrenvoller Tausch war das nicht, das musst du wohl zugeben«, sagte Malte.

Der Zwerg funkelte ihn giftig an und schmiss seinen angebissenen Apfel beiseite. »Nun hör mir zu«, knurrte er. »Den Spott und die Wut von Eels lasse ich über mich ergehen, weil sie viel verloren hat. Aber deinen Spott muss ich mir nicht anhören. Ich brauche weder deinen Hohn noch deine Vergebung oder gar dein Mitleid. *Ich danke dir, Malte*«, äffte er sich selbst nach. »Ich spucke darauf, was du denkst. Ich war ein loyaler Vertrauter deines Vaters, und was Eels darüber denkt, ganz davon zu schweigen, was du darüber denkst, ändert nichts an den Opfern, die ich gebracht habe. Ich weiß, welche Entscheidungen ich treffen musste, und warum ich in einer alten Gaststube verstaubt bin, während hier ein Krieg tobte. Ja glaubst du denn, es hat mich nicht wahnsinnig gemacht, dass hierzulande der Verräter deines Vaters herumstreunt, ohne dass ich ihm den Kopf spalten konnte? Du wirst bald Stimme und Stab sein. Es ist meine Aufgabe, dich mit meinem Leben zu beschützen. Und ich bin heilfroh, dass ich endlich etwas Wichtiges beitragen kann. Aber deinen Spott muss ich mir nicht gefallen lassen.«

Er schnaubte, stand auf und krallte sich seinen Rucksack. Wütend marschierte er los.

»Ich wollte dich nicht kränken«, rief Malte ihm hinterher.

Der Zwerg blieb stehen, drehte sich aber nicht um. »Ich sage es dir noch einmal: Ich spucke auf deine Meinung. Ich bin dein Vertrauter, aber nicht dein Narr. Ich diene einzig dem Zweck, den Albtraumkönig zu bekämpfen.« Er stapfte weiter, sichtlich bemüht, sich seine Schmerzen nicht anmerken zu lassen.

Malte stand auf, nahm seine Sachen und trottete hinterher. Er lächelte, während er zuschaute, wie der Zwerg davonhumpelte. Am liebsten hätte er laut losgelacht und diese grässliche Missgestalt mit einem bloßen Gedanken in den Graben neben der Straße gestoßen.

Es wäre ihm ein Leichtes gewesen.

Kapitel 2

Theodor und der Hüne sprachen wenig am ersten Tag ihrer gemeinsamen Reise. Auch wenn der Hüne sich sichtlich bemühte, langsam zu gehen, hatte Theodor große Mühe, Schritt zu halten. Immer wieder war der Hüne ein ganzes Stück vorausgeeilt. Dann blieb er stehen und wartete, bis Theodor zu ihm aufgeschlossen hatte. Dabei lächelte er, aber seine Augen zeigten unverhohlen die Ungeduld.

Sie waren mit dem ersten Licht des Tages aufgebrochen, als Malte und der Zwerg schon fort waren. Ob Eels und die Schöne noch schliefen oder anderweitig zu tun hatten, sie ließen sich jedenfalls nicht mehr blicken.

Der frühe Morgen war das Versprechen eines warmen, sonnigen Tages. Sie folgten einer dünnen Grasnarbe um die Burg herum und kamen auf der Rückseite auf eine leicht absinkende Ebene mit hohem Gras, die in einigen Hundert Metern vom Wald umschlossen wurde.

In der Ferne sahen sie die Berge. Eine Vorgebirgskette stand wie ein Wall vor einigen weit verstreuten und in die Wolken reichenden Gipfeln, die kaum mehr waren als graublasse Schemen am Horizont.

»Die Berge sehen anders aus«, sagte der Hüne mit zusammengekniffenen Augen. »Vielleicht narrt mich auch nur meine Erinnerung. Es ist eine Weile her, seit ich sie das letzte Mal aus der Nähe gesehen habe. Und eine Weile wird es wohl noch dauern, ehe wir ihnen wieder nahe sind. Komm schon, keine Zeit zu vertrödeln.«

Sie liefen über die Wiese auf den Wald zu. Die taufeuchten Halme tränkten Theodors Hose bis zu den Knien – dem Hünen reichte das Gras bis kurz über die Knöchel. Theodor hatte die kohlegrauen Kleider seines Vaters übergezogen und sich die Scheide umgeschnallt. Seine alte Hose, den stinkenden Pullover und die durchgelaufenen Winterschuhe hatte er in die glimmenden Reste des Kamins geworfen. Sie hatten gerade zu rauchen angefangen, als der Hüne ihn abgeholt hatte.

Als sie den Wald erreichten, verschwanden die Berge hinter den Wipfeln hoher Bäume. Diesseits der Burg war der Wald nicht so kahl und von Feuchtigkeit aufgequollen. Die Bäume trugen Blätter, der Boden zwischen den Stämmen war fest und mit weichem Laub bedeckt.

Theodors Zweifel und in verschiedenste Richtungen stiebende Gedanken verstummten für den Moment. Das Land war friedlich und schön, und mit dem Hünen an seiner Seite fühlte er sich sicher. Das vom Bösen heimgesuchte Schloss seines Vaters lag noch in weiter Ferne wie die Abschlussklausuren zu Beginn eines neuen Schuljahres. Darüber würde er sich noch früh genug den Kopf zerbrechen können.

Als der Abend nahte, zog sich der Wald zurück. Der Hüne führte Theodor eine Anhöhe hinauf, auf der die verwitterten Überreste eines Turmes standen. In seinem Schatten schlugen sie ihr Lager auf. Dieses Mal verschwand der Hüne nicht, um das umliegende Land auszukundschaften. Er nahm das Schwert von seinem Rücken und half Theodor, Äste und trockenes Gestrüpp für ein Feuer zusammenzutragen. Theodor deutete dies als ein gutes Zeichen.

Vor seiner Zimmertür hatte beim Aufbruch ein Beutel mit Proviant und einer Decke gestanden. Nun saßen sie vor einem kleinen Feuer, aßen Brot und Käse und schauten über eine abenddämmernde Landschaft voll blassgrüner Hügel und vereinzelter

Waldinseln. Auch sahen sie die Berge wieder – noch immer in weiter, weiter Ferne.

Als es dunkel wurde, kam der Mond, und die Luft kühlte ab. In einem fernen Hügel sah Theodor ein Feuer aufglimmen, und ihm war, als hörte er leise Musik. Der Hüne hob den Kopf und lauschte, sagte aber nichts und schien nicht beunruhigt. Also wunderte sich auch Theodor nicht weiter, sondern wickelte sich in seine Decke und schaute den zuckenden Flammen zu.

»Diese Welt hier ist so ... nebulös«, sagte er. »So vieles liegt für mich im Verborgenen.«

»Manches bleibt besser dort«, sagte der Hüne.

»Mag sein. Aber selbst über euch weiß ich nichts. Nicht über Eels, nicht über den Zwerg, nicht einmal über dich. Du sollst doch mein Vertrauter sein, aber eigentlich bin ich bloß ein dir Anvertrauter. Ihr könntet auch Böses im Schilde führen.«

»Wir führen gewiss nichts Böses im Schilde. Eels hat dir doch alles erzählt.«

»Alles wohl kaum. Ihr lasst ständig etwas im Trüben. Erzähl mir von meinem Vater.«

Dem Hünen wurde sichtlich unwohl. Er zog die Stirn kraus, und seine Augen rückten noch näher zusammen.

Seinem Vater – dem Vater zu Hause – hatte Theodor nie zumuten wollen, über seine Mutter zu sprechen, die für Theodor ja doch nur eine Fremde, für den Vater aber eine schmerzhafte Erinnerung war. Der Wachende Zornhau war Theodor auch ein Fremder und für den Hünen offensichtlich kein freudiges Thema. Und doch gab Theodor nicht nach.

»Erzähl's, Hüne.«

Der Hüne schluckte, dann erzählte er: »Der Wachende Zornhau, das Schwert und der Schild, trug viel Verantwortung. Er trug sie meist alleine. Das würde viele verzweifeln lassen.«

»Er war verzweifelt?«

»Mitunter, ja.«

»Und meine Mutter?«

»Sie konnte seine Verantwortung nicht mittragen.«

»Warum nicht?«

»Sie hatte keinen Namen.«

»Was bedeutet das?«

»Nur Wachende haben einen Namen, Theodor. Ohne Namen können sie keine Wachenden sein. Darum bin ich auch nur der Hüne.«

»Erzähl mir bitte von ihr.« Theodor wusste, dass seine Worte nicht wie eine Bitte klangen.

»Theodor.«

»*Bitte*.«

»Ich kannte sie kaum, auch als Vertrauter deines Vaters nicht. Ich sah sie selten, und er sprach nie über sie. Ich bin mir sicher, sie hat dich geliebt.«

»Was hast du damals getan, Hüne?«, bohrte Theodor tiefer. »Bei dem großen Verrat. Was ist deine Geschichte?«

Der Hüne blickte ihn kurz an, dann schaute er wieder zum Feuer. »Dies ist deine Geschichte. Ich brauche darin keine eigene Geschichte. Ich bin der Hüne, dein Vertrauter. Das ist, was es ist, und es ist nichts, was es nicht ist. Und das soll genügen.«

»Was ist mit der Schönen?«

Der Hüne hielt seinen Blick auf die Flammen gerichtet. »Dies ist deine Geschichte. Sie ist darin die Vertraute Eels', und das muss genügen.«

»Du erzitterst bei jedem Wort und jeder Berührung von ihr«, sagte Theodor.

»Manch Schönheit ist zu groß, als dass man sie ertragen könnte«, sagte der Hüne. »Und manch Wildheit ist zu gefährlich, als dass man sie mit jemandem teilen könnte. Schlaf nun, Theodor. Bald bist du das Schwert und der Schild. Und das genügt für den Augenblick.«

Der Hüne legte sich nieder, rollte sich in seine Decke und wandte das Gesicht von Theodor fort. Er würde in dieser Nacht noch lange nicht einschlafen, und schon sehr früh am Morgen würde er wach sein.

Auch Theodor, so erschöpft er von dem Tagesmarsch auch war, lag noch eine lange, unruhige Weile wach. Er schämte sich, dass er den Hünen bedrängt hatte. Und doch, er hätte gerne vieles über seinen Vertrauten erfahren – über seine Rolle in dieser Welt, dar- über, wie er die Schöne sah. Und gerne hätte er gewusst, welch Verantwortung den Wachenden Zornhau hatte verzweifeln las- sen. War es eine Verantwortung, die auch Theodor erwartete?

Erst als der Mond hoch am Himmel stand, das Feuer mit leisem Knistern erstarb und die Musik im fernen Hügel verstummte, fand Theodor endlich in den Schlaf.

Kapitel 3

Dasselbe kahle Zimmer. Derselbe Gestank. Dieselbe dünne, fleckige, fettige Matratze. Dieselbe Tür. Dieselbe Beklemmung in seinem Herzen. Es machte ihm keine Furcht mehr. Theodor erhob
sich und ging entschlossen zur Tür. Als er zur Klinke griff, erbebte
die Tür. Da verließ ihn doch der Mut. Theodor wich zurück, beschämt über seine Angst.

Wieder das Scharren, das doch eher ein kratziges Atmen war.
Diesmal kam's von hinter ihm. Theodor fuhr herum und sah voll-
kommene Dunkelheit. Die eitriggelben Augen darin schauten ihn
an. Schauten sie bösartig? Schauten sie wütend? 's war schwierig
zu sagen. Diese Augen schauten fast traurig.

»Weißt du, wer ich bin, Theodor Zornhausohn?«, fragte eine
heisere, erschöpfte Stimme. Es war die Stimme eines Vaters, der
nach einer anstrengenden Schicht noch eine Gutenachtgeschichte
erzählt.

»Du bist der Albtraumkönig«, sagte Theodor. Er wollte, dass es
mutig und standhaft klang, doch er konnte das Brüchige in seinen
Worten nicht verhindern. Theodor stand nackt vor dem Dunkel –
nackt nicht nur, weil er keine Kleider trug.

»Und warum, glaubst du, nennt man mich den Albtraumkönig?
Weil ich dich in deinen Träumen besuche? Nein, du süßes Kind –
weil ich dein Wachsein in den größten Albtraum verwandeln
kann. Ich kenne dich, Theodor Nackedei, und du mich auch. Ich
folge dir schon ein Leben lang.«

»Sie nennen dich auch das Immerböse«, sagte Theodor. Er fand
einen Zipfel Standhaftigkeit in sich und umklammerte ihn.

»Das ist bloß Narretei. Ich bin höchstens der Immerda«, sagte
der Albtraumkönig. »Du magst mich zurecht fürchten, doch ein
böses Wesen bin ich nicht. Allerdings werde ich alles tun, was du

mich zu tun zwingst, wenn du nicht kehrtmachst. Ich werde dir alles nehmen, was dir lieb und teuer ist. Deinen Vater, dein Zuhause, deinen Freund – du wirst am Ende allein und verloren sein, wenn du mich weiterhin verfolgst. So viel verspreche ich dir: Ich bereite dir eine endlose, schlaflose Nacht.«

»Ich fürchte dich nicht«, sagte Theodor, und fast glaubte er es.

»Dann bist du sehr dumm«, sagte der Albtraumkönig.

Theodor blickte in die wässrigen Augen, die ihn aus dem Dunkeln musterten. Einen Moment sprach niemand, und nur das rasselnde Atmen des Albtraumkönigs durchschabte die Stille. Theodor spürte den Drang, sich zu räuspern. Ein Schlag polterte gegen die Tür. Die Augen des Albtraumkönigs huschten hinüber, dann flog sein Blick zu Theodor zurück. »So hast du dich entschieden?«

»Das habe ich.«

»Du wirst nicht umkehren?«

»Das werde ich nicht.«

Ein weiterer wilder, wütender Hieb.

»Und ich kann dich nicht umstimmen?«, fragte der Albtraumkönig.

»Das kannst du nicht«, sagte Theodor.

»Das ist bedauerlich, denn das wird unweigerlich zu deinem Tod führen. Und nun hinfort aus meinem Reich! Aufgewacht!«

Theodor bekam einen Schlag gegen die Brust und flog rücklings in Richtung Tür.

»Aufgewacht!«, hörte er den Hünen sagen, als er aus dem Schlaf auffuhr.

Zwischenspiel

In ihrer Kammer in den Tiefen unter der Burg saß Eels in einem Stuhl und grübelte. Ein Bett gab es hier nicht, denn Eels schlief nicht mehr. Ihre Gedanken drehten sich um das, was war, und das, was vielleicht sein würde.

Ein Gefühl unvermeidlicher Verzweiflung ergriff sie. Eine kalte Kralle quetschte ihr Herz, und ein stinkender Mund presste sich auf ihre Lippen. Mit zitternder Hand holte sie die Sichel aus ihrem Gewand und schlug sie mehrmals heftig gegen ihre Haube. In ihrem Kopf dröhnte es wie Glockenschlag. Das Grauen wich von ihr und kroch in eine lichtlose Zimmerecke.

»Dass du dich hierherwagst, Zinkerprinz«, fauchte sie.

»Ich verneige mich vor dir, Eels, Wut und Waise«, sagte der Zinkerprinz aus dem Dunkel.

»In diesen Zeiten bist du die Wut, und eine Waise bist du ohnedies, so allein und so ängstlich! Was willst du?«

»Das Sterben abwenden«, sagt der Zinkerprinz. »Es muss nicht so weit kommen, wie es andernfalls kommen wird. Du bist die letzte verbliebende Wachende, und es liegt an dir, es zu beenden.«

»Ich bin nicht mehr lange die letzte, Falscher. Neue Wachende sind bereits auf der Reise.«

»Denkst du, so etwas bliebe mir verborgen? Sie werden sterben bei der Aufgabe, die du ihnen aufgetragen hast. Auch ihr Leben kannst du retten. So viele Leben kannst du retten. Der, der nach dir kommt, wird alle verschonen, wenn du nur das deine gibst.«

»Ich weiß, wer der ist, der nach mir kommen soll. Selbst in der Dunkelheit sehe ich den Alten Mahr auf deinem Rücken sitzen. Hier könnt ihr mir nichts tun. Also verschwinde, du niederes Gekötere, und nimm deinen Herrn mit dir.«

»Es wird ein großes Sterben geben, und du stirbst mit«, sagte der Zinkerprinz.

»Dann«, sagte die Wachende Eels, »werden wir eben alle in einem Sturm aus Blut und Spucke untergehen.«

Eels sah es nicht, doch im Dunkeln blickte der Zinkerprinz traurig drein. Er nickte. Dann war er verschwunden.

Noch einmal schlug Eels die Sichel heftig gegen ihre Haube.

Kapitel 4

Vier Tage folgten Malte und der Zwerg der Straße gen Norden. Malte war des Umherwanderns müde. Das Land mochte abwechslungsreich sein – die Straße führte über Wiesenweiten und durch mal lichte, mal dunkle Wälder, folgte Flussläufen, durchzog lauschige Haine, blühende Ebenen und schroffe Steppen –, am Ende aber waren's doch überall nur Wiesen und Weiten, nur Gras, Geäst und Gestein, Pastellstriche in Grün, Grau und Braun. Es gab keine Städte oder Dörfer, sie trafen keine Bewohner oder überhaupt ein beseeltes Wesen.

Malte hatte nicht erwartet, sich auf dieser Reise zu langweilen. Er war unausgelastet. Er spürte die Kraft in sich toben, spürte, wie sie hinauswollte. Und er wollte sie entfesseln, wollte sich messen und beweisen. Er wollte triumphieren. So trieb er den Zwerg zur Eile an. Der Zwerg mit seinen krummen Beinen und seinem schrägen Rücken hatte große Mühe, Schritt zu halten, aber die Blöße, dies vor Malte zu gestehen, wollte er sich nicht geben. Natürlich wusste Malte es trotzdem. Und er genoss es, mit großen Schritten vorzupreschen, in dem Wissen, dass der Zwerg seine liebe Plage hatte.

All die Zeit sprachen sie kein Wort mehr als das Nötigste, und mit jedem Tag wuchs im Zwerg der Frust über seine Pflicht und in Malte die Verachtung für seinen Begleiter. Malte stellte sich vor, wie er dem Zwerg einen Tritt verpasste, um ihn stürzen zu sehen. Er stellte sich vor, ihm die schmerzenden Beine zu prügeln, um ihn leiden zu sehen. Er stellte sich vor, den Zwerg an seinen verfilzten Haaren zu packen, den Kopf in den Nacken zu reißen, ihm einen Schlag mit der Faust zu geben und ihn dann auf der Straße liegen zu lassen. Diese Vorstellungen amüsierten Malte nicht – sie erregten ihn. Bald verdrängte er sie mit aller Kraft aus seinem

Kopf, aus Angst, sie könnten zu mächtig werden, wenn er ihnen länger nachhing. Dann konzentrierte er sich auf die Vorteile, die es mit sich brachte, den Zwerg dabeizuhaben: Aus allem, was Wald und Wiese hergaben, konnte er Nahrhaftes und oftmals sogar Schmackhaftes kredenzen. Nicht nur Kastanieneintopf oder Kaffee aus Eicheln; er buk einen Teig aus Quellwasser und Bucheckern zu nussigen Küchlein, verkochte Kräuter und Blumenblätter zu einem belebenden Sud, setzte Tee aus Fichtenzweigen auf oder briet einfach Pilze und Wurzeln. Als Ofen und Pfanne nutzte er umherliegende Steine, die er um ein Feuer aufschichtete oder in die Glut legte. Einen kleinen Topf und eine Tasse hatte er bei sich; sie baumelten klimpernd an seinem Rucksack. Der Schattenkuss gab seit dem Eelskuss zwar Ruhe, doch sollte er wieder zu plagen anfangen, wäre es auch in dieser Hinsicht gut, den Zwerg bei sich zu wissen.

Am Vormittag des vierten Tages sahen sie endlich den Wald, hinter dem der Nebel liegen sollte; ein blassgrünes Band in der Ferne. Am Abend erreichten sie seinen Saum.

Wenige Meter vor den ersten Baumreihen stand ein Gehöft. Dort endete die Straße. Auf einer hölzernen Bank saßen eine greise Frau mit langem weißen Haar und ein glatzköpfiger greiser Mann.

»Vielleicht lässt man uns dort übernachten«, sagte der Zwerg. »Ein letztes Wohlgefallen vor den Entbehrungen, die vor uns liegen. Ein letztes warmes Plätzchen, eine letzte gute Mahlzeit und vielleicht sogar ein letztes ordentliches Bier.« Er sprach mehr zu sich als zu Malte.

Das greise Pärchen blinzelte sie freundlich an.

»Zum Gruß«, sagte der Zwerg. »Mein Begleiter und ich müssen durch den Wald. Habt ihr für diese Nacht einen Platz für uns, ein Essen und ein Bier?«

»An Bier und Braten soll's euch nicht mangeln«, sagte die greise Frau, »bloß ein Zimmer haben wir nicht mehr frei. Wir haben schon zwei Reisende aufgenommen. Doch im Schuppen ist es auch nicht so schlecht. Dort könnt ihr euch gerne ein Lager herrichten.«

»Zum Dank«, sagte der Zwerg. »Das wird reichen.«

»Zum Dank«, wiederholte Malte, der sich mehr erhofft hatte.

Die Frau verschwand im Haus. Der Mann sprang von der Bank auf und führte sie hinüber zum Schuppen. Er war klein, kaum mehr als ein Verschlag mit einem Haufen Stroh. »Ihr werdet es zumindest trocken haben«, sagte der Greis. »Heute Nacht soll es bös' regnen.«

Die Greisin kam und brachte ein paar Decken. »Kommt gleich ins Haus«, sagte sie. »Das Essen ist fertig.«

Aus Stroh und Decken bereiteten sich Malte und der Zwerg ihre Schlafstätten – mit so viel Abstand zueinander, wie es der schmale Schuppen zuließ.

Als sie ins Haus kamen, werkelten der Greis und die Greisin in einer Kochnische. An einem Tisch saßen die zwei Reisenden, die die Greisin erwähnt hatte. Den einen erkannte Malte gleich: der Ritter, den sie an der Hecke hinter dem Märchengarten getroffen hatten. Seine Rüstung schien ihm noch schlechter zu passen. Neben dem Ritter saß ein bleicher, ausgezerrter Mann, vermutlich jung an Jahren, aber alt an Erlebtem. Er war in ein schmutziges Laken gehüllt, das von einer Kordel zusammengehalten wurde. Sein Gesicht war zerkratzt und blaufleckig. Malte spürte eine Art Verbundenheit. Er glaubte aber nicht, dass dies das Werk des Ritters war – sonst hätte er an Ort und Stelle seine Kraft walten lassen.

Der Ritter nickte Malte zu. Sein junger Begleiter schaute Malte missmutig an, dann blickte er zu Boden und knabberte an einem Stück Brot.

»Dann habt ihr euren Knappen also gefunden«, sagte Malte. »Habt ihr auch die Bestie erwischt?«

Der Zwerg schaute fragend. Der Ritter nickte noch einmal.

Die Greisin stellte warme und kalte Speisen samt zweier Krüge auf einen Tisch in einer anderen Ecke und bat Malte und den Zwerg, dort Platz zu nehmen.

»Ich kenne den Ritter«, sagte Malte, als sie Eintopf und kalten Braten aßen.

»So?«, sagte der Zwerg ohne Interesse an diesem noch an irgendeinem anderen Gespräch.

»Wir trafen ihn, kurz bevor wir euch trafen.«

Der Zwerg brummte nur, und so ließ Malte es damit bewenden. Sie aßen schweigend aus Unfreundschaft.

Der Ritter und sein Knappe beendeten hastig ihre Mahlzeit, dann stapften sie mit müden Schritten eine Treppe ins Obergeschoss hinauf.

Kurz darauf erhob sich auch Malte.

»Ich bleibe noch«, sagte der Zwerg, ohne ihn anzusehen.

»Das ist mir recht«, sagte Malte.

Der Zwerg nahm einen gewaltigen Schluck Bier.

Malte schlief unruhig und oberflächlich. Er wurde wach, als der Zwerg den Schuppen betrat. Der Zwerg atmete schwer und stolperte ständig. Er war offensichtlich betrunken. Er fiel auf seine Decken und stimmte sogleich ein lautes Schnarchen an.

Es regnete, Tropfen prasselten auf das Schuppendach. Malte lauschte eine Weile dem Trommeln und dem Schnarchen. Das Schnarchen machte ihn rasend. Er spürte, wie sich Phantasien

Bahn brachen, in denen er dem Zwerg wehtat. Er stand auf und ging ins Freie. Dicke Tropfen klatschten auf ihn nieder, doch es störte ihn nicht. Alles war besser, als mit dem Zwerg im Schuppen zu liegen. Malte setzte sich in das nasse Gras vor dem Schuppen und ließ sich tränken. Klitschnass und gleichgültig starrte er vor sich hin.

Malte schrak auf. Ob er geschlafen hatte, wusste er nicht, und es war ihm auch egal. Notfalls würde er tagelang wachen können. Es regnete noch immer. Das Wasser rann überall an ihm herab, von der Stirn, die Wangen hinunter, den Nacken hinab. Seine Kleidung hatte sich vollgesogen und klebte ihm kalt am Körper.

Er sah, was ihn aufgeschreckt hatte: Der Ritter und sein Knappe stahlen sich aus dem Haus und huschten dem dunklen Wald zu. Sie hielten einander fest, wobei eher der Ritter den Knappen packte und grob hinter sich her zerrte, während er hektisch auf ihn einflüsterte.

Zechenpreller? Nun, Malte konnte es egal sein.

Später in der Nacht erwachte Malte noch einmal. Ein furchtbarer Schrei stieg aus dem nahen Wald empor. Malte kannte diesen Schrei: ein grelles, irremachendes Kreischen. Hatte der Ritter gelogen? Vielleicht bekamen die Zechenpreller ihre Quittung. Wenn's wirklich die Bestie war, dann sollte sie lieber das Weite suchen, ehe Malte in der Früh den Wald betrat.

Der Zwerg weckte ihn in der Morgendämmerung. Malte lag durchnässt im Freien und zitterte. Den Zwerg schien's weder zu wundern noch zu kümmern. Doch irgendjemand hatte eine Decke über Malte gelegt.

Kapitel 5

»Aufgewacht!«

Theodor schrak hoch. Neben ihm kniete der Hüne, eine Hand auf seiner Schulter. Der Morgen graute.

»Du hast schlecht geträumt«, sagte der Hüne.

»Ich fürchte, es war mehr als geträumt«, sagte Theodor mit klopfendem Herzen. »Der Albtraumkönig sprach zu mir.«

»Was hat er gesagt?«

»Er hat gedroht, mir alles zu nehmen, was mir lieb ist, wenn ich mich gegen ihn stelle. Aber ich bin standhaft geblieben.«

»Das ist tapfer«, sagte der Hüne.

»Ich habe ihm bloß etwas vorgemacht«, sagte Theodor. »Der Albtraumkönig macht mir Angst. Er macht mir so große Angst, dass es mich lähmt. Was, wenn er meinem Vater etwas tut?«

»Die Albträume sind seine Domäne, darum ist er der Albtraumkönig. Er ist nicht so mächtig, wie er dich dort glauben macht. Trug und Lug, 's sind bloß seine Schimären. Er will dich einschüchtern, weil er dich fürchtet. Außerdem hast du Verbündete. Und ich meine nicht nur Eels oder den Zwerg oder mich. Schau nur.«

Der Hüne deutete zu den Bergen. Theodor sprang auf. »Wie ist das möglich?«, fragte er.

Die Berge waren ganz nah. Das Lager befand sich noch immer neben den Überresten des Turmes, doch der Turm stand nicht mehr auf einer Anhöhe, sondern am Fuße eines steilen Hanges, der sich, von dichtem Nadelwald überzogen, bergan streckte. Weit oben stießen Hang und Bäume an eine steile Felswand, eine massive Mauer aus Stein, die sich zu beiden Seiten ins Endlose dehnte. Über dem Rand dieser Felswand, noch einmal hunderte und aberhunderte Meter darüber, sahen sie einen gewaltigen Berg in den Himmel ragen, die Hänge von Schnee überzogen und von Nebelfetzen umflattert, der Gipfel in trübem Dunst verborgen.

»Diese Welt, so scheint's, ist dir wohlgesonnen, Zornhausohn«, sagte der Hüne.

Theodor nahm seine Hand. »Hüne, es tut mir leid, dass ich dich gestern Abend bedrängt habe«, sagte er.

»Es ist in Ordnung, Theodor. Ich wünschte selbst, ich könnte dir in mancher Hinsicht mehr erzählen. Aber genug davon – nun also geht es schon in die Berge.«

Sie räumten ihre wenigen Habseligkeiten zusammen.

»Eels' Reich endet hier«, sagte der Hüne. »Ich weiß nicht, was uns von nun an erwartet. Ich weiß nicht, was der Albtraumkönig in den Bergen bewirkt hat. Aber es kann nur das Klügste sein, wenn du dich nahe bei mir hältst.«

Im klaren Licht des jungen Morgen machten sie sich an den Aufstieg. Sie kraxelten den steilen Hang zwischen den Bäumen hinauf. Moos und Nadeln polsterten den Boden, Rinnsale von klarem Wasser purzelten ins Tal.

Die Kletterei war beschwerlich. Als der Hang noch einmal steiler wurde, musste Theodor gebückt auf allen Vieren klettern. Der Hüne trug seinen Proviantbeutel mit, dennoch schmerzte Theodor bald der Rücken von der Buckelei, und sein Hemd war nass von Schweiß.

Nach zwei mühsamen Stunden erreichten sie den Fuß der Felswand. Sie war so glatt und senkrecht, dass sie sich unmöglich beklettern lassen würde, und so hoch, dass sie die Berge dahinter verdeckte.

»Schnauf einen Moment durch, ich komme gleich wieder«, sagte der Hüne und lief rechterseits die Mauer ab. Theodor ließ sich mit dem Rücken am Stamm einer Kiefer zu Boden sinken und streckte seine Beine aus. Er wäre gerne für eine Weile so sitzen geblieben, doch der Hüne kam bereits nach wenigen Minuten zurück. »Komm mit«, sagte er.

Er führte Theodor die Wand entlang und in einen Einlass, der hinter einer Gruppe von Tannen versteckt lag. Der Spalt war anfangs eng, dann weitete er sich zu einer Kluft, die zwischen gewaltigen Steinwänden hindurchführte. Schließlich wurde er zu einer breiten Schlucht, von Bäumen bewachsen, bedeckt von Nadeln, Laub und bemoosten Steinen. Hier stiegen die Überreste eines Pfades an und führten durch Höhlen und an Wassergefällen vorbei; Wurzeln bildeten glitschige Stufen.

Über den Baumkronen und zwischen den Stämmen um sie herum sah Theodor die Felsen, die sie von allen Seiten einkesselten. Steile Abhänge mit schroffen, spitzkantigen Steinen ging es hinauf, immer höher und höher, hinein in eine weitere Schlucht – dann endete der Pfad plötzlich in einer Sackgasse.

»Das sollte so nicht sein«, sagte der Hüne und blickte die schroffe Felswand hinauf, die vor ihm den Weg blockierte.

Ein Grollen ließ Boden und Felsen erzittern. Die Bäume wackelten wie im Sturme, lose Steine brachen aus den Hängen und stürzten in die Schlucht hinab. Die Felswand vor ihnen fuhr hoch wie ein Zugtor und gab einen schmalen Durchgang frei. Der Hüne nahm Theodor am Arm und zog ihn einige Schritte zurück. Theodor sah, dass die scheinbare Wand nur Teil eines gewaltigen Riesen war, der hinter dem Spalt gelegen hatte. Nun war er erwacht und streckte sich. Er bestand selbst ganz aus Gestein.

»Der Bergwächter«, sagte der Hüne. »Hab keine Angst.«

Der Bergwächter war so hoch wie die Felsen, die ihn umgaben, gesichtslos, die Haut aus rissigem Stein. Nackte Baumgeripppe und dürres Gestrüpp wuchsen ihm aus Schulter und Stirn, und Felsblöcke purzelten hinab wie steinerne Schuppen, als er sich räkelte.

Dann legte er sich wieder nieder und spähte augenlos durch den Spalt. »Was wollt ihr hier?«, fragte er. Seine Stimme wälzte ihnen wie eine Gerölllawine entgegen.

»Lass uns durch, Felswart!«, rief der Hüne. »Ich diene deinem Herrn!«

»Mein Herr ist dem Albtraum zum Opfer gefallen«, erwiderte der Riese.

»Das weiß ich. Dies ist Theodor, Zornhauens Sohn, und er holt das Schwert und den Schild seines Vaters.«

»Die alten Wege sind nicht mehr passierbar«, sagte der Riese. »Ich musste sie einreißen, so wie ich die Berge einreißen musste, auf dass die Albträume gefangen bleiben in dem Land, das einst Zornhau gehörte.«

»Du hast recht daran getan«, rief der Hüne.

»Recht getan, sagst du, Hüne?«, schallte es durch die Kluft. »Ich habe meine Kinder zerfetzt! Ich habe ihre Köpfe eingeschlagen und ihre Körper zertrampelt. Seit Jahrtausenden standen sie hier, soweit man blicken konnte. Und nun? Ist's nur noch Zerstörung und Unordnung.«

»Und doch müssen wir hinein in das Land. Wir wollen gegen den Albtraumkönig kämpfen«, sagte der Hüne.

Der Bergwächter machte einen langen, nachdenklichen Seufzer. »Ein neuer Weg hat sich aufgetan, als ich meine Kinder zertrümmerte, um die alten Wege zu schließen. Er führt in die Eingeweide ihrer Leichname. Aber ich bin ihn nie gegangen. Wie auch? Ich bin viel zu groß. Geht ihn mit meinem Wohlwollen, aber ohne Gewissheit, dass er sicher ist.«

»Das ist alles, worum wir dich bitten können«, rief der Hüne.

»Steigt auf.« Der Bergwächter legte eine steinerne Pranke vor den Durchgang. Theodor und der Hüne kletterten in ihre zerklüftete Fläche. Sie war so groß wie Theodors Klassenzimmer. Behutsam schloss der Bergwächter seine säulenartigen Finger. Theodor hielt sich am Hünen fest, als die Hand wie ein felsiger Fahrstuhl in die Höhe fuhr.

Auf einem Plateau hoch oben an einer Bergflanke ließ der Bergwächter sie absteigen. Ein scharfer Wind zerschnitt die eisige Luft.

»Schaut es euch an«, grollte der Bergwächter. »So sieht es aus, mein Rechtgetan.«

Das umliegende Gebirge war ein endloses Meer aus zerbrochenem Stein. Alles lag in Schutt und Trümmern. Nur wenige, weit verstreute Berge standen noch ganz, ihre Gipfel in den Wolken. Es sah aus, als hätte ein Riese in einem Gebirge gewütet – und eben das war auch geschehen.

»Es tut mir leid, Felswart«, sagte der Hüne.

»Es ist geschehen und lässt sich nicht ändern. Dort geht es hinein.« Der Bergwächter wies mit seinem dicken Finger zu einem schmalen Riss in der Flanke.

»Danke«, sagte der Hüne und deutete eine Verbeugung an, die Theodor nachahmte. Sie gingen auf die Öffnung zu. Theodor drehte sich noch einmal zu dem Riesen um.

»Warum bewachst du diese Trümmer noch?«, fragte er. »Warum kämpfst du nicht mit uns gegen den Albtraumkönig? Du bist groß und stark und wärst uns sicher eine Hilfe.«

»Ich bin doch kein Krieger. Ich bin ein Bergwächter. Das ist es, was ich eben tue. Ich bewache die Berge. Gebt Acht. Viele Grubenmänner musste ich begraben. 's sind nun Grubengespenster, die drunten in den dunklen Schächten graben.«

Noch einmal ließ der Bergwächter seinen langen, nachdenklichen Seufzer hören, dann tauchte er zurück in sein Trümmermeer.

Die beiden Greise waren schon auf den Beinen und zupften Unkraut aus einem Erdbeerbeet. Die Frau wischte sich Kompost und Fruchtmatsch von den Händen und gab Malte und dem Zwerg Beutel mit Brot, Käse und Obst mit.

»Seid vorsichtig«, sagte sie. »Es spuken Geister in dem Wald, und eine Hexe gibt es dort. Manchmal hören wir sie weinen.« Über den Ritter und seinen Begleiter verlor sie kein Wort.

Malte und der Zwerg bedankten sich und stiefelten zum Rand des Waldes. Keine Straße und kein Pfad, nicht einmal eine Spur blankgetretener Erde führte hinein.

»Frierst du?«, fragte der Zwerg und schaute auf Maltes nasse Kleider.

»Es macht mir nichts«, sagte Malte.

»Dann ist es ja gut. Ich weiß nicht, was uns von nun an erwartet und ob des Albtraumkönigs Einfluss schon bis hierhin reicht. Aber es kann nur das Klügste sein, wenn du dich fortan dicht bei mir hältst – auch wenn dir der weiteste Abstand der liebste wäre.«

Der Wald war freundlich und blühend und erinnerte Malte an den Wald, in dem sie gleich nach den Wirrwegen gelandet waren. Hohe Buchen und Eichen spannten einen grünen Baldachin, unter dem sich ein Teppich aus Moos und Farn ausbreitete. Doch Malte war's egal. Es hätte genauso gut der finstere Wald mit dem finsteren Haus sein können. Seine Laune beeinflusste es weder in die eine noch die andere Richtung. Er blieb ungeduldig und wollte, dass das Umherwandern ein Ende findet. Bis dahin würde er alles nehmen, wie es kam.

Sie orientierten sich an den Baumstämmen, auf deren Nordseite das Moos am buschigsten wuchs. Ab und an mussten sie unpassierbarem Unterholz ausweichen, doch größtenteils kamen sie gut voran. Zur Mittagszeit hatten sie schon ein ordentliches Tagstück geschafft. Ein großes Matschfeld, das der Regen der vergangenen Nacht geflutet hatte, zwang sie nun allerdings, von ihrer strikt nach Norden gerichteten Route abzuweichen. Sie hielten sich eine Weile östlich, um das Schlammgebiet zu umrunden.

Ihr Umweg führte sie durch einen lichten Streifen Weißbuchen und schälender Birken auf eine kleine, sonnige Waldwiese. Dort saßen, sehr zu Maltes Überraschung, der Ritter und sein Knappe. Sie hockten vor einer lodernden Feuerstelle im Gras. Malte hatte geglaubt, mit ihnen hätte es in der Nacht ein Ende gefunden.

Ritter und Knappe sahen noch elender aus als am Vorabend, und sie schauten gleich noch unglücklicher drein, als sie Malte und den Zwerg bemerkten.

»Dürfen wir uns einen Moment zu euch setzen?«, fragte der Zwerg.

Der Ritter und sein Knappe schauten sich unsicher an.

»Bitte«, sagte der Ritter aus ritterlicher Höflichkeit und meinte offensichtlich das Gegenteil. Dem Zwerg schien`s einerlei; er ließ sich mit einem Seufzer ins Gras plumpsen und kramte einen Apfel heraus. Malte gesellte sich zögerlich zu ihnen, unschlüssig, von wem der Dreien er am weitesten entfernt sitzen wollte.

Ein Geheimnis war so deutlich auf den Gesichtern von Ritter und Knappe zu sehen wie das Brandmal auf dem Arm des Zwerges. Ihre Gesichter erinnerten Malte an die Gesichter, die man häufig in dem hinteren Teil der Grillstube sehen konnte, wo die Plastiktische mit den abwaschbaren Wachstuchtischdecken und die Spielautomaten standen. Sie hatten furchige Haut in der Farbe von Pergament, und ihre Augen waren trüb wie absterbende Tümpel. Solche Gesichter aßen nie, sie tranken nur Bier und rauchten Zigarillos, die so braun waren wie die Fingerspitzen, die sie hielten. Solche Gesichter hatten Schnurrbärte und Haare, die ihr schmutziges Blond schon aufgegeben hatten; kampflos aufgegeben, so wie sie immer kampflos aufgaben. Vielleicht genoss der Zwerg es ja genau deswegen, hier bei den beiden Elenden zu sitzen, während Malte am liebsten weitergezogen wäre und sie ihrer deprimierenden Heimlichtuerei überlassen hätte.

Um die Brust des Ritters war der Gurt gespannt, an dem die runzelige Hand mit dem Ring baumelte. Auch der Zwerg hatte sie gesehen.

Über dem Feuer hing an einem groben Gestell aus Ästen ein Topf, aus dem es dampfte.

»Was kocht ihr Feines?«, fragte der Zwerg.

»Suppe«, sagte der Ritter.

»Soso.« Der Zwerg nagte seinen Apfel bis zum Kernhäuschen ab und warf die Reste ins Feuer, dann fragte er mit offensichtlicher Nebensächlichkeit: »Nun, was ist eure Geschichte, Herr Ritter?«

»Wir haben keine Geschichte«, antwortete der Ritter. »Wir sind nur zwei Reisende.« Der Knappe rutschte unruhig hin und her.

»Das glaube ich euch nicht. Mit Verlaub, ihr seht so aus, als wäre euer Weg ein beschwerlicher. Was ist es also, das euch treibt? Eine ehrenvolle Aventiure?« Der Zwerg blickte unverhohlen zur Ringhand.

»Herr Zwerg, ich möchte nicht unhöflich erscheinen«, hob der Ritter an. »Bleibt gerne sitzen und bedient euch an der Suppe. Doch uns müsst ihr nun entschuldigen.«

»Nicht nötig«, sagte der Zwerg und sprang auf die Beine. »Wir sind es, die's zu entschuldigen gilt. Bleibt bei eurem Feuer und eurem Essen. Gute Reise weiterhin. Komm schon, Malte, lass die Herrschaften in Frieden.«

»Ich weiß nicht, was es ist«, sagte der Zwerg, als sie die Wiese gequert hatten und auf der gegenüberliegenden Seite wieder in die

Buchen und Birken getaucht waren, »aber mit diesen beiden hat es irgendeine Bewandtnis. Was erzähltest du gestern von einer Bestie?«

»Als wir den Ritter trafen, suchte er eine Bestie, die seinen Knappen geschnappt hatte. Wir trafen die Bestie zuvor; ich habe gegen sie gekämpft, aber sie ist mir entkommen. Vielleicht suchen sie die Bestie noch immer. Ich habe das Ungetüm heute Nacht schreien gehört. Hier in diesem Wald.«

Der Zwerg rieb sich das Gesicht und dachte nach. »Dem sei, wie dem ist«, sagte er schließlich. »Das ist nicht unsere Geschichte. Lass uns so viel Abstand wie möglich zwischen uns und die beiden bringen. Das Unglück klebt an ihnen wie ein widerspenstiger Geruch.«

Sie wanderten weiter, und der Wald wandelte merklich sein Wesen. Mit jeder Wegstunde wurde er dunkler, die Bäume krüppeliger, das Licht fahler, der Boden morastiger. Die Sonne ging überrumpelnd rasch unter, und bald schon konnten sie kaum eine Elle weit sehen. Da hieß der Zwerg sie anhalten.

»Es bringt nichts, noch weiter zu laufen. Wir werden vom Weg abkommen, so wir überhaupt noch auf dem richtigen Weg sind. Und in dieser unheilvollen Düsternis möchte ich mich nicht verirren.« Der Zwerg nahm seinen Rucksack ab und ließ ihn zu Boden fallen. »Wir werden die Nacht aussitzen müssen. Du kannst schlafen, ich wecke dich, wenn das frühe Licht ein Weitergehen erlaubt.«

»Hast du Angst vor der Bestie?«, fragte Malte.

Der Zwerg reagierte nicht.

»Ich kann auch Wache halten«, sagte Malte. »Ich bin stärker als du.«

Der Zwerg wusste, dass es kein Angebot aus Höflichkeit war. Es war Spott und Drohung gleichermaßen.

»Ja, du bist stärker als ich, das weiß ich. Aber wenn wir den Nebel erreichen, was hoffentlich morgen sein wird, brauchen wir dich ausgeruht.«

»Wenn Gefahr droht, weck mich auf«, befahl Malte. Ohne auf eine Antwort zu warten – die ohnehin nicht kam – kauerte er sich auf den Boden und rollte sich in seinen Umhang. Der Zwerg klaubte ein paar klamme Äste zusammen und entfachte ein zischendes, qualmendes Feuer. Er spähte in die Dunkelheit zwischen den Bäumen. Seine Axt hielt er griffbereit.

Ein grauenhaftes Geheul riss Malte aus dem Schlaf. Er war augenblicklich hellwach. Der Zwerg lag am Boden, im Schein des fast vergangenen Feuers. Über ihm hockte die Bestie. Mit Mühe hielt er die Axt zwischen sich und ihre Klauen. Die Bestie drückte ihn nieder, kam tiefer und immer tiefer zu ihm herunter.

Malte stand auf, zog seinen Dolch – und zögerte. Malte hatte nie gesehen, was der Zwerg im Kampf zu leisten imstande war. Doch er hatte gesehen, wie er den Hünen niedergerungen hatte. Und trotz der Verachtung, die er für den Zwerg verspürte, enttäuschte es ihn, den Zwerg derart unterlegen zu sehen. Gleichzeitig freute es ihn. Der Zwerg bekam, was er verdiente. Sollte die Bestie ihn zerfleischen, Malte war es nur Recht. Er hatte genug von ihm. Er brauchte ihn nicht. Der Zwerg war lahm und lästig, und das letzte Stück bis zum Nebel würde er auch ohne ihn finden.

Der Zwerg wirkte nicht ängstlich, wie er dort unten lag, in den schlammigen Boden gedrückt, die Bestie über sich. Er wirkte verärgert und gleichzeitig grübelnd, ob es für ihn wohl einen Ausweg geben mochte. Er drehte den Kopf und sah Malte. Er begriff. In seinem Blick lag weder Angst noch Wut, sondern Ernüchterung. Malte würde ihm diesen Ausweg nicht bieten. Die Bestie spannte sich zum letzten, todbringenden Hieb.

»Lass ab!«, schrie der Ritter und trat aus dem Dunkel. Er hielt ein Schwert auf die Bestie gerichtet. Tränen standen ihm in den Augen. »Ich bitte dich, lass ab, mein Freund.«

Die Bestie ließ ab. Sie stieg von dem Zwerg und ging auf den Ritter zu, geifernd, knurrend, gebückt, ruckend, bleich, dürr.

»Wir haben's doch bis hierher geschafft«, schluchzte der Ritter. »Bitte, komm zu dir.«

Die Bestie kreischte und stürmte los. Im letzten Augenblick, ehe sie den Ritter erreichte, stach dieser ihr mit einer Geschmeidigkeit und Kraft, die Malte diesem dürren, ausgemergelten Körper nicht zugetraut hatte, sein Schwert in den Leib. Die Bestie riss die Augen auf und sackte vorwärts. Sie rutschte dem Ritter in den Arm. Die Schwertspitze bohrte sich aus ihrem Rücken und durchstieß die Wirbel, die so deutlich hervortraten, als wären's Drachenschuppen. Der Ritter fing das Ungetüm auf und sank mit ihm in die Knie. Die Haut verlor ihre Weiße, die Hörner zogen sich in den Kopf zurück wie die Fühler einer Landschnecke. In seinen Armen lag der Knappe. Er schaute seinen Herrn an, ungläubig, verraten. Er öffnete den Mund, dann starb er. Der Ritter weinte bitterlich und drückte den nackten, leblosen Körper an sich.

»Was ist eure Geschichte?«, fragte der Zwerg zwischen zwei Atemstößen und stand auf. Er richtete seine Axt auf den Ritter. »Was ist eure verfluchte Geschichte?«

»Was schert dich unsere verfluchte Geschichte?«, schrie der Ritter. »Sie hat nichts mit eurer Geschichte zu schaffen! Ihr habt ihr bloß ein trauriges Ende geschrieben. Geht fort, ich trage meinen Knappen zu Grabe!«

Der Zwerg schaute den Ritter an. Seine Kiefer mahlten. Dann spuckte er aus und stiefelte an Malte vorbei davon.

»Warte«, rief der Ritter. Er warf etwas zu dem Zwerg herüber. Der Zwerg hob es auf und hielt es in den schwachen Feuerschein. Es war der Gurt mit der abgetrennten Hand.

»Vielleicht lässt sie euch damit passieren«, sagte der Ritter. »Nun geht und tut, was ihr vorhabt. Und bitte beeilt euch. Ich will bloß noch fort von hier. Wahrlich, das will ich.«

Die Trauer des Ritters verstummte, als der Wald Malte und den Zwerg verschluckte.

Der Hüne schob sich seitwärts in den Bruch, der vom Plateau in den Berg hineinführte. Mit seiner massigen Statur passte er kaum hinein; seine Brust und das quer über den Rücken geriemte Schwert schabten am Stein, als er sich Stück für Stück vorwärts-quetschte. Der Hüne ächzte, zwängte sich und fluchte. Mehrfach befürchtete Theodor, er würde steckenbleiben, doch schließlich gelang es dem Hünen, sich in den Berg zu zwängen. Theodor schob sich ihm nach, mit unguten Erinnerungen an ein sehr enges Treppenhaus.

Kaum hatte Theodor sich durch den Eingang gezwängt, weitete sich der Spalt zu einem Tunnel, in dem beide ausreichend Platz fanden. Anfangs schimmerte das Licht aus dem Gebirge in den Stollen hinein, doch schon nach wenigen Schritten wurde es voll-kommen dunkel.

»Leg deine Hand an meinen Rücken und lass sie dort«, sagte der Hüne.

Theodor tat, wie ihm geheißen. Sie tasteten sich langsam durch die Schwärze. Es roch nach feuchtem Stein. Die Wände, wenn Theodor sie streifte, waren kalt und nass.

An manchen Stellen wurde der Stollen wieder schmaler, und sie mussten seitlich laufen. Dann wurde er bauchiger, so dass Theo-dor die Wand nicht berühren könnte, selbst wenn er einen Arm ausstreckte. Manchmal wurde der Tunnel so niedrig, dass sie ge-bückt laufen mussten, dann wieder öffnete er sich über ihnen, und das Knirschen ihrer Schritte verlor sich hoch oben in einem Echo.

Sie passierten vielerlei Öffnungen zu beiden Seiten, wo weitere Stollen abzweigten. Kühle, faulige Luft wehte aus den Tiefen an Theodors Wangen.

Ihre Schritte und das Klappern von Theodors Schwert in der zu großen Scheide waren meist die einzigen Geräusche in der Finsternis. Nur manchmal hörten sie es von der Decke tropfen oder einen Wasserfaden am Grund plätschern. Und manchmal hörten sie's hinter den Felsen klopfen und scharren. »Das sind die Grubengespenster«, sagte der Hüne beklommen. »Sie suchen sich freizuschaufeln, aber es kann ihnen nicht mehr gelingen.«

Theodor schauderte bei der Vorstellung, hier unten verschüttet zu sein.

Zuerst lief der Stollen geradeaus, dann führte er merklich abwärts und wand sich dabei. Nachdem sie eine Weile in seichten Schlaufen hinab gelaufen waren, blieb der Hüne plötzlich stehen. »Spürst du das?«, fragte er.

Theodor spürte es. Da war ein leichtes Vibrieren im Boden und in den Wänden.

»Der Gesang der Grubenmänner?«, fragte Theodor.

»Es sind weder die Grubenmänner noch ihre Gespenster«, sagte der Hüne. »Aber was es ist, weiß ich nicht.«

Sie gingen weiter, und das Vibrieren kribbelte nun auch in Theodors Bauch. In einiger Entfernung fiel ein bleiches Schimmern auf die Stollenwand vor ihnen.

»Halte dich bereit«, flüsterte der Hüne und nahm sein Schwert vom Rücken. Auch Theodor zog seine Waffe. Langsam gingen sie auf das Schimmern zu; es kam aus einem seitlichen Durchgang. Der Hüne lugte vorsichtig um die Ecke, dann trat er hindurch. Sie kamen in einen weiten, hohen Raum, in dem einige Dutzend großer, bläulicher Kristalle aus Boden und Wänden ragten. Auch von der Decke hingen sie wie Stalaktiten aus Saphir. Von ihnen ging das Vibrieren aus. Sie glommen in langsamem Puls, als seien sie mit Energie geladen, und die ganze Höhle zitterte, als stünde sie unter Strom.

Hinter einem Grüppchen Edelsteine kroch ein wurmartiges Wesen hervor. Es war so groß wie der Hüne und schabte schwerfällig über den Boden. Das Licht der Kristalle spiegelte sich in seiner speckigen Haut. Der fette Körper ging in einen fleischigen, platten Kopf über, in dem ein menschenähnliches Gesicht grinste, als wäre das Haupt eines feisten Mannes im Zustand völliger Zufriedenheit geschmolzen. Unter dem Kopf hatte das Wurmwesen vier verkümmerte Ärmchen mit kleinen Händen, die wild umherruderten. Es beachtete Theodor und den Hünen nicht, sondern raupte behäbig zu einem nahen Kristall, der aus der Wand gewachsen war. Die kleinen Händchen betasteten flink die kantige Oberfläche, dann öffnete sich eine Speckfalte zu einem breiten Maul. Das Wurmwesen knabberte und leckte an dem Kristall, dann lutschte es gierig daran.

Der Hüne schob sein Schwert zurück in die Rückenscheide. »Lassen wir das Ding in Frieden«, sagte er, nahm Theodor am Arm und zog ihn mit sich zu einem Durchgang in der gegenüberliegenden Wand.

Sie betraten eine hochgelegene Plattform über einer weiten Grotte. Eine schmale, aus dem Fels gewachsene Treppe führte sie hinab zu einem Fluss, der tiefschwarz wie Pech und glänzend wie Öl war. Am Ufer des Flusses war ein Ruderboot vertäut. Schunkelstill lag es im Wasser, als steckte es darin fest. Vor dem Boot saß der Fährmann.

Er war in weißes Tuch gekleidet und hatte eine Kapuze über sein Haupt gestülpt. An einigen Stellen war das Tuch aufgerissen und offenbarte schimmelnde, kranke Haut. Ein goldener Gürtel, in den eine Reihe kleiner hässlicher Schädel eingelassen war, schnürte das Gewand um die dürre Taille.

Zuerst dachte Theodor, der Fährmann säße auf einem Felsen. Doch dann sah er, dass der Fährmann selbst Teil des Felsens war.

Sein Unterleib steckte in dem Gestein, als wäre er darin eingegossen. Der Fels war von Alter gezeichnet, abgeblättert und bewachsen mit feuchtem Moos, das kein Licht braucht. Er hatte eine marmorne Farbe, die vor langer Zeit ein vornehmes Weiß gewesen sein musste, so wie die Haut des Fährmanns selbst.

Kerzen brannten mit unterernährten Flämmchen, und in einer Feuerschale neben dem steinernen Sitz glühten ein paar Kohlen.

»Hat euch Vater Fels also durchgelassen, wie?«, sagte der Fährmann mit dünner, kratziger Stimme. »Aber der dient auch niemandem mehr. Ich hingegen diene jemandem, und dieser Jemand ist gewiss nicht euer Freund. Warum also sollte ich euch nicht sofort die Eingeweide herausreißen?«

Der Hüne griff zum Schwert.

»Ach, sei nicht albern, du Hüne«, schnaubte der Fährmann. »Du bist mutig und stark, aber doch nur Muskeln und Fleisch. Du kannst mir nichts, also spar dir dein Gegockel. Ich besorge euch gleich selbst die Antwort: Ich habe gar kein Interesse, euch aufzuhalten. Albtraumkönige, Wachende – eure Queste ist mir so gleichgültig wie wenig sonst. Aber ich muss etwas von euch verlangen.«

»Und was wäre das?«, fragte der Hüne und zog die Hand zurück.

»Ich sage euch, was ihr mir für die Überfahrt anbietet: Noch ehe euch mein Boot an euer Ziel gebracht hat, in das Land, in dem jetzt die Albträume regieren, wird euch jemand um einen Gefallen bitten. Versagt ihm diesen Gefallen nicht. Um mehr bitte ich euch nicht.«

»Und welche List haben wir von dir zu erwarten, Albtraumdiener?«, fragte der Hüne.

»'s gibt weder List noch Tücke. 's wird euch nicht schaden, kann euch nicht schaden. Das schwöre ich euch bei dem Wenigen, das mir noch geblieben ist. Euch tut es nichts, den Gefallen zu tun. Doch für mich bedeutet er die Welt. Dafür verspreche ich euch sichere Überfahrt in das verfluchte Land. Stimmt zu oder trollt euch auf immer!«

Der Hüne schaute den Fährmann einen Moment abwägend an. »In Ordnung«, sagte er.

»Du verstehst nicht!«, zischte der Fährmann und wollte hochfahren aus seinem steinernen Thron, doch der hielt ihn im festen Griff. »Ihr müsst es mir schwören! Schwört!« Er fauchte und wand sich. »Wenn ihr euren Schwur brecht, reißt euch mein Boot in Tiefe und Tod.«

»Ich binde mich an diesen Schwur: Ich werde den Gefallen tun«, sagte der Hüne. Wohl schien ihm dabei nicht.

»Und du, hässliches Kind?«

»Ich schwöre es«, sagte Theodor, der keinerlei Ahnung hatte, wozu er sich verpflichtete. Doch wenn der Hüne es versprach, mochte es seine Richtigkeit haben.

Der Fährmann ergab sich dem Griff seines Thrones und sank erschöpft zusammen. »Dann geht nun, fort mit euch«, sagte er und fächerte sie mit seiner knochigen Hand davon, in Richtung des Bootes, das reglos in dem pechschwarzen Wasser wartete.

Das Wasser warf keine Wogen und kein Kräuseln, als der Hüne bis zur Hüfte hineinstieg. Er hielt das Boot, damit Theodor hineinklettern konnte. Als Theodor seinen Platz am Bug eingenommen hatte, sprang der Hüne hinterher. Sie nahmen zwei Ruder vom Boden. Der Hüne löste das Tau und stieß das Boot mit seinem Schaft vom Ufer.

»Eines noch, Wachendersohn«, rief der Fährmann hinterher. »'s ist mein Bruder, der dein Schwert und deinen Schild bewacht. Er ist der Hungrige. Ich finde, das solltest du wissen.«

Gehässigkeit klang in seinen Worten. Theodor grummelte un-
gut der Bauch, als ihr Boot auf den dunklen Fluss hinaustrieb.

Ein krummbeiniger Zwerg und ein sehr junger Mann, betrübt von den Ereignissen der vergangenen Nacht und betrübt voneinander, stapften durch den Wald. Als der Morgen dämmerte, wurde nur das Licht heller. Malte fragte sich nicht einmal, was der Zwerg von ihm halten mochte, seit er mitangesehen hatte, dass er ihn hätte sterben lassen.

Sie liefen über nasses Gras, fauliges Laub und tote Äste. Einen ganzen Tag lang liefen sie, ohne Rast und ohne ein einziges Wort zu wechseln, und wann immer das Gelände es zuließ, gingen sie mit weitem Abstand zueinander.

Als der Abend dämmerte, zog Nebel auf. Zuerst kroch er schüchtern aus der Erde und umspielte bloß ihre Füße, doch bald schon hatte er sie gänzlich umhüllt wie graues Tuch. Der Grund wurde matschiger. Ihre Stiefel versanken bis über die Knöchel im Schlick und lösten sich mit widerwärtigem Schmatzen. Das Gras wuchs höher und die Halme streiften feucht über ihre Gesichter wie tautrunkene Spinnweben.

Hier, im nebelverhüllten Sumpf, spielte die Dämmerung keine Rolle; hier herrschte ein immergleiches, milchiges Licht. Kein Himmel war zu sehen durch den dunstigen Filter.

Sie stapften vorbei an toten Bäumen mit schmierig schimmerndem Geäst, kletterten über glitschiges Holz, durchwateten breiige braune Pfützen und wichen unheilvoll blubbernden Tümpeln aus.

»Ist das schon der Nebel?«, fragte Malte. Es waren die ersten Worte, die an diesem Tag gesprochen wurden.

»Nein«, antwortete der Zwerg. »Aber ein böser Nebel.«

Fauliger Geruch kroch ihnen in die Nase. Die Bäume standen weit auseinander. Zwischen ihnen spannte sich der Nebel wie graustichige Laken.

Die Verderbtheit war überall: In der Luft, die sich klebrig auf ihre Gesichter legte, in den stinkenden Gasen, die aus den Gewässern emporstiegen. Die Trostlosigkeit der Umgebung verdunkelte ihre ohnehin trüben Gemüter. So trottete das unglückliche Gespann mit hängenden Köpfen über die wenigen halbwegs festen Stellen, die sich wie Würmer zwischen Wasserflächen und grauem Schilf schlängelten.

Ihre Kleidung war klamm. Sie hatten ihre Umhänge eng um sich geschlungen und die Kapuzen tief ins Gesicht gezogen. Sie kamen nur mühsam voran. Ständig blieben sie mit ihren Stiefeln stecken, mussten ein Stillgewässer weitläufig umrunden oder sich durch dichtes Gestrüpp hacken. Fiese Tierchen bissen und stachen in Gesichter und Nacken und hinterließen Pusteln, die genauso juckten wie die Zehen in den feuchten Stiefeln.

Ein feiner Wind kam auf, ein dünnes, silbenloses Wehklagen.

»Hallo?«, wehte plötzlich ein Ruf an Maltes Ohr. Er blieb stehen und lauschte. Ein weiterer Ruf folgte: »Ist dort jemand?« Es war die Stimme eines Kindes, ängstlich und weinerlich.

»Zwerg, hörst du das?«

Der Zwerg lief unbeirrt weiter, hörte ihn nicht oder ignorierte ihn.

»Bitte sag doch was«, flehte die kindliche Stimme, »ich habe mich verlaufen!«

»Zwerg, warte!«, befahl Malte, doch der Zwerg war schon im Nebel verschwunden.

»Ich flehe dich an, sag mir, wo du bist«, bettelte das verlorene Kind. »Ich habe Angst!«

»Ich bin hier!«, rief Malte. »Wo steckst du? Komm her zu mir!«

Ein Moment Stille. Dann rief sie wieder, die kindliche Stimme, und dieses Mal war sie schon näher: »Bin ich auf dem rechten Weg? Sag mir doch, wo bist du?«

»Ich bin hier, ganz in deiner Nähe!«, antworte Malte.

»Ich bin gleich bei dir, bitte geh nicht fort«, jammerte die Stimme.

Ein Licht glomm im Nebel auf, fahl und rund. Es waberte auf Malte zu, als trüge ihm jemand eine Laterne entgegen. Eine weitere Lichtkugel tauchte gleich daneben auf, und dann noch eine. Überall um ihn herum lebten Lichter auf. Sie schwebten zu Malte hin.

»Ich bin fast bei dir, gib noch einen letzten Laut«, rief die kindliche Stimme. Doch sie klang gar nicht mehr ängstlich, klang nicht weinerlich. Sie klang gierig. Malte zögerte. Die Lichter hatten ihn eingekreist, und ihr Ring wurde enger.

»Ein letzter Laut nur«, verlangte die Stimme. Die Lichter hatten ihn fast erreicht. »Wo bist du?«, fragte die Stimme. »Nun sag schon, wo du bist!«, keifte sie. »SAG ES MIR!«, schrie sie.

Eine starke Hand zog Malte herum. Der Zwerg drückte ihn eng an sich. »Sei ganz still«, flüsterte er.

Malte blickte über den Zwerg hinweg und sah, zu wem die Lichter gehörten: Es waren tatsächlich Laternen, getragen von aschfahlen, eingefallenen Gestalten, die mit leeren Augenhöhlen durch den Nebel zogen. Sie reckten ihre toten Köpfe hierhin und dorthin, lauschten auf die Stimme, die ihrem Rufen geantwortet hatte. Sie schwebten ganz dicht an Malte und dem Zwerg vorbei. Immer mehr von ihnen tauchten im Nebel auf, bis es um sie herum von grausigen Geistern wimmelte.

Malte drückte seinen Kopf in die Mulde zwischen Kopf und Schulter des Zwerges, grub seine Finger tief in den Rücken des Zwerges, der ihn fest umarmt hielt.

»Wo bist du?«, riefen die Geister. »Ach, wir wissen doch längst, wer du bist! Warum kommst du nicht mit uns? Oh, verflucht seist du! Wir hoffen, du ertrinkst in diesem Sumpf! Wenn wir dich finden, dann fressen wir dich!«

Malte und der Zwerg standen reglos ineinander geklammert, während die Gestalten umherirrten, ihre Bahnen mit weißen Flammen leuchteten und dabei schelten und zischten.

Er hatte geglaubt, sich nie wieder ängstigen zu müssen, doch diese Wesen fürchtete Malte. Inmitten seiner Furcht spürte er aber noch etwas: Der Zwerg hielt ihn. Nie zuvor war Malte so kräftig umarmt worden, und in ihm, dem Vaterlosen, erwachte eine Geborgenheit, die ihm bis zu diesem Augenblick unbekannt gewesen war. Malte – und die Erkenntnis entsetzte ihn – genoss die Berührung des Zwergs. Während die Geister überall nach ihnen suchten, stand der Zwerg unbeirrbar und hielt Malte einfach. Malte erinnerte sich daran, wie der Zwerg den Hünen niedergerungen und nicht mehr losgelassen hatte. Und er fragte sich, zu welchem Schutz der Zwerg trotz seiner Missgestaltung im Stande war.

Mit einem Male stoben die Gestalten wie aufgescheucht auseinander und zogen sich rasch in den Nebel zurück. Ihre Lichter erloschen, ihre Rufe verstummten.

Malte hob den Kopf. Der Zwerg hielt ihn noch immer umarmt. Malte stieß ihn grob fort. »Lass mich los!«, fauchte er.

Der Zwerg straffte seine Kleidung und hob die Axt auf, die neben ihm im nassen Laub lag.

»Zwei Wanderer wurden mir gesagt«, hörten sie eine neue Stimme, raschelnd wie knitterndes Papier, doch wenig geisterhaft. »Aber euch habe ich nicht erwartet.«

Eine alte, gebeugte Frau kam aus dem Nebel gehumpelt, mit einer Hand auf einen Stock gestützt. Sie schaute den Zwerg und Malte eine sehr lange Zeit an. Ihre andere Hand fehlte. Der Zwerg sah's.

»Die, die ihr erwartet, kommen nicht«, sagte er.

Die alte Frau nickte, als verstünde sie und bedauere, was sie verstand. Der Zwerg nahm seinen Rucksack ab und holte die runzelige Hand hervor, die der Ritter ihm mitgegeben hatte. Der Ring an dem welken Finger strahlte wie eine junge Schönheit inmitten ihrer Urgroßeltern.

Die Hexe ließ ihren Stock fallen und nahm die lose Hand mit der verbliebenen.

»Nun sieh sich das einer an«, murmelte sie und strich mit dem Daumen über den Ring. Tränen stauten sich in ihren Augen. Mit einem Male wirkten diese Augen jung und verträumt wie eine Sommerverliebtheit.

»Eine Hand mit einem Ring zum Tausch gegen einen Weg aus diesem Sumpf«, sagte die alte Frau. »Was sagst du dazu, Zwerg?«

»Wir tauschen«, antwortete der Zwerg.

»Was hat es mit dieser Hand auf sich?«, fragte Malte. »Was haben Sie mit dem Ritter und seinem Knappen zu schaffen?«

»Ritter und Knappe?« Die Hexe lachte, und es klang, als hätte sie es längst verlernt. Es war mehr ein hüstelndes Stottern. »Wer ist wohl Diener, wer ist Herr? Was meinst du? Ach, es spielt keine Rolle mehr. Und nun hinaus, bevor euch die Irrlichter holen.«

Der Nebel verwehte und löste sich auf. Die Frau mitsamt dem Sumpf war verschwunden. Malte und der Zwerg standen inmitten einer diesigen Wiesenebene. Das Gras lag nieder unter Tau, feuchtes Heidekraut und stachelige Sträucher tupften das Land.

Am fernen Ende der Ebene sah Malte den Nebel. Er nahm den gesamten Horizont ein, eine gigantische Wand, grenzenlos in der Breite von Ost nach West und grenzenlos in der Höhe, wo sich ihr dichter Rauch mit dem wolkenverhangenen Himmel vermengte.

»Gibt es noch irgendetwas, was du wissen oder worüber du sprechen möchtest?«, fragte der Zwerg. Er hatte dunkle Ringe unter seinen rotstichigen Augen.

»Warum klingst du so endgültig?«, fragte Malte.

»Weil ich dir nicht sagen kann, was dich dort drinnen erwartet.«

»Mich? Oder uns?«

»Ich werde nicht mit dir in den Nebel gehen«, sagte der Zwerg und kramte die Wasserflasche aus seinem Rucksack.

Malte schaute ihn prüfend an. »Und warum nicht?«

»Dies ist deine Geschichte, nicht meine. Und es ist allein deine Aufgabe. Der Nebel offenbart sich einem jeden anders.«

»Das sagte Eels bereits.«

»Dann weißt du's ja. Ich kann dich dort drinnen nicht begleiten, selbst wenn ich es wollte.« Der Zwerg trank einen Schluck. »Was ich nicht tue.«

Malte lächelte, doch nur mit dem Mund. »Nun, dann lass uns gehen. Ich bin gespannt darauf, was mich erwartet. Komm schon, *Schrumpfling Schankwart*.«

»Nenn mich nicht so«, sagte der Zwerg, aber er sagte es ohne Zorn. Er sagte es müde und blickte Malte dabei nicht einmal an. Er stopfte die Flasche zurück und marschierte über die nasse Heide auf die Nebelwand zu.

Malte stakte ihm hinterher. Die Wohligkeit, die des Zwerges Umarmung in ihm ausgelöst hatte, irritierte ihn noch immer. Aber das war etwas, über das er sich später Gedanken machen konnte. Nun galt es, den Stab zu holen und herauszufinden, wie viel mächtiger er damit sein würde.

Die Gräser tränkten ihre Schuhe und Hosen, und ein hauchfeiner Nieselregen kitzelte ihre Gesichter. Vom Rand ihrer Kapuzen perlten Tropfen hinab. Schweigend stapften sie dem Nebel entgegen, zwei Wanderer in der Diesigkeit.

Kapitel 9

Das Boot schaukelte nicht und schreckte keine Wellen auf. Der Bug glitt so fein und widerstandslos durch das Wasser wie eine Schneiderschere durch straff gespannte Seide.

Nachdem Theodor und der Hüne losgerudert waren, trug der Fluss sie in eine enge Grotte, die in die Felsen führte. Eine Weile war es finster, doch dann tauchten vereinzelte, schunkelnde Lichter auf. Theodor erkannte, dass sie zwischen den gebrochenen Überresten unterirdischer Gebäude fuhren. Fahler Lichtschein spiegelte sich an zersprungenen Mauern und Türmen an beiden Ufern, und gebrochene Bögen spannten sich zur Hälfte über den Fluss.

»Die Söhne und Töchter der Berge durchsuchen die Trümmer ihrer Stadt«, sagte der Hüne. Theodor sah die Lichter, aber nicht diejenigen, die sie führten. Von überall her hörte er gedämpftes Schaben und Kratzen, Schlagen und Hacken, wie zuvor in der Tiefe unter den Bergen.

Nachdem sie die Ruinen passiert hatten, weitete sich die Grotte. Wände und Decke zogen sich zurück und verloren sich in der Finsternis. Sie fuhren über ein schwarzes Meer unter einem schwarzen Himmel. Das ölige Schwarz war unter ihnen, das endlose Schwarz um sie herum; wo sich die Schwärzen trafen, vermochte Theodor nicht zu sagen. Mit sanftem Platschen glitten ihre Ruder ins Wasser und tauchten blubbernd wieder hervor.

Plötzlich kam ein Grollen auf, dumpf und leise, doch rasch ansteigend. Es kam aus der See und tauchte wie eine donnergefüllte Luftblase an die Oberfläche. Theodor und der Hüne beugten sich über den Bootsrand.

Unter Wasser flammte ein Blitz auf. Grell und zackig schoss er durch die Tiefe. Dann noch einer, und kurz darauf ein weiterer.

Immer mehr Blitze glühten in immer rascheren Abständen auf. Sie jagten unter dem Boot hinweg wie Störfeuer und ließen eine dichte Wolkendecke aufleuchten, die direkt unter der Wasseroberfläche hing. Ein Gewitter tobte in einem Nachthimmel, nur hing dieser Nachthimmel nicht über ihren Köpfen, sondern zog träge unter ihrem Boot hinweg. Die Blitze sprangen wie Flammenspeere von Wolke zu Wolke, und die Donner brüllten einander nieder. Die Wasseroberfläche aber blieb ruhig und spiegelglatt, als läge das kopfstehende Unwetter unter Glas.

Theodor saß am Rand des Bootes und schaute gebannt zu. »Es ist … wunderschön, nicht wahr?«

»Das ist es«, sagte der Hüne, der das Spektakel nicht minder fasziniert betrachtete.

Zwischen den Gewitterwolken taten sich Lücken auf, und hindurch sah Theodor auf eine Landschaft herab. Wälder, Flüsse und Berge glitten weit unter ihnen vorbei. Es war, als schwämme das Boot nicht in einem Meer, sondern flöge über den Wolken.

»Was ist dort unten?«, fragte Theodor.

»Ich weiß es nicht«, antwortete der Hüne. »Dieses Meer gab es damals nicht.«

Einige Minuten trieb das Boot auf diesem aufgebrachten Tiefenhimmel, dann ebbten die Blitze allmählich ab und das Donnergrollen wurde leiser, bis es schließlich vollends verstummte. Ein letzter Lichtstrahl, ein letztes, leises Knurren, dann war das Unwetter vorbei. Kein Land war mehr zu sehen und keine Wolke; unter ihnen lag wieder bloß das fettig glänzende, schwarze Wasser, das keine Wellen warf.

Theodor und der Hüne steuerten das Boot weiter durch die Schwärze, als plötzlich ein Wimmern zu ihnen drang. In der Lichtlosigkeit vor ihnen konnte Theodor einen hellen Punkt ausmachen, von dem das Geräusch ausging. Der Hüne paddelte langsamer, und bald sahen sie einen Kopf aus der schwarzen See lugen.

Der Kopf zuckte, als das Boot näherkam, ruckte hierhin und dorthin, schien zu lauschen statt zu sehen. Es war ein bleicher Mädchenkopf mit schwarzem Haar und schwarzen, lidlosen Augen. Das Kinn reichte gerade über das Wasser.

»Wer da?«, wimmerte das Mädchen mit einer Stimme, so zerbrechlich wie eine Eierschale. »Schickt euch der Fährmann? Seid ihr gekommen, um meinen Durst zu stillen?«

Theodor wusste nicht, was für ihn zu sagen gewesen wäre. Scheinbar wusste es auch der Hüne nicht.

»Ihr habt sein Boot!«, rief das Mädchen. »Dann muss euch der Fährmann geschickt haben. Sagt doch, hat euch der Fährmann geschickt, um meinen Durst zu stillen?«

»Der Fährmann bat uns, jemandes Gefallen zu erledigen«, sagte der Hüne. »Bist du dieser jemand?«

»Ja, ja, ja!«, schnatterte das Mädchen.

»Dann nenne uns deinen Gefallen, Mädchen.« Der Gefallen missfiel dem Hünen schon jetzt.

»Ja, ja, ja! Seht das Wasser, es reicht mir bis zum Kinn! Doch erreichen kann ich es nicht!« Das Mädchen beugte den Kopf, riss den Mund weit auf und versuchte, das Wasser mit seiner schwarzen Zunge zu lecken. Sie reichte nicht heran, wenige Millimeter fehlten der Zungenspitze. »Seht ihr? Darum bitte ich euch: Stillt meinen Durst! Ich bin so durstig, so lange schon durstig, bin in mir nur sengender Sand und stechender Staub! Bitte, flutet mich!«

»Und was sollen wir tun? Dir Wasser in den Mund schöpfen?«, fragte der Hüne. Wieder klang es, als widerstrebte ihm die Antwort bereits. Er schaute zu Theodor. Reue lag in seinem Blick.

Theodor blieb stiller Beobachter. Hier wurde mit einer Etikette gesprochen, die er nicht beherrschte.

»Ach, du Dummer, du weißt es doch schon«, sagte das Mädchen, als tadele es nachsichtig einen Sturkopf. »Das Wasser stillt meinen Durst nicht. Ich wäre weiter verdammt, denn das ist meine Strafe. Meinen Durst endgültig stillen, das kann nur mein Blut. Ja, flutet mich mit meinem Blut!«

Theodor schaute den Hünen fragend an. Der Hüne blickte traurig.

Das durstige Mädchen schnupperte gierig. »Da! Ich rieche doch Stahl! Ich rieche Muskeln! Rammt mir mit euren Muskeln den Stahl in den trockenen Rachen. Ja?«

»Du bist doch bloß ein Mädchen«, sagte Theodor fassungslos.

»'s ist nur Maskerade, sei doch nicht so töricht, Angstjunge. Glaubst du nicht, dass ich älter bin, als es dir scheint? Weitaus älter sogar? Und böser vielleicht? Ich stehe hier schon eine sehr lange Weile. Und wenn ihr mir nicht helft, stehe ich hier bis zum Ende aller Träume. Und ihr fahrt in Tod und Tiefe mit dem Schiffchen.«

Der Hüne zog sein Schwert.

»Hüne!« Theodor schaute ihn ungläubig an. Der Hüne schaute kummervoll zurück.

»Es ist, worum uns der Fährmann gebeten hat, und es ist, worum uns dieses Kind bittet. Wir haben es versprochen. Ich werde diese Aufgabe übernehmen.«

»Ja, ja, ja, du bist mutig. Tu es gleich, ich bitte dich!«

»Hüne …«, stammelte Theodor noch einmal, weil ihm nichts anderes einfiel.

»Sieh nicht hin, Theodor«, sagte der Hüne.

Theodor blickte den Hünen an, entsetzt, aber stur. Er verzog sein Gesicht zu einer Herausforderung.

»Schau weg oder schau zu«, sagte der Hüne schroff.

Theodor zögerte und zweifelte. Dann drehte er sich zur Seite. Er kniff die Augen zusammen und umgriff den Rand des Bootes.

»Ich wünsche dir ein gutes Ende«, hörte er den Hünen sagen. Dann folgte das entsetzliche Schmatzen von Stahl in Fleisch. Theodors Finger verkrampften sich im Holz. Ein kurzes Gurgeln, dann wurde der Stahl schlürfend wieder hinausgerissen. Blubbern, dann Stille.

»Sie ist untergetaucht«, sagte der Hüne schließlich. »Du kannst wieder hinsehen.« Er setzte sich auf seinen Platz am Ende des Bootes, griff sein Paddel und trieb das Boot vorwärts.

Theodor starrte weiter hinaus auf die schwarze See, und der Hüne ließ ihn. Erst nach einer ganzen Weile kletterte Theodor zurück in den Bug und schnappte sich sein Paddel. Bleich und leeren Blickes tauchte er das Holz ins Wasser.

Als Theodors Arme ebenso schwer wurden wie sein Herz, färbte der Himmel sich in ein bleiches Grau. Schwernasse Wolken zogen auf. Das Wasser blieb schwarz, doch der Rest war trübe Blässe.

»Möchtest du über das Mädchen sprechen?«, fragte der Hüne, der sah, dass Theodor noch immer litt.

»Es war doch nur ein kleines Mädchen«, sagte Theodor.

»Mädchen, Tochter, Mutter, Geliebte, wer weiß das schon?«, sagte der Hüne. »Ach Theodor, du hast sie doch gehört. Ein Fluch lag auf ihr und dem Fährmann. Sie haben uns beide darum gebeten, wir haben sie erlöst. Glaube mir, es wäre grausamer gewesen, sie am Leben zu lassen.«

Theodor war nicht überzeugt. Der Hüne war's leid.

»Das war deren Geschichte, nicht deine«, sagte er barsch. »Ich bin mir sicher, ehe deine Geschichte zu Ende ist, wirst du noch Vieles mehr sehen, das dir nicht gefällt, und sicher auch Manches tun müssen, das dir widerstrebt. Du bist nun einen Tod älter, und das hinterlässt Spuren. Doch du hast eine Aufgabe zu erfüllen. Konzentriere dich darauf.«

Eine schroffe, felsige Küste zog vorbei. Ein Riese, bestimmt so groß wie der Bergwächter, stampfte am Ufer entlang. Er blieb kurz stehen und drehte ihnen den Kopf zu. Er ging in die Knie und hob einen Felsen hoch. Dann stapfte er weiter und kümmerte sich nicht mehr um das Boot. Theodor war noch immer aufgewühlt über den Tod des Mädchens – und die rasche Bereitschaft des Hünen, ihn herbeizuführen –, doch gleichzeitig fragte er sich, welche Wunder und Gefahren wohl hinter dieser Küste warten mochten. Welche Wunder dieses Land überhaupt barg, das er nur in kleinen Ausschnitten zu sehen bekam. Gerne hätte er den Hünen nach dem Land dort im Meer gefragt, aber gerade mochte er nicht weiter mit seinem Vertrauten sprechen. Und so blieb die Küste ungekannt zurück.

Irgendetwas kratzte unter dem Boot. Theodor blickte sich um. Gezackte Felsen ragten aus dem öligen Wasser. Der Hüne nickte bugwärts. Theodor drehte den Kopf und sah einen Streifen Land.

»Wir sind da«, sagte der Hüne. »Lass mich nun alleine rudern, hier scheint's überall Riffe zu geben.«

Der Hüne steuerte das Boot in Zickzackkursen auf einen schottrigen Strand zu. Teerfarbene Wellen schwappten aufs Geröll. Der Hüne sprang ins Wasser, schnappte sich das Tauseil und zog das Boot an Land. Knirschend kratzte es über den kieseligen Grund.

»Alles hier hat sich verändert, seit der Albtraumkönig tobt«, sagte der Hüne, als Theodor aus dem Nachen gestiegen war. »Dieses Land hat gelebt, als dein Vater geherrscht hat. Sei froh, dass du es nicht in seiner vorherigen Schönheit kanntest. Es würde dir das Herz zerschneiden, so wie mir.«

Es fiel Theodor schwer, sich dies Land lebendig und schön vorzustellen. Es war grau und kalt und leer und trostlos. Der steinige Strand streckte sich zu beiden Seiten und war übersät mit Hunderten und Aberhunderten von scharfkantigen Felsschuppen und spitzen Steinen, die wie Rückenplatten aus dem Schotter herausragten.

Der Hüne vertäute das Boot an einem dürren Baumskelett, das unter einem flachen Felsen hervorwuchs, dann machten sie sich auf den Weg landeinwärts. Die Kiesel unter ihren Stiefeln knirschten, der Himmel war auf eine dunkle Art blass, wie verblichene Tusche.

Nachdem sie eine Weile marschiert waren, zeigte sich in einiger Ferne eine Ansammlung von schlanken, spitzen Bergen. »Dort liegt das Schloss deines Vaters, inmitten dieser Berge«, sagte der Hüne.

Als die Berge näherkamen, erkannte Theodor, dass sie einen fast perfekten Kreis bildeten, einen hohen Kranz aus scharfem Fels. An einer einzigen Stelle war eine schmale Schlucht, die sich zwischen zwei Bergen hindurchzwängte und in ihren Ring führte. Auf diesen Einlass hielten sie nun zu.

Die Bergmassive ragten zu beiden Seiten steil und bedrohlich über ihnen auf, als Theodor und der Hüne durch die nur wenige Meter breite Kluft gingen. Seltsame Geräusche schallten von den Gipfeln und Kämmen herab: kleine Steine, die hinabrieselten, abgehackte Rufe und aufgebrachtes Gegacker. Der Hüne ließ die Hand am Knauf seines Schwertes und den Blick auf den umliegenden Felsvorsprüngen. Allerdings erspähte er nichts, das ihn sein Schwert ziehen ließ.

Sie gelangten ans Ende der Schlucht und betraten ein offenes, kreisrundes Schottertal, das ringsum von den Bergen eingefasst war. Inmitten der Einöde lag ein See, und in diesem See war eine

Insel. Darauf stand das Schloss des Wachenden Zornhau, einstmals Schwert und Schild.

Oder vielmehr stand dort der Fiebertraum eines Schlosses. Elendig, zerbrechlich und ausgezerrt war es, so mitleiderregend und furchteinflößend wie ein von schlimmer Krankheit gezeichneter Mensch und so hoffnungslos wie ein verwelkter Strauß Blumen. Dürre Türme wucherten wild und krumm in die Höhe wie langhalsige Pilze. Vor den grauen Klippen zeichneten sich ihre Umrisse ab wie die Schlangenhaare eines Medusenhauptes. Zwei der Türmchen waren schon eingeknickt und stützten sich nun gegenseitig, so vertrauensunwürdig wie Trinkkumpane.

Ein langer Steg führte vom Ufer des Sees zum Schloss. Am Fuße des Stegs blieb der Hüne stehen. »Weiter darf ich dich nicht begleiten.«

Theodor riss die Augen auf. »Was sagst du da?«

»Das ist nicht mehr das Schloss deines Vaters, und seine alten Freunde sind nicht mehr willkommen. An dich mag es sich vielleicht noch erinnern, aber mich würde es nicht hineinlassen. Den Rest dieses Weges musst du allein gehen.«

»Hüne, ich fürchte mich!« Theodor wurde zum Speien übel, und er kam sich hintergangen vor. Dies hatte ihm niemand gesagt. Er war bisher nicht ein einziges Mal auf sich allein gestellt gewesen in dieser Welt, die ihm schon so viel Grausames gezeigt hatte. Theodor hatte keine Gabe in sich gefunden, er hatte nur sein rostiges Schwert. Er hatte sich bisher darauf verlassen können, behütet zu werden, wenn es zum Schlimmsten kam – vom Zwerg, vom Hünen, von Malte. »Ich flehe dich an, schick mich nicht alleine dort hinein. Wie soll mir denn ohne dich irgendetwas da drinnen gelingen?«

Der Hüne legte ihm zwei gewaltige Hände auf die Schulter, und Theodor wurde nur zu schmerzlich bewusst, wie viel stärker diese Hände doch als die seinen waren.

»Hab Vertrauen«, sagte der Hüne. »Du wirst leisten können, was du leisten musst, wenn es die rechte Zeit ist.«

»Ich werde sterben«, japste Theodor.

»Theodor. Ein jeder Wachende bekommt seine Prüfung. Dies ist die deine.«

»Ein jeder Wachende bekommt seine Prüfung«, sagte der Zwerg. »Dies ist die deine.«

Nebelfäden schlangen sich umeinander, die Schleier waren in stetiger Bewegung, zersetzten sich, tauchten wieder auf, verschmolzen mit anderen Schleiern zu dickeren Dunstdecken, um sich gleich wieder aufzulösen. Wie hinter einer Glasscheibe drangen die feinen Nebelwolken an eine unsichtbare, glattgezogene Grenze, pressten sich dagegen und wirbelten zurück, um einen neuen Anlauf zu wagen.

»Ich werde hier warten, bis du zurückkommst«, sagte der Zwerg. »Sei unbesorgt, ich –«

Malte beachtete ihn gar nicht, sondern ging entschlossenen Schrittes bis dicht an die Nebelwand und langte ohne zu zögern mit einem Arm hinein. Er ließ den Arm einen Augenblick im Nebel, dann zog er ihn wieder hinaus und betrachtete seine Hand. Er hob sie, damit der Zwerg sie sehen konnte, und wackelte mit den Fingern.

»Nichts ist geschehen.« Malte hatte der Rätselhaftigkeit des Nebels etwas von ihrer Unbehaglichkeit genommen. »Wir sehen uns, wenn ich zurückkomme«, sagte er.

»Pass auf dich auf, Malte«, sagte der Zwerg. Doch offensichtlich war's noch nicht alles, was er seinem Wachenden mitgeben wollte. Er zögerte einen Augenblick, dann sagte er: »Wir sind uns nicht gut Freund, Malte. Es ist bedauerlich, aber so ist es eben. Doch ich wünsche dir viel Erfolg. Du bist die Stimme und bald auch der Stab. Wir brauchen dich an unserer Seite.«

Malte antwortete nicht. Dieser Moment war ihm sichtlich unangenehm. Die Schleier wirbelten auf, als er in den Nebel ging, und dann verschluckte ihn das dichte, wogende Grau.

Der Zwerg schaute ihm argwöhnisch hinterher. Dann blickte er über das nasse Land und überlegte, wie er sich die Zeit vertreiben könnte.

Der Nebel roch süßlich und war angenehm kühl auf der Haut. Er war ein leuchtendes Tuch, gewoben aus undeutlichen Schlieren. Malte streckte einen Arm aus und tastete sich langsam durch den milchigen Dampf. Die Schwaden kitzelten, als sie durch seine Finger glitten und sein Gesicht streiften. Wie frische Bettwäsche legten sie sich um ihn. Nichts in diesem Nebel wirkte bedrohlich, auch wenn Malte kaum weiter sehen konnte als sein Ellbogen reichte, wenn er den Arm vor sich langmachte. Er ließ sogar den Dolch stecken.

Malte ging vorsichtig, lauschend und tastend, immer auf der Hut, nicht unversehens gegen ein Hindernis zu prallen oder in ein plötzliches Loch zu fallen.

Derart aufmerksam vergeht die Zeit meist schneller, und so musste Malte bald eine Stunde umhergeirrt sein, als der Nebel merklich dünner wurde. Noch immer war's Grau in Grau um ihn herum, doch er konnte nun seine Füße sehen, die Hand, die er ausgestreckt hielt – und die Umrisse zweier kleiner Gestalten ein paar Armlängen vor sich.

»Und wer seid ihr?«, rief Malte. Die Schemen antworteten nicht. Sie standen bloß da wie Steinblöcke. Malte ging auf sie zu, und die Gestalten schälten sich aus dem feinen Dunst. Es waren Gram und Güte, die borstigen Wesen, die Theodor und ihn nach dem Verlassen der Wirrwege so frech begrüßt hatten. Gram trug eine deutliche Schramme auf seiner spitzen Nase. Plötzlich hatte Malte Mitleid mit der Kreatur. Er war's schließlich oft genug selbst, der Schrammen davontrug.

»Es tut mir leid, dass ich den Stein nach dir geworfen habe«, sagte Malte.

»Ach, spar dir das«, sagte Gram.

»Ist man denn nirgends vor dir sicher?«, fragte Güte.

Sie klangen erschöpft. Sie schauten Malte aus sorgenvollen Murmelaugen an. Ihr Blick, so fühlte es sich für Malte an, hatte etwas Entlarvendes. Es war, als schauten sie ihm tief in seine Gedanken, tief in sein Herz, als sähen sie alles, was es in Malte zu sehen gäbe, und als könnte er nichts vor ihnen verbergen. Und was sie dort sahen, das schien sie schwer zu enttäuschen.

Malte schämte sich. Und wie es häufig ist bei Menschen, die das Gefühl haben, ertappt zu sein, verwandelte sich die Scham in Wut.

»Hört auf, mich so anzuschauen!«, brüllte er die beiden an. Sie erschraken, aber guckten weiter mit todtraurigen, wissenden Augen. Der eine rutschte schutzsuchend an den anderen. Aus einem Grund, der ihm selbst nicht ganz klar war, machte es Malte über die Maßen wütend. Er spürte ein Kribbeln in sich, das er mittlerweile zu deuten gelernt hatte. Um seine geballten Fäuste knisterten Funken.

Die Wesen quetschten sich fest aneinander. Malte hob eine Hand. Er musste bloß die Finger spreizen, und mit Gram und Güte wär's vorbei.

Dann hörte er Schritte. Auch die Wesen vernahmen sie.

»Nun sieh, wen du hergebracht hast«, schimpfte Gram.

»Fort, fort, fort«, schnatterte Güte, und dann huschten sie davon.

Malte blieb, wo er stand, und ließ seine Hand oben. Die Schritte kamen näher, und ihnen folgte eine schattige Silhouette, fast einen Kopf größer als Malte.

»Und wer ist's jetzt?«, rief Malte. Etwas in seiner Faust drückte gegen die Innenfläche, versuchte, die Finger auseinanderzupressen, drängelte wie eine Blase kurz vor dem Platzen. Sein Körper spannte sich wie in dem winzigen Augenblick vor einer Gänsehaut. Malte wollte kämpfen. Und wenn's der Albtraumkönig selbst wäre, der sich dort im Nebel näherte.

»Komm nur!«, rief Malte. Er bemühte sich um Festigkeit in seiner Stimme. Doch ganz unverhofft musste er feststellen, dass er unsicher war. Die klare Gewissheit, das unverrückbare Gefühl der Überlegenheit, das er bei der Bestie im Keller und im Kampf mit dem Hünen gespürt hatte und das doch gerade eben noch dagewesen war, es war jäh verschwunden. Das Kribbeln hatte sich gleich mit davongemacht, und die Funken um seine Fäuste verstoben. Kraftlos ließ Malte seine Hand sinken. Sein ganzer Körper fühlte sich gleichzeitig zu schwer und zu zerbrechlich an. Malte war nicht nur unsicher – Malte fürchtete sich.

Als er sich dies eingestand, trat aus dem Nebel sein falscher Vater.

Kapitel 11

Krumme Türme mit zerschlissenen Dächern, verwitterte Mauern mit abschabender Schmutzfarbe, dunkle Fenster, die stierten wie schreckerfüllte Augen, zerklüftete Zinnen, die aussahen wie der ungepflegte Unterkiefer eines Riesen – all das ragte über Theodor empor, als er sich auf unsicheren Beinen dem Fiebertraumschloss näherte. Der See zu beiden Seiten des Stegs war schwarz wie das Wasser, über das sie mit ihrem Boot gekommen waren, doch er war breiig und blubberte wie köchelndes Pech. Er stank nach Verwesung und Fäulnis. Theodor schaute noch einmal zurück zum Hünen. Selbst aus der Entfernung wirkte er gewaltig. Wie gerne hätte Theodor ihn bei sich gehabt. Doch der Hüne blieb, wo er war, und nickte bloß aufmunternd.

Als Theodor das Schloss erreichte, stand er vor einem zerfransten Holztor. Es hing noch in seinen wuchtigen Angeln, aber mehrere große Stücke waren herausgesplittert. Dahinter gähnte Dunkelheit. Theodor stieß mit dem Knauf seines Schwertes spitze Splitter vom Rand eines größeren Lochs. Die Düsternis dahinter stank wie ein Mund bei einem Faulzahn. Theodor kletterte durch das Loch und fand sich in einem weiten Saal wieder.

Dies Fiebertraumschloss war vergessener noch als die Burg von Eels. Alles war verfallen, gesprungen und zerbrochen. Die Steinfliesen waren rissig und aufgeplatzt, ebenso die Wände. Verblasste, zerrissene Banner hingen leblos am Mauerwerk. Stämmige Säulen waren vernarbt und zerkratzt, überall lagen große Stücke Schotter und kleinere, splitternde Holzstücke herum. Das Dach, das sich weit oben als Kuppel über die Halle spannte, war löchrig und ließ Ahnungen des grauen Himmels herein. Nichts regte sich, alles war still.

Theodor ging auf eine breite Freitreppe zu, die sich über zwei Flanken zu einer Empore hinaufschwang. Als er einen Fuß auf die unterste Stufe setzte, krabbelten unheimliche Geschöpfe aus den schattenen Ecken der Empore hervor. Es waren kleine, dürre Gestalten mit spindeligen Gliedern. Manche hatten Flügel, manche hatten Hörner. Sie waren schwarz, ohne Gesichter, Haut oder Fell. Sie wirkten wie Scherenschnitte, die in Teer getaucht waren, und hin und wieder tropfte ein Stück Schwärze von ihnen herab.

Die Wesen kamen bis an den oberen Rand der Treppe, manche kletterten die Wände entlang oder kopfüber unter der Decke wie Eidechsen, doch sie hielten sich stets in den dunklen Bereichen. Dort warteten sie und schauten auf Theodor hinunter.

Theodor zögerte. Diese Geschöpfe waren ihm unheimlich. Er nahm den Stiefel von der Stufe und suchte einen anderen Weg. In einer Ecke entdeckte er eine Tür. Sie lockte ihn, wie ihn die Wirrwege zu Türen und Treppen gelockt hatten. Theodor vertraute dem Ruf, dankbar für jedes bisschen Kameradschaft, das ihm in diesem Schloss feilgeboten wurde. Er ging hinüber und zog die Tür auf. Die Teerschatten folgten in großer Zahl, von einer lichtlosen Ecke zur nächsten huschend.

Hinter der Holztür schraubte sich eine enge Steintreppe abwärts und führte Theodor in einen schmalen Korridor. Er lief einige Minuten in diffuser Finsternis, bevor sich vor ihm eine Öffnung abzeichnete, ein noch lichtloseres Loch in der allgemeinen Lichtlosigkeit.

Vorsichtig trat Theodor hindurch. Er befand sich auf dem obersten Absatz einer steilen Treppe. Auf der linken Seite schmiegte die Treppe sich an die kalte Felswand; zu ihrer Rechten fiel sie geländerlos in einen Abgrund ohne Boden. Ein modriger Wind wehte aus dem umgebenden Nichts herüber.

Vorsichtig setzte Theodor einen Fuß auf die erste Stufe. Obwohl sie wie vor Feuchtigkeit schimmerte, war sie trocken und fest. Er steckte sein Schwert in die viel zu große Scheide. Beide Hände an die Felswand gepresst, schritt er Stufe für Stufe hinab. Obwohl um ihn herum nur Dunkelheit lag, schien ihm ein fades Licht aus unbekannter Quelle zu folgen, denn immer konnte Theodor die unmittelbar vor oder hinter ihm liegenden Stufen sehen; nie aber die Treppe weiter als acht oder neun Schritte hinauf oder hinunter.

Im Schatten hinter dem Licht folgten in vorsichtigem Abstand die wie in Teer getunkten Wesen.

Theodor zählte sie nicht, doch er nahm mit Sicherheit einige hundert Stufen. Je tiefer er hinabstieg, desto kühler wurde es. Auch die modrige Brise wurde kräftiger, und das Pfeifen ihres kalten Atems mischte sich mit den patschenden und kratzenden Geräuschen der nachdrängenden Geschöpfe.

Die Treppe endete schließlich in einem tunnelartigen Gang, der sich lang und gerade vor Theodor erstreckte. Hier bin ich richtig, wusste er ohne jeden Zweifel. Er folgte dem Gang und bemerkte, dass er ihm vertraut vorkam. Ohne Zweifel: Er war schon einmal hier gewesen. Nur war er da nicht gelaufen – er war geflogen, kurz bevor die Wirrwege ihn ausgespuckt hatten.

Der Korridor endete an einer Holztür. Theodor erinnerte sich an noch etwas: an die grässliche Fratze hinter dieser Tür. Sie würde auch jetzt dort sein. *Es ist richtig so, hinein mit dir.* Theodor schob die Tür auf.

Die Kreatur hing kopfüber von der Decke. Mit Augen, die nur nasse Risse waren, starrte sie ihn an.

Malte roch den beißenden Qualm gestopfter Zigaretten, er roch tagealten Schweiß, roch das Aftershave aus dem Discounter und das buttrig-saure Bier, das in offenen Plastikflaschen verdarb. Er hörte den verhassten Rhythmus der Schritte: ein Fuß stampfend vor, der andere hinterherschleifend. »Hab' Pinne im Fuß«, schoss ihm die Stimme durch den Kopf, die zu den Gerüchen und dem Geräusch gehörte, nuschelnd, als wäre es ihr egal, ob sie gehört wurde.

Als er im finsteren Wald vor dem Haus gestanden hatte, das aussah wie das Haus am Ende des Steinkamps, in dem ihm so viel Schlimmes geschah, hatte Malte gezittert. Als er jetzt den Mann vor sich sah, der ihm in diesem Haus die schlimmen Dinge angetan hatte, wurde er starr vor Schreck.

Maltes falscher Vater sah aus, wie Malte ihn zurückgelassen hatte: die Nase unnatürlich abgeknickt, beide Augen geschwollen und die Lippen aufgeplatzt. Überall war Blut: blutklebrig das lichte, aschblonde Haar, blutkrümelig der gekräuselte Schnurrbart, blutfleckig das karierte, unförmige Hemd. Blutsprenkel auf der ausgebeulten, ausgetragenen Jeanshose, gehalten von einem abgescheuerten Gürtel, kurz davor, über den knochigen Hintern zu rutschen. Bluttropfen auf den durchgelaufenen Arbeiterschuhen.

Maltes falscher Vater sah nicht wütend aus, wie er sonst aussah. Er sah traurig aus. Himmel, sah er traurig aus. Verlassen, verstoßen, verängstigt. Und mit einem Mal verstand Malte alles.

Das Verständnis kam überwältigend wie eine Welle, die über ihn hereinbrach und seinen Kopf flutete. Malte verstand, wie sein Vater sich all die Jahre gefühlt hatte. Er spürte seinen Zorn, aber auch seine Furcht und Einsamkeit. Er fühlte jede Überforderung und Verzweiflung, die sich aus Hilflosigkeit als Zorn und Gewalt Bahn brach.

Seine Frau hatte ihn betrogen, mehr als einmal, und jeder hatte es gewusst. Sie hatte ihn gedemütigt, wann immer sich die Möglichkeit bot. Die Schläge, mit denen er sich wehren wollte, nährten nur seine Erniedrigung, weil er danach stets reuend wusste, was er getan hatte.

Malte sah seine Großeltern durch die Augen seines Vaters und spürte, wie sie ihn nicht geliebt hatten, wie er ihnen zuwider war, wie er sie immer wieder aufs Neue enttäuschte. Sie hatten ihn ins Leben geschubst, ohne Schutz, ohne Unterstützung, ohne Wärme, ohne Wegekarte und Startgeld.

Er fühlte seine Träume, die auf ewig Träume bleiben würden, seine Wünsche und seine albernen, viel zu hochgegriffenen Hoffnungen, die dazu verdammt waren, zu zerplatzen im allgemeinen Gelächter und Spott und ihn davonschleichen zu lassen wie ein Kind, das vor seinen Freunden getadelt und geschlagen worden war.

Sein Vater hatte Dinge *gemocht*, verdammt noch mal! Er hatte Dinge *gern gehabt*, auch wenn sie immer weniger geworden waren. Es hatte eine Zeit gegeben, als seine Hände noch nicht zitterten, da hatte er Modellschiffe gebaut, und einige davon verstaubten noch immer in dem Hängeregal in seinem Wohnzimmer, das er vom Sperrmüll mitgenommen hatte, nachdem es dunkel war und niemand ihn beobachten konnte und doch hatte es jemand gesehen und rumerzählt und das war peinlich weil der der das Regal weggeworfen hatte der es als nicht gut genug für sich betrachtet hatte ja kaum besser dran war als er selbst und für ihn war es gut genug undfürdenanderenetwanichtverdammtnochal!

Er fühlte seine Sehnsucht nach Liebe, nach einer Beförderung, wenigstens einer geringen, nach ein bisschen Anerkennung und

Bedeutsamkeit, nach nur einem Krümel Respekt in dieser beschissenen kleinen Stadt, die sich anfühlte wie ein ständiger Sonntagvormittag, an dem alles geschlossen ist und alle ihren Mittagsschlaf halten, wo man immer leise sein musste, wo man niemanden mochte und von niemandem gemocht wurde.

Und schließlich sah er seinen Sohn, sah sich selbst, den er so gerne geliebt hätte, den er aber nicht lieben konnte, weil er nicht wusste, wie das geht, weil er es nie gelernt hatte. Und weil dieser Junge aussah wie seine Mutter, die ihn als letzte Verhöhnung bei ihm gelassen hatte.

Zum allererstem Mal in seinem Leben fühlte Malte nur Liebe und Mitleid für diesen elenden, traurigen, einsamen Mann. Und er erinnerte sich, was er ihm, diesem ungeliebten Kind, diesem verlassenen Partner, diesem überforderten Vater angetan hatte. Er erinnerte sich, wie er ihn am Hemd gepackt und durch das Zimmer geworfen hatte. Wie er seinen schmerzenden Fuß gegriffen und hochgerissen hatte, sodass er auf den Wohnzimmertisch stürzte. Er erinnerte sich, wie er auf ihn sprang und ihm die Knie in die Ellbogen drückte, um die flatternden, aderigen Arme an den Boden zu nageln. Er erinnerte sich, wie er ihm ins Gesicht schlug, in das stoppelbärtige, gelbäugige, faulzahnige, stinkende, bemitleidenswerte, liebevolle, wunderschöne Gesicht, bis die Augen geschwollen und die Lippen geplatzt waren, bis die Nase abgeknickt und überall Blut war. Es hatte sich so gut angefühlt!

Jetzt konnte Malte sich rühren, die Starre schwand. Er sackte zu Boden, weinte, kauerte sich zusammen, ging in die vertraute Schutzhaltung, die Knie ans Kinn gezogen, mit Händen und Armen den Kopf abschirmend. Sollte sein Vater ihn doch schlagen und treten, er würde sich nicht wehren, würde es über sich ergehen lassen, selbst wenn es ihn das Leben kosten sollte.

Doch nichts geschah, und irgendwann schaute Malte auf. Sein falscher Vater war verschwunden. Stattdessen stand eine hochgewachsene Gestalt vor ihm. Sie trug einen schwarzen Umhang, und ihr Gesicht lag unter einer Kapuze verborgen. In einer Hand hielt sie einen matten Stab.

Malte sprang auf und wich zurück. Augenblicklich gewann er etwas von seiner Selbstsicherheit zurück. Er wischte sich die Tränen aus den Augen. »Ich warne dich, Zinkerprinz. Ich bin die Stimme und der Stab«, sagte er.

Der Zinkerprinz nahm die Kapuze ab. Er sah giftig aus, ungesund, ansteckend und klebrig, verzerrt wie von langer Krankheit. Sein Körper war dürr, doch sein Gesicht aufgequollen. Es war grau und weiß wie Asche. Die Augen lagen tief in seinem Schädel, als wollten sie sich darin verkriechen. Die Augäpfel hatten die gleiche Farbe wie seine Haut, und darin dümpelten blasse, blaue Pupillen. Sein langes Haar, von einer Farbe, die in glücklicheren Zeiten vielleicht einmal blond gewesen war, war klatschnass und strähnig. Schmierige Schweißperlen saßen wie Spritzer geronnenen Fettes auf seiner Stirn. Sein schwarzes Hemd klebte an seinem ausgezehrten Körper, und sein Gerippe zeichnete sich unter dem Stoff ab. Die Hose flatterte an seinen dünnen Beinen. Der Zinkerprinz sah nicht bloß krank und fiebrig aus, er selbst war Krankheit und Fieber. Sein Anblick machte Malte jucken.

Er trat dicht an Malte heran. »Du bist bloß die Stimme, solange du nicht auch den Stab hast«, sagte er. Selbst seine Stimme klang infiziert und bettlägerig. Er hielt Malte den Stab hin. Der Stab fand von selbst den Weg in Maltes Hand. Er war glatt und schnörkellos.

»Warum gibst du ihn mir?« fragte Malte.

»Weil ich mehr bin als ein Stab. Ich bin auch mehr als eine Stimme.«

»Ein Verräter vielleicht?«

»Dann bist du eines Verräters Sohn«, sagte der Zinkerprinz. Seine Hand schnellte vor und fasste Malte beim Kinn. Mit dem Daumen fuhr er ihm über die Wange. Der Schattenbiss war verschwunden.

»Geh mit mir ein Stück«, sagte der Zinkerprinz.

Kapitel 13

Wie eine Fledermaus hing die Kreatur kopfüber und hatte dünne Schwingen um sich geschlungen, aus denen ihr Kopf herauslugte. Ihre klauenartigen Füße waren in einen Balken gekrallt, der sich unter einer kuppelförmigen Decke spannte.

Die Kreatur öffnete ihre Flügel. Der Körper, den sie offenbarte, war haarlos und drahtig, überspannt mit grauer, ledriger Haut. Sie ließ sich von der Decke fallen. Ein flinker Flügelschlag, und sie wirbelte im Sturz herum. Mit einem satten Stampfen schlug sie am Boden auf.

»Du bist das also«, sagte sie mit kehliger, klackender Stimme und baute sich vor Theodor auf. Sie maß mindestens sein Anderthalbiges. Sie rasselte mit den Flügeln und klappte sie hinter ihrem Rücken ein. Ihr Kopf war langgezogen, das breite Maul ein wulstiger Strich von einem Ohr zum anderen. Ihre Augen waren nasse, senkrechte Schlitze. Die Finger an ihren langen Armen endeten in verhornten Spitzen.

Theodors Magen krampfte vor Angst, und ihm wurde heiß.

»Kleines Menschlein, warum kommst du hierher?«, fragte die Kreatur und entblößte eine Reihe scharfer Zähnchen.

In den dunklen Nischen der Halle lauerten die tropfenden Scherenschnitte. Aus allen Ecken fauchte und flüsterte es, doch keines der Wesen krabbelte hervor.

Theodor fasste sich ein Herz und sagte mit so fester Stimme wie möglich: »Ich bin Theodor, und ich bin gekommen, um Schwert und Schild zu holen, von Zornhau, dem dieses Schloss hier gehört hat.«

»Ich weiß, wer du bist«, sagte die Kreatur. »Ich habe deinen Vater gefressen. Wusstest du das?« Sie sagte es ohne jede Spur von

Drohung oder Hohn, sondern gab einfach nur die Information weiter.

Theodor dachte einen Augenblick darüber nach. Wenn diese Kreatur ihn kränken, reizen oder überraschen wollte, musste er sie enttäuschen. Vielleicht war's die Angst, die alle anderen Gefühle überstrahlte; wahrscheinlicher aber war, dass es ihm schlichtweg nichts bedeutete. Er kannte Zornhau nicht. Zornhau war gefallen in den Wirrungen, die diese Welt heimgesucht hatten, lange bevor Theodor hergekommen war. Viele waren in diesen Wirrungen gefallen. Wie Zornhau gestorben war, spielte keine Rolle. Vor allem nicht, da er zuhause jemanden hatte, der ihn schon sein ganzes Leben lang liebte und auf ihn wartete. Um diesen Jemand zu beschützen und wiederzusehen, brauchte Theodor das Schwert und den Schild des Wachenden Zornhau. Wie er darankommen sollte, das wusste er im Augenblick noch nicht. Aber dass dieses Ungetüm seinen leiblichen Vater getötet hatte, machte sein Anliegen nicht dringlicher, als es ohnehin war. Oder unmöglicher.

»Nein, das wusste ich nicht«, sagte Theodor. Der Gedanke an den Vater zu Hause hatte seine Furcht leiser gedreht wie eine störende Melodie. »Aber es tut auch nichts zur Sache. Wer bist du?«

»Du kannst mich Menschenfresser nennen, denn das ist es, was ich eben tue. Ich habe deinen Vater gefressen, und darum gehört sein Schloss nun mir.«

»Das Schloss kannst du behalten«, sagte Theodor. »Es sind sein Schwert und sein Schild, weswegen ich hier bin.«

Die Schatten scharrten in den Schatten, und der Menschenfresser keckerte einen Moment vor sich hin. Dann sagte er: »Das Schwert und der Schild sind hier. Aber ich mag sie dir nicht überlassen.«

»Warum nicht?«, fragte Theodor.

»Weil dein Vater damit meine Kinder geschlachtet hat«, fauchte der Menschenfresser. »Ich möchte nicht, dass sie noch einmal Unheil bringen.«

»Ich möchte sie gegen den Albtraumkönig einsetzen«, sagte Theodor.

»Das ist mir gleich, kleines, leckeres Menschlein. Albtraumkönige, Wachende und Zinkerprinzen, das macht für mich keinen Unterschied. Eure albernen Reibereien gehen mich nichts an. Und nun sei so lieb und lass dich fressen. Ich möchte schrecklich gerne deinen Bauch aufreißen, damit du zappelst, während ich dich esse. Ich werde dir in deine Beinchen beißen, damit du schreist.«

Die Angst kam zurück. Doch anders als bei so vielen Ängsten, die Theodor schon hatte ausstehen müssen, schämte er sich dieser nicht. Dieser Menschenfresser hätte Vielen Furcht gemacht. Mit zitternden Händen richtete er sein rostiges Schwert auf die Kreatur. »Ich muss mir die Waffen holen, ich habe keine Wahl.«

»Und warum, glaubst du, sollte dir das gelingen? Dein Vater hatte keine Chance gegen mich, und da führte er die Waffen, die nun verstauben. Warum denkst du, dass du mit deinem mickrigen Messerchen eine Chance gegen mich hast?«

Theodor hatte, seit ihm seine Aufgabe zugetragen wurde, geahnt, dass er das Schwert und den Schild nicht kampflos bekommen würde. Bloß hatte er gedacht, dass der Hüne die Schlachten für ihn schlagen würde. Wie sollte er gegen diese Bestie bestehen? Er war nicht der Hüne. Er war auch nicht Malte. Er war bloß ein verschrecktes Kind. Er versuchte es mit Mitleid.

»Ich denke ja überhaupt nicht, dass ich eine Chance gegen dich habe«, sagte er. »Ich bin mir sogar sicher, dass du mich mit wenigen Hieben besiegen und dann fressen wirst. Doch ohne Schwert und Schild sterbe ich ganz bestimmt. Ich muss es versuchen. Ich kann nur hoffen, dass du, wenngleich auch sehr stark, sterblich bist, und dass ich dich mit der Waffe, die ich bei mir habe, töten kann.«

Der Menschenfresser legte den Kopf schräg wie ein grübelnder Hund. »Hör mir zu, leckeres Menschlein«, sagte er, »du bist mir angenehm, das gebe ich gern zu. Dein Vater war anders, er war ein Wüterich. Doch du bist's nicht. Und du sprichst wahr. Drum hier auch meine Wahrheit: So, wie du vor mir stehst, hast du keine Möglichkeit, nicht die geringste, nicht eine klitzekleine, mich zu besiegen. Dich fressen, ja, das möchte ich. Aber ich möchte, dass es ein gerechter Kampf wird. Also hol dir das Schwert und den Schild deines Vaters, und dann erst werden wir kämpfen.«

»Du überlässt sie mir?«, fragte Theodor.

»Für den Moment. Siehst du die Tür dort? Dahinter liegen Schwert und Schild. Mögen der Hass und Hunger, die in ihnen verschlossen sind, dich mir ebenbürtiger machen.«

»Kann ich dich denn damit besiegen?«

»Ja. Keine Maskerade mehr. Du kannst mich damit töten. Stößt du mir das Schwert ins Herz, dann sterbe ich. Schlägst du mir mit dem Schild den Schädel ein, sterbe ich. Doch eines müssen wir beide einander versprechen: Keine Gnade darf der Besiegte erwarten. Ergibt sich der eine, dann tötet der andere! Du bist mir angenehm, drum sei nicht nachtragend, wenn dies Versprechen erfüllt werden muss. Stimmst du dem zu?«

»Ich stimme zu«, sagte Theodor.

»Dann hole Schwert und Schild.«

Theodor ging an dem Menschenfresser vorbei. Er spürte den Blick der Bestie auf sich wie ein Zwicken im Nacken, doch er trug keine Sorge, der Menschenfresser könnte ihn hinterrücks angreifen. Das würde er nicht tun, wusste Theodor.

Die Schatten flimmerten unruhig vor schwarzen Wesen, als Theodor eilig durch die große Halle schritt. In der rückwärtigen Mauer eingelassen war eine grobe Holztür mit einem schmalen Eisenbeschlag und Nieten, die sich rostrot im Holz festgebissen hatten.

Widerstandslos glitt die Tür auf. Sie knarrte nicht, spuckte ihm keinen Staub entgegen und zog keine Spinnweben auseinander. Sie glitt einfach auf.

Dahinter lag eine kahle, kümmerliche Kammer. Sie war kaum größer als sein eigenes Zimmer zu Hause und bestand aus nacktem Mauerwerk, über das sich eine dicke Schicht Staub gelegt hatte. In der Mitte der Kammer stand ein steinernes Podest. Darauf lagen, ebenfalls von Staub bedeckt, das Schwert und der Schild seines leiblichen Vaters, Zornhau, der einst einer der Wachenden dieser Welt gewesen war und dessen Insignien mitsamt ihren darin schlummernden Kräften nun auf Theodor übergehen würden.

Theodor spürte hemmende Ehrfurcht, eine von Angst vor den Folgen durchzogene Neugierde. Um diese nicht übergroß werden zu lassen, berührte er rasch das Schwert. Er fühlte nichts Außergewöhnliches; staubig und still lag es da. Theodor warf sein altes Schwert beiseite.

Zornhaus Schwert und Schild waren ganz unscheinbar. Es gab keine aufwändigen Verzierungen, keine goldenen Faserungen, keine edelsteinbesetzten Teile. Das Schwert hatte ein kurzes, in schwarzes Ledergeflecht gewickeltes Heft, einen simplen, runden Knauf, eine schmale Parierstange und eine Klinge aus Stahl, anderthalbmal so lang wie Theodors Arm. Die Hohlkehle zog sich wie ein flacher Graben von der Parierstange bis fast zur Klingenspitze. Das Schwert war von stumpfem Glanz.

Der Schild war ein einfaches, wappenloses Dreieck aus Metall, oben breit und unten spitz. Kein Schildbuckel, keine pockigen Nieten. Es war gesprenkelt mit rötlichen Flecken – Rost oder getrocknetes Blut –, übersät mit Schrammen, abgewetzten Stellen und Narben. Zeit und Kämpfe hatten die Kanten zernagt.

Theodor nahm mit der rechten Hand seines Vaters Schwert und hob es hoch. Nichts geschah. 's geschah bloß, dass Theodor staunte, wie schwer dieses Schwert war. Er hatte gehofft, es mühelos emporzuheben und seine Kraft in sich fließen zu spüren. Doch es lag einfach kalt in seiner Hand und wog zu viel. Er konnte sich nicht vorstellen, dieses Schwert lange oder gar todbringend zu schwingen.

Mit der linken Hand nahm er den Schild. Staub rieselte hinunter, als er ihn anhob. Die Innenseite war mit brüchigem Leder gepolstert, und zwei Armriemen waren eingelassen; der eine für den Unterarm, der andere für die Hand. Theodor führte den linken Arm hindurch und hievte den Schild vor sich. Er bedeckte Theodor vom Kinn bis zum Schritt und war noch schwerer als das Schwert.

Theodor ließ die Schultern sinken. Die Waffen waren zu schwer, er war zu schwach und nichts geschah, das ihm aus seiner Bewaffnung Mut zugesprochen hätte.

Schwertspitze und Unterrand des Schildes kratzten über den Boden, als Theodor die Waffen hinter sich her durch die Halle zog.

Der Menschenfresser legte wieder den Kopf schräg. »Diese Waffen sind dir viel zu groß«, sagte er.

»Sei's drum«, gab Theodor zurück. Resignation hatte sich über ihn gelegt. Was geschehen würde, war unausweichlich, also konnte es auch gleich geschehen. »Lass uns kämpfen.«

»Wie du willst.« Der Menschenfresser ging langsam auf ihn zu. Theodor winkelte den Schildarm an und hob den Schild so vor das Gesicht, dass die Oberkante ihm bis zu den Augen reichte. Er streckte den Schwertarm aus und hielt dem Monstrum die Klinge entgegen. Sein ganzer Körper zitterte; die Beine vor Furcht und Anstrengung, die Arme unter der Last der Waffen.

Der Schild glitt hinunter, bis das spitze Ende den Boden berührte, und die Schwertspitze sank hinab wie das gewichtigere Ende einer Wippe.

»Was soll das werden?«, fragte der Menschenfresser. »Bist du Zornhauens Sohn, oder bist du's nicht?« Es lag kein Hohn in seiner Stimme. Der Menschenfresser war aufrichtig erzürnt.

»Lass uns kämpfen«, sagte Theodor mit bröckelnder Stimme.

»Sei's drum«, fauchte der Menschenfresser. Er lief in einem kleinen Kreis um Theodor herum. Theodor drehte sich schwerfällig mit. Und dann, zack, schneller als er irgendetwas hätte tun können, geschweige gar, den schweren Schild hochzureißen, schlitzte ihm eine Klaue die Wange auf.

Mit brennendem Schmerz taumelte Theodor zwei Schritte zurück. Blut trat aus der Wunde, erste Tränen traten aus seinen Augen. In einem kurzlebigen Aufwallen von Zorn hob er Schwert und Schild, doch sie waren, ach, so schwer. Er ging zwei wackelige Schritte auf den Menschenfresser zu, wollte ihn schlagen, doch bekam mit seiner kindlichen Hand das Schwert nicht gehoben, und sein Arm war zu schwach für den Schild.

Der Menschenfresser verpasste Theodor einen heftigen Tritt gegen die ungeschützte Brust, der ihm die Luft aus dem Körper presste. Theodor taumelte zurück und ging in die Knie.

Dort hockte er nun, die Wange blutend, die Brust pochend, die Waffen zu schwer. »Wann erwacht ihr denn?«, klagte er. Tränen der Verzweiflung, der Wut und des Schmerzes flossen ungeniert.

Zur rechten Zeit würde er kämpfen können, hatte der Hüne gesagt. Doch wenn dies nicht die rechte Zeit war, welche war's dann? Es würde hiernach nicht mehr viel Zeit bleiben für rechte Zeiten. Lange würde er in diesem Hohnspiel nicht bestehen – bloß solange, wie es der Menschenfresser gewährte.

Der Menschenfresser ging vor Theodor auf und ab. Seine ruckenden, zuckenden Bewegungen hatten etwas Vogelartiges, wie ein Storch, der eine Schlange zertritt. Dann trat er dicht an Theodor heran und beugte sich über ihn. »Wen hat mir die wütende Waise denn da geschickt? Spottet sie mir? Dann soll sie selbst herkommen!«

Theodor wollte sich auf die Beine mühen, doch das Gewicht seiner Waffen hielt ihn am Boden. Der Menschenfresser schaute ihm mit schrägem Kopf zu. Theodor wollte den Schild fallen lassen, doch es dauerte, bis er den Arm aus dem Riemen gezogen bekam. Als der Schild endlich mit einem dumpfen Gong zu Boden fiel, stieß Theodor das Schwert in den Boden und zog sich daran empor.

Er versuchte, in seiner Furcht einen klaren Gedanken zu greifen wie ein Ertrinkender das tragende Treibgut. Er rief sich das Wenige in Erinnerung, das der Hüne ihm beigebracht hatte. Was hatte er gesagt? »Du brauchst Zorn.« Tja, Theodor spürte keinen Zorn, er spürte bloß Angst und Scham. »Nimm den Griff mit beiden Händen.« Der Griff war kleiner als bei seinem alten Schwert, seine Hände passten kaum gemeinsam darauf. »Leg das Schwert über die Schulter.« Theodor konnte dies Schwert nicht heben.

»Was treibst du da?«, fauchte der Menschenfresser.

Was war er doch nur für ein dummer Junge! Was hatte er denn erwartet? Gegen ein Monster bestehen zu können? Nein, das konnte er nicht. Malte hatte sein Leben lang gegen Bestien gekämpft und konnte sie besiegen. Aber Theodor war stets und war auch jetzt nur ein verängstigtes, mutloses Kind mit schwachen Ärmchen.

Er versuchte, einen Schlag zu landen, indem er das Schwert seitlich schwang. Der Menschenfresser brauchte sich bloß leicht hintüber zu beugen, und die Klinge sauste an ihm vorbei. Die wenige Kraft, die Theodor noch in diesen Schwung hatte stecken können, ließ ihn taumeln. Der Menschenfresser verpasste ihm einen Schwinger. Ein neuer greller Schmerz flirrte in der anderen Wange auf, und Theodor stürzte rückwärts zu Boden. Das war kein Angriff gewesen, sondern eine Bestrafung, eine Tadelung für ein aufmüpfiges Kind, so bitter wie die dröhnende Ohrfeige eines Vaters. Und das schmerzte mehr als der Schmerz an sich.

»Was soll das?«, kreischte der Menschenfresser. Er war außer sich vor Zorn. »Warum kämpfst du so erbärmlich? Steh auf!«

Theodor stand auf, zitternd und wankend wie ein neugeborenes Kalb. Er hatte keine Chance. Er empfing einen weiteren Tritt. Dieser war lange nicht mehr so heftig wie der erste, reichte aber aus, um ihn rückwärts auf den Hintern zu befördern. Es war die finale Demütigung.

»Ich kann es nicht besser!«, schrie Theodor heraus und warf das Schwert fort. Er ekelte sich vor sich selbst, vor seiner Schwachheit und Unfähigkeit.

Der Menschenfresser schaute zornig drein, legt den Kopf erst schräg auf die eine und dann auf die andere Seite. Er keckerte wütend, stakte in seinem Storchengang auf Theodor zu.

»Ich habe es nie gelernt«, schluchzte Theodor. »Ich weiß nicht, was ich hier überhaupt tue!«

Der Menschenfresser ließ sich vor Theodor auf die Knie fallen. »Nun, dann ergebe ich mich, du erbärmliches Menschlein.«

»Was?«, japste Theodor.

»Du hast mich verstanden, du jämmerliches, jämmerliches, dreimal jämmerliches Menschlein. Ich ergebe mich.«

»Warum das?«

»Das lass nur meine Angelegenheit sein. Du hast mich besiegt, und ich habe dir das Versprechen abgenommen, den Besiegten zu töten.«

Theodor blickte ihn verwirrt an. Er spürte einen plötzlichen Trotz in sich. Zu den Schmerzen und der Scham kam nun auch noch das bittere Gefühl, bemitleidet zu werden. Er brauchte kein Mitleid mehr. Er stand auf und nahm sein Schwert.

»Das werde ich nicht tun.«

»Töte mich!«, kreischte der Menschenfresser. »Du hast es versprochen!«

»Und du hast mir einen fairen Kampf versprochen«, sagte Theodor. »Das war kein fairer Kampf. Ob zu deinem Vorteil oder meinem, du hast betrogen.«

»Töte mich, du hässliches Menschlein!« Der Menschenfresser fletschte erst die Zähne, dann wurde er geradezu flehentlich. »Ich bitte dich, Theodor Zornhausohn! Ich möchte bloß fort von hier, und nur du kannst mich fortschicken.«

»Ich kann es nicht tun, Menschenfresser«, sagte Theodor. »Es tut mir leid, aber ich lasse dich leben. Sieh es als Ausgleich für das, was mein Vater deinen Kindern angetan hat.«

»Du tust gerade Schlimmeres!«

»Sei's drum.«

Theodor hob den Schild vom staubigen Boden und ging, den Stahl hinter sich her schleifend, an dem Menschenfresser vorüber. Der Menschenfresser sprang auf, fuhr herum und stürzte Theodor zu Boden. Er rollte Theodor auf den Rücken, kniete sich auf seine Armbeugen, dass sie taub wurden, und presste ihn zu Boden. Mit seinem Gesicht kam er ganz nah. Theodor roch den ranzigen Gestank aus seinem Maul, die Bitterkeit seines Speichels. Des Menschenfressers Augenfurchen wurden noch schmaler, und für einen Augenblick schien es, als würde er Theodor ins Gesicht beißen. Seine ledrige Haut spannte sich über seinen Körper und drohte zu zerreißen. Jeder Muskel trat hervor. Theodor wandte das Gesicht zur Seite, schloss die Augen. Da ließ der Menschenfresser plötzlich von ihm ab und wich zurück.

»Ich hätte eine andere Gnade gebraucht«, knurrte er. »Aber ja, sei's drum. Dann lebe ich weiter. Ich werde verschwinden, so weit weg, wie ich nur kann. Widme du dich wieder deinen Raufereien mit Albtraumkönigen und Zinkerprinzen.«

Theodor rappelte sich auf. Er hatte blaurote Striemen, wo der Menschenfresser ihn gepackt und zu Boden gedrückt hatte. Theodor nahm Schwert und Schild auf.

Der Menschenfresser fuhr seine Flügel aus. »Eines noch, erbärmlicher Zornhausohn. Die Teufel in den Schatten kann ich nicht länger zurückhalten. Wenn sie dich zerreißen, sind wir alle für immer hier gefangen. Drum kämpfe gegen sie lieber besser als gegen mich! Viel Glück, Theodor Schwächling.«

Der Menschenfresser stieß sich empor und verschwand in die Dunkelheit unter dem Kuppeldach.

Augenblicklich brachen die Teufel hervor.

Und Schwert und Schild erwachten.

Kapitel 14

»Ich werde dir erzählen, wie es sich zugetragen hat. Anschließend werde ich dich mit dem Stab gehen lassen, und du kannst frei entscheiden, was du tust.«

Der Zinkerprinz und Malte schritten gemächlich durch den Nebel. Sie mussten sich nicht eilen, denn hier gab es kein Ziel mehr zu erreichen. Es gab nur sie beide und das, was der Zinkerprinz zu erzählen im Sinn hatte.

»Du lügst mich auch nicht an?«, fragte Malte.

»Ich werde dich nicht anlügen«, sagte der Zinkerprinz.

»Du bist wirklich mein Vater?«

»Hat Eels dir das nicht gesagt?«

»Nein. Sie hat mir bloß gesagt, dass mein Vater ein Wachender war. Tollbub.«

»Tollbub, ja«, sagte der Zinkerprinz und dachte an einfachere Zeiten. »Das ist mein Name, und es wäre mir lieb, wenn du mich fortan so nennst.«

Malte fuhr mit der Handfläche über den Stab. Er fühlte sich weich wie eine Pferdeschnute an, als wäre er mit Samt überzogen.

»Und warum nennt sie dich jetzt Zinkerprinz?«, fragte er. »Hast du sie verraten?«

»Ja, das habe ich«, sagte der Zinkerprinz. Er blieb stehen und schaute an Malte hinunter. »Das ist ein schöner Dolch, den du da hast. Möchtest du, dass ich dir von deiner Mutter erzähle?«

Maltes Augen wurden groß. Etwas riss in ihm auf, das er zuvor nur notdürftig versiegelt hatte.

»Auch deine Mutter ist eine Wachende. Das hat Eels ebenfalls verschwiegen, nicht wahr? Ihr Name ist Mädesüß. Sie ist der Dolch und die Dunkelheit.«

Maltes Hand wanderte unvermittelt zu dem Griff, der hinter seinem Gürtel hervorschaute. Auch er fühlte sich weich und samten an. Er hatte sich immer schon weich und samten in seiner Hand angefühlt.

»Mädesüß und ich haben uns sehr geliebt. Daraus bist du entstanden. Doch solch eine Verbindung unter Wachenden ist verboten. Kein Wachender darf einem anderen Wachenden überlegen sein, ihre Kräfte stehen im Gleichgewicht. Der Stab zerschlägt die Klinge, die Klinge sticht die Waise, die Waise vertreibt die Dunkelheit, die Dunkelheit verschluckt den Stab. Am Schild bricht der Dolch, der Dolch lässt die Stimme verstummen, die Stimme besänftigt die Wut, und vor der Wut schützt auch kein Schild. Verstehst du?

Wenn ein Kind nun die Gaben zweier Wachenden erbt, dann gibt es kein Gleichgewicht mehr. Du bist die Stimme, der Stab, der Dolch und die Dunkelheit. Das werden sie nicht dulden. Sie werden dich nicht davonkommen lassen.«

Malte zog den Dolch hervor.

»Ich habe ihn in den Wirrwegen gefunden. Ich glaube, ich habe sie dort unten gesehen. Mädesüß.«

Die trüben Augen des Zinkerprinzen flackerten, als hätte Malte einen Stein in diese Tümpel geworfen und sie zum ersten Mal seit langer Zeit aus ihrer Totenstarre aufgeschreckt.

»Sie trug ein Kleid. Es war voller Blut. Sie hat mich gerufen.«

»Das war sie, Malte.«

»Warum ist sie dort?« Malte traten Tränen in die Augen. »Hat Eels ihr das angetan?«

Auch die Zinkeraugen wurden nass, doch Tollbub blinzelte die Tränen fort.

»Als Strafe für unser Vergehen sollten deine Mutter, die dich in ihrem Leib trug, und ich hingerichtet werden. Durch Eels, die Wut und die Waise, und Zornhau, das Schwert und der Schild. Deine Mutter hat sich ihnen ausgeliefert, damit ich entkommen konnte.

Natürlich wollte ich nicht, dass sie sich für mich opfert, ich bin kein Feigling. Doch sie hatten sie bereits. Ihr Opfer wäre vergebens gewesen, wenn ich versucht hätte, sie zu befreien. Also bin ich geflohen und habe nach einer Lösung gesucht, sie zu retten.

Man hat deine Mutter nicht hingerichtet. Man hat sie stattdessen in die Wirrwege geschickt, damit sie auf ewig dort umherirrte. Und glaube nicht, dass es ein Akt der Gnade war. Die Wirrwege sind ein schlimmeres Schicksal als der Tod. Man wollte mich bloß hervorlocken.

Und es hätte mich hervorgelockt, Malte. Deine Mutter verdient keine einzige Minute dort unten. Ich wollte mich stellen, nur damit man ihr den Tod gewähre. Doch dann kam jemand, der mir einen anderen Ausweg bot. Du kannst dir vielleicht denken, wer das war.«

»Der Albtraumkönig«, sagte Malte.

»Ja, der Albtraumkönig, auch wenn er sich selbst nicht so nennen würde. Der Albtraumkönig ist nicht das Immerböse, wie man es dir vielleicht erzählt hat. Er ist ein Verstoßener, dem die anderen Verstoßenen etwas bedeuten. Warum, glaubst du, hat er so viele Verbündete? Sind sie alle böse? Nein, sie wurden fortgejagt. Der Albtraumkönig bietet jenen, die ihn unterstützen, die Aussicht auf ein Leben ohne Angst und Rastlosigkeit.

Mir bot er die Aussicht, meine Liebe und deine Mutter zu befreien. Ich kann den Weg zu ihr nicht finden. Doch wenn ich ihm in diesem Krieg diene, wird er Mädesüß, der Dolch und die Dunkelheit, aus den Wirrwegen holen.«

»Darum hast du alle Wachenden verraten?«

»*Alle* Wachenden? Es gab sonst nur Eels und Zornhau. Und glaube mir, sie sind nicht unschuldig. Nicht nur an der Strafe deiner Mutter tragen sie Schuld. Doch das soll nicht Teil deiner Geschichte sein.«

Sie gingen weiter durch den Nebel. Malte sah seine Mutter deutlich vor sich. Jung und dürr, verloren und ängstlich, allein und mit nackten Füßen, ihr Kleid blutig. Sicherlich hatte sie dieses Kleid einmal schön gefunden, hatte sich darin schön gefunden. Hatte das Kleid *gemocht*. Malte rückte näher an den Zinkerprinzen. Der Zinkerprinz legte einen Arm um ihn.

»Dass du lebst, wusste ich lange Zeit nicht«, fuhr er fort. »Ich dachte, deine Mutter hätte dich in den Wirrwegen verloren. Doch dann habe ich dich gespürt. Ich habe gespürt, dass du deine Macht gebraucht hast. Ich bin sofort aufgebrochen, um dich zu suchen. Die Wirrwege ließen mich durch. Doch als ich auf der anderen Seite ankam, war der Zwerg bereits mit euch verschwunden.«

»Dieser elende Zwerg«, sagte Malte.

»Ja, er kann einen zur Weißglut bringen, nicht wahr? Aber er ist treu und seiner Sache verpflichtet. Er war mir ein guter Vertrauter. Ich habe dort drüben allerdings jemand anderes angetroffen. Möchtest du sehen, wer das war?«

Im Nebel zeichneten sich die Umrisse eines Hauses ab. Der Zinkerprinz nahm den Arm von Maltes Schulter, legte ihm die Hand an den Rücken und schob ihn links an der Treppe des Vorbaus vorbei, zu der Außenwand des kleinen Flügels dahinter. Dort war ein Fenster eingelassen. Malte stellte sich auf Zehenspitzen in das schmale Kiesbett und spähte hinein.

Malte sah das Wohnzimmer. Der Tisch in der Mitte war zerbrochen, das Sofa beiseitegeschoben. Sein falscher Vater versuchte, Ordnung in dem Chaos zu schaffen, das Malte hinterlassen hatte. Er richtete eine Vitrine auf und stellte die drei Bücher, die er besaß,

Fußballbücher aus vergangenen Jahrzehnten, zurück. Er sammelte die Biergläser mit den unangenehmen Sprüchen und die Keramikvögel auf, wer auch immer ihm diese Scheußlichkeiten aufgezwängt hatte. Er klaubte das Stopfgerät, die Tabakdose, die Fernsehzeitschrift, die Fernbedienung und die leere Spritzgebäckpackung auf.

Sein Vater weinte, während er aufräumte. Seine Nase war krumm. Das Blut hatte er sich grob aus dem Gesicht gewischt, doch es lag noch in blassen Schlieren auf wie schlecht abgewaschene Theaterschminke.

Sein Vater hob einen weiteren Gegenstand vom Boden. Es war das Modell eines Admiralsschiffes. Die Masten waren abgebrochen und baumelten an fädigen Tauen vom Rumpf. Er ließ sich auf das Sofa plumpsen und schaute es lange an. Malte brach's das Herz.

»Ich habe ihn nicht getötet?«, fragte er.

»Das hast du nicht«, sagte der Zinkerprinz. »Sieh hin.«

Eine andere Person kam ins Wohnzimmer. Hochgewachsen, in schwarze Kleidung gehüllt. Maltes Vater sprang aus dem Sofa hoch und brüllte den Zinkerprinzen an. Der Zinkerprinz hob eine Hand, und der Vater klappte leblos zusammen wie eine Marionette, der man die Fäden kappt.

Malte durchfuhr ein bitterer Schmerz.

»Als ich dort drüben war, habe ich gemerkt, was er dir angetan hat«, sagte der Zinkerprinz. »Ich hätte euch direkt in die Wirrwege folgen können, und dann wäre der Zwerg nicht entkommen. Aber das hier, das musste ich vorher erledigen.«

Malte ließ sich auf die Fersen sinken. Er mochte nicht mehr zusehen.

»Nichts, was der Albtraumkönig strickt, ist böses Geflecht«, sagte der Zinkerprinz. »Und bei weitem nicht alles, was die Wachenden tun, ist gut. Wie auch immer dieser Krieg endet, danach wird Frieden herrschen. Aber ich möchte, dass wir diesen Frieden erleben. Du, deine Mutter und ich. Findest du nicht, dass uns das zusteht? Haben wir nicht endlich Glück und Frieden verdient?«

»Das haben wir«, sagte Malte.

Der Zinkerprinz packte ihn bei den Schultern. »Dann hilf mir, dafür zu kämpfen. Ich bin dein Vater, und ich liebe dich. Deine Mutter liebt dich. Sie irrt irgendwo durch die Wirrwege, verängstigt und allein. Du bist die Stimme, der Stab, der Dolch und die Dunkelheit. Mit dir kann sich für uns alles zum Guten wenden.«

Malte ließ seinen Tränen freien Lauf, und auch der Zinkerprinz hielt die seinen nicht mehr zurück. Als Malte ihm in die Arme fiel, drückte der Vater den Sohn fester und behütender, als der Zwerg es je vermocht hätte.

In Erwartung, von den teertropfenden Teufeln zerfetzt zu werden, kniff Theodor die Augen zusammen. Doch kaum waren die ersten an ihm dran, durchfuhr ein Schauer seine Arme. Schwert und Schild schmiegten sich in seine Hände wie langvermisste Geliebte und wurden Teil seiner Nerven und Muskeln. Die Zeit lief langsamer, und alles um ihn herum wurde unscharf, als sähe er durch zu dickes Brillenglas. Schwert und Schild tobten los und rissen Theodor mit sich.

Wie von Wellen in einem tosenden Meer – oder von boshaften Mitschülern auf dem Pausenhof – wurde Theodor vor- und zurückgestoßen und umhergewirbelt. Er ließ es gerne geschehen, ließ sich niederknien, sich aufrichten, sich um sich selbst drehen. Sein Schwert stach, hieb, schnitt und schlug. Es zu schwingen – oder von ihm geschwungen zu werden –, bedurfte keiner Anstrengung, so wie es keiner Anstrengung bedarf, den Zeigefinger zu krümmen.

Sein Schild presste sich gegen ihn wie eine schützende Mutter. Es saugte jeden Angriff auf, stob nach vorne und riss Theodor hinter sich her. Theodor überließ Schwert und Schild ganz die Führung in diesem grauenhaften Tanz.

Er schaute staunend zu, wie das Schwert schattenfarbene Arme und Köpfe abhackte und schwarzgetränkte Leiber teilte, während der Schild ihre Klauen parierte und Schädel wie ein Rammbock zerschmetterte. Schwert und Schild kämpften wild und unbarmherzig, in der traumwandlerischen Sicherheit eines Rausches. Die Teufel fielen rasch und zahlreich.

Plötzlich traf das Schwert nur noch Leere, und der Schild kam zur Ruhe. Die verbliebenen Teufel flohen in die lichtlosen Ecken, und nichts regte sich mehr.

Theodor stand über einer leblosen Schattenschar wie ein Bär, der unter schwarzen Wölfen gewütet hatte. Sein Haar hing ihm in nassen Strähnen ins Gesicht, die Haut glänzte vor Schweiß. Seine Kleidung war völlig durchtränkt. Dunkles Blut klebte wie Zuckersirup an ihm, tropfte von seiner Klinge und dem Schild.

Theodor ließ seine Waffen sinken. Seine Arme und Beine zitterten, sein Herz raste von Adrenalin. Er atmete ein paar Mal tief ein und aus. Ein durch die Nase, aus durch den Mund. Ein und aus, ein und aus.

Schwert und Schild wogen so schwer wie zuvor. Theodor steckte das Schwert in die Scheide, und es passte perfekt. Es gab ihm aber Schlagseite, als er die finstere Halle verließ. Das Kratzen der Schildspitze auf dem Stein war das einzige Geräusch.

Theodor schleppte sich durch den Korridor, die vielhundertstufige steile und danach die enge steinerne Treppe hinauf, durch die Halle und den splittrigen Spalt im Eingangstor. Er ließ das Fiebertraumschloss hinter sich, das einst einem Wachenden namens Zornhau gehört hatte, der sein Vater war. Über den Steg zog er den Schild hinaus auf das schroffe Land unter dem grauen Tuschehimmel.

Der Hüne wartete am Anfang des Stegs. Sein Schwert steckte kopfüber im kieseligen Uferboden, und seine riesigen Hände ruhten auf dem Knauf. Er lächelte. »Ich bin froh, dass du erfolgreich warst, Theodor, der jetzt Schwert und Schild ist.«

Theodor konnte Stolz und Schwermut in ihm ringen sehen, als er vor ihm stand, zur Schwertseite geknickt, der Schild zu schwer, das Hemd nass und schmutzig, das Gesicht überzogen von den blutigen Striemen, die der Menschenfresser ihm verpasst hatte.

»Schwert und Schild sind dir zu schwer?«, fragte der Hüne nachsichtig. So klang Theodors Vater, wenn Theodor reduzierte

Schuhe anprobierte, die sein Vater als funktional und völlig ausreichend ansah, die Theodor aber nicht mochte und die daher zugunsten eines schickeren, teureren Paares ins Regal zurückwanderten.

Theodors Lippe begann zu zittern, als er an den Kampf gegen den Menschenfresser zurückdachte. Doch er schob den Gedanken beiseite. »Manchmal«, sagte er.

Der Hüne nickte. »Nun, dann also zurück zu Eels.«

»Willst du wissen, was im Schloss geschehen ist?«, fragte Theodor.

»Das ist deine Geschichte allein«, sagte der Hüne. Er zog sein Schwert aus dem Boden, schnallte es auf seinen Rücken und machte kehrt. Theodor folgte ihm, immer noch unter Mühen, vom Steg hinunter und auf die Schlucht im Felsenring zu.

Das Seeufer lag erst wenige Meter hinter ihnen, als ein Beben das Land erschütterte. Der Kiesgrund tanzte, die umliegenden Felsen zitterten. Geröll und ganze Felsstücke brachen aus den Flanken der spitzen Berge und stürzten donnernd hinab. Theodor schaute zurück. Das Schloss bibberte und wankte. Die krummen Türme knickten ein, stürzten gegeneinander und krachten in die Tiefe, wobei sie den unter sich liegenden Palas zermalmten. Die Mauern platzten, gewaltige Staubwolken stoben auf und rollten über den See. Das Fiebertraumschloss brach in sich zusammen.

»Schnell fort!«, rief der Hüne über das Tosen und Krachen hinweg. Die Waffen in Theodors Hand und an seiner Hüfte wurden federleicht.

Sie rannten auf die Kluft zu. Der Boden tat sich auf, Risse so breit wie Baumstämme spalteten die Erde, und heraus schossen Fontänen des schwarzen, ölig glänzenden Wassers. Die Berge, die das Land einzäunten, zerbrachen, und ihre einstürzenden Felsmassen versiegelten den Ausgang aus dem Kessel. Über die Gipfel quoll die pechschwarze See. Sie brandete die Hänge hinab, riss Brocken und Geröll mit sich, überschwemmte das Tal und umschloss Theodor und den Hünen von allen Seiten.

Das Schloss war bereits versunken. Die geborstenen Berge gingen tosend unter und pressten dabei das Land, das sie zuvor umschlossen hatten, in die Höhe wie Hände, die Sand zu einem Haufen zusammenschieben. Die hochquellenden Massen aus Kiesel und Gestein verschluckten die umliegenden Trümmer wie Treibsand. Die Stelle in der Mitte des Tals, an der Theodor und der Hüne standen, wurde immer höher hinaufgedrückt. Während das Wasser den Kessel flutete, formte sich um die beiden eine kleine Insel, die mit dem Spiegel emporstieg. Je weiter die Insel in die Höhe wuchs, umso steiler wurden ihre Hänge.

Schließlich hatte die See das ganze Tal überschwemmt. Theodor und der Hüne standen auf einer winzigen Kuppe, die wie die Spitze eines sandigen Zuckerkegels aus dem Wasser ragte. Um sie herum dehnte sich das schwarze Meer endlos bis zum grauen Horizont. Es warf keine Woge und keine Welle mehr.

Es war früher Morgen, und der Zwerg fror. Er hatte den ganzen gestrigen Tag und die darauffolgende Nacht vor dem Nebel gesessen und gewartet. Seinen Mantel hatte er eng um sich gezogen und die Beine darunter angewinkelt, doch auch dies notdürftige Zelt vermochte nichts gegen die Kälte und die Feuchtigkeit auszurichten. Er hatte versucht, ein Feuer zu entzünden, doch das Holz, das sich hier fand, war zu nass. Er hatte nach einem Unterstand geschaut, doch um ihn herum war nur leeres Land. Also hatte er schließlich aufgegeben und sich an den Rand des Nebels gesetzt, um zu warten.

Es war seine Strafe, hier zu sitzen. Ob sie berechtigt war? Keineswegs. Doch es spielte keine Rolle. Er musste ausharren, wenigstens noch für eine Weile. Er wusste nicht, ob der unangenehme Junge überhaupt aus dem Nebel zurückkehren würde. Doch der Zwerg würde seinen Posten erst verlassen, wenn gerade noch genug Zeit bliebe, um sich Eels vor dem letzten Kampf anzuschließen. Er zog seinen Umhang enger.

Malte glitt lautlos wie ein Gespenst aus dem Nebel. Er hielt den Stab. Ein Hochgefühl durchfuhr den Zwerg. Doch dann folgte der Zinkerprinz aus dem grauen Dunst, und das Hochgefühl wich schierem Schrecken. Der Zwerg sprang auf und zog seine Axt. Die Nässe war vergessen und die Kälte wich einer anderen Beklommenheit.

»Mach dich nicht lächerlich! Willst du mit uns kämpfen, Schrumpfling?«, sagte Malte.

Der Zinkerprinz legte ihm eine Hand auf die Schulter und tat einen Schritt nach vorne.

»Mein alter Freund«, sagte er und lächelte.

»Ich bin nicht mehr dein Freund«, sagte der Zwerg. Er spie die Wörter aus wie bitteren Brei.

»Hast du dein Vertrauen in mich verloren, Vertrauter?«, fragte der Zinkerprinz unberührt.

»In dem Moment, in dem du nicht mehr Stimme und Stab warst, sondern Verrat und Verdammnis!«, brüllte der Zwerg.

»Zwerg!«, mahnte Malte und hob eine funkenumfunkelte Hand. Der Zinkerprinz drückte sie sanft nieder. »Sag mir, Zwerg«, fuhr er fort, »was hast du getan, um Mädesüß, den Dolch und die Dunkelheit, zu beschützen?«

»Was hätte ich denn tun können? Ihr habt ein Unrecht begangen. Ihr wusstet das.«

»Du warst mir verpflichtet, und so auch der Frau, die ich liebe.«

»Ihr habt nichts Gutes mit eurer Liebe angefangen«, sagte der Zwerg und warf Malte einen finsteren Blick zu. Malte starrte böse zurück, und die Augen des Zinkerprinzen wurden trüb.

»Es tut mir leid, dass du es so siehst«, sagte er und hob seine Hand. Grüne Funken tanzten um die Fingerkuppen. »Ich habe auch dich geliebt. Wir hätten einen Platz für dich gehabt.«

Der Zwerg sprang kopfüber in den Nebel. Einen Augenblick schauten Malte und der Zinkerprinz verdutzt zu der Stelle, wo er eben noch gestanden hatte. Der Zinkerprinz ließ seine Hand sinken. »Lass uns gehen«, sagte er.

»Zum Albtraumkönig?«, fragte Malte.

»Bald. Es gibt vorab noch Eines zu tun. Vielleicht wird's dir nicht gefallen, doch getan werden muss es doch.«

Kapitel 17

Ihr Eiland war gerade groß genug, dass Theodor und der Hüne nebeneinanderstehen konnten, ohne sich zu berühren.

»Was machen wir nun?«, fragte Theodor.

»Lass mich einen Augenblick nachdenken«, sagte der Hüne. Er setzte sich hin und zog die Beine an. Seine Stiefelspitzen berührten die See. »Darf ich dein Schwert einmal haben?«

»Es dient mir nur, wenn es will«, sagte Theodor.

In der Hand des Hünen wirkte es kaum größer als ein Brotmesser, und er hob es mühelos wie einen Zahnstocher. Wehmütig betrachtete er eine Weile die Klinge, dann gab er sie mit einem Seufzer zurück. »Im Augenblick helfen uns unsere Schwerter ohnehin nicht.«

Theodor setzte sich neben den Hünen auf sein Schild. Er konnte die Beine ausstrecken, ohne seine Füße ins Wasser zu tunken. Er blickte über das Meer.

»Und wenn wir schwimmen?«, fragte Theodor. »Da war doch eine Küste. Erinnerst du dich? Mit einem Riesen. Die kann nicht weit von hier sein. Notfalls reite ich auf dir wie auf einem großen Fisch.«

»Ich glaube nicht, dass es die Küste noch gibt. Sie wird versunken sein wie alles andere.«

Ein leises, rhythmisches Platschen gluckerte hinter ihnen auf. Der Hüne blickte über seine Schulter und stand auf. »Gleich der nächste Spuk?«, fragte er.

Auch Theodor erhob sich. Ein Ruderboot glitt nah an ihrer Insel vorbei. Darin saßen eine greise Frau mit weißem, langem Haar und ein glatzköpfiger greiser Mann. Mit wackeren Zügen tauchten sie ihre Paddel ins Wasser und trieben das Boot geschwind vorwärts.

»Heda!«, rief der Hüne.

Die Paddel hielten inne. Die greise Frau deutete auf die beiden Gestrandeten. Der greise Mann schaufelte ausladend und lenkte die Bootspitze auf sie zu.

»Das ist ja mal ein Missgeschick«, sagte er, als das Boot die Insel erreichte. »Sollen wir euch mitnehmen? Es wird vielleicht ein wenig eng, aber klappen sollte es doch.«

Theodor und der Hüne bedankten sich und kletterten hinein. Sie setzten sich in die Mitte und zogen die Beine an. Theodor nutzte seinen Schild als Rückenlehne.

»Dürfen wir das Rudern übernehmen?«, fragte der Hüne.

»Das kommt gar nicht in Frage«, sagte die Greisin. »Diese See ist nicht mehr das, was sie einmal war. Ihr würdet uns nur ins Verderben lenken.«

Mit kräftigen Stößen trieben die Betagten das Boot zurück aufs Wasser.

Die Greisin schaute Theodor und den Hünen mit geschürzten Lippen an. »Seltsame Paare tun sich zusammen«, sagte sie. »Erst vor kurzem sahen wir zweie.«

»Welche?«, fragte der Hüne.

»Einen Ritter und seinen Knappen, und einen Zwerg und einen Jungen. Nicht älter als dieser hier.«

»Ihr habt Malte und den Zwerg gesehen?«, rief Theodor. »Wie geht es ihnen?«

»Na, hoffentlich gut«, sagte die Greisin. »Sie wollten in den Wald vor dem großen Nebel. Und wohin wollt ihr?«

»Aufs Festland«, sagte der Hüne. »Wir ziehen gegen den Albtraumkönig.«

»Daher also weht der Wind. Das ist sehr dumm von euch«, sagte die Frau ohne besondere Emotion. »Der Albtraumkönig ist der Immerda, ihr könnt ihn nicht vernichten. Ihr könnt ihn höchstens eine Weile vertreiben. Es ist ganz ungewiss, ob euch wenigstens das gelingt. Und wenn, dann kommt er irgendwann wieder. Und dann kommen eure Kinder und vertreiben ihn, und danach müssen sich eure Enkel und deren Enkel mit ihm herumplagen und alle anderen, die noch folgen mögen.«

»Was wäre denn eure Idee?«, fragte der Hüne barsch.

»Wir haben keine Ideen«, sagte der Greis. »Wir haben bloß genug von dieser Plagegeisterei. Von den Sorgen, von den schlaflosen Nächten. Wir sind des Wartens auf bessere Zeiten überdrüssig. Wir sind müde. Darum verschwinden wir von hier.«

»Und wohin?«, fragte Theodor.

»Das wissen wir nicht«, antwortete der Greis. »Wir werden schauen, wohin es uns verschlägt. Ganz entkommen können wir nicht. Aber wir reisen soweit an den Rand, wie es uns möglich ist, und hoffen, dass man uns dort übersieht.« Er schaute Theodor an, kniff die Augen zusammen und beugte sich vor. »Möchtest du vielleicht, dass wir dich mitnehmen?«, fragte er.

»Er ist das Schwert und der Schild«, empörte sich der Hüne.

»Möchtest du also mit uns kommen, Schwert und Schild und kleiner Junge?«

Drei Gesichter schauten Theodor erwartungsvoll an. Der Hüne runzelte seine Brauen. Hätte Theodor diese Wahl gehabt, als er vor dem Menschenfresser auf dem Hintern gesessen hatte, geschlagen, getreten und mit schwachen Ärmchen, er hätte keine Sekunde gezögert. Er wäre mitgegangen in der Hoffnung, am Rande dieser Welt übersehen zu werden. Doch so hatte jenes Kapitel nicht geendet. Schwert und Schild waren erwacht. Schwert und Schild war erwacht. Es hatte sich gut angefühlt.

»Ich ziehe gegen den Albtraumkönig«, sagte Theodor.

Der Hüne zeigte keine Regung. Die Greisin nickte. »Dann lassen wir euch dort vorne raus.«

Ohne, dass Theodor es bemerkt hatte, hatte sich das kleine Boot einer Küste genähert. Ein schmaler Streifen Sand küsste die schwarze See, und dahinter streckte sich Weideland. »Wir sind schon da?«, fragte er.

»Ja«, antwortete die Greisin. »Diese See ist wahrlich nicht mehr, was sie einst war.«

»Passt auf euch auf«, sagte der Greis, als Theodor und der Hüne aus dem Boot gestiegen waren.

Der Hüne verneigte sich. »Viel Erfolg auf eurem Weg«, sagte er und stieß das Boot mit einem kräftigen Schubs zurück auf die See. Die Greise winkten fröhlich, tauchten die Ruder ins Wasser und paddelten davon.

Vom Strand lief ein schmaler Fluss in das grasige Land.

»Du hast deine Waffen, deinen Namen und deinen Titel. Auf zu Eels und ihrem Heer«, sagte der Hüne und folgte dem Flussufer ins Landesinnere.

Als wollte der Abendhimmel diesen letzten Abschnitt ihrer Reise gebührend untermalen, glühte er im flammenden Purpur. Die ersten Sterne des Abends funkelten darin.

Theodor stiefelte dem Hünen nach. Schwert und Schild wogen furchtbar schwer.

Zwischenspiel

Eels und die Schöne standen auf dem höchsten Turm der Burg. Über ihnen spannte sich ein purpurner Abendhimmel. Vor ihnen streckten sich die wilden Wiesen aus. Die Ebene war leer.

»Niemand ist gekommen«, sagte Eels. »Niemand.«

»Hast du's denn wirklich erwartet?«, fragte die Schöne. »So läuft es doch nie ab, nicht wahr?«

»Manchen Kampf«, seufzte Eels, »muss man wohl alleine kämpfen.«

»Nicht ganz allein«, sagte die Schöne. »Hab ein wenig Vertrauen.«

Vertrauen? Theodor und Malte hatten ihre Waffen gefunden, das spürte Eels. Doch Eels spürte auch, dass etwas nicht stimmte. Gemeinsam mit Theodor, Schwert und Schild, und Malte, Stab und Stimme und Dolch und Dunkelheit, konnte sie, die Wut und die Waise, vielleicht auch ohne Heer gegen den Albtraumkönig und seinen Zinkerprinzen bestehen. Doch das, was nicht stimmte, bereitete ihr Sorgen. Sie strich der Schönen behutsam über die zerfurchte Wange und fingerspitzte ihr silbernes Haar.

»Mach dich im Morgengrauen bereit«, sagte Eels.

Die Schöne verneigte sich.

Die Wut und die Waise verließ ihre Burg und verschwand in die beginnende Nacht.

Kapitel 18

Der Hüne trieb Theodor noch immer an, als der Himmel schon die Farbe von reifen Pflaumen hatte und mit Sternen übersät war. Manche funkelten hell und aufmüpfig, andere blass und schüchtern. Sie folgten weiterhin dem Fluss. Er war breiter geworden und wälzte sich träge zwischen Böschungen voll Schilf und Wasserminze.

»Ich muss bald ausruhen«, sagte Theodor.

»Ein kleines Stückchen noch«, entgegnete der Hüne und stapfte mit ausladenden Schritten am Ufer entlang.

»Kannst du nicht wenigstens meine Waffen tragen?«, fragte Theodor.

»Du musst dich ohnehin an ihr Gewicht gewöhnen«, antwortete der Hüne. »Dann kannst du auch gleich damit anfangen. Zumal, solange noch Zeit dafür ist.«

Sie erreichten den Rand einer Anhöhe. Vor ihnen senkte sich ein langes Tal, das gespickt war mit geschwungenen, krummspitzigen Felsen, die sich wie Dornenklauen über die Wiesen wölbten.

Der Fluss stürzte über drei Stufen hinab und landete schaumsprudelnd in einem farnumwachsenen Becken, bevor er zur Ruhe kam und sich in sanften, weiten Bögen durch das Klauenland fortschlängelte. Ein voller Mond war aufgegangen, verbarg sich aber meistenzeits hinter dicken, bauchigen Wolken, die wie weißgeröstete Kohlen leuchteten. Tiefe Schatten lagen über dem Tal, und überall erwachten Rascheln und Rufe.

Nicht weit in der Ebene zog am gegenüberliegenden Ufer die Schar trauriger Spielleute vorbei, die Theodor damals beim Tanz des Bösvolkes gesehen hatte. Die unglückselige Gruppe folgte mit hängenden Köpfen und schweigenden Instrumenten dem Flusslauf ins Landesinnere.

»Ich glaube, es ist nicht sicher am Ufer, wenn es dunkel ist«, sagte der Hüne. »Lass uns ein bisschen abseits gehen.«

»Hüne, ich kann nicht mehr«, klagte Theodor. »Mein Arm ist taub und meine Füße tun weh. Ich habe so lange nicht geschlafen, und wenn, dann habe ich vom Albtraumkönig geträumt.«

Der Hüne drehte sich zu Theodor um. »Du hast ja Recht. Müde nützt du ohnedem niemandem was.«

Er schaute sich um. Rechts von ihnen, am Fuße des seichten Abhangs, stieg ein Geröllhügel an, kaum höher als eine Halde. Etwas oberhalb ihrer jetzigen Position entdeckte der Hünen einen Vorsprung, der wie eine ausgestreckte Zunge hinausragte.

»Lass uns dort oben die Nacht verbringen. Ich werde Wache halten, du kannst schlafen. Aber nur ein paar Stunden, dann müssen wir weiterziehen.«

Sie verließen das Flussufer und liefen die Senke hinab. Am Fuße des Hügels entflohen Theodor gänzlich die Kräfte: Die Flanke mit dem Vorsprung war steil und bestand aus losem Schotter und Geröll. Der Hüne kraxelte los.

Der Aufstieg gestaltete sich entsprechend mühselig. Ständig gaben kleine Steine unter Theodors Händen und Füßen nach, immer wieder rutschte er ein Stück die kieselige, scharfkantige Steige hinab. Schwert und Schild zerrten zusätzlich an ihm. Der Hüne hatte deutlich weniger Mühe, hinaufzukommen. Er wartete zwar immer wieder, bis Theodor ihn eingeholt hatte, half ihm aber nicht. Er reichte ihm keine Hand und übernahm auch weiterhin nicht seine Waffen.

Schließlich erreichten sie den Vorsprung, und Theodor zog sich mit blutigen, verschrammten Händen hinauf. Das Plateau beugte sich wie ein Balkon ohne Brüstung über den Abhang. An drei Seiten fiel der Fels steil in das Tal. Auf der vierten Seite schmiegte sich das Plateau an den weiter hinaufsteigenden Hügel. Ein breiter Klippensteig lief dort am Hang vorbei und führte zu einer dahinterliegenden, ebenen, mit dichten Bäumen bewachsenen Kuppe.

Theodor ließ sich erschöpft zu Boden fallen und lehnte sich an die Felswand. Er pickte sich kleine Steinchen aus den Kratzern in seinen Handflächen. Der Hüne stand am Rand des Vorsprungs und spähte über die Ebene. Unter ihm erstreckte sich das Tal mit den spitzen, krummen Felsen. Der Fluss zog träge dahin, und Mond und Sterne spiegelten sich in seinem Wasser.

Die Muskeln des Hünen spannten sich. Überall zeigte sich schwarzer Qualm! Er kroch die Uferböschungen hoch und quoll aus dem Boden der Ebene wie Tinte aus einem Schwamm. Dickflüssige, dunkle Wolken waberten auf ihren Felsen zu. Ein langer, dürrer Schemen schwirrte darin umher.

»Steh auf, Theodor!«

»Einen Moment noch«, klagte Theodor.

»Theodor, sofort!« Die Dringlichkeit in der Stimme des Hünen ließ Theodor hochfahren. Er griff zum Schild und zog sein Schwert. Der Hüne lief zu dem Steig, der auf die Waldebene führte. Theodor zog sich der Magen zusammen, als er sah, wie der dunkle Qualm das Land unter ihnen zudeckte. Die unheilvollen Schwaden hatten bereits den Fuß des Hügels erreicht und wälzten sich die steilen Hänge hinauf.

»Bloß fort«, rief der Hüne. »Vielleicht bieten die Bäume Schutz. Oder wenigstens eine Möglichkeit zur Flucht.«

Der Hüne schritt über den Felspfad, Theodor folgte dicht dahinter. Wo der Klippensteig auf die Kuppel traf, stoppte der Hüne. Auch aus den Baumreihen vor ihnen kroch Qualm. Der Hüne ging ein paar Schritte zurück. Theodor blieb an seiner Seite.

Der dunkle Dunst verschlang die Bäume, breitete sich über das Plateau aus und vereinte sich hinter Theodor und dem Hünen mit dem Qualm, der die Abhänge herauf und nun über die Ränder gekrochen war. Ein Ring aus schwarzem, dichtem Rauch hatte sie eingeschlossen. Rußfratzen tollten johlend und keifend darin herum.

Der Hüne richtete sein Schwert nach allen Seiten; Theodors Schwertspitze neigte sich nutzlos zu Boden. Plötzlich verstummten die Fratzen und hielten inne. Sie blickten erwartungsvoll zu einem bestimmten Punkt und kuschten vor ihm zurück. Dort trat Malte aus dem Qualm.

Er tat es langsam. Zuerst kam sein rechter Stiefel heraus, dann folgte der übrige Körper. Er trug sein dunkelblaues Gewand. In einer Hand hielt er einen einfachen, dunklen Stab.

»Malte!«, rief Theodor erleichtert und wollte zu ihm laufen, doch der Hüne packte ihn an der Schulter und riss ihn zurück. Theodor blickte seinen Vertrauten irritiert an. »Es ist Malte!«

Der Hüne hielt seinen Blick auf Malte gerichtet. Er zerrte Theodor hinter sich, seine Hand immer noch fest um dessen Schulter.

Malte sah am Hünen vorbei. Seine Augen hefteten an Theodor, während er bedacht, einen Schritt nach dem anderen, auf sie zukam. Sein Stab kratzte über den Boden. *Krzzz.* Auf jeden Schritt folgte das Schleifen, wenn er den Stab gemeinsam mit dem anderen Fuß nachzog. *Krzzz. Krzzz. Krzzz.*

»Du wirst ihn nicht bekommen«, sagte der Hüne.

»Mich bekommen?« Theodor befreite sich aus des Hünen Griff. »Was redest du da?«

Der Hüne schaute weiter starr zu Malte. Malte war stehen geblieben. Seine Augen hatten jegliches Leuchten verloren. Brackig wie ein Pfuhl hingen sie in seinem Gesicht.

»Was hat das alles zu bedeuten?«, fragte Theodor und blickte zwischen dem Hünen und Malte hin und her.

Der Hüne wandte sich zu Theodor. »Es tut mir leid«, sagte er. Dann umfasste er mit beiden Händen sein Schwert und richtete es auf Malte.

Tiefe Traurigkeit quetschte Theodors Herz. Eine unaussprechliche Hoffnungslosigkeit krabbelte aus seinem Bauch und nahm ihn bis zur Stirn hinauf ein. Aus der wabernden Schwärze schälte sich der Zinkerprinz.

Er hatte seine Kapuze abgezogen. Er sah aus wie Siechtum und Zerfall, wie ein ungemachtes, von Schweiß und schlechten Träumen vergilbtes Bett. Er löste in Theodor den Wunsch aus, sich zu kratzen und die Kleider zu wechseln. Er trug einen Stab, der genauso aussah wie Maltes Stab, stumpf und matt.

»Ich werde euch Theodor nicht überlassen. Nicht dir, Zinkerprinz, und nicht deinem Sohn«, sagte der Hüne.

»Sohn?«, flüsterte Theodor tonlos.

Der Zinkerprinz blickte den Hünen böse an. »Du hast kein Recht, so mit einem Wachenden zu sprechen.«

»Du bist kein Wachender mehr. Du bist der Zinkerprinz, lügst und betrügst und stehst doch nur unter deinem Herrn. Ich sehe den Albtraumkönig auf deinem Rücken sitzen und dir befehlen. Fort mit dir, du Nachtmahr, du Hexer, du Pestbrut!«

»Du musst wahnsinnig sein, dir das herauszunehmen«, sagte der Zinkerprinz. Er schien wahrhaftig verblüfft über die Anmaßung.

»Nimm Schwert und Schild, Theodor, und lauf fort, so schnell und weit du vermagst«, rief der Hüne über seine Schulter hinweg. »Hinein in den Qualm, bloß weg von den beiden.«

»Was? Nein!«

»Ich kann dir höchstens etwas Zeit verschaffen«, sagte der Hüne. »Und auch davon nicht sehr viel.«

Der Zinkerprinz hob seinen Stab und stieß ihn zu Boden. Der Hüne krampfte und ging in die Knie.

»Dort ist dein Platz«, sagte der Zinkerprinz. Dann musterte er Theodor. »Das ist er, ja? Der Sohn von Zornhau, Schwert und Schild?«

Malte nickte. Theodor richtete das Schwert seines Vaters auf die schmierige Gestalt vor sich. Es war schwer. Verdammtes Ding, schimpfte er innerlich und ließ es wieder sinken. »Malte, was ist denn geschehen?« Seine Stimme war ein bitteres Flehen.

Malte blickte ihn einen Moment nachdenklich an. Das war kein dramatisierender Akt, Malte wog die folgenden Worte und Taten schlicht sorgfältig ab. Er kaute auf seiner Lippe, ehe er sagte: »Du warst mir meistens ein guter Freund, Theodor. Wenn auch nicht immer. Darum gebe ich dir die Möglichkeit, zu gehen. Verschwinde und scher dich nicht mehr darum, was hier geschieht.«

Der Hüne rappelte sich mühsam auf, kämpfte gegen eine Kraft, die ihn niederdrückte. Nun war es Malte, der mit seinem Stab auf den Boden stieß. Der Hüne brach wieder ein, sackte noch tiefer als zuvor.

»Was tust du nur, Malte?« Tränen füllten Theodors Augen. »Was bedeutet das alles?«

»Wir stehen auf unterschiedlichen Seiten«, sagte Malte. »Ich mag es dir nicht erklären. Geh nach Hause und genieße, was du dort hast.«

»Du weißt, dass ich das nicht kann.«

»Theodor, verschwinde«, fauchte Malte streng. »Oder ich werde dir weh tun, das schwöre ich. Du wolltest doch ohnehin nicht hier sein!« Er hob die freie Hand und spreizte die Finger wie zum

Gruß. Bunte Fünkchen knisterten über seinen Fingerkuppen. Der Zinkerprinz schaute erwartungsvoll zu.

Der Hüne am Boden zitterte und stöhnte, seine Sehnen gespannt wie Lastenseile aus Stahl.

Theodor richtete die Schwertspitze auf Malte und hob den Schild zum Kinn, und für den Moment konnte er sie oben halten. »Ich werde nicht zurückgehen«, sagte er. Dann warf er die Waffen von sich. »Doch ich werde ganz sicher auch nicht gegen dich kämpfen.«

»Heb deine Waffen auf«, tadelte Malte. »Du bist Theodor, Schwert und Schild.«

»Und du bist Malte, mein Freund, verdammt!«

Malte funkelte ihn böse an. »Du selbstgefälliger Feigling«, zischte er. Eine grässliche, irre Fratze blitzte hinter Maltes Nacken auf. Zwei große, runde Augen, gelblich-weiß wie Eiter, die Pupillen schwarz und geweitet, die Iris ein blutroter, schmaler Ring, lugten über seine Schulter hinweg und tauchten rasch wieder ab.

Theodor kannte sie nur allzu gut, doch ihm blieb keine Zeit, darüber nachzudenken. Ein gleißender Blitz schoss aus Maltes Hand und zerriss ihm die rechte Gesichtshälfte. Er zerfetzte die Wange, schmolz sein Auge und Ohr, riss den Mundwinkel ein und jagte ihm in die Eingeweide. Ein brüllender Schmerz durchschoss Theodor vom Scheitel bis zu den Zehenspitzen. Er wurde rücklings zu Boden geschleudert, landete hart und krümmte sich unter Qualen. Sein ganzer Körper brannte, als stünde er in Flammen.

Malte klopfte mit dem Stab auf den Boden, und die Qualen verschwanden so jäh wie Kerzenlicht, das ausgeblasen wird. Sie ließen nur die Erschöpfung zurück, die auf alle großen Schmerzen folgt. Theodor lag keuchend am Boden. Er roch sein geschmolzenes Fleisch, das verkohlte Haar und gesiedetes Blut.

Malte kam zu ihm. *Krzzz. Krzzz.* Er ging neben Theodor in die Hocke. Theodor wollte sich rühren, doch es gelang ihm nicht. Etwas hielt ihn zu Boden gedrückt, als wäre er unter Felsbrocken begraben. Malte strich ihm durch den unversehrten Teil seines Haares. »Ich habe dich geliebt. Es tut mir leid.«

Im Hünen tobten gewaltige Schmerzen, doch sie drangen nicht zu ihm vor. Was zu ihm vordrang, waren unhörbare Heldenlieder, die nur für ihn klangen. Ihr vielstimmiger Chor sang die Pein nieder und brach die Kraft, die ihn zu Boden drückte. Der Hüne erhob sich, unerschütterlich wie ein Berg im Donnerschlag. Er nahm sein Schwert in beide Hände.

Malte stand auf, als er dies sah, und tat wenige Schritte zurück, bis er seinen Vater an seiner Seite spürte. Malte stieß seinen Stab zu Boden. Der Hüne ging nieder – und kämpfte sich wieder hoch. Malte und der Zinkerprinz beobachteten fast mitleidig, wie er sich zitternd und schnaubend vom Boden hievte.

Malte rammte erneut seinen Stab in den Boden. In die Knie ging der Hüne nicht mehr, nur noch in die Beuge. Die unhörbaren Heldenlieder rauschten in seinem Kopf und verschlossen seine Sinne vor allem Anderen. Verbissen rammte Malte noch einmal das Stabende in den schroffen Grund. Der Hüne stand, bebte, alle Sehnen, Adern und Muskeln hart wie Erz. Schmerzschweiß rann ihm am Körper herunter, das Haar hing nass hinab. Er sah die Schöne. Sie lächelte, aber sie weinte dabei. Sie nickte. Sie gab ihm ihre Erlaubnis.

Ein tiefes Grollen stieg in ihm auf. Es wuchs und wuchs, drohte seinen Körper von innen zu sprengen. Der Hüne warf seinen Kopf in den Nacken. Ein Brüllen fuhr aus ihm heraus, lauter als Verzweiflung und wütender als Verlust. Er schrie im rauschhaften Zorn zum Himmel, und selbst der Qualm wich vor ihm zurück.

Der Hüne fuhr zu Theodor herum. Sein Gesicht war von Hass verzerrt. Die Augen zeigten nur das Weiß. In seinem Mund blitzten spitze Zähne. Er spuckte Schaum. Er umklammerte mit beiden Händen sein Schwert, dann wirbelte er zu Zinkerprinz und Malte herum und stürmte brüllend auf sie zu.

Der Zinkerprinz hob seine Hand, und ein grüner Blitz schoss auf den Hünen zu. Der Hüne hieb den grellen Strahl im Laufen entzwei, dass er in Funken zerstob. Er tauchte durch die verlöschenden Lichtchen und erreichte Vater und Sohn. Der Zinkerprinz riss gerade noch seinen Stab hoch, um einen gewaltigen Schlag von des Hünen Schwert abzufangen. Er leitete den Hieb zur Seite, und der Hüne flog an ihm vorbei. Flink fuhr der Hüne herum und schwang seine Klinge seitwärts. Dieser Streich galt Malte. Maltes Stab fing ihn mit großer Mühe auf und zitterte heftig in seinen Händen.

Der Hüne stand nun zwischen Zinkerprinz und Sohn und schwang wie ein blutwahnsinniges Pendel zur einen und zur anderen Seite. Er hackte nach links und rechts, wirbelte und stach nach hinten und vorne. Er ließ sein Schwert mit einer Hand über seinen Rücken hängen, um die Stabhiebe von hinten zu parieren, während er mit der anderen Faust nach vorne boxte, nur um das Schwert gleich wieder hervorzureißen und in hohem Bogen von oben herab den nächsten Streich zu tun.

Malte und der Zinkerprinz, nachdem sie die erste Überraschung überwunden hatten, nahmen den Kampf an. Rasch war der Hüne nicht mehr der Bestimmende, sondern ein Gefangener zwischen ihren Stäben. Erst wehrte er sie ab und teilte seinerseits aus, doch bald schon verstummten seine eigenen Angriffe angesichts der vielen Paraden, die er vollführen musste. Dann gelang auch das nicht mehr: Die Stäbe trafen ihn erst an den Armen und Beinen, und schließlich erwischten sie seinen Kopf.

Der Hüne taumelte. Der Zinkerprinz stieß ihm mit einer Hand vor die Brust und schleuderte ihn rücklings fort. Der Hüne fiel und rollte bis zu Theodor, der noch immer wie gelähmt am Boden klebte und dem Treiben hilflos zusehen musste. Spuckend und schäumend lag der Hüne neben ihm und ächzte schwer in seinem geschundenen Körper. Doch er kämpfte sich wieder auf. Erneut stürmte er auf Malte und den Zinkerprinzen los. Dieser Angriff war deutlich weniger wild, ein bemitleidenswertes Wanken. Zinkerprinz und Malte parierten jeden Hieb.

Wie auf ein stilles Kommando zog sich Malte aus dem Kampf zurück. Nun galt's: der Hüne gegen den Zinkerprinzen allein. Doch einen Vorteil konnte Theodors Vertrauter daraus nicht ziehen. Mit der Leichtigkeit des Überlegenen beschäftigte der Zinkerprinz den Hünen, hielt ihn fern, umtänzelte ihn und verteilte tadelnde Hiebe. Theodor konnte in seinem aufgequollenen Gesicht lesen, wie er beschloss, es zu beenden. Der Zinkerprinz stieß dem Hünen mit aller Kraft seinen Stab in den Magen, sodass der Hüne sich krümmte. Die Heldenchöre verstummten. Der Zinkerprinz rammte ihm den Stab unter das Kinn. Der Hüne flog zurück und blieb reglos liegen. Theodor fürchtete, er wäre tot. Doch einmal noch mühte der Hüne sich auf die Beine.

Er taumelte mehr, als dass er lief, auf den Zinkerprinzen zu. Er wankte schwer, das Schwert baumelte wie trunken in seiner Hand. Theodor wollte zu ihm eilen, ihn zurückhalten, sich ergeben und fügen, doch er konnte sich weder rühren noch irgendwie verständig machen. Mit Schrecken sah er, wie der Zinkerprinz seine Hand hob. Wieder knisterte die Luft über den Fingerkuppen. Dieses Mal traf der grellgrüne Blitz sein Ziel und zerfetzte das Gesicht des Hünen. Theodor schrie einen lautlosen Schrei, der ihm fast die Kehle zerriss.

Der Hüne ging nur kurz in die Knie. Dann rappelte er sich auf und stolperte auf den Zinkerprinzen zu. Der Chor hob von Neuem an, sang lauter und lauter. Die unhörbaren Heldenlieder fuhren ihm durch alle Glieder, trieben ihn voran, unempfänglich für jedwede Schmerzen oder Anstrengungen. Er taumelte blind dem Zinkerprinzen entgegen. Direkt vor ihm fiel er auf die Knie. Der Zinkerprinz umfasste mit beiden Händen seinen Stab.

Der Hüne drehte seinen versengten Kopf zu Theodor. Mit einer kindlichen, ganz angstvollen Stimme sagte er: »Ich will nicht sterben.«

Der Zinkerprinz ließ den Stab niederfahren. Theodors Herz zerbarst. Der Hüne sackte zu des Zinkerprinzen Füßen zusammen. Dort und so starb der Hüne.

Theodor schrie mit voller Stimme, und eine nie geahnte Wut löste seine Fesseln. Er sprang auf und ergriff Schwert und Schild. Er wollte auf den Zinkerprinzen losgehen. Doch Schild und Schwert schwiegen, lagen so schwer in seinen Händen wie beim Kampf gegen den Menschenfresser. Sie hielten ihn zurück.

»So wacht doch auf, ihr verdammten Nichtsnutze!«, brüllte Theodor. Er wollte toben und töten, selbst wenn er dabei Malte bekämpfen müsste. Diese schwachen Ärmchen, warum konnten sie das elende Schwert nicht schwingen, den verteufelten Schild nicht heben? Theodor wurde ganz irre vor Zorn, und mehr noch vor Unvermögen, diesem Zorn freien Lauf zu lassen.

Ein bohrender Schmerz fuhr ihm durch die Schultern. Etwas Spitzes hatte sich in sein Fleisch gegraben. Theodor wurde rücklings fortgerissen und in die Lüfte gehoben.

»Fort von hier, leckeres, dummes, ach so dummes Menschlein«, rief eine geckernde Stimme.

Das launische Schwert glitt Theodor aus der Hand und stürzte hinab. Die andere Hand verfing sich im Riemen des Schildes und schleppte ihn mit hinauf. Rasch und immer rascher ging es in die Höhe, und unten auf dem rauchumrundeten Platz wurden Malte, der Zinkerprinz und der Leichnam des Hünen kleiner und kleiner. Im Qualm, das sah Theodor noch, tanzte um Vater und Sohn herum ein langer, dürrer Schemen. Dann stoben der Menschenfresser und seine Last in die Wolkendecke, und Theodor sah nichts mehr außer blassem, dichtem Grau.

Theodor bettelte, eine Ohnmacht möge ihn umfangen und die Schmerzen beenden. Den Schmerz der Krallen, die tief in seinen Schultern steckten. Den Schmerz seines verschmorten Gesichtes, der wieder aufflammte. Den Schmerz um den Tod des Hünen. Und mehr als alles andere den Schmerz um Malte. Doch keine Ohnmacht erbarmte sich seiner. Schwindelig vor Schmerzen wurde Theodor eine schier endlose Zeit in den Fängen des Menschenfressers getragen. Selbst den Tod hätte er diesen Schmerzen vorgezogen.

Viele, viele Stunden flogen sie durch die Wolken, während der Schild an seinem Arm zerrte. Dann erst verlor Theodor das Bewusstsein und fand die Gnade, eine Weile seinen Schmerzen entfliehen zu dürfen.

Vierte Elegie

Kapitel 1

Die Krallen lösten sich aus seinen Schultern, und Theodor stürzte einige Meter in die Tiefe. Er landete unsanft auf hartem Grund. Der Aufprall schubste ihn aus seiner fiebrigen Umnachtung. Augenblicklich kam die Erinnerung zurück: an Malte, den Zinkerprinzen, den Hünen. Er spürte sein verbranntes Gesicht, doch nur dumpf, eher eine Erinnerung an furchtbaren Schmerz als der Schmerz selbst. Theodor übergab sich.

»Meine Schuld ist abgegolten, du hässliches, dummes, dummes, dreimal dummes Menschlein«, keckerte der Menschenfresser.

Theodor lag auf einer tristen Hügelkuppe, die einsam aus einem fahlen, abendnebelbenetzten Wald ragte. Feine Schwaden stiegen zwischen den Baumkronen zu einem lilafarbenen Himmel auf. Der Menschenfresser hockte auf dem Ast eines krummen Baumes und blickte ihn aus schwarzen Schlitzen an. »Beglichen ist sie. Ich will nichts mehr zu tun haben mit euren albernen Spielen. Ihr Wachenden und Vertrauten, Zinkerprinzen und Albtraumkönige – ihr seid allesamt Gift für diese Welt.«

Er sprang vom Ast und landete neben Theodor. Aufgeregt storchte er auf und ab. Dann beugte er sich dicht zu Theodor hinunter. »Nun tue du endlich, worum ich dich bereits bat, Theodor Feigling. Nur du kannst diesen Albdruck von mir nehmen.«

Theodor mühte sich auf seine wackeligen Beine. Er wischte sich bittere Reste vom Mund und zuckte zusammen, als er seine verkohlte Lippe berührte.

»Ich habe mein Schwert verloren«, sagte er.

»Brauchst es nicht. Schlag mir den Kopf mit dem Schild ein.«

Der Schild lag neben Theodor, stumpf und schartig.

»Bitte mich nicht darum«, sagte Theodor. »Ich kann das nicht tun.« Warum musste ihn dieses Biest auch noch plagen?

»Tu's«, fauchte der Menschenfresser, »oder ich töte dich auf der Stelle.«

Theodor zögerte.

»Ich schwöre dir, ich zerreiße dich in Stücke, ganz, ganz langsam!«

Theodor nahm den Schild. »Sei's drum!«, schrie er. »Wenn's doch das ist, was du unbedingt willst.«

»Ja, das ist's, was ich will. Urteile nicht darüber. Du hast deine Geschichte, entlasse mich aus der meinen.«

Der Menschenfresser ging in die Knie und senkte den Kopf.

Der Schild in Theodors Hand wog schwer.

»Nun mach schon, Einäuglein!«, zischte der Menschenfresser, ohne den Blick zu heben.

Theodor fasste den Schild mit beiden Händen am zernagten Rand und hob ihn über sich. Seine Arme zitterten. Die Spitze hing wie ein Pendel über dem kahlen Kopf des Menschenfressers. Der Menschenfresser kniff die Augenschlitze zusammen und neigte sein Haupt noch tiefer.

»Ich danke dir für alles«, sagte Theodor. Er ließ den Schild niederfahren.

Der Kopf des Menschenfressers war hart und knochig; die Schildspitze schrammte daran ab und hinterließ nur eine blutige Schramme. Der Menschenfresser schrie, und Theodor packte das Entsetzen. Hastig hob er wieder den Schild, schwerer als zuvor. Einen schrecklich langen Augenblick später ließ er ihn hinabsausen. Es gab ein hässliches Knacken, und ein kleines Loch platzte auf, wo die Spitze den Kopf traf, doch noch immer lebte der Menschenfresser, zuckte und schrie unverständliche Laute. Theodor musste das grauenvolle Werk noch drei weitere Male wiederholen, und er ertrug nicht, was zu tun er gezwungen war. Seine Arme schmerzten, er konnte den Schild kaum noch heben und wollte bloß, dass es vorbei war. Dann endlich schwieg der Menschenfresser. Sein drahtiger, grauer Körper kippte leblos zur Seite.

Theodor fiel auf die Knie und weinte bitterlich. Dieses Schauerstück hatte ihn um mehr als nur einen Tod gealtert.

»Nun sieh sich das einer an«, sagte eine vertraute Mädchenstimme.

Neben Theodor ging Eels in die Hocke, griff ihm unter die Arme und half ihm, sich aufzusetzen. Theodor schluchzte noch immer.

»Na, na, na. Ist's denn so schlimm?«, fragte sie.

»Sieh mich an«, klagte Theodor. »Wie soll ich noch etwas ausrichten in dieser schlimmen Welt?«

»Es ist doch nur ein Auge und ein bisschen verbrannte Haut.«

Theodor antwortete mit langsam versiegenden Schluchzern.

Eels riss ein paar Stoffstreifen von ihrem Kleid und klebte sie mit Spucke auf sein verbranntes Gesicht. »*Ein Auge bloß ist's, das ihm fehlt. Der Rest ist Schmerz, und der vergeht.* So könnte ein Lied über dich beginnen, wenn das alles vorüber ist, findest du nicht auch?« Sie schaute ihn prüfend an. Ihr Kindermund lächelte, die Scharte spreizte sich. Ihre kleinen, runden Milchzähne waren makellos.

»Ich habe mein Schwert verloren«, gestand Theodor.

»Das ist in der Tat ein Unglück«, sagte Eels. »Wir müssen später schauen, wie sich das ausnimmt.«

»Und Malte hat sich dem Zinkerprinzen angeschlossen«, fügte Theodor hinzu.

Eels presste die Lippen zusammen. Das Lächeln verschwand, die Scharte schloss sich.

»Stimmt es?«, fragte Theodor. »Ist Malte sein Sohn?«

»Ja, das stimmt«, antwortete Eels. »Der Zinkerprinz war einmal Tollbub, der Wachende, der vorher Stimme und Stab war.«

»Warum hast du uns das nicht gesagt?«

»Erst wollte ich es euch sagen. Doch als ich sah, wie wütend Malte darüber war, dass der Zwerg ihn einem prügelnden Trunkenbold überlassen hatte, fürchtete ich, Malte könnte sich seinem wahren Vater anschließen. Nun, offensichtlich fürchtete ich zu Recht. Ich hatte gehofft, Malte würde das alles nicht erfahren, ehe wir diesen Kampf gewonnen hätten. Unter den Verbliebenen ist es kein Geheimnis, dass Tollbub die Wachenden verraten hat.«

»Warum hat er das getan?«, fragte Theodor.

Eels zögerte einen Augenblick, dann antwortete sie: »Es gibt noch etwas, das ich verschwiegen habe. Malte ist auch der Sohn von Mädesüß, der Wachenden, die der Dolch und die Dunkelheit ist. Es ist Unrecht, wenn zwei Wachende ein Kind zeugen, weil dieses Kind dann zu mächtig wird. Tollbub wollte sein Unrecht nicht akzeptieren. Du siehst ja, was nun geworden ist. Malte ist die Stimme, der Stab, der Dolch und die Dunkelheit. Malte ist der mächtigste von uns Wachenden, und nun dient er dem Albtraumkönig.«

Theodor blickte sie mit großen Augen an. Ihn überkam wieder das Gefühl, eine leere Leinwand zu sein, ein reines Nichts. Alles, was gesagt wurde, betraf eine schwerelose Ferne, die für ewige Zeit zu fern bleiben würde, als dass er sie begreifen musste, zu fern sogar für Furcht.

»Sie haben den Hünen getötet«, sagte er wie aus fremdem Munde.

Eels schnaubte bloß.

»Haben wir denn überhaupt eine Chance ohne Malte, ohne den Hünen?«, fragte Theodor.

»Keine Lügen mehr: Ich fürchte nicht.«

»Und was geschieht nun?«

»Diese Welt wird ein anderes, düsteres Gesicht bekommen, und ich kann dich nicht mehr beschützen. Hier erwartet dich nichts Schönes mehr. Du könntest umkehren. Doch der Albtraumkönig weiß um dich und wird dich jagen. Auch deinen Ziehvater wird er jagen.«

»Der Albtraumkönig wird mir alles rauben, auf die eine oder auf die andere Weise«, sagte Theodor. »Er hat es mir gesagt. Und vieles hat er mir schon geraubt. Darum werde ich hierbleiben.«

Eels lächelte unter ihrer Haube. »Dann komm mit mir. Wir sind der Grenze zum Albtraumreich schon ganz nah.«

»Ziehen wir also in die Schlacht?«, fragte Theodor, und ein neuer Mut loderte in ihm auf.

»Eine Schlacht?«, fragte Eels. »Ist sie denn Teil deiner Geschichte?« Sie schien darüber nachzudenken.

Theodor blickte die Wachende irritiert an.

»Nun, wir werden sehen«, sagte sie schließlich.

Sie stand auf und reichte ihm ihre schmale Hand. Theodor ergriff sie, und als sich seine Finger um ihre kühle Haut schlossen, fühlte er sich schon weniger elend. Er fühlte sich auf eine trotzige Art streitlustig. Er nahm den Schild auf. Er war schwer, aber das war Theodor egal.

Kapitel 2

Eels führte Theodor den Hügel hinab. An seinem Fuß glitt ein schmaler Fluss zwischen hohen Bäumen vorbei. An einer kiesigen Einbuchtung lag ein Floß. Es war ein grob gefertigtes Ding aus vier dicken, unterschiedlich langen Baumstämmen, die vorne und hinten durch Seile verbunden waren. Ein Mast und ein Segel fehlten; zwei lange Äste dienten als Ruderstangen.

Eels hüpfte auf das Floß, reichte Theodor die Hand und zog ihn zu sich. Das Floß unter ihren Füßen schunkelte sanft in der seichten Strömung.

»Nimm dir ein Ruder«, sagte Eels. Sie hob einen der Äste auf und stieß das Floß aufs Gewässer.

Fluss und Floß glitten lautlos dahin. Über ihnen war das Lila des Himmels einem sanften Dunkelblau gewichen. Der Wald zu beiden Seiten lag in tiefem Schlaf. Alte Weiden beugten sich träumend über die Ufer und tunkten ihre Äste ins Wasser. Busch und Gestrüpp trugen weiße Blüten und verströmten süßen Duft. Überall im Unterholz zirpte, surrte und raschelte es.

Theodor paddelte am vorderen Ende neben Eels und schaute auf das Wasser.

»Was erwartet uns nun?«, fragte er. »Wie kommen wir zum Albtraumkönig?«

»Was glaubst du wohl?«, entgegnete Eels. »Er ist der Albtraumkönig. Also durch einen Albtraum.«

»Wird Malte dort sein?«

»Möglicherweise.« Eels drehte sich zu ihm. »Bist du bereit, zu tun, was dann erforderlich sein mag?«

Theodor schwieg. Er dachte an den Hünen. Sein Vertrauter war regelrecht hingerichtet worden. Er dachte an die ängstliche, kindliche Stimme vor dem letzten Hieb. An die Wut, die daraufhin in

Theodor explodiert war. In dieser Wut würde er sich auch gegen Malte stellen.

»Bist du«, sagte Eels, als läse sie seine Gedanken.

»Dort vorne halten wir«, sagte Eels und deutete auf einen schmalen Sandstreifen an der linken Uferseite. Sie legten an und kletterten vom Floß. Eels schob es zurück auf das Wasser, wo es langsam davontrieb. »Das brauchen wir nicht mehr«, sagte sie.

Sie nahm Theodor bei der Hand, zog ihn die Böschung hinauf und führte ihn durch den Nachtwald. Der volle Mond ließ die Wolken am Himmel, das feuchte, hohe Gras und die Blätter silbern leuchten.

Das Unterholz öffnete sich; mitten im Wald stand ein Himmelbett. Glockenreben rankten an seinen vier hohen Pfosten hinauf und bedeckten den Baldachin. Vor dem Bett stand die Schöne. Sie hielt die Hände ineinander und lächelte, doch Theodor sah, dass sie geweint hatte. Sie wusste es schon. Sie hatte es gespürt. Sie hatte es gestattet.

»Es tut mir leid«, sagte Theodor.

»Trauert später«, tadelte Eels überraschend streng. »Wir müssen zum Albtraumkönig reisen. Du musst mich mitnehmen, Theodor, denn ich kann nicht mehr träumen.«

»Du kannst nicht träumen?«

»Deswegen«, sagte Eels und tippte sich an die Haube. »Es ist eine Spottkrone. Der Albtraumkönig hat sie mir aufgesetzt, weil ich mich weigerte, ihn in meine Träume zu lassen. ›Dann träumst du gar nicht mehr, süße Närrin!‹, sagte er zu mir. Ob's Fluch oder Segen ist, weiß ich gar nicht. Aber so ist es nun einmal. Wir zwei müssen durch deinen Albtraum reisen, und der Albtraumkönig wird uns dort willkommen heißen.«

»Was ist mit dir?«, fragte Theodor die Schöne.

»Ich kann nicht mitkommen«, antwortete sie. »Du kannst nur Wachende mitnehmen.«

»Ich weiß nicht, wie ich den Schlaf finden soll«, sagte Theodor. »Ich bin unendlich müde, doch ich kann unmöglich zur Ruhe kommen.«

Die Schöne lächelte. »Ich helfe dir.«

Eels krabbelte in die Mitte des Himmelbettes und reichte Theodor ihre Hand. Theodor nahm sie und legte sich mit seinem Schild daneben. Die Schöne setzte sich an den Rand.

»Schließe deine Augen«, sagte sie. Sie beugte sich vor und gab ihm einen Kuss auf die Stirn. »Kleiner, tapferer Theodor«, flüsterte sie und streichelte ihm das unversehrte Haar.

»Ich ahne, wie mein Albtraum sein wird. Ich habe ihn schon einige Male in dieser Welt geträumt.«

Eels rutschte an ihn heran. »Nur bin ich dieses Mal bei dir«, sagte sie und drückte seine Hand. Die Sichel unter ihrem Kleid piekte ihn in die Seite. Zum ersten Mal nahm er ihren Duft wahr, süß wie Lebkuchen. Darunter bemerkte er leichten Mundgeruch. Doch er fühlte sich wohl mit ihr auf der einen und der Schönen auf der anderen Seite. Er fühlte sich behütet.

»Und nun in den Schlaf«, sagte die Schöne. »Den hast du dir verdient.«

Eine tiefe Ruhe überkam Theodor, die Augen wurden schwer, der Rest von ihm ganz leicht. Er hörte Eels leise atmen. Dann war es, als würde er mit einem Male heftig zurückgerissen, hinein in sein Inneres. Seine eine Hand klammerte sich um Eels' zarte Hand, die andere um den Griff seines Schildes.

Dicke weiße Wülste fuhren von überall in das Bild und schlossen sich um Theodor. Für einen Moment war er eingeschlossen wie in Hartschaum. Er konnte sich nicht rühren. Er fühlte sich ausgeliefert. Was, wenn etwas fehlgeschlagen war? Wenn dies eine

Falle war? Wenn er für immer hier feststeckte? Panik stieg in ihm auf. Doch da schossen die Wülste wieder zurück wie Muränen in ihre Höhlen, und Theodor wurde nach vorne gestoßen.

Er hatte erwartet, in dem kahlen, verzerrten, stinkenden Zimmer zu erwachen, nackt, auf der Matratze gegenüber der schwachen Tür. Stattdessen landete er vornüber auf einer Schotterstraße.

Eels half ihm auf. »Danke, dass du mich hergebracht hast.«

Theodor zitterte. »Da war kein Albtraum«, sagte er.

Eels zuckte mit den Achseln. »Das Albtraumland ist ein Tückisches, wer kann schon sagen, wie es tickt. So viel wenigstens ist gewiss: Du bist hineingelangt und hast mich mitgenommen.« Sie nahm seine Hand. »Gehen wir zu seinem König.«

Sein Schild kam Theodor leichter vor. Vielleicht hatte er sich auch nur an das Gewicht gewöhnt. Vielleicht war er schlicht kräftiger geworden.

Die Schotterstraße führte schnurgerade durch ein eintöniges Brachland. Eels schien bester Laune zu sein. Sie summte eine heitere Melodie und tänzelte manchmal zwischen ihren Schritten. Sie wirkte wie ein Kind auf dem Weg zum Jahrmarkt, nicht wie eine Kriegerin, die in den Kampf zieht.

Plötzlich blieb sie stehen, ihre Hand fuhr zu ihrer Sichel. Ein gutes Stück vor ihnen saß jemand am Wegesrand. Sie stellte sich auf die Zehenspitzen und spähte hinüber. Dann entspannte sie sich.

»Du bist das!«, rief sie fröhlich.

»Ihr seid das!«, rief es zurück.

Eels lief auf die Gestalt zu und zog Theodor mit sich. Mit Freude sah er, dass es der Zwerg war, der nun auf seine krummen Beine sprang. Er lächelte, aber er wirkte müde und abgekämpft. Seine

Augen saßen tief in ihren Höhlen, und die buschigen Brauen hingen grimmig darüber wie Gewitterwolken.

»So hast du deinen Titel bekommen?«, fragte Eels, als sie bei ihm ankamen.

»Ja. Und ich danke dir für meinen Namen, Eels.« Der Zwerg neigte seinen Kopf. »Vergib mir Groll und Zweifel.«

»'s gibt nichts, was dir zu vergeben wäre. Ich habe dich lange für tapfere Taten leiden lassen. Ich bin es, die dich um Vergebung bitten muss.«

»Nein, nein, nein«, sagte der Zwerg. Tränen rannen ihm die vernarbten Wangen hinab. Eels schloss ihn in die Arme. Sie drückten sich eine lange, wortlose Weile.

Als sie sich wieder voneinander gelöst hatten, trat der Zwerg zu Theodor und ergriff seine Hände. »Dein Freund ist verloren, Theodor Zornhausohn«, sagte er mit nassen Augen. »Er traf den Zinkerprinzen im Nebel, und sie taten sich zusammen.«

»Ich weiß es schon. Sie haben den Hünen getötet.«

Die Augen des Zwerges weiteten sich, und er taumelte einen Schritt zurück. »Das bricht mir das Herz«, sagte er. »Sie wollten auch mir Böses tun, aber ich konnte in den Nebel entkommen.«

Eels nahm des Zwerges Hand. »Erzähl uns, was dort geschehen ist, *Schrumpfling Schankwart*.« Eels lächelte, als sie den Zwerg so nannte. Es klang überhaupt nicht spöttisch, sondern warm und schmeichelnd wie ein Kuss auf die Stirn.

Und der Zwerg erzählte.

Zwischenspiel

Der Zwerg irrte durch den süßlich duftenden, kühlen Nebel. Er sah nichts als graue Schlieren und Schleier und hörte nichts außer einem seufzenden Wehen. Stundenlang, so schien es ihm, streunte er zutiefst betrübt und ziellos umher. Er fürchtete sich nicht, denn was ihn am meisten ängstigen konnte, war bereits geschehen: Der Zinkerprinz hatte den Sohn gefunden, und der Sohn hatte sich ihm angeschlossen. Der Zwerg konnte es ihm ebenso wenig verübeln wie dem Zinkerprinzen seine Wut. Er schämte sich. Er hatte all seine Entscheidungen in höchster Eile getroffen, und offensichtlich war nicht eine einzige klug gewesen. Nun würde er wieder einmal demütig und kleinlaut vor Eels treten müssen, um ihren Schimpf zu empfangen. Auch ihr konnte er's nicht verübeln. Er war ein Quälgeist. Vielleicht meinte es diese Welt ja dieses eine Mal gut mit ihm und ließ ihn hier im Nebel wandern, bis er vor Hunger oder Selbstgroll verging.

Gewaltige Lichter wie weißes Feuerwerk flammten auf und schreckten ihn aus seinen trüben Gedanken. Sie brachten die Dunstwolken vor ihm zum Glühen und malten darauf zwei turmhohe Schatten wie auf eine Leinwand: einen Riesen und einen Hund, wie's schien. Ihre Schemen ragten einhundert Meter oder weiter über dem Zwerg. Sie hatten etwas Erhabenes wie Götter aus anderen Geschichten. Der Zwerg fiel ehrfürchtig auf die Knie.

Der Nebel verpuffte in einem letzten knisternden Blitz, und der Zwerg fand sich auf einer prächtigen Wiese, die mit bunten, duftenden Blumen bestückt war. Über ihm spannte sich ein strahlendblauer Himmel, um ihn herum wölbten sich runde Hügel, die fast glatt wirkten wie mit grünem Glanzlack überzogen. Insekten schwirrten umher, Vögel zogen flötend ihre Bahnen. In einiger

Entfernung sah der Zwerg ein Fleckchen Wald, und dorthin zog es ihn wie eine Versuchung.

Das Herz war ihm schon gar nicht mehr so schwer, als er zwischen den Bäumen lief. Inmitten prallblättriger Eichen und fruchtschweren Brombeerbüschen entdeckte er ein kleines, strohbedachtes Haus. Es war von einem Holzzaun eingefriedet, hinter dem ein wildwüchsiger Gemüsegarten angelegt war. Die Sonne warf ihre leuchtenden Strahlen auf Kürbisse, Tomaten, Gurken und Kohl. Was könnte ich mit so einem Garten alles anfangen, dachte der Zwerg, als er durch ein geschwungenes Tor im Zaun trat und einem gepflasterten Weg zum Haus folgte.

Neben der Eingangstür lag ein Hund und döste. Er war vielleicht keine einhundert Meter groß, aber er überragte den Zwerg selbst im Liegen. Die Haustür wurde aufgestoßen, und ein Mann kam heraus. Er trug eine makellose, glänzende Rüstung und hatte langes, silbernes Haar. Aufrecht und kraftvoll stand er vor dem Zwerg. Doch sein Gesicht war alt; runzelig und stoppelig, bleich sogar im Sonnenschein. Ein ernstes Auge funkelte darin, das andere lag unter einer Augenklappe verborgen. Die Nase des Mannes war groß und gebogen wie der Schnabel eines Falken, und darunter breitete sich ein großer Mund zu einem schmalen Lächeln. Er war eine ganz merkwürdige Erscheinung aus Vergangen- und Erhabenheit, ein wiederentdeckter Mythos.

»Zum Gruß, Schrumpfling Schankwart«, sagte der Mann mit volltönender Stimme. Der Zwerg wollte gegen den Namen protestieren, doch der Mann gebot ihm, auf der Bank Platz zu nehmen. »Ich habe gerade frischen Brennnesseltee aufgesetzt. Magst du eine Tasse mit mir trinken?«

Der Mann verschwand im Haus, der Zwerg setzte sich. Der Hund erhob sich und trottete heran, und der Zwerg streichelte sein langes, struppiges Fell. Der Hund ließ sich zu Boden plumpsen und döste weiter.

Der Zwerg atmete kräftige, erdige Luft ein. An der Wand neben der Eingangstür lehnten ein Helm und ein Schild. Der Helm sah aus wie ein silberner Tropfen, und den runden Schild zierte ein Schreckgesicht, als wäre es im Schmerz erstarrt und in Metall gegossen worden. Der Zwerg ließ seine Beine von der Bank baumeln. Er fühlte sich unendlich zufrieden, so leichtmütig und unbeschwert wie seit einer langen, langen Zeit nicht mehr.

Der Mann kam mit zwei dampfenden Tassen zurück. Er reichte dem Zwerg eine Tasse und setzte sich zu ihm. Er trank einen Schluck, und auch der Zwerg nippte. Warme Behaglichkeit breitete sich in seinem Bauch aus.

»Dieser Name«, sagte der Mann, »*Schrumpfling Schankwart*, wie gefällt er dir?«

»Ich hasse ihn«, sagte der Zwerg.

»Warum das?«

»Er ist ein Narrenname! Er verhöhnt mich für etwas, das ich getan habe. Doch's verdient keinen Hohn.«

»Du hast etwas getan, und dafür hast du einen Namen erhalten. Ob dir das nun spottet oder ob es dich ehrt, musst du für dich entscheiden.«

»Was meinst du damit?«, fragte der Zwerg.

»Einen Namen muss man sich verdienen, durch gute Taten oder schlechte. Die Wachenden haben alle einen Namen. Selbst der Albtraumkönig hat einen Namen.«

Der Mann beugte sich vor und kraulte den Kopf des Hundes.

»Ich weiß, was damals geschehen ist«, fuhr er fort. »Ich weiß, was du getan hast, als der Zinkerprinz seinen Verrat beging.«

»Ich bin geflohen«, sagte der Zwerg.

»Du bist geflohen, weil Zornhau dich gebeten hat, seinen Sohn zu retten. Du wolltest dieses Land nicht verlassen. Und was ist dann geschehen, hm? Ich habe es doch gesehen. Auf deiner Flucht durch die Wirrwege hast du Mädesüß getroffen, die Liebe deines Wachenden Tollbub, der dir vertraut hat, bevor er zum Zinkerprinzen wurde. Mädesüß irrte seit Tagen durch das Labyrinth, war ausgezerrt und dem Wahnsinn nahe. Ihr Kleid war voller Blut. Und in ihren blutigen Händen, was trug sie da? Ein Neugeborenes. Das Kind von Mädesüß und Tollbub, Malte, das verbotene Kind, für das man sie verurteilt hatte.«

Der Zwerg starrte den alten, stolzen Mann in seiner prächtigen Rüstung an.

»Das war ein gefährliches Kind, das sie in ihren blutigen Händen hielt, das Kind zweier Wachender mit der Kraft zweier Wachender. Du hättest es töten können. Du hättest einfach weitergehen und Mutter und Kind dem sicheren Wahnsinn überlassen können. Doch was hast du getan? Mädesüß, der Dolch und die Dunkelheit, hat dich angefleht, und was hast du getan? Ich habe es gesehen. Du hast das Neugeborene aus ihren blutigen Händen genommen, hast es in deinen Mantel gewickelt und zusammen mit Theodor aus den Wirrwegen gebracht, in die Sicherheit des Jenseitigen. Und obwohl alles in dir danach geschrien hat, hierher zurückzukehren und gegen den Albtraumkönig zu kämpfen, bist du dort geblieben und hast über den Eingang in die Wirrwege gewacht. Du hast die Axt gegen eine Schürze getauscht und deine Rolle gespielt, weil du geahnt hast, dass Theodor und Malte irgendwann zurückkehren würden. Und als es soweit war, was hast du da getan? Du hast sie wieder hierhergebracht. Ich habe es gesehen.« Der alte Mann nahm einen Schluck Tee.

»Woher weißt du das alles?«, stammelte der Zwerg.

»Ein neuer Wachender wird gebraucht«, sagte der Mann. »Und ein Wachender braucht einen Namen. Eels, die Wut und die Waise, hat ihn dir gegeben.«

»Sie hat ihn mir im Zorn gegeben«, sagte der Zwerg verunsichert.

»Nein, mein Freund. Eels wusste, was du getan hast. Nur ein Wachender darf einen Namen geben, ein anderer Wachender muss ihn bestätigen. Eels hat dir einen Namen geschenkt, und dieser freche Junge hat ihn bestätigt.« Der Alte beugte sich verschwörerisch herüber. »Aber das durfte der Albtraumkönig nicht wissen, oder?« Er zwinkerte und lehnte sich wieder zurück. »Wer hätte schon erwartet, dass Schrumpfling Schankwart der Name eines Wachenden sein könnte?«

Der Zwerg saß da mit offenem Mund.

»Jetzt fehlt noch ein Titel, nicht wahr?«, sagte der Mann. »Ich gebe dir einen. Du bist Schrumpfling Schankwart, die Scham und der Schutz.« Der Mann leerte seine Tasse, schloss das Auge und ließ die Sonne in sein Gesicht fallen.

Der Zwerg, der nun einen Namen und einen Titel hatte, konnte kaum greifen, was er gehört hatte. »Und was geschieht nun?«, fragte er.

»Ich kann dich zurückschicken«, sagte der Mann. »Doch ich habe eine Bedingung.«

»Nenn sie mir.«

Der Mann öffnete sein Auge. »Noch ehe deine Geschichte auserzählt ist, wird dich jemand darum bitten, ihn zu begleiten. Geh mit ihm.«

»In Ordnung«, sagte der Zwerg.

»Du musst es mir schwören. Jeder Wachende bekommt seine Prüfung, und dies ist die deine. Wenn du deinen Schwur brichst,

hole ich dich zurück, und dann musst du für immer im Nebel umherirren. Nur wird es hier dann nicht so heiter zugehen.«

»Ich schwöre es«, sagte Schrumpfling Schankwart, die Scham
und der Schutz.

»Dann schließe jetzt deine Augen«, sagte der alte Mann.

Der Hund nieste.

»Seitdem sitze ich hier und warte darauf, dass mich jemand um Begleitung bittet«, schloss der Zwerg seine Erzählung.

Eels lächelte und machte einen Knicks. »So bitte ich dich, Schrumpfling Schankwart, die Scham und der Schutz: Begleite uns. Ziehe mit uns gegen den Albtraumkönig.«

»Mich bindet vielleicht ein Schwur, aber euch begleite ich mit Freuden«, sagte der Zwerg. »Doch sind's nur wir drei?«

»Ja«, sagte Eels. »Niemand sonst ist gekommen.«

»Und reichen wir aus?«

»Gegen Malte, den Zinkerprinzen und den Albtraumkönig? Wohl kaum.«

»Blut und Spucke, sei es drum«, rief Schrumpfling Schankwart aus.

»Ja, sei es drum«, sagte Eels. »Am Ende sind's immer die wenigen Treuen, die mit dir gegen die Albträume kämpfen. Lasst uns den Nachtmahren ihren Kampf zutragen. Theodor, bist du noch immer entschlossen?«

»Ich habe Angst«, sagte Theodor.

»Die haben wir auch«, sagte Eels. »Doch ohne Gegenwehr treten wir nicht ab.«

Eels zog ihre Sichel hervor und hielt sie in ihrer kleinen Hand. Der Zwerg umfasste seine Axt. Theodor hatte bloß seinen Schild. So schritten die drei Wachenden die Schotterstraße entlang.

Den Blick nach vorne gerichtet, das Herz kummervoll, doch unbeirrt, folgten sie der Straße durch das öde Land. Sie liefen und liefen, still, stolz und starrsinnig. Nach einer Weile änderte sich der Untergrund: Statt über loses Gestein liefen sie nun über Asphalt. Er war an vielen Stellen von Unkraut durchbrochen und der

Länge nach von einem löchrigen Mittelstreifen geteilt. Das Land drum herum blieb grau und fad.

In einigen hundert Metern lief die Straße auf eine hohe, dornige Hecke zu. Dort teilte sie sich und zog sich zu zwei Seiten fort. Über der Hecke lugte ein Spitzdach hervor. Wo die Straße sich spaltete, führte ein schmaler Pfad wie ein Rinnsal zu einem Durchgang in der Hecke. Vor einer langen Zeit – aber das wusste er jetzt natürlich nicht mehr – hatte Theodor ein ähnliches Bild gesehen.

Durch den Durchlass in der Hecke kamen sie zu einem Haus.

»Hier wohnt der Albtraumkönig«, sagte Eels. »Er braucht keinen prunkvollen Palast, kein schauriges Schloss.«

»Ich kenne dieses Haus«, sagte Theodor. »Es ist schaurig genug.«

Sie stiegen die Stufen hinauf, die an der linken Seite zum Vorbau führten, und betraten das letzte Haus auf den Hängen, wo eine kleine Stadt an einen Wald stieß.

Innen sah dieses Haus gar nicht mehr aus wie ein Ort, in dem böse Dinge geschahen. Innen war es ein wundervolles, warmes Heim. Theodor durchfuhr ein wohliger Schrecken. Es war sein Haus, das Haus in der Sackgasse, in dem er mit seinem Vater wohnte. In Schnitt und Aufteilung glich es Maltes Haus. War das schon immer so gewesen? Es mochte wohl sein, viele Häuser ihrer kleinen Stadt waren damals nach ähnlicher Bauart hochgezogen worden. Es war Theodor bloß nie aufgefallen, weil ihre Häuser im Inneren so unterschiedlich waren wie Schloss und Schlachthof.

Vom kleinen Eingangsbereich, gleich neben der Treppe ins obere Stockwerk, führte ein offener Durchgang ins Wohnzimmer. War sein Vater dort? Vielleicht war er wieder vor dem Fernseher eingeschlafen, bei einem dieser Filme, die er so mochte. Welche waren es doch gleich?

Theodor eilte ins Wohnzimmer. Er ballte die Fäuste und hob seinen Schild. Eels und Schrumpfling Schankwart kamen ihm nach. Der Zwerg umklammerte knurrend seine Axt. Vor dem Sofa standen Malte und der Zinkerprinz.

Der Zinkerprinz sah noch immer aus wie Krankheit und Gift, doch er lächelte. Es war ein ehrliches Lächeln. Auch Maltes Blick war unbefleckt von Zorn und Bosheit.

»Alter Freund«, sagte der Zinkerprinz und ließ sich auf ein Knie nieder. Seine fischtrüben Augen waren auf Höhe mit den geröteten, zurückgezogenen Augen des Zwerges. »Schrumpfling Schankwart, jemand nahm dir im Nebel ein Versprechen ab, nicht wahr? Nun, ich bitte dich, mich zu begleiten.«

»*Dich* begleiten?«, fragte der Zwerg mit schwacher Stimme. »Du bittest mich um den Gefallen? Warum?«

»Weil ich weiß, wen du in den Wirrwegen getroffen hast. Jemand hat's mir erzählt. Ich weiß, wer dir geholfen hat, als du dich dort unten gegen die Schatten gestellt hast. Du weißt, wo sie ist, nicht wahr? Ich möchte, dass du mit mir in die Wirrwege gehst, um Mädesüß zu befreien.«

Der Zwerg blickte den Zinkerprinz ungläubig an, Tränen traten ihm in die Augen.

»Gehen wir?«, fragte der Zinkerprinz.

»In Ordnung«, sagte der Zwerg. Der Zinkerprinz erhob sich. Ohne ein weiteres Wort, ohne einen weiteren Blick verließen sie das Haus. Die Hand des Zinkerprinzen ruhte auf der Schulter des Zwerges.

Theodor sah ihnen irritiert nach. Er wandte sich zu Eels. Sie hatte sich an den Rand des Zimmers zurückgezogen und blickte nichtssagend zurück.

Aus dem Obergeschoss drang Poltern hinab, als verrückte dort jemand die Möbel.

»Was dachtest du, was nun geschieht, Theodor?«, fragte Malte. »Ihr kämpft gegen uns? Kämpft gegen den Albtraumkönig? Das wäre wahrhaftig ein prächtiger Abschluss für solch ein Abenteuer! Der Zinkerprinz besiegt, der Albtraumkönig besiegt, der abtrünnige Freund besiegt. Du würdest triumphieren. Teuer erkauft, gewiss. Bestimmt gäbe es Verluste. Vielleicht würde Eels sterben, vielleicht der Zwerg, vielleicht beide. Aber du würdest triumphieren. Alles Bösvolk würde in die dunklen Winkel zurückkriechen. Du würdest heimkehren. Oder deinen Vater herholen und ein neues Zeitenalter beginnen. Vielleicht deine große Liebe finden und selbst einen Wachenden zeugen. Einen Sohn oder eine Tochter. Und dein Kind geht dann auf seine ganz eigene Queste. Ja, das wäre was. Doch so läuft es nicht ab, nicht wahr? Du weißt, dass es keinen Kampf geben wird, Theodor.«

Lärmendes Gepolter von oben.

Malte kam dicht an Theodor heran. »Wenn ich dich noch einmal darum bäte, würdest du mich noch einmal begleiten?«

»Ihr habt den Hünen getötet«, stammelte Theodor. Doch er hatte sich bereits entschieden, konnte sich gar nicht anders entscheiden.

»Du wirst gleich verstehen. Begleitest du mich?«

Gepolter.

»Wir müssen jetzt hinauf«, sagte Malte.

Theodor schaute zu Eels. Eels schaute bloß zurück. Ihr Mund war eine schmale, gerade Linie. Ihre kleinen Hände hielt sie unsicher ineinander verschränkt.

»Gehen wir?«, fragte Malte. Theodor nickte, unfähig, sich zu sträuben. Malte ging an ihm vorbei aus dem Wohnzimmer und die Treppe in der Eingangsdiele hinauf. Theodor folgte ihm. Die Tapete an den Wänden neben ihm welkte, als er die Stufen hinaufstieg. Die Farbe auf dem Geländer wurde spröde unter seinen Händen und platzte ab.

Am Kopf der Treppe wartete Malte. Ein langer Korridor verlor sich vor ihnen in Dunkelheit.

»Den Flur entlang«, sagte Malte.

Es ist richtig so. Theodor schob sich an Malte vorbei und folgte dem Gang. Alles unter, über und neben ihm verwelkte und verstaubte. Dann wurde es dunkler. Immer dunkler.

»Malte, bist du da?«, fragte Theodor.

»Ich bin hier«, sagte Malte, dicht hinter ihm.

Theodor ging weiter. Der Flur lag in Finsternis. Theodor sah nichts mehr.

»Malte, bist du da?«, fragte er noch einmal.

Keine Antwort mehr. Theodor war alleine. Weicher Teppich kitzelte unter seinen Füßen. Theodor lief barfuß. Er tastete sich mit einer ausgestreckten Hand voran. Um ihn herum begann ein Scharren und Kratzen.

Mitten in dem Dunkel stand ein Lichtkegel wie aus Mondschein geformt. Funken glitzerten darin. Ein Flüstern kam auf und drang wie gehaucht an sein Ohr. *Weiter*, sagte es. Theodor trat in den Kegel aus weißem Licht. Der Teppich wich kaltem, klebrigem Linoleum. Es stank nach Zigaretten.

Kapitel 4

Der ganze Raum war wirr und wild auseinandergezogen, verzerrt wie im Fieberwahn – zu lang, zu kurz, zu breit, zu schmal, zu hoch, zu niedrig. Wo Theodor nicht hinschaute, wuchsen und schrumpften die Ecken, streckten sich und zogen sich zusammen. Die welke Tapete quetschte sich oder riss wie dünne Haut.

Alles war ihm furchtbar vertraut: der kahle Boden, das schmutzschmierige Fenster, die dünne, fleckige Matratze. Doch dieses Mal war das Zimmer nicht so leer wie sonst in seinen Träumen. Der Fußboden war übersät mit geknitterten T-Shirts, Plastikflaschen und Pappschalen, in denen die Reste von Mikrowellen-Cannelloni und Kartoffelgratin vertrockneten.

Neben der Matratze stand ein Nachttisch, beklebt mit verblichenen Cartoon-Stickern, wie sie Cornflakes-Schachteln oder Schokoriegeln beiliegen.

Es stank in diesem Zimmer. Der Gestank hing in den blasenwerfenden, aufplatzenden Tapeten und in der unbezogenen Bettdecke, gelb verfärbt vom Schweiß rastloser Nächte.

Auf dem Nachttisch stand ein überquellender Aschenbecher. Theodor roch die Zigaretten nicht nur, er schmeckte sie; der kratzige Rauch saß in seinem Mund und Hals, gemengt unter eine klebrige, fauligsüße Flüssigkeit. Theodors Kopf schmerzte, pochte und stach, und in seinen Gliedern war ein unangenehmes, kaltes Ziehen, als hätte ein Folterknecht sie verdreht.

In der Wand gegenüber der Matratze saß die schmucklose Tür, genauso krumm wie das übrige Zimmer. Sie erbebte unter einem brutalen Schlag. Theodor wich nur ein wenig zurück. Er ahnte, was nun kommen würde. Im gleichen Augenblick kam's: Die Dunkelheit kroch heran. Sie sickerte aus den Wänden wie schmutzige Feuchtigkeit, quoll aus allen schattigen Ecken hervor und breitete sich im Zimmer aus wie Schimmelpilz. Sie kroch über Boden und Decke zu Theodor heran. Bald hatte sie das ganze Zimmer eingenommen. Nur die schmucklose, dünne Tür ließ sie frei, wallte um sie herum und hinter ihr, so als säße die Tür *in* der Dunkelheit und führte hinein.

Das Dunkel wirbelte im Kreis wie ein Strudel. Ein dürrer, langer Schemen zog darin seine Bahnen. »Du dummes Kind«, schimpfte der Schemen mit heiserer Stimme. »Du wolltest nicht auf mich hören. Ich habe dich doch gewarnt. Wie kann man nur so starrköpfig seinem Unglück entgegenrennen? Ich habe dir gesagt, dass ich dir alles nehme, wenn du nicht ablässt und umkehrst. Nicht, weil ich böse bin, sondern weil ich nicht anders kann. Denn ich bin der Albtraumkönig! Ich bin die Einsamkeit und die Elegie! Ich bin die große Angst – ich bin die Wahrheit! Verflucht, die bin ich! Und nun bekommst du deine Wahrheit!«

Der Albtraumkönig schwirrte um Theodor herum wie ein Verdammter in einem Wirbelsturm. Mit ihm umher tobten Traurigkeit und Verzweiflung, Theodor mittlerweile so wohlvertraut. Er stand im Auge dieses Wirbelsturms, den Schild vor sich gehoben, und drehte sich dem Albtraumkönig hinterher. Der Schild war schwer, doch dieses Mal war Theodor nicht nackt, war nicht ungeschützt.

Als würde der Albtraumkönig ihn Lügen strafen, wurde Theodor von einer tiefen, vernichtenden Traurigkeit geflutet. Sie war noch gewaltiger als bei den letzten Malen. Sie explodierte in seinem Inneren und fraß sich durch seinen Körper. Die fürchterliche Gewissheit, jedes Glück auf immer verwirkt zu haben, wütete in seinem Kopf, im Bauch, in allen Gliedern.

»Erzähl mir von deinem liebenden Vater!«, brüllte der Albtraumkönig, und jedes Wort war ein Fausthieb in Theodors Magen. »Los, sag es mir: Wie hat er ausgesehen? Du hast ihn doch auf dem Sofa gesehen, damals, als du aufgebrochen bist, um mich zu suchen. Wie hat er ausgesehen? Erinnere dich für mich an ihn! Ach, du konntest ihn gar nicht sehen? Sag bloß! Dein Vater, friedlich auf dem Sofa schlummernd? Gesegnet zum Lebensabend hin? Belohnt für ein entbehrungsreiches Leben? So läuft es nicht, Theodor Säufersohn!«

Theodor ließ seinen Schild fallen. Die Stahlspitze stürzte ihm auf den nackten Fuß, doch das spürte er nicht. Er spürte nur noch Traurigkeit. Er ließ sich zu Boden fallen und kauerte sich zusammen, zog die Beine an seinen Körper und umklammerte mit den Armen die Knie. Er nahm seine Schutzhaltung ein. »Hör auf!«, schrie er.

»Es gab keinen liebenden Vater«, drosch der Albtraumkönig auf ihn ein. »Ich weiß, an welchen Vater du dich erinnerst. Wie hat er ausgesehen, der Vater, an den du dich erinnerst? Lichtes, aschblondes Haar? Trug er vielleicht karierte Hemden? Zu weite, speckige Hosen, von einem Gürtel über seinem knochigen Hintern gehalten? Wie roch dein Vater? Stank er nicht nach Schweiß und nach Bier aus Plastikflaschen?«

»Hör auf«, flehte Theodor, doch nur noch leise und kraftlos.

»Sag mir doch, Theodor, was hat dein Vater Liebevolles getan? Es fällt dir nicht ein? Sag bloß! Was mochte er, dieser Vater? Dich zu schlagen, dich zu treten, dich zu strafen für das elendige Leben, das er geführt hat!« Der Albtraumkönig war ein unbarmherziger Bluthund, der sein Opfer im Maul hielt und schüttelte, bis das Genick brach. »Wo war deine Mama, hm? Sieh an, du erinnerst dich ja doch. Gegangen ist sie, als du klein warst. Hat dich alleingelassen bei deinem schlimmen Vater. Es war ihr egal, was mit dir geschieht, denn sie hat dich gehasst, genauso wie sie ihn gehasst hat. Deine Großeltern haben dich auch gehasst. Du wurdest nicht geliebt, Theodor. Weinst du jetzt etwa? Für Tränen ist es nun zu spät.

Und es wird noch schlechter für dich. Oh, es wird übel, übel für dich ausgehen.«

Theodor zog sich ganz eng zusammen – wie er es immer getan hatte, wenn der Albtraum über ihn herfiel.

»Dein schönes, behütetes Heim, was ist daraus geworden? Sieh dich doch um! Das war bloß ein Traum, süßer Narr. Du hast es dir gewünscht, hast es herbeiphantasiert. 's gibt keine saubere Bettwäsche da, wo du herkommst! Es gibt kein warmes Zuhause für dich! Du hast es nie besessen, du dummes, unglückliches Kind! Euer Haus war schäbig. Doch als du dann weggelaufen bist, haustest du noch schäbiger. Die kleine Stadt, wie lange ist das her, hm? Dann kam die große Stadt. Ein kahler Raum, eine fleckige Matratze, Zigarettengestank in den Tapeten – das war dein Zuhause! Die Kopfschmerzen, der Geschmack in deinem Mund, das sind deine Wahrheiten, du geschundener Junge! Ich sagte dir, ich würde dir alles nehmen. Ich kann leider nicht anders.«

Theodor wusste, dass all das stimmte. Vieles mochte verschwommen sein – Wer war Malte? Wer war Eels? Was hatte es mit dem Hünen und dem Zwerg auf sich? –, dies aber war gewiss: Dies war sein Wachen, war seine Wahrheit. Sein dreckiges, einsames Zuhause, das niemand besuchte. Sein stinkender Mund. Die Trübsal eines verschenkten, angstvollen und elenden Lebens holte ihn ein. Er weinte bebend und bitterlich. Die Traurigkeit wurde zu Schmerz. Er flammte auf in seinem Bauch, strahlte in Kopf, Rücken und Beine. Theodor wand sich vor gleißenden Krämpfen. Er übergab sich, hoffend, ein wenig des Schmerzes und der Traurigkeit auszuwürgen, doch er spuckte nur schwarze, bittere Galle, erbrach eine Pechschwärze, die von ganz tief in ihm kam. Er wurde gelbgrau im Gesicht, seine Hände kalt. Schweiß trat ihm aus allen Poren, er zitterte und keuchte, schnaubte und blähte die

Backen. Er wälzte sich hin und her, streckte die Beine und winkelte sie wieder an, in der Hoffnung, irgendeiner Linderung Durchgang zu verschaffen. Doch es gab keine Linderung. Es gab nur noch Schmerz, und dieser Schmerz übermalte alles andere in grellster Farbe. Ein Vernichtungsschmerz von solch widerwärtiger Unbarmherzigkeit, dass nur der verzweifelte Wunsch blieb, es möge enden, egal auf welche Art.

»Dich muss ich nicht erst heimsuchen«, sagte der Albtraumkönig, als rotzte er ein letztes Mal auf sein Opfer. »Du bist ganz alleine, schon seit einer langen Weile, Theodor Waisenkind.«

Wieder erschauderte die Tür unter einem gewaltigen Schlag.

»Doch noch kann ich dich zurückbringen«, sagte der Albtraumkönig, nun besonnener. »Zu deinem liebenden Vater, zu sauberer Bettwäsche. Du musst nur liegen bleiben.«

Wie zur Demonstration ließ der Schmerz ein wenig nach, doch bloß soweit, dass Theodor sich in seiner bitteren Verzweiflung wünschen konnte, diese Marter würde enden. Alles andere war ihm gleichgültig. Sollte der Albtraumkönig ihn doch holen.

»Durch einen Albtraum musst du«, rief plötzlich eine andere Stimme. »Das habe ich dir doch gesagt. Dies ist der Albtraum. Du bist noch nicht hindurch. Steh auf!«

»Dass du es wagst, über Träume zu sprechen, Eels!«, schrie der Albtraumkönig. »Du bist die Lüge und das Luder, die Hure und die Hinterlist! Du hast dir deine Haube aufgesetzt, um dich vor mir zu verstecken!«

»Es ist nur ein Albtraum, Theodor«, rief Eels. »Steh auf!«

»Sieh ihn dir an, Eels. Sei doch gnädig.«

»Steh auf, Theodor! Ich kann dir nicht aufhelfen!«

Der Albtraumkönig prügelte die Tür wie ein jähzorniges Kind, rüttelte wild an der Klinke.

»Du musst jetzt aufstehen, sonst ist's aus mit dir«, rief Eels. »Steh auf!«

Eels schien den Schmerz in Theodor niederzubrüllen. Er ahnte ein Ende seiner Qualen, einen Ausgang aus dieser Folter. Er öffnete seine Schutzhaltung.

Die Tür zitterte und bebte, die Klinke schnellte auf und ab wie ein wildgewordener Dampfkolben.

»Es ist nur ein Albtraum! Steh auf!«

»Lüge, List und Luder!«

»Schweig still, du Nachtgewürm, du Blutegel«, keifte Eels. Dann schrie sie Theodor an: »Steh auf, du Schwächling! Es ist nur ein Albtraum, ein verfluchter Albtraum, nicht mehr ist's, und du musst hindurch, es braucht nicht mehr. Steh jetzt auf!«

Risse platzten in der Tür auf, und die Klinke lockerte sich in ihrem Beschlag. Der dunkle Schemen wirbelte immer schneller.

»Steh auf, du verdammter Schwächling«, kreischte Eels. Ihre Stimme war schrill und garstig. »Er ist gleich drinnen! Steh auf!«

»Lüge, List und Luder«, strudelte es krächzend durch die Dunkelheit.

»Steh auf! Auf, auf, auf!«

In Theodor tobten Schmerz und Aufmüpfigkeit, zerfleischten sich der Albtraumkönig und Eels wie Wölfe, die übereinander herfielen, und jedes Mal, wenn einem der Beiden ein Biss gelang, durchfuhr Theodor entweder Qual oder Kraft. Er kämpfte sich hoch, zitternd, nass und gelbgrau.

Die Tür lag weit vor ihm in diesem verzerrten Zimmer. Theodor taumelte ihr entgegen. Ihm war schwindelig, er sah verschwommen durch verheulte Augen, und sein Hals brannte von der zähflüssigen Verlorenheit, die er ausgewürgt hatte. Seine Beine waren schwach, sein ganzer Körper protestierte wie bei einer Grippe. Er torkelte durch das entstellte Zimmer, während eine

Ohnmacht nach ihm fingerte. Schwärze hüllte ihn ein wie ein Leichentuch. Er fasste um sich, tastete nach irgendetwas, woran er sich festhalten konnte. Doch seine Hände griffen ins Leere. Theodor stürzte zu Boden.

»Steh auf, du erbärmlicher Wicht!«, kreischte Eels. »Steh auf! Steh auf! Steh auf!«

Es war kühl auf dem klebrigen Boden. Es war so verlockend, einfach liegen zu bleiben. Sollte der Albtraumkönig ruhig kommen, solang der Schmerz nur verging.

»Du Schwächling!«, schrie Eels schon ganz heiser. »Die Tür, sie bricht gleich!«

Theodor streckte sich wie zum Schlafe. Seine Hand stieß an den Schild. Die Erinnerung an seine Aufgabe sprang in seine Fingerspitzen – die Erinnerung an sein Abenteuer, an Malte, an den Hünen. Theodors Arm fuhr unter den Stahl, und seine Hand schloss sich um den Griff.

»Lass ihn doch schlafen«, flehte der Albtraumkönig, als litte er die gleichen Qualen wie das arme Kind.

»Halt dein Schandmaul! Steh auf, Theodor! Er ist gleich drinnen!«

Theodor schlug die Schildspitze in den Boden und zog sich hinauf. Der Schild in seiner Hand war ganz leicht. Er hob ihn vor sich.

Der Schemen stoppte sein Schwirren. »Es endet jetzt, Eels«, sagte der Albtraumkönig.

Theodor rannte los. Er stolperte und fiel vornüber der Tür entgegen. Er riss seinen Schild hoch. Gerade, als der Stahl sich vor das Holz werfen wollte, zerbarst die Tür.

»Du bist ganz alleine«, flüsterte der Albtraumkönig ihm nach, als Theodor durch Splitter und Späne stürzte.

Kapitel 5

Theodor sah Felder und Hügel, sah kleine Waldinseln, sah Bäche, den Fluss und den Stausee. Er sah den großen Wald an der Landstraße. Von oben betrachtet war er geformt wie ein auf der Seite liegendes Stundenglas, bauchig an den Rändern, schmal in der Mitte.

Hinter dem Wald sah er seine kleine Stadt. Manchmal war sie wunderschön, manchmal furchtbar traurig, ja geradezu bösartig. Sie war ein wenig in die Jahre gekommen; einige Gebäude waren verfallen, andere bereits abgerissen worden. Im Norden hatte sich die Stadt mit charakterlosen Neubauten in die umliegenden Gebiete ausgebreitet. Klein war die Stadt aber immer noch, und manche Gebäude und Orte blieben unverändert: die Grillstube, der Park mit dem Bolzplatz, die Discounter im Industriegebiet, sogar Mayers Tankstelle.

Theodor sah sein Haus am Ende des Steinkamps, dort, wo die Stadt im Süden an den Wald grenzt. Irgendjemand hatte es gekauft und renoviert: die Wände versiegelt und gestrichen, die Treppe zum Vorbau ausgetauscht, einen Vorgarten angelegt. Das Dach war erneuert worden. Da war kein Loch mehr in den Schindeln, das zu Theodors Zeit nie ausgebessert und bloß mit Folie überklebt wurde. Jetzt fiel kein Mondschein mehr in den Flur, wenn man nachts aufstand, weil man auf die Toilette musste oder lauschte, wie der Vater im Wohnzimmer weinte.

Theodor sah das Gute und das Schlechte. Er sah die Spiele und die Schläge, sah die Abenteuer und das Alleinsein. Selbst in der Traurigkeit weckten die Erinnerungen eine überwältigende Sehnsucht in ihm. Er hörte die Musik, die er in dieser kleinen Stadt gehört hatte: Rock, Pop und Blaskapellen. Er roch, wie die Stadt gerochen hatte: den nussigen Mohn auf den Feldern und die

Bratwurst vor dem Vereinsheim am Sportplatz, wenn am Wochenende der SSV spielte.

Diese kleine Stadt, so zäh, so unnachgiebig, durchfuhr Theodors ganzen Körper. Er sah den Sommer, den Winter, den Herbst und den Frühling. Er fragte sich, was sich alles in dieser Stadt verbergen mochte, die vielen kleinen Schicksale hinter den anderen Türen. Bebten auch sie gelegentlich unter Schlägen?

Theodor kannte viele Geschichten aus dieser kleinen Stadt. Geschichten über Freundschaft und über den Tod, über Trauer und Glück, über Stolz und Scham. Geschichten über Kämpfe und Küsse, Träume und Nachtgespenster, über Blut und Spucke, Zweifel im Mondlicht und Stiefelspuren im Schnee. Theodor kannte nicht alle Geschichten dieser Stadt. Und auch seine eigene war noch nicht zu Ende.

Theodor fühlte sich unendlich müde. Sein Hemd war durchnässt und klebte an seinem Körper, wie die Haare in Strähnen an seiner Stirn klebten. Um ihn herum war Dunkelheit, doch durch ein Loch in der Decke fiel Licht und warf einen milchig schimmernden Kegel vor ihn.

Als wäre ein Scheinwerfer für ihn gerichtet worden, schälte sich der Albtraumkönig aus dem Dunkel und betrat den Lichtkreis.

Er trug ein schwarzes Gewand und eine schwarze Haube, und er sah so verzerrt aus wie der Raum aus Theodors Albträumen. Er überragte Theodor um ein Vielfaches und war geradezu grotesk dürr. Seine Beine sahen aus, als liefe er auf Stelzen, und seine Arme waren lang wie Teleskopstangen. Wie ein angesengter Weberknecht stakste er auf Theodor zu, wankte mal zur einen, mal zur anderen Seite, und jeder Schritt schien ihn zu schmerzen.

Je näher er kam, desto kleiner wurde der Albtraumkönig; er schrumpfte mit jedem Schritt. Als er den Rand des Lichtkegels erreichte, war er kaum noch größer als Theodor. Ihm versagten die Beine, und er fiel auf die Knie. Ihre Köpfe waren dicht beieinander.

Eine dürre Hand mit spindeligen Fingern und schwarzen Nägeln fasste Theodors Kinn. Der Albtraumkönig sah nicht bösartig aus, vor allem das nicht. Er hatte eine weiße, fast bläulich schimmernde Haut, wie stumpfes Perlmutt. Seine Lippen waren zwei dünne, schwarze Striche. Die eitrig-gelben Augen mit den schwarzen Pupillen und ihrem blutroten Rahmen schauten traurig und des Mitleids wert drein. Einen sehr langen Augenblick schaute der Albtraumkönig Theodor an. Dann huschte ein Lächeln über sein Gesicht, das aber ebenso rasch wieder verschwand.

Schritte hallten aus dem Dunkel. Durch nasse Augen sah Theodor, wie Malte in den Lichtkegel trat. Er trug Theodors Schwert. Neben dem Albtraumkönig blieb er stehen und legte ihm eine Hand auf die Schulter. Der Albtraumkönig beachtete ihn nicht und ließ seinen Blick auf Theodor gerichtet, entließ aber das Kinn aus seinem Griff.

Malte reichte Theodor das Schwert. Theodor nahm es. Es lag leicht in seiner Hand, wie eine Attrappe aus Plastik.

»Bring es nun zu Ende, Theodor«, sagte Malte. »Entlasse uns alle aus diesem Traum.«

Theodor hob das Schwert mühelos empor. Er richtete die Spitze dorthin, wo er des Albtraumkönigs Herz vermutete. Der Albtraumkönig blickte ihn betrübt an. Theodor führte das Schwert, und das Schwert ließ ihn gewähren. Es fuhr widerstandslos in den Albtraumkönig hinein, als wäre er aus Marzipan. Der Albtraumkönig zuckte kurz.

Als auch Theodor zusammenzuckte, wurde der Blick des Albtraumkönigs noch kummervoller. Theodor ließ das Schwert fallen und griff sich an die Brust. Blut quoll warm durch seine Finger. Er blickte den Albtraumkönig fragend an.

»Du sturer Held«, sagte der Albtraumkönig. Seine Stimme war dünn und kratzig wie ein Mottenflügel. »Ich sagte dir doch, ich bin die Wahrheit, und alles, was ich dir sagte, ist wahr. Es tut mir so leid. Ich durfte es dir vorher nicht sagen, aber wenn ich ende, endest du. Ich bin der Mahr, der dich plagt, und die Mär, die du dir geschaffen.«

Er kippte zur Seite, sein Gewand fiel leer in sich zusammen. Dort und so verging der Albtraumkönig.

Theodor sackte vornüber. Mit der einen Hand stützte er sich auf den Boden, die andere presste er auf die Wunde in seiner Brust, die er selbst geschlagen hatte.

Malte setzte sich neben ihn und streichelte ihm über das Haar. »Es tut mir leid, mein Freund. Ich durfte es dir auch nicht sagen. Eine Wahrheit fehlt aber noch, Theodor. Auch ich bin wahr. Du bist nicht alleine und warst es nie. Du hast bei mir ein liebevolles Zuhause gefunden. Ich war dir Vater und Mutter, war dir ein Bruder, ich war dir jeder, den du brauchtest. Ich bin dein Freund. Ich mache es stets wieder gut. Schließlich ist immer alles gut.«

»Malte, mein Trost«, flüsterte Theodor. Müdigkeit breitete sich in ihm aus, als hätte er seit Monaten nicht geschlafen.

Eine Hand umgriff Theodors Hand am Boden. Eels kniete auf seiner anderen Seite. »Mir tut es auch leid, Theodor. Ich hätte es dir vielleicht sagen dürfen. Aber allzu bequem darf eine solche Reise nicht sein, nicht wahr?« Sie gab Theodor einen Kuss, und der Schmerz in seiner Brust verschwand.

Theodor legte sich hin und rollte sich auf den Rücken. Er verschränkte die Arme hinter dem Kopf und streckte die Beine aus. Eine wohlige, sorglose Leichtigkeit legte sich über ihn.

Eels schmiegte sich an ihn, wie sie es in dem Himmelbett getan hatte. »Ich begleite dich in den Schlaf.«

Malte legte sich auf der anderen Seite dazu, den Kopf auf Theodors Schulter gebettet. Theodor schloss die Augen. Er roch Eels' süßen Lebkuchenduft und den feinen Mundgeruch. Er hörte Malte gleichmäßig atmen. Er fühlte sich geborgen.

Da schnüffelte etwas Feuchtes an seiner Hand.

Kapitel 6

»Das hast du gut gemacht«, sagte eine junge, kräftige Stimme.

Theodor stand im Wohnzimmer – dem schönen Wohnzimmer mit dem plüschigen Teppichboden, nicht dem bösen Wohnzimmer mit einem Modellschiff auf einem Hängeregal und einem Stopfgerät auf einem Tisch. Das Sofa war leer, die Decke, die immer etwas kratzig aussah, lag ordentlich gefaltet über der Rückenlehne.

An Theodors Seite saß ein zotteliger Hund und stupste ihn mit seiner feuchten Nase. Im Durchgang zum Flur stand ein alter Mann. Er trug abgewetzte Jeans und einen grünen Parker. Sein langes, graues, filziges Haar war zu einem dicken Zopf gebunden. Das Gesicht des Mannes war runzelig, stoppelig und bleich. Er trug eine Augenklappe und hatte eine große gebogene Nase. Der Mund unter der großen Nase lächelte.

Der Mann kam zu Theodor und hakte sich bei ihm unter. »Gehen wir, ja?« Er zog ihn sanft mit sich. »Komm, wir gehen nach Hause«, rief er über die Schulter hinweg. Der zottelige Hund sprang auf und trabte ihnen hinterher.

Sie verließen das Haus, gingen die Stufen des Vorbaus hinab und traten durch einen Einlass in einer hohen Hecke.

»Schau nicht zurück, Theodor«, sagte der alte Mann, als Theodor kurz stehen blieb. Er zog ihn weiter. »Lass uns einfach gehen.«

Sie kamen auf eine weite, prächtige Wiese, die sich unter einem strahlenden Sommerhimmel verlor. Sie spazierten über weiches Gras und wilde Blumen. Sie schritten über eine schmale, hölzerne Brücke, die einen Bach überspannte, und betraten einen lieblichen Wald. Sie liefen über Laub und unter gewaltigen Baumkronen, die Blätter ein Baldachin, die Stämme wie Säulen in einem Festsaal. Sie liefen viele Stunden. Bald schon liefen sie seit vielen Tagen, vielen Monaten, sie liefen seit Jahren, und dann liefen sie fast ein ganzes Leben.

Sie querten eisige Felder bei Nacht und diesiges Weideland, sie überquerten Gebirge und liefen an einem Strand entlang, der an schwarzes, öliges Wasser stieß. Auf dem Wasser, in einem kleinen Boot, sah Theodor ein greises Pärchen, ganz vertieft in seine Paddelei. An anderer Stelle sahen sie zwei Riesen davonstapfen. Einer der beiden trug einen Felsen, der andere sah selbst aus wie Fels. Die Riesen blieben kurz stehen und drehten ihnen die Köpfe zu, dann stapften sie weiter und kümmerten sich nicht länger um die beiden Wanderer und ihren vierpfotigen Gefährten.

Theodor, der Alte und sein Hund passierten Kornfelder und Mohnfelder und durchwanderten Heiden und Nadelwälder. Dann stießen sie auf eine lange, schroffe Straße, die schnurgerade durch ein ödes Land führte. Zwei ungleiche Gesellen kam ihnen darauf entgegen, der eine klein, mit krummen Beinen, Buckel und vernarbtem Gesicht; der andere hochgewachsen und schlank, ganz in schwarz gekleidet, mit langem blonden Haar und einem schwarzen, stumpfen Stab. Die beiden waren in ein lebhaftes Gespräch vertieft und beachteten Theodor und den alten Mann nicht.

Während sie so liefen, wurde Theodor älter. Sein Haar verlor die Farbe, wurde länger und verfilzte. Seine Haut war von braunen Fleckchen übersäht, wie Wassertropfen auf einer alten Schatzkarte, und hing in Falten herab wie ein Vorhang am Ende des Bühnenspiels. Theodors Gang wurde gebeugter und zittriger, wie unter schwerer Bürde. Sein eines Auge, auch wenn die kindliche Neugier darin noch immer lebhaft glühte, wurde trüb und lag bald unter einem furchigen Lid. Schließlich sahen Theodor und der alte Mann einander ganz ähnlich.

Und wie sie so einander ähnelten, da erreichten sie ein freies Stück Wiese mit hohen Gräsern, das zu drei Seiten von Bäumen und zu einer Seite von einem Fluss gerahmt war. Hinter dem Fluss räkelte sich ein leuchtend grünes Land mit sanften Hügeln, die fast glatt wirkten.

Der Hund rannte los und wälzte sich im hohen Gras. Der Mann setzte sich an die Uferböschung, schlüpfte aus seinen Schuhen und ließ seine schrumpeligen Füße ins Wasser baumeln.

»Das solltest du auch einmal probieren«, sagte er.

Theodor zog seine Stiefel aus und steckte die eigenen schrumpeligen Füße in den eisigen Fluss. Die Kälte krabbelte seine Beine hinauf.

Eine ganze Weile saßen sie dort, blickten auf das Land vor ihnen und ließen sich von der Sonne dösig machen. Theodor spürte, dass die lange Reise ihn erschöpft hatte. Mit einem Mal war er schrecklich müde.

»Das war ein Abenteuer, nicht wahr?«, fragte der Mann.

»Das war es wohl«, stimmte Theodor zu.

»Das war aufregend, oder?«

»Das war es in der Tat.«

Der Mann sog die reine Luft ein, behielt sie einen Moment in sich und pustete sie wieder hinaus. Der Hund kam angetrabt, legte sich an seine Seite und schlug die Pfoten übereinander. »Hier anzukommen, eine klare Aufgabe zu erhalten, und dann ein solches Abenteuer zu erleben. Keine andere Sorge als die, den Albtraumkönig zu besiegen. War das nicht auch irgendwie schön?«

»Das war es, allerdings«, sagte Theodor.

»Jaja, das war es wohl«, sagte der alte Mann und blinzelte in die Sonne. »Weißt du, manchmal ist diese Welt so schön, dass ich es kaum ertrage.«

Theodor grub mit den Zehen im Wasser herum. »Wie geht es nun weiter?«, fragte er.

»Wie es weitergeht?«, fragte der Mann. »Es geht nicht mehr weiter. So endet es.«

»Wie meinst du das?«

»Weißt du es denn wirklich nicht?«

»Was weiß ich nicht?«, fragte Theodor.

Der Alte schaute ihn mit traurigem Lächeln an. »Dies ist dein Sterben, Theodor«, sagte er. »Du stirbst, drüben in der Welt, aus der du hergekommen bist. Nun schau doch nicht so überrascht. Du bist doch schon so alt. Und ach, so müde. Du hast dir zum Ende jenes Abenteuer gewünscht, nach dem du dich im Leben immer gesehnt hast. Dieses Leben dort drüben, mit seinen Wirrwegen und Aufgaben und Sorgen und Sehnsüchten und Wettbewerben, es hat dich ausgezerrt und keinen Platz gelassen für Abenteuer. Ich hab's gesehen. Ein jeder sucht sein Abenteuer. Wusstest du das nicht? Dies war das deine.«

»Und wo ist Malte?«, fragte Theodor.

»Malte?« Der Mann dachte einen Moment nach. »Malte ist schon lange fort. Vielleicht, und nur vielleicht, ist er bloß ein Stück vorausgegangen und wartet darauf, dass du nachkommst. Er war dein treuer Freund, für eine Weile. Erinnerst du dich an den Mann, der auf dem Sofa geschlafen hat, damals in der Nacht, als du aufgebrochen bist? Das war Malte. Viele hier waren Malte. Viele hier waren dein Vater. Viele hier waren deine Mutter. Viele hier waren andere Menschen aus deinem Leben. Begehrte und Geliebte, Söhne und Töchter, Gönner und Neider, gefallene Könige, traurige Spielmänner und wenig Wohlgesinnte. Und viele hier warst du. Deine Wünsche und Ängste, Hoffnungen und Geständnisse, Träume und Albträume haben diese Welt erschaffen. Du bist das Schwert und der Schild, Theodor, bist der Stab und die Stimme, du bist der Hüne, der Zwerg, der Ritter, der Knappe, die

Waise, die Dunkelheit, die Trauer, der Zorn, die Scham, die Toll-heit und die Hoffnung. Du bist der Mahr und die Mär. Und so vieles mehr.«

»Und wer bist du?«, fragte Theodor.

»Ich?«, fragte der alte Mann. »Ich bin nur der Erzähler.«

Ein Ende

Nachwort

Als ich zwölf Jahre alt war, las ich in einer Fernsehzeitschrift in der Programmspalte für Sonntag, den 29. Januar 1995:

00:05 Uhr: THE LORDS OF MAGICK, *Fantasy-Abenteuer, USA 1989.*

Dieser Titel und die Genrebeschreibung lösten in mir eine fast schmerzhafte Sehnsucht aus.

Wie viele Scheidungskinder war ich mit einem Gefühl der Unbedeutsamkeit und einem Hang zum Eskapismus ausgestattet. Die Pen-&-Paper-Rollenspiele mit meinen Brüdern sowie die Bücher, Videospiele und Filme meiner Zeit entfachten ein Fernweh nach phantastischen Orten.

THE LORDS OF MAGICK versprach, warum auch immer es an diesen Saiten zupfte, all die aufregenden Abenteuer zu bieten, die ich so dringlich suchte, und jene phantastische Welt zu erschaffen, in die ich mich fortträumen wollte.

Zwei Wochen fieberte ich damals diesem Film entgegen – und schlief zehn Minuten vorher ein. Die folgenden Jahre – es war die Zeit vor dem Internet – durchstöberte ich Videotheken und Filmbörsen, aber niemand hatte je von THE LORDS OF MAGICK gehört.

In seiner Unauffindbarkeit wuchs meine kindliche Erwartung an den Film ins Unermessliche, schien er doch die Geschichte zu erzählen, die ich unbedingt brauchte. Ein *Fantasy-Abenteuer.* Was dieser Titel mir versprach, fand ich in keinem anderen Film, in keinem Buch, in keinem Spiel.

Viele Jahre später stöberte ich den Film dann endlich auf – und er erwies sich als ziemlicher Trash. Aber die Bilder, die sein Name zuvor in mir ausgelöst hatte, ließen mich nie los. Als ich im September 2020 beschloss, ernsthaft an einem Roman zu arbeiten, war für mich klar: Er sollte die Geschichte erzählen, die der zwölfjährige Björn hinter dem Titel THE LORDS OF MAGICK erwartet hatte.

Ein rundes, in sich geschlossenes Fantasy-Abenteuer – und für mich selbst noch völlig diffus. Ich hatte bloß Bildfetzen, grobe Ideen, lose Gefühle, manchmal nur Düfte.

Also begab ich mich auf die Suche nach dieser Geschichte. Ich las viele Fantasy-Romane, aber auch andere Genres, las Klassiker und weniger Bekanntes, Sachbücher, Selbstverlegtes und Bahnhofsheftchen. Ich notierte alles, was mich ansprach oder abstieß, ob es mir nun in einem Buch, einem Traum oder auf dem Cover einer Heavy-Metal-CD begegnete. Ich grub in meinen Erinnerungen und Sehnsüchten, bis nach und nach eine Geschichte Gestalt annahm, die im Kern die klassische Heldenreise eines jugendlichen Protagonisten beschrieb.

Darunter mischte sich immer stärker ein Coming-of-Age-Plot über Ängste und Vernachlässigung, über Väter und Söhne, über Scham und das Bedürfnis nach Geltung. Die Figuren entwickelten sich und nahmen unvorhergesehene Wege, ihre Beziehungen veränderten sich, Bilder reihten sich aneinander und lose Handlungsstränge fügten sich zusammen. So wurde schließlich die Geschichte von Theodor und Malte daraus, wie sie nun vorliegt.

Ob's die Geschichte ist, die der zwölfjährige Björn erzählt bekommen wollte, als er 1995 in einer Fernsehzeitschrift von einem Film namens THE LORDS OF MAGICK las? Nun, es ist zumindest die Geschichte, die der 41-jährige Björn ihm heute erzählen möchte.

Und wer weiß, vielleicht gefällt sie ja auch Dir.

September 2024

Liebe Leserin, lieber Leser,

ich hoffe, die Reise von Theodor und Malte konnte Dir ein paar spannende Stunden bereiten.

Als verlagsunabhängiger Autor sind Bewertungen unheimlich wichtig für mich. Daher würde es mir sehr viel bedeuten, wenn Du Dir noch einen Augenblick Zeit nimmst und andere Interessierte auf Amazon & Co. wissen lässt, wie Dir das Buch gefallen hat.

Außerdem kannst Du mir gerne eine Mail schicken mit Feedback, Anregungen und allem, was Du sonst noch loswerden möchtest.

Allerbesten Dank

Björn Remiszewski

info@dermahrunddiemaer.de
www.dermahrunddiemaer.de

Danksagung

Ich danke meiner Familie dafür, dass sie mich in jeglicher Hinsicht prägt, formt und unterstützt.

Meiner Mutter Angelika gebührt ein besonderer Dank für ihr umfangreiches Feedback.

Auch meiner Schwester Kristin danke ich für ihre vielen hilfreichen Anmerkungen, aber mehr noch für ihren unerschütterlichen Glauben an mich.

Steffen danke ich für seine unschätzbare Hilfe während des gesamten Schaffungsprozesses.

Shirin danke ich für ihre offenen Ohren und die Gespräche auf der Denkerbank.

Großer Dank auch an meine weiteren Testleserinnen Shari und Maya.

Und nicht zuletzt danke ich Brisse, Malte und Sascha: Eure Freundschaft ist mir mit das Kostbarste auf der Welt.

Björn Remiszewski, Jahrgang 1983, trieb sich nach seinem Abitur einige rastlose Jahre an Film- und Fernsehsets rum, bevor er sich für die geordneten Strukturen eines Studiums entschied. Nach seinem Abschluss in Literatur- und Medienwissenschaft war er zuerst als Redakteur tätig, aktuell arbeitet er als Kreativer Leiter. *Der Mahr und die Mär* ist sein erster Roman.